Sara Blædel
Die vergessenen Mädchen

PIPER

Zu diesem Buch

Louise Rick hat gerade ihre Stelle als Leiterin der Vermisstenstelle der Kopenhagener Polizei angetreten, als in einem Wald der leblose Körper einer Frau gefunden wird. Eine große Narbe im Gesicht der Toten lässt eine schnelle Aufklärung des Falls erwarten, doch auch nach Tagen meldet sie niemand als vermisst. Mit Hilfe der Öffentlichkeit findet Louise schließlich heraus, um wen es sich bei der Toten handelt – doch diese soll bereits vor Jahren gestorben sein. Ist ihre Todesurkunde eine Fälschung? Und was ist mit ihrer Zwillingsschwester, die scheinbar am gleichen Tag verstorben ist? Louises Nachforschungen reißen alte Wunden auf und konfrontieren sie immer wieder mit einem Teil ihrer eigenen Vergangenheit, auf den sie nie mehr hatte zurückblicken wollen.

Sara Blædel, geboren 1964, ist die Tochter eines bekannten Journalisten und einer Schauspielerin. Sie hat unter anderem als Grafikerin und Journalistin gearbeitet, ehe sie 2004 ihren ersten Kriminalroman veröffentlichte. In ihrem Heimatland wurde sie mehrfach zur beliebtesten Autorin des Jahres gewählt und erhielt zahlreiche Auszeichnungen. Jahr für Jahr erobern ihre Bücher, die in fünfzehn Sprachen übersetzt werden, die Spitze der dänischen Bestsellerlisten. Mit ihrer Familie lebt sie in Kopenhagen.

Sara Blædel

DIE VERGESSENEN MÄDCHEN

Kriminalroman

Aus dem Dänischen von
Marieke Heimburger

PIPER
München Berlin Zürich

Mehr über unsere Autoren und Bücher:
www.piper.de
Aktuelle Neuigkeiten finden Sie auch auf Facebook, Twitter und YouTube.

Von Sara Blædel liegen im Piper Verlag vor:
Die vergessenen Mädchen
Der Pfad des Todes

MIX
Papier aus verantwortungsvollen Quellen
FSC® C083411
FSC www.fsc.org

Ungekürzte Taschenbuchausgabe
August 2016

Titel der dänischen Originalausgabe:
»De glemte piger«, People's Press, Kopenhagen 2011

Umschlaggestaltung: Hauptmann & Kompanie Werbeagentur, Zürich
Umschlagabbildung: Hauptmann & Kompanie Werbeagentur, Zürich
Satz: Uhl + Massopust, Aalen
Gesetzt aus der Candida
Druck und Bindung: CPI books GmbH, Leck
Printed in Germany ISBN 978-3-492-30909-7

Liebe, kleine Mutter,
ich sehn mich so nach dir.
Ach, Mutter, wenn du wüsstest,
misshandelt werd ich hier.
Mit Gurt und Handschuhn halten
sie im Bett mich hier.
Liebe, kleine Mutter,
ich sehn mich so nach dir.

Solborgs Buch
von Solborg Ruth Kristensen

Schwarzer Mann, Schwarzer Mann, dröhnte es in ihren Ohren, während die Zweige ihr die Schienbeine zerkratzten und die Steine ihr in die Füße schnitten. In ihrem Kopf rauschte es, und ihr Herz krampfte vor Angst.

Sie steuerte auf das einzige sichtbare Licht zu. Dieses helle Licht in der Dunkelheit lockte sie immer weiter in den Wald hinein. Verwirrt und verängstigt taumelte sie zwischen den Bäumen herum, keuchend.

Sie hatte Angst im Dunklen. Die Angst schnürte ihr den Hals zu. So war es immer gewesen, seit sie als kleines Kind Anweisung erhalten hatte, das Licht auszumachen und sich schlafen zu legen. Weil sonst der Schwarze Mann kommen und sie holen würde.

Schwar-zer Mann, Schwar-zer Mann, tönte es weiter im Takt, bis ihr plötzlich ein Zweig ins Gesicht peitschte.

Sie blieb stehen und hielt die Luft an. Stocksteif stand sie da, umgeben von nichts als hohen Bäumen und Dunkelheit. Ihre Knie zitterten vor Erschöpfung. Sie erschrak von ihrem eigenen lauten Weinen und ging langsam weiter, den Blick fest auf das Licht in einiger Entfernung gerichtet. Es war so hell, dass es sie blendete, wenn sie direkt hineinsah.

Sie hatte keine Ahnung, was passiert war, weshalb sie abhandengekommen war. Die Tür war angelehnt gewesen. Keiner hatte bemerkt, wie sie sie geöffnet hatte und im Türrahmen stehen geblieben war, über-

wältigt von der Freude darüber, die Sonne auf der Haut zu spüren. Die Sonne, die sie so angenehm gewärmt und gelockt hatte. Doch das war viele Stunden her, und inzwischen war es kühl und klamm geworden.

Mittendrin hatte der Hunger sie gezwungen aufzugeben. Sie hatte sich gesetzt, wie lange, wusste sie nicht. Es war langsam dunkler geworden, verwirrende Bildfetzen waren ihr durch den Kopf gejagt, und als sie die innere Unruhe nicht mehr ausgehalten hatte, war sie wieder aufgestanden. Sie war es nicht gewöhnt, dass ihre Routinen gestört wurden, und Alleinsein war auch nicht gut. Schon gar nicht für den, der zurückblieb.

Sie ging wieder etwas schneller, näherte sich dem hellen Licht. Es zog sie unwiderstehlich an, sie konnte sogar den Schmerz und die Geräusche ausblenden. Das konnte sie jetzt schon gut. Aber mit Angst hatte sie nie umzugehen gelernt. Sie musste hier raus, raus aus dem Dunklen, denn sonst kam Borte und nahm sie mit.

Jetzt war sie ganz nah dran. Nur wenige Schritte noch, an den letzten Bäumen vorbei. Ihr Herzschlag beruhigte sich, als sie einen im Mondlicht schimmernden See erspähte. Gerade, als sie wieder langsamer gehen wollte, verschwand auf einmal der Boden unter ihren Füßen.

VIER TAGE WAR ES HER, seit die Frauenleiche im Wald gefunden worden war, aber die Polizei tappte in Sachen Identifizierung immer noch vollkommen im Dunklen. Entsprechend frustriert war Louise Rick, als sie Montagvormittag vor dem Institut der Rechtsmedizin parkte.

Die Obduktion war um zehn angesetzt worden. Um kurz nach zehn war der Leiter der Vermisstenstelle, Ragner Rønholt, in ihrem Büro erschienen und hatte sie gebeten, ihrem Kollegen Eik Nordstrøm bei der Obduktion zu assistieren. Die Rechtsmedizin hatte kurz zuvor mitgeteilt, man habe beschlossen, spurentechnische Zusatzuntersuchungen durchzuführen, die klären sollten, ob womöglich ein Verbrechen vorliege.

Vor genau einer Woche hatte Louise die fachliche Leitung der neu eingerichteten Sondereinheit der Vermisstenstelle übernommen. In Dänemark wurden jedes Jahr 1600 bis 1700 Personen als vermisst gemeldet. Die meisten tauchten lebend wieder auf, einige wurden tot aufgefunden. Die Reichspolizei schätzte, dass etwa fünf der unaufgeklärten Vermisstenfälle einen kriminellen Hintergrund hatten, und um diese Fälle kümmerte sich nun die neue Sondereinheit.

Louise stieg aus und schloss den Wagen ab. Sie hatte nicht ganz verstanden, weshalb sie der Obduktion beiwohnen sollte, wenn Eik Nordstrøm doch bereits da war. Er war die letzten vier Wochen im Urlaub gewesen und der einzige Mitarbeiter der Vermisstenstelle, den sie noch nicht kennengelernt hatte.

Am Freitagnachmittag war sie es gewesen, die die Liste der vermissten Personen gesichtet hatte und hatte feststellen müssen, dass die Personenbeschreibung der im Wald gefundenen Leiche auf keine der vermissten Frauen passte. Vielleicht sollte sie deshalb Rønholts Meinung nach bei der Obduktion dabei sein, überlegte sie. Oder weil sie vorher bei der Mordkommission gewesen war und darum mehr Erfahrung mit Obduktionen hatte als ihre neuen Kollegen.

Nach einer Woche Neuland war es eigentlich ganz angenehm, sich mal wieder einer vertrauten Aufgabe zu widmen. Louise hatte ganz vergessen, wie anstrengend es war, eine neue Stelle anzutreten. Es war einfach mühsam, noch nicht alle Kollegen beim Namen zu kennen und nicht zu wissen, wo der Kopierer stand. Sie hatte die ganze erste Woche darauf verwendet, das »Rattenloch« in Ordnung zu bringen. Toller Name, dachte sie und hoffte inständig, er werde möglichst bald in Vergessenheit geraten. Sie war nämlich schon leicht genervt von den ach so witzigen Kommentaren der Kollegen bezüglich der ungenutzten Räumlichkeiten am Ende des Gangs. Das große Büro lag direkt über der Küche und hatte leer gestanden, seit Kammerjäger im Frühjahr einer ganzen Rattenfamilienkolonie den Garaus gemacht hatten. Die Ratten seien ganz bestimmt weg, versicherte ihr neuer Vorgesetzter Louise, keiner habe seither noch eine gesehen.

Ragner Rønholt hatte getan, was er konnte, um die neue Sondereinheit einzurichten. Nagelneue Bürostühle standen herum, jungfräuliche Pinnwände und Grünpflanzen. Der Polizeidirektor hatte eine Schwäche für Orchideen und deshalb offenbar gedacht, ein bisschen Grün werde Leben in das ungenutzte Büro bringen. Das fand Louise natürlich nett von ihm. Aber viel wichtiger war ihr sein Engagement. Ragner Rønholt war sehr viel daran gelegen, aus seiner neuen Einheit etwas zu machen. Ein Jahr lang hatten sie Zeit, allen zu beweisen, dass die neue Sondereinheit tatsächlich gebraucht wurde, und für Louise stand so ziemlich alles auf dem Spiel. Sie hatte sich ohne Hintertürchen vom Morddezernat verabschiedet. Wenn aus dem neuen Job keine permanente Anstellung wurde, riskierte sie, als Feld-Wald-und-Wiesen-Ermittlerin sonst wo zu landen.

»Ich überlasse es ganz Ihnen, wen Sie mit im Team haben möchten«, hatte Rønholt gesagt und sie damit gelockt, die Leitung der neuen Vermisstensondereinheit zu übernehmen.

Sie hatte sich seither viele Gedanken gemacht, wer sich für das Team eignen würde, und auf ihrer Liste standen schließlich lauter Kollegen, mit denen sie bereits zusammengearbeitet hatte. Kompetente, erfahrene Kollegen.

Da war zum einen Søren Velin von der mobilen Ermittlungseinheit. Er war es gewöhnt, im ganzen Land zu arbeiten, und hatte gute Kontakte zu den örtlichen Polizeidienststellen. Allerdings war er ganz zufrieden mit seinem Job, von daher wusste Louise nicht, wie leicht er sich zu einem Wechsel überreden lassen würde. Zumal nicht sicher war, ob Rønholt ihm sein jetziges Gehalt oder mehr würde bieten können.

Dann war da Sejr Gylling aus dem Betrugsdezernat, ein kreativer Denker, der sie hervorragend ergänzen würde. Leider vertrug der Albino kein Sonnenlicht, und sie war nicht sicher, ob sie es aushalten würde, tagaus, tagein in verdunkelten Räumen zu arbeiten.

Sejr wäre aber mit Abstand der Beste, um internationale Datenbanken über nach vermissten und gesuchten Personen zu durchforsten und abzugleichen.

Und schließlich Lars Jørgensen, ihr Partner bei der Mordkommission. Die beiden kannten sich in- und auswendig. Louise arbeitete sehr gut mit ihm zusammen, sie konnte sich hundert Prozent auf ihn verlassen. Sie war sicher, dass die Arbeit bei der neuen Sondereinheit richtig gut zu seiner Person und seiner familiären Situation als alleinerziehender Vater von zwei Jungen aus Bolivien passen würde.

An geeigneten Kandidaten mangelte es also nicht, Louise hatte sich nur noch nicht entschlossen, wen von ihnen sie als Erstes fragen sollte.

Vor der Tür zur Forensischen Pathologie sah sie Åse von der KTU. Die zierliche Frau hockte neben ihrer Tasche und erhob sich lächelnd, als Louise sich ihr näherte.

»Bevor es richtig losging, haben wir ein paar Fotos von ihrem Gesicht für euch gemacht«, erklärte Åse nach der Begrüßung. »Nur für den Fall, dass ihr die Öffentlichkeit bei der Identifizierung um Mithilfe bitten wollt.«

»Ja, sieht fast so aus, als kämen wir nicht drum herum.« Bilder von Toten zu veröffentlichen führte jedes Mal zu Unruhe in der Bevölkerung. Viele Menschen fanden das geschmacklos.

Der Blick aus den grünen Augen der Kriminaltechnikerin war ernst, als sie Richtung Obduktionssaal nickte.

»Die Frau da drin wird nicht schwer wiederzuerkennen sein«, sagte sie. »Die ganze rechte Gesichtshälfte ist eine einzige große Narbe, wahrscheinlich von einer

Brandverletzung. Die Narbe zieht sich bis über ihre Schulter hinunter. Wenn sie also nicht ohnehin bereits vermisst wird, dann ist ein Foto von ihr sicher eure beste Chance, ihre Identität zu klären.«

Bevor Louise antworten konnte, tauchte Flemming Larsen mit zwei Labortechnikern auf. Der hochgewachsene Rechtsmediziner strahlte, als er sie sah.

»Mensch, mit dir hätte ich hier ja gar nicht mehr gerechnet!«, rief er und umarmte Louise freudig. »Und ich hatte schon Angst, du hättest den Job gewechselt, um mich loszuwerden!«

»So ein Quatsch«, entgegnete sie und schüttelte lächelnd den Kopf.

Louise kannte Flemming Larsen von ihren acht Jahren bei der Mordkommission. Eigentlich war sie mit ihrem Job dort ja sehr zufrieden gewesen und davon ausgegangen, ihn bis zum bitteren Ende zu machen. Aber jetzt, wo Willumsen nicht mehr da war und Michael Stig der neue Gruppenleiter werden sollte, hatte sie, ohne lange nachzudenken, Rønholts Angebot angenommen.

»Ist Eik Nordstrøm da drin?«, fragte Louise und nickte Richtung Obduktionssäle.

»Eik wer?« Verwirrt sah Flemming sie an.

»Eik Nordstrøm von der Vermisstenstelle.«

»Nie gehört«, sagte Flemming. »Komm, lass uns reingehen. Mit der äußeren Leichenschau sind wir fertig, ich fasse eben alles für dich zusammen.«

Louise hielt Åse die Tür zum Schleusenraum auf, wo Gummistiefel und Kittel in Reih und Glied bereitstanden und -hingen, und wunderte sich, dass ihr Kollege nicht da war.

»Was wissen wir über die Frau?«, fragte sie und zog sich Kittel und Haarnetz über.

»Bisher noch nicht besonders viel. Nur, dass ein Waldarbeiter sie Donnerstagvormittag beim Avnsee in der Gegend zwischen Roskilde, Ringsted und Holbæk gefunden hat«, berichtete Flemming und reichte ihr einen grünen Mundschutz. »Soweit wir bisher wissen, ist sie irgendwann am Mittwoch oder in der Nacht zum Donnerstag gestorben. Die Polizei meint, sie sei einen mehrere Meter hohen Abhang hinuntergestürzt und unglücklich gelandet«, fuhr er fort. »Nach der Leichenschau am Freitag in Holbæk hat der Amtsarzt gemeinsam mit der örtlichen Polizei eine Obduktion angeordnet. Zum einen natürlich, weil sie bei Todeseintritt mutmaßlich alleine war, zum anderen aber auch, weil es keinerlei Hinweise auf die Identität der Toten gibt. Was wiederum der Grund war, weshalb ich spurentechnische Untersuchungen angeordnet habe. Wir brauchen dringend ihre DNA.«

Louise nickte zustimmend. DNA- und Gebissanalyse waren immer die ersten Schritte auf dem Weg zur Klärung einer Identität. Wenn Kollege Nordstrøm jetzt da gewesen wäre, hätte einer von ihnen sich direkt mit dem Zahnarzt der Forensik in Verbindung setzen können, dachte sie leicht verärgert.

»Was ich jetzt auch schon meine sagen zu können, ist, dass es sich bei der Toten um keine ganz normale Frau handelt«, erklärte Flemming weiter. Das habe er sowohl an der Kleidung sehen können als auch am körperlichen Zustand, soweit der von außen zu beurteilen war. »Oder besser gesagt, hat diese Frau kein ganz normales Leben geführt«, korrigierte er sich.

»Wir haben ihre Fingerabdrücke überprüft, das hat nichts ergeben«, meldete Åse sich zu Wort. »Vielleicht haben wir es mit einer Ausländerin zu tun?«

Flemming Larsen nickte. Diese Möglichkeit sei nicht auszuschließen, meinte er.

»Jedenfalls liegt auf der Hand, dass diese Frau seit vielen Jahren an keinerlei sozialem Leben mehr teilgenommen hat«, fügte er hinzu. »Komm, ich zeig dir, was ich meine.«

Er schritt voran durch den weiß gefliesten Gang, von dem nach rechts die einzelnen Obduktionsbereiche abgingen. Weitere Rechtsmediziner beugten sich über die Stahltische mit seelenlosen Körpern darauf. Louise wandte den Blick ab, als sie aus dem Augenwinkel die Leiche eines Säuglings bemerkte.

»Als Allererstes haben wir eine MRT vom Gehirn der Toten gemacht, und die hat tiefe Furchen gezeigt«, erläuterte Flemming. »Das Hohlraumsystem ihres Gehirns ist sehr stark ausgeprägt. So stark, dass im Rest des Gewebes vermutlich nicht viel los gewesen ist.«

»Willst du damit sagen, dass sie geistig behindert war?«, hakte Louise nach.

»Ein weiblicher Einstein war sie jedenfalls nicht.«

Am Ende des Korridors befand sich der Obduktionssaal für Mordfälle. Er war doppelt so groß wie die anderen Räume, damit neben der üblichen Einrichtung mit Stahltisch, Waschbecken und OP-Leuchten auch Polizeibeamte und Kriminaltechniker Platz hatten.

Die Frau, die da in der Mitte des Raumes lag, war zu Lebzeiten nicht besonders gepflegt gewesen, das sah Louise sofort. Ihr langes Haar war verfilzt, und ihre Fuß- und Fingernägel waren eine Weile nicht geschnitten worden. Am auffälligsten aber war die Narbe, die ihre gesamte rechte Wange bedeckte und ihr rechtes Auge so verzog, dass sie irgendwie traurig aussah.

»Der Zahnarzt war, gelinde gesagt, verblüfft«, berichtete Åse und holte ihre Kamera hervor. »Er sagte, ihm sei nur selten ein derart vernachlässigtes Gebiss untergekommen. Die Zähne sind von Karies zerfressen und unglaublich schief.«

Flemming nickte.

»Sieht ganz so aus, als sei hier nie eine Zahnregulierung vorgenommen worden. Und im Oberkiefer hat der Kollege eine heftige Parodontose gefunden«, führte er aus. »Außerdem hatte sie bereits mehrere Zähne verloren.«

Louise zog einen hohen Hocker heran, als Flemming sich an die innere Leichenschau machte. Die Organe waren bereits entnommen und lagen in einem Stahlbehälter beim Waschbecken.

»Wir haben es hier mit einer erwachsenen Frau zu tun, jedoch fällt es mir schwer, ihr genaues Alter zu bestimmen«, sagte Flemming über die Leiche gebeugt. »Was die Narbe im Gesicht und an der Schulter angeht, bin ich mir ziemlich sicher, dass diese nie behandelt wurde. Und dass sie älteren Datums ist. Muss eine ziemlich schwere Verletzung gewesen sein. Vielleicht eine Verätzung.«

Die letzte Vermutung sprach er sehr nachdenklich aus.

»Es wurde keine Transplantation vorgenommen. Das müssen unmenschliche Schmerzen gewesen sein, egal, was genau passiert ist.«

Louise nickte. Das war auch ihr erster Gedanke gewesen.

»Außerdem hat sie eine alte Narbe am Bauchnabel, möglicherweise aus der Kindheit, und irgendwann hatte sie sich mal den linken Unterarm gebrochen. Wurde auch nicht behandelt.«

Der Rechtsmediziner sah zu Louise und Åse auf, als er seine erste Schlussfolgerung formulierte.

»Nach allem, was ich bisher gesehen habe, wurde diese Frau Zeit ihres Lebens extrem vernachlässigt und hat vermutlich ein sehr isoliertes Dasein geführt.«

Louise betrachtete die Füße der Toten. Ihnen war deutlich anzusehen, dass die Frau ohne Schuhe unterwegs gewesen war. Und zwar ziemlich lange. Ihre kaputten Fußsohlen und die Verletzungen rund um die Knöchel sprachen eine eindeutige Sprache.

Flemming wandte sich wieder der Leiche zu und arbeitete schweigend weiter. Dann stellte er fest, dass sich die Verstorbene bei ihrem Sturz links sieben Rippen gebrochen hatte.

»Sie hat zweieinhalb Liter Blut in der linken Pleurahöhle«, verkündete er, ohne aufzublicken, »und die Lunge ist zusammengeklappt.«

Louise hatte ihr Aufnahmegerät herausgeholt und auf die Stahltischkante gelegt, um Flemmings Äußerungen aufzuzeichnen. Åse fotografierte alles für die Spurensicherung. Die Proben, die Flemming entnahm, wurden an die Rechtsgenetiker im oberen Stockwerk weitergeleitet.

Nachdem er sämtliche inneren Organe gewaschen und untersucht hatte, richtete er sich auf und teilte Åse mit, er sei fertig.

»Abgesehen von den gebrochenen Rippen und dem Blut in der Pleurahöhle kann ich keine Anzeichen von Gewalteinwirkung feststellen«, sagte er, zog sich die engen Handschuhe aus und warf sie in den Abfalleimer, bevor er fortfuhr.

»Nach meiner unmittelbaren Einschätzung ist sie an den inneren Blutungen gestorben.«

Er stand einen Moment wie gedankenverloren da, dann sprach er weiter: »Es gibt da aber noch ein recht interessantes Detail. Ich bin mir nämlich ziemlich sicher, dass die Frau kurz vor ihrem Tod Geschlechtsverkehr hatte.«

Überrascht sah Louise ihn an.

»Ich meine, in ihrer Scheide und an den Innenseiten ihrer Oberschenkel Spermareste gefunden zu haben«, erklärte er. »Aber ich muss natürlich erst noch abwarten, zu welchem Ergebnis das Labor mit den Proben kommt, und das kann schon mal eine Woche dauern.«

Sie nickte. So lange konnte das in der Tat dauern, wenn es sich bei einem Todesfall nicht um ein Verbrechen handelte. Louise stand auf und betrachtete das entstellte Gesicht der Toten.

»Wenn ich recht habe, würde das bedeuten, dass sie vielleicht doch nicht so einsam war«, sagte Flemming. Dann rief er die Techniker der Spurensicherung an und gab Bescheid, dass er fertig war.

»Aber doch einsam genug, dass niemand sich veranlasst sah, sie als vermisst zu melden. Und sie ist schon bald eine Woche tot«, gab Louise zu bedenken.

Sie wartete, bis Åse ihre Ausrüstung wieder eingepackt hatte, dann verabschiedeten sie sich von Flemming, der bereits in seine Computerecke verschwunden war, um die Details der Obduktion zu diktieren:

Gewicht der Frau, Größe der Organe und die Verletzungen, die er festgestellt hatte.

Auf ihrem Weg aus dem Obduktionssaal nickten Louise und Åse den Mitarbeitern zu, deren Aufgabe es nun war, die Leiche wieder zu schließen und in den Kühlraum im Keller zurückzubringen.

»EIK NORDSTRØM WAR NICHT DA, als ich in die Rechtsmedizin kam«, war das Erste, was Louise sagte, als Ragner Rønholt ans Telefon ging. »Ich weiß ja nicht, was bei Ihnen so üblich ist, aber für den Rechtsmediziner ist es die reinste Zeitverschwendung, wenn die Polizei nicht von Anfang an mit dabei ist. Er hat sämtliche Ergebnisse der äußeren Leichenschau für mich wiederholen müssen.«

»Verdammt noch mal«, brummte Rønholt. »Ist er denn später noch aufgetaucht?«

»Also, ich habe ihn nicht gesehen«, antwortete Louise und fügte hinzu, sie werde nun zur Dienststelle zurückfahren.

»Warten Sie«, bat Rønholt sie, »bleiben Sie bitte einen Moment, wo Sie sind, ich ruf Sie gleich noch mal an.«

Sie legten auf, Louise ging die Treppe in den Eingangsbereich hinunter, stand dann eine Weile dort herum und wartete auf Rønholts Anruf. Irgendwann reichte es ihr, und sie steuerte ihren Dienstwagen an.

Sie hatte sich gerade hinters Lenkrad gesetzt, als ihr Handy klingelte und Rønholts Name auf dem Display erschien.

»Sind Sie schon losgefahren?«

»So gut wie«, entgegnete sie in einem Ton, der durchblicken ließ, dass sie ziemlich genervt davon war, blöd rumgestanden und gewartet zu haben.

»Tun Sie mir bitte einen Gefallen und holen Eik bei

Ulla im Südhafen ab? Sieht so aus, als hätte er Startschwierigkeiten nach seinem Urlaub.«

Louise seufzte, ließ sich die Adresse geben und tippte sie in das Navi ein. Rønholts »Danke« ignorierte sie verärgert.

Nummer 67. Da war kein Hauseingang mit der Nummer 67. Es gab nur 65 und 69. Zwischen den beiden Nummern befand sich eine heruntergekommene, mit einem verrosteten Gitter verrammelte Kneipe.

Louise war schon wieder auf dem Weg zurück zum Auto, als ein mit Bier beladener Lkw vor der Kneipe hielt und hupte. Der Fahrer sprang aus der Kabine und machte sich daran, die breite Ladeklappe zu öffnen.

Louise hätte schwören mögen, dass in der Kneipe mit der abgeblätterten Carlsberg-Reklame am Fenster schon seit Jahren nichts mehr los war, aber da erschien eine kleine, kräftige, schwarzhaarige Frau in der Tür und schloss die beiden Vorhängeschlösser an dem rostigen Gitter auf.

»Entschuldigen Sie«, sprach Louise sie an, nachdem die Frau die Schlösser entfernt hatte. »Können Sie mir sagen, wo der Eingang zur Nummer 67 ist?«

Die Frau schleppte das Gitter hinein und machte einen Schritt zur Seite, um die Männer mit den Bierkästen vorbeizulassen.

»Nummer 67 ist hier«, antwortete sie. Hinter ihr roch es nach kaltem Zigarettenrauch und Bier.

»Ich soll einen Eik Nordstrøm bei einer Ulla abholen. Kennen Sie sie?«

Die in die Jahre gekommene Schwarzhaarige sah Louise einen Augenblick an, dann nickte sie in Richtung Kneipeninneres.

»Ich bin Ulla. Das hier ist meine Kneipe, und die heißt ›Bei Ulla‹. Und Eik ist da drin.«

Am Tresen waren die zwei Biermänner jetzt damit beschäftigt, Zapfhähne auszuwechseln. Louise ging bis ganz nach hinten durch, wo zwei Spielautomaten an der Wand hingen. Der Boden unter ihren Füßen klebte, und überall standen überquellende Aschenbecher herum. Ulla hatte noch nicht aufgeräumt, seit sie in den frühen Morgenstunden geschlossen hatte.

Mit offenem Mund lag er auf vier vor der Wand aufgereihten Stühlen unter einer zu kleinen Fleecedecke und schnarchte leise. Sein ungewaschenes, halblanges Haar hing ihm über Stirn und Nase.

»He, Alter, dein Typ wird verlangt.« Ulla legte eine Hand auf die schwarze Lederjacke und rüttelte ihn.

Louise wich ein paar Schritte zurück und verfluchte Rønholt.

»Vergessen Sie's«, sagte sie und wollte schon gehen, doch Ulla hielt sie auf.

»Geben Sie ihm zwei Minuten, dann ist er so weit.«

Louise blieb stehen und beobachtete Ulla dabei, wie sie hinter den Tresen ging und ein Schnapsglas und eine Flasche Gammel Dansk holte. Die stellte sie neben Nordstrøm auf den Tisch, bevor sie ihn abermals rüttelte.

Grunzend setzte er sich auf und nahm das gefüllte Glas entgegen, das Ulla ihm reichte. Er schloss die Augen, kippte sich den Magenbitter hinter die Binde und ließ sich sofort neu einschenken.

Dann öffnete er blinzelnd die Augen, richtete den Blick auf Louise und hatte offenbar noch Schwierigkeiten, scharf zu sehen.

»Wer sind Sie denn, verdammte Hacke?« Der Klang seiner Stimme hatte was von einem alten Eisenrohr.

»Rønholt hat mich gebeten, Sie hier abzuholen«, antwortete sie. »Ihr Urlaub ist vorbei.«

»Der kann mich mal«, brummte er, zog eine Zigarette aus einer platt gedrückten Schachtel und zündete sie sich an.

Louise stand eine Weile da und beobachtete ihn, dann drehte sie sich um und ging. Draußen waren die Biermänner bereits dabei, die Heckklappe zu schließen, und Ulla wollte das rostige Gitter wieder vor die Tür stellen.

»Halt!«, schnarrte es aus der Kneipe.

Taumelnd erschien er auf dem Bürgersteig, blinzelte gegen die Sonne und fuhr sich mit beiden Händen durchs halblange Haar. Einen Moment sah es so aus, als würde er das Gleichgewicht verlieren, aber dann fing er sich und folgte Louise zum Auto.

»Kennen wir uns?«, fragte er und warf die Kippe weg.

Louise schüttelte den Kopf und stellte sich vor.

»Sie hätten eigentlich vor drei Stunden in der Pathologie sein sollen. Ich hab das für Sie übernommen.«

Sie öffnete die Beifahrertür und half ihm, auf dem Sitz zu landen. Sie war kaum selbst eingestiegen, da schlief er schon wieder.

Ein sanftes Schnarchen begleitete sie den ganzen Weg zurück zur Vermisstenstelle. Louise blendete das aus und konzentrierte sich auf die nicht identifizierte Frau, die jetzt wieder im Keller der Forensischen Pathologie lag. In ihrem Gesicht hatte etwas Verletzliches, ja fast Kindliches gelegen, das von der großen Narbe unberührt geblieben war. Sie musste mal sehr hübsch gewesen sein. Die Frage war nur, wann dieses »mal« gewesen war.

Auf dem Parkplatz vor der Vermisstenstelle angekommen, stieg Louise aus, warf die Autotür zu und überließ den immer noch schlafenden Eik Nordstrøm sich selbst. Auf dem Weg in ihr Büro richtete sie den Blick fest auf den grauen Linoleumboden und atmete stoßweise, damit die Wut nicht aus ihr herausplatzte.

Sie pfefferte ihre Tasche in eine Ecke und schloss die Tür hinter sich. Die Wände waren immer noch kahl, aber immerhin war während ihrer Abwesenheit eine Jalousie angebracht worden, stellte Louise fest.

Die konnte sie gerade jetzt gut gebrauchen, die Sonne knallte nämlich in ihr Büro. Louise ließ die Jalousie herunter, setzte sich an den Schreibtisch und schaltete den Computer ein. Sie holte die Unterlagen mit den Lebensläufen und ihren Notizen zu den drei in ihren Augen geeigneten Mitarbeitern für diese Sondereinheit hervor und überlegte, ob Henny Heilmann vielleicht auch infrage käme.

Ihre ehemalige Gruppenleiterin, die nach der Polizeireform ganz oben in der Leitstelle gelandet war, hatte eine lange Laufbahn bei der Mordkommission hinter sich. Sie war eine der erfahrensten Ermittlerinnen, die Louise kannte, aber ob das alte Zirkuspferd wohl Lust hätte, in die Manege zurückzukehren? Vermutlich würde sie entweder genauso wahnsinnig engagiert und effizient arbeiten wie früher – oder aber enorme Startschwierigkeiten haben.

Das Geräusch an der Tür war eher ein Rumpeln als ein Klopfen, und dann schwang sie auch schon auf. Eik Nordstrøm schob einen Bürostuhl vor sich her, auf dem sich ein paar Kartons stapelten.

»Ach! Da ist ja schon ein Stuhl!«, stellte er fest und blieb in der offenen Tür stehen.

»Was machen Sie hier?«, fragte Louise und schob hastig ihre Unterlagen zusammen. Gleichzeitig stellte sie fest, dass er seine Haare mit Wasser in Berührung gebracht und sie zurückgekämmt hatte. Auch sein T-Shirt sah frisch aus. Vermutlich hatte er immer eins in Reserve in seinem Büro.

»Na, ich zieh hier ein«, informierte er sie und nickte zu dem freien Platz am Fenster. »Ich wollte schon immer mal mit einer Frau zusammenarbeiten.«

Louise erhob sich verblüfft.

»Na ja, davon kann nun so direkt keine Rede sein«, hielt sie schnell dagegen. »Die Sondereinheit und die Vermisstenstelle arbeiten ja eher parallel als zusammen.«

»Stimmt.« Er nickte zustimmend und stellte die Kartons auf seinen Schreibtisch. »Und die Sondereinheit sind wir zwei. Ich habe gerade eben Order bekommen, meine Sachen zu packen und mit Ihnen das Büro zu teilen.«

»Das muss ein Missverständnis sein. Von wem haben Sie die Order bekommen?«

Er warf seine Lederjacke auf den Boden und machte sich daran, die Kartons auszupacken.

»Rønholt. Der hat mich auf die Sache mit der toten Frau im Wald angesetzt.«

Ungläubig starrte Louise ihn an.

»Aber dafür müssen Sie ja nicht das Büro mit mir teilen«, unternahm sie einen weiteren Versuch.

»Doch, ich soll nämlich mit Ihnen zusammenarbeiten«, sagte er und hustete, als wären seine Lungen noch nicht ganz wach.

Reglos stand sie da, während sie begriff, was er da

gerade gesagt hatte. Dann schnappte sie sich ihre Unterlagen und drückte sich an dem überflüssigen Bürostuhl vorbei zur Tür hinaus, bevor Nordstrøm ihn wieder hinausschob.

»Ist Rønholt da drin?«, fragte sie und schaute die Sekretärin herausfordernd an. Hanne Munk war vor einigen Jahren auch mal in der Mordkommission angestellt gewesen, allerdings nur kurz. Ihre wilden roten Haare, ihr Hippiestil und ihre spirituellen Neigungen waren so gar nichts für Kommissar Willumsen gewesen, und er hatte sie binnen weniger Monate rausgeekelt.

»Ja, aber Sie können da jetzt nicht reingehen!«, antwortete sie. »Ragner bereitet sich auf ein Gespräch mit dem Reichspolizeichef vor.«

»Ich muss mit ihm reden. Dauert zwei Minuten«, beharrte Louise und durchschritt das Vorzimmer. Hanne Munk war an der Tür, bevor Louise überhaupt die Hand zum Anklopfen erhoben hatte.

»Sie können da jetzt nicht einfach reingehen und ihn stören.« Sie stellte sich Louise in den Weg und funkelte sie wütend an.

»Heute ist er komplett ausgebucht. Aber Sie können selbstverständlich für einen der nächsten Tage einen Termin mit ihm vereinbaren.«

»Jetzt hören Sie schon auf!«, sagte Louise aufgebracht. Stur blieb sie ganz dicht vor Hanne Munk stehen und hatte nicht vor, nachzugeben.

In dem Augenblick ging die Tür auf, und Ragner Rønholt wäre fast mit seiner Sekretärin zusammengestoßen, die nach wie vor den Durchgang blockierte.

»Hoppla«, sagte er und packte Hanne Munk bei den Schultern, um das Gleichgewicht wiederzufinden. Er lächelte Louise an.

»Gut, dass Sie Nordstrøm mal ein bisschen aufgerüttelt haben. Ist ein echt netter Kerl, wenn er nicht nur körperlich, sondern auch geistig aus dem Urlaub zurück ist.«

»Genau darüber wollte ich mit Ihnen reden«, hakte Louise sofort ein, drückte sich an Hanne Munk vorbei, zog Rønholt mit sich zurück in sein Büro und schloss die Tür.

»Wir hatten eine ganz klare Absprache. Ich sollte mir meinen Partner selbst aussuchen.« Sie reichte ihm ihre Papiere.

»Das hier ist eine Liste mit Leuten, die ich für qualifiziert halte.«

Er hatte die Unterlagen bereits in der Hand, als Louise die Notizen einfielen, die nicht für fremde Augen bestimmt waren. Schnell nahm sie ihm die Papiere wieder ab.

»Es war nicht eine Sekunde die Rede davon, dass Sie mir ungefragt einen Trunkenbold aufs Auge drücken würden.«

»Was heißt denn hier ›aufs Auge drücken‹?«, verteidigte sich Rønholt und legte die Stirn in tiefe Falten.

»Nordstrøm ist der beste Mann, den ich habe, und ich bin mir sicher, dass Sie beide zusammen ein Weltklasseteam sind.«

Weltklasse? Louise war sprachlos. Sowohl angesichts dieser Wortwahl als auch, weil er ihr den werten Kollegen einfach so unterschob.

»Er hat sich heute Vormittag in einer Kneipe den Rausch ausgeschlafen. Als die Wirtin ihn wach gerüttelt hatte, musste er erst mal zwei Magenbitter trinken, um überhaupt in die Gänge zu kommen. Was hat das denn bitte mit Weltklasse zu tun? Vergessen Sie es. Ich will mit Lars Jørgensen arbeiten. Der kann ganz sicher ziemlich schnell hier rüberwechseln.«

Rønholt war hinter seinen Schreibtisch getreten. Er sah sie an.

»Sie haben recht. Nordstrøm kämpft da mit ein paar Dämonen, die hin und wieder stärker sind als er. Aber manchmal kann die Schwäche eines Menschen gleichzeitig seine Stärke sein.« Er stimmte ihr zu, dass Lars Jørgensen ganz gewiss auch ein geeigneter Kandidat sei. »Aber nun geben Sie Nordstrøm doch erst mal eine Chance. Ich schlage vor, Sie beiden kümmern sich jetzt um die Identität der Frau und finden heraus, ob sie Verwandte hatte, die informiert werden müssen. Dann machen wir das, und damit ist der Fall abgeschlossen.«

Er sah auf die Uhr und nahm seine Jacke vom Haken.

»Ich bin etwas spät dran. Wir spielen heute Abend Bridge, und ich muss mich um die Käseplatte kümmern, von daher komme ich zwischendurch nicht mehr ins Büro.«

Louise ging mit ihm hinaus, blieb aber in der Tür stehen. Im Vorzimmer stand Eik Nordstrøm und betrieb Small Talk mit der Sekretärin, die bei jedem seiner Worte nickte und lächelte.

»Na, dann wollen wir mal sehen, ob wir herausfinden, wer unsere namenlose Frauenleiche ist«, sagte Louise an ihn gerichtet. »Das heißt, natürlich nur, wenn Sie Zeit haben?«

Sie marschierte aus dem Vorzimmer und wusste genau, dass sie gerade ziemlich zickig geklungen hatte. Sie hörte noch, wie Nordstrøm der Sekretärin etwas zuflüsterte, was diese kichern ließ, bevor er sich losriss.

Er holte Louise ein. »Möchten Sie auch einen Kaffee?«, fragte er und bog schon Richtung Küche ab.

»Nein danke, ich trinke Tee«, sagte Louise und blieb überrascht vor der Tür zum Rattenloch stehen. Das Büro sah so anders aus. So wohnlich. Als wäre jemand eingezogen. Musikposter in Wechselrahmen waren zwar nicht ganz ihr Geschmack, aber immerhin besser als gar nichts.

»Aber hallo«, sagte sie nur.

»Ich kann das gerne alles wieder wegbringen, wenn es Ihnen nicht gefällt.« Plötzlich stand Nordstrøm hinter ihr, einen Kaffee und zwei Käsebrote in der Hand, und betrachtete sie.

»Nein, nein, ist gut«, beeilte sie sich zu sagen. Sie überließ es nämlich gerne anderen, sich um die Einrichtung zu kümmern. Sie fand es schön, Dinge um sich herum zu haben, aber sie selbst hatte keine Lust, sich um solche Details zu kümmern.

Sie ging zu ihrem Schreibtisch, holte ihren kleinen Wasserkocher aus dem Schrank und einen Teebeutel aus der Tasche.

»ICH HABE DEM FALL eine schwarze Ecke gegeben, das heißt, sie ist jetzt bei Interpol als tot registriert«, fasste Louise zusammen und sah Nordstrøm an, der sich an seinem zweiten Käsebrot gütlich tat. »Aber bevor wir ein Foto der Verstorbenen an die Medien geben, sollten wir es vielleicht erst mal bei den einzelnen Polizeikreisen und Interpol versuchen?«

Sie wartete, unsicher, wie die korrekte Vorgehensweise in einem solchen Fall war. Die Holbæker Polizei hatte die Angelegenheit an die Vermisstenstelle weitergegeben, weil sie nicht ohne Weiteres selbst in der Lage gewesen war, die Identität der Frau zu klären.

»Obwohl die anderen Polizeikreise wohl kaum helfen können, wenn wir keinen Namen haben«, fügte sie nach kurzem Nachdenken hinzu.

Nordstrøm schüttelte den Kopf, während er sich beeilte, fertig zu kauen.

»Reine Zeitverschwendung, darauf zu warten, dass irgendjemand sie zufällig erkennt. Bei Leichenfunden mit ungeklärter Identität konzentrieren wir uns immer erst mal auf die nähere Umgebung des Fundortes.«

»Okay.« Louise nickte. »Sie wurde Donnerstagvormittag von einem Waldarbeiter beim Avnsee in der Gegend zwischen Roskilde, Ringsted und Holbæk gefunden. Kennen Sie sich da aus?«

Er schüttelte den Kopf.

»Hvalsø, Skov Hastrup, Særløse, Ny Tolstrup«, listete sie auf. »Da liegt ein Asylantenheim.«

»Liegt das bei Køge?«, fragte er und klopfte sich Brotkrümel vom schwarzen T-Shirt.

»Nein, das liegt nicht bei Køge«, seufzte sie. »Das liegt zwischen Roskilde und Holbæk. Der Waldarbeiter hat am Seeufer aufgeräumt, als er sie fand. Er kennt die Tote nicht und weiß auch nichts davon, dass sich irgendjemand im Wald niedergelassen haben könnte.«

Sie hatte bereits das meiste von der Obduktion berichtet, da hob er die Hand und brachte sie zum Schweigen.

»Ich muss mal eben tanken.«

Er schnappte sich seine Kaffeetasse und ging.

»Wissen wir etwas darüber, ob die örtliche Polizei das Gebiet rund um den Hang, den sie hinuntergestürzt ist, abgesucht hat?«, wollte er wissen, als er wiederkam.

»Im Bericht der Holbæker Polizei steht, dass am oberen Ende des Hangs deutliche Fußspuren im nassen Boden waren. In der Nacht hatte es ein bisschen geregnet. Aber sie haben nur Fußabdrücke von der Frau gefunden, keine anderen.«

»Vielleicht hat sie ja im Wald gewohnt«, überlegte er laut. »Klingt ganz so, als sei sie so eine Art Einsiedlerin gewesen. Obdachlos vielleicht?«

Aha, er hatte also doch aufgepasst. Die Frau konnte in der Tat beides gewesen sein.

Louise legte den recht kurzen Polizeibericht weg, als es an der Tür klopfte, Hanne Munk hereinsah und sie mit sauertöpfischer Miene darauf aufmerksam machte, dass sie immer noch kein Namensschild an ihrem Posteingangsfach hatte.

»Es wäre schön, wenn nicht mehr alles dauernd bei mir landen würde. Wo soll ich denn hin mit den ganzen Stapeln?«

»Ist denn was für mich gekommen?«, fragte Louise neugierig.

Vielleicht irgendwelche Post, die das Morddezernat hierher weitergeleitet hatte. Mit dem Leiter der Verhandlungsgruppe hatte sie nämlich vereinbart, dass sie während der ersten Monate in der neuen Einheit keine Aufgaben von dort bekäme. Von da konnte also keine Post gekommen sein.

»Eine Einladung zum Sommerfest und die Telefonliste, die ich für Sie ausgedruckt habe.«

»Und die beiden Sachen haben Sie nicht gleich mitgebracht, wenn Sie doch sowieso bei mir vorbeikommen?«

»Ich kann nicht allen hier in der Abteilung die Post persönlich vorbeibringen«, gab Hanne Munk spitz zurück.

»Aber bisher hast du das doch immer gerne gemacht«, meldete sich Nordstrøm zu Wort und zwinkerte ihr zu.

»Bei dir ist das ja auch was anderes«, knurrte Hanne.

Nachdem die Sekretärin den Raum verlassen hatte, starrte Louise einige Sekunden die geschlossene Tür an. Dann schüttelte sie den Kopf.

»Sie ist es nicht gewöhnt, Konkurrenz zu haben«, kommentierte Nordstrøm, lehnte sich im Stuhl zurück und fischte eine zerquetschte Zigarettenschachtel aus der Tasche. »Hanne ist schließlich die Königin der Abteilung hier. Von allen hofiert.«

Er zog eine etwas lädierte Zigarette aus der Schachtel, steckte sie sich in den Mund und sah sich nach Feuer um.

»Hier drinnen wird nicht geraucht«, pampte Louise ihn an, als er in der Schreibtischschublade ein Feuerzeug gefunden hatte und sich anschickte, es zu benutzen.

Er zog eine Augenbraue hoch, betrachtete Louise eine Weile und warf das Feuerzeug dann auf den Tisch.

»Ich habe die Vermisstenliste durchgesehen«, machte sie weiter. »Erst nur den letzten Monat, aber der war nicht sehr ergiebig. Da wurden nur eine Frau in Nordjütland und ein junger Mann aus Næstved vermisst gemeldet. Dann habe ich das ganze letzte Jahr überprüft, aber in dem Zeitraum wurden keine Frauen in der fraglichen Altersgruppe vermisst. Also habe ich die letzten fünf Jahre durchgesehen.«

Sie tippte auf den Stapel Papier vor sich auf dem Tisch.

»Die Personenbeschreibung passt auf keinen der gemeldeten Fälle. Die große Narbe wäre garantiert unter ›Besondere Kennzeichen‹ aufgeführt. Das heißt, unsere Tote wird nirgendwo vermisst.«

Nordstrøm saß immer noch mit der Kippe im Mund da und wirkte unruhig.

»Geben Sie mir mal die Listen, dann sehe ich sie mir auch noch an«, sagte er, krallte sich das Feuerzeug und war schon halb durch die Tür.

»Jetzt gehen Sie halt erst mal raus und rauchen, damit Sie sich wieder konzentrieren können und wir weiterkommen«, sagte sie genervt und lehnte sich zurück.

»Schicken Sie mir doch mal das Bild von der Toten«, bat er Louise, als er sieben Minuten später wieder da war.

»Wenn sie Dänin ist, wird es doch wohl jemanden geben, der sie kennt«, meinte er, nachdem er das Bild eingehend betrachtet hatte. »Die Narbe ist einfach so auffällig, an die wird sich jeder erinnern, der sie mal gesehen hat.«

Louise nickte.

»Soll ich eine Personenbeschreibung machen und zusammen mit dem Bild an die Presse schicken?«, fragte er und fügte hinzu, dass er eine Liste mit Medienkontakten habe, mit denen sie normalerweise zusammenarbeiteten, wenn es um Suchaufrufe ging.

»Gute Idee!« Louise war sehr erfreut, dass er endlich etwas mehr Engagement zeigte. Sie sah auf die Uhr. »Ich habe eine Verabredung in Roskilde und muss darum heute etwas früher los.«

Louise hatte sich immer noch nicht daran gewöhnt, dass ihre Freundin Camilla Lind jetzt auf dem großen Gutshof ihrer Schwiegerfamilie in Boserup bei Roskilde wohnte. Camillas Freund Frederik war nach dem Tod seines Bruders und dem Ausscheiden seiner Schwester aus dem Management des Familienunternehmens aus den USA nach Dänemark zurückgekehrt und hatte die Geschäftsführung bei TermoLux übernommen.

Louise hätte nie erwartet, dass Camilla mal als Gutsherrin enden würde. Die kleine Wohnung, die ihre Freundin bisher gleich neben dem Frederiksberger Schwimmbad bewohnt hatte, stand zum Verkauf, und vor einem Monat hatte Camillas Sohn Markus die Schule gewechselt, weil Frederik Sachs-Smith ihm einen Platz in einer Privatschule bei Roskilde besorgt hatte. Das alles war unglaublich schnell gegangen, und jetzt wollten die beiden auch noch heiraten. Und Camilla bestand darauf, die Einladungen selbst zu basteln. Also hatte Louise im Hobbyladen noch mehr Perlen besorgt und wollte sie ihr nach der Arbeit bringen.

Beim Gedanken daran seufzte sie. Sie fand, sie war schon ein wenig zu viel in die Hochzeitsvorbereitungen mit eingebunden. Ihre Freundin war überhaupt nicht mehr zu bremsen.

»Fertig!«, verkündete Eik Nordstrøm nach kurzer Zeit und beendete damit die Stille.

»Personenbeschreibung und Foto sind rausgegangen, zusammen mit dem Hinweis, sich an die Sondereinheit der Vermisstenstelle zu wenden, wenn man die Frau kennt oder einen Tipp hat, wer sie sein könnte.«

Er sah Louise an, als wartete er auf etwas.

»Prima«, lobte sie ihn und fragte, ob er die Fotos vom Fundort gesehen habe?

Er schüttelte den Kopf.

Louise fand sie auf ihrem Computer und schickte sie ihm.

Er lehnte sich vor, betrachtete sie sehr konzentriert und machte dabei ein zunehmend ernstes Gesicht.

»Meine Mutter hatte auch solche geblümten Kittel. Die wurden vorne mit jeder Menge Haken zugemacht«, erzählte er. »Das muss in den Sechzigern gewesen sein – da war der Reißverschluss vielleicht noch nicht erfunden. Ich hatte keine Ahnung, dass es die heute noch gibt.«

Louise sah das Bild an und nickte. Anhand der Kleidung konnte man meinen, für die Frau sei die Zeit irgendwann stehen geblieben.

»Ich schlage vor, dass wir selbst hinfahren und mit dem Mann reden, der sie gefunden hat«, sprach Nordstrøm weiter. »Ich bin sicher, dass wir so mehr aus ihm herauskriegen.«

»Das wollte ich morgen gleich als Erstes tun«, sagte Louise. Sie musste ja diese blöden Perlen zu Camilla bringen.

Sie überlegte einen Moment, ob ihr Interimspartner es am nächsten Morgen wohl alleine ins Büro schaffte oder ob sie ihn wieder irgendwo einsammeln müsste.

»Fahren Sie ruhig nach Roskilde«, sagte er und klappte seinen Laptop zu, als wäre er bereits halb zur Tür hinaus. »Ich spreche allein mit ihm. Im Moment kann ich eh nichts anderes machen.«

Louise wandte den Blick vom Bildschirm ab und sah ihren Kollegen an, der die letzte Zigarette aus der Packung fischte, bevor er diese vollends zerknüllte und in den Papierkorb warf.

»Nein, aber die Sache ist ja nun auch nicht so dringend, dass sie Überstunden erfordern würde«, wandte sie ein in dem Versuch, ihm sein Vorhaben auszureden. Sie war sich ziemlich sicher, dass er so ein Typ war, der morgens immer später zur Arbeit kam, dann aber Überstunden aufschrieb, wenn er nachmittags länger als bis vier Uhr blieb. Aber das konnte er vergessen, solange er mit ihr zusammenarbeitete. »Sie wissen doch nicht mal, wo der Avnsee liegt!«

»Stimmt, aber ich habe ein Navi.«

»Ja, und der wird Sie bis zum Wald dirigieren, aber von da ab sind Sie auf sich selbst gestellt. Ich komme mit.«

Normalerweise war sie es, die darauf bestand, die Dinge nicht aufzuschieben, ging ihr durch den Kopf. Vielleicht war das ein Zeichen dafür, dass sie langsam alt und träge wurde.

Louise stand auf und sah Nordstrøm dabei zu, wie er sich die Lederjacke anzog. So ein Quatsch, beruhigte sie sich selbst, als sie ihre Tasche griff. Zwar war sie gerade vierzig geworden, aber zum alten Eisen gehörte sie deshalb noch lange nicht.

Bevor sie das Gebäude verließen, mussten sie bei Hanne Munk noch den Schlüssel für einen der beiden Dienstwagen holen. Das überließ sie ihrem Kollegen, doch als sie auf der Straße standen, streckte sie die offene Hand aus und sagte in einem Ton, der keine Widerrede duldete:

»Ich fahre.«

Die Fahrt verlief schweigend. Louise wandte mehrmals den Kopf zur Seite, um zu sehen, ob ihr Kollege eingeschlafen war, aber Eik Nordstrøm saß, die breiten Hände im Schoß gefaltet, aufrecht da und verfolgte aufmerksam die Route. Louise bog links ab, und er betrachtete das alte, stillgelegte Sägewerk mit den kaputten Fenstern. Die verlassenen Holzschuppen wirkten geisterhaft.

Am Waldrand lag ein reetgedeckter, hufeisenförmiger Hof, der fast völlig hinter den kräftigen Bäumen verschwand. Das Grundstück wurde durch einen weißen Staketenzaun und ein großes Tor abgegrenzt. Louise drosselte das Tempo ein wenig, als sie vorbeifuhren. Das alte Wildwächterhaus war viele Jahre lang ihr Traumhaus gewesen.

»Da, wo der Hang zum See abfällt, gibt es eine Pfadfinderhütte«, erklärte sie, als sie den Bukkeskovvej verließen. »Aber wenn wir bis zur Hütte fahren, sind wir ziemlich weit weg vom Fundort. Ich würde sagen, wir fahren besser gleich zum See und gehen den Rest zu Fuß. Das ist schneller.«

»Klingt ja ganz so, als würden Sie sich hier auskennen«, stellte er fest und sah sie neugierig an.

»Ich bin hier aufgewachsen«, verriet sie und bemühte sich, den tiefsten Schlaglöchern auszuweichen. »Also, nicht direkt hier. In Lerbjerg, auf der anderen Seite des Waldes. Aber als Kind habe ich enorm viel Zeit hier verbracht, und als wir älter wurden, haben wir uns immer am Avnsee getroffen und Lagerfeuer gemacht.«

Vom Bier und den Joints sagte sie nichts. Schließlich hatte sie ja nie mitgeraucht. Sie hatte nur mit den anderen im Gras gelegen und in den Sternenhimmel geguckt.

»Und? Sind Sie immer noch öfter hier?«

»Meine Eltern wohnen hier«, lautete die knappe Antwort. »Aber am See bin ich schon seit Jahren nicht mehr gewesen.«

Das war gelogen. Louise war oft am See, wenn sie mal für sich sein und ihre Gedanken sortieren musste. Für sie war der Avnsee schon immer der schönste und friedlichste Ort auf der Welt gewesen. Sie liebte es, an einen Baum gelehnt dazusitzen und den Sonnenuntergang zu beobachten. Zu sehen, wie das Licht die rabenschwarze Oberfläche des Sees entflammte. Das war die ultimative Meditation.

Aber das ging ihren Kollegen nichts an. Genauso wenig wie die Tatsache, dass sie letztes Mal ihren Pflegesohn Jonas dabeigehabt hatte. Grundsätzlich ging es Eik Nordstrøm überhaupt nichts an, was sie privat so machte.

»Hier.« Sie fuhr rechts ran. »Hier oben parken wir.«

Zwischen den Bäumen spiegelte sich die Seeoberfläche am Fuß des Hügels. Ein schmaler Pfad führte direkt hinunter. Als Kind war sie unzählige Male hier Fahrrad gefahren, und später hatte sie herausgefunden, dass man hier auch wunderbar reiten konnte – vor allem, wenn es im Galopp bergauf ging.

Sie zeigte an Nordstrøm vorbei und machte ihn auf den Waldweg in einiger Entfernung aufmerksam, der nicht ganz so steil verlief.

»Kann man hier angeln?«, wollte er wissen, als sie ausgestiegen waren.

Louise nickte und erinnerte sich plötzlich daran, dass sie mal mit einer selbst gebauten Rute ein paar kleine Plötzen gefangen hatte, aber soweit sie wusste, gab es auch Hechte und Flussbarsche.

»Unten am Wasser gibt es einen schmalen Weg, der um den ganzen See herumführt.«

Sie zeigte nach rechts in den Wald.

»Wir müssen da rüber.«

Sie würden den See zu einem Viertel umrunden müssen, um zu der Stelle zu gelangen, wo der Waldarbeiter die Frau gefunden hatte.

»Psst«, zischte Nordstrøm auf einmal und legte die Hand auf Louises Arm.

Sie hielt die Luft an und hörte ein Kind weinen. Herzzerreißend drang das Schluchzen zwischen den Bäumen zu ihnen herauf.

»Da unten stehen Tische und Bänke, da kommen die Leute gerne hin, um zu picknicken«, erklärte Louise flüsternd.

Bei schönem Wetter war der Avnsee ein beliebtes Ausflugsziel. Als Louise in Hvalsø zur Schule gegangen war, waren sie auch öfter mit der Klasse hier gewesen. Die Mädchen hatten auf der Wiese gesessen und Blumenkränze gebunden, die Jungs ihre Initialen in Baumstämme geritzt oder sich auf dem in einem der hohen Bäume hängenden Seil über den See geschwungen. So erinnerte sie sich jedenfalls.

Das Heulen des Kindes riss sie aus ihren Gedanken. Es schluchzte so unkontrolliert, dass Louise Sorge hatte, ob es überhaupt noch Luft bekam.

»Warum kommt keiner und tröstet das Kind?« Nordstrøm machte sich sofort auf den Weg den steilen Pfad hinunter, hier und da hielt er sich an Zweigen fest, um nicht abzurutschen.

Louise schloss den Wagen ab und folgte ihrem Kollegen.

Auf dem flachen Uferstück, wo nach Louises Erinnerung immer die Seilschaukel gehangen hatte, sah sie nun drei kleine Kinder. Es war der blonde Junge in der gestreiften Windjacke und Jeans, der so fürchterlich weinte. Er saß auf dem Boden und schluchzte so heftig, dass sein Gesicht völlig verzerrt war. Neben ihm lag ein weiterer blonder Junge auf dem Bauch, wand sich wie eine kleine Larve und gab immer wieder laute Geräusche der Unzufriedenheit von sich. Er klang, als würde auch er gleich anfangen zu weinen.

Louise blieb stehen und sah hinüber zum dritten Kind, einem Mädchen in roten Sachen, das gefährlich nah am Wasser saß, die Finger im Mund und das Gesicht erdverschmiert.

Zwei Jahre, schätzte Louise, höchstens drei. Wer lässt denn so kleine Kinder allein in einem Wald so nah bei einem See zurück? Louise setzte sich wieder in Bewegung, als das Mädchen aufstand, weiter Richtung See taperte, sich wieder hinplumpsen ließ und sich nach vorne lehnte, als wollte es nach den kleinen Wellen greifen, die ans Ufer schwappten.

Nordstrøm war schneller als Louise bei dem Mädchen, hob es flugs hoch und trug es zur Bank bei der Schaukel.

»Hallo?«, rief Louise und sah sich um. Keine Spur von einem Erwachsenen.

Nordstrøm war inzwischen zu den beiden Jungs gegangen und hatte sich neben den Kleinen gehockt, der in seinem Heulkrampf gefangen war. Behutsam hob Nordstrøm auch ihn hoch, nahm ihn in den Arm und wiegte ihn leicht.

»Irgendjemand muss hier doch sein«, meinte er und sah sich suchend um.

Er brachte nun auch die Jungen zur Bank, wo die drei Kinder erst einmal sicher waren.

Dann ging er mit dem weinenden Jungen auf dem Arm auf und ab, während der andere herumkrabbelte.

»Haallooo?«, rief Louise noch einmal. »Bleiben Sie bei ihnen, während ich suche?«

Sie wartete Nordstrøms Antwort gar nicht erst ab, sondern lief sofort los Richtung Bootshaus und folgte dann dem Uferweg. Sie musste sich mehrfach unter niedrigen Zweigen wegducken und spürte, wie die Wut in ihren Schläfen pochte. Sie sah es schon genau vor sich: zwei Jugendliche, die sich mehr füreinander interessierten als für die Kinder, mit denen sie einen Ausflug machten. Sie hatte früher selbst mal babygesittet, und manchmal hatte sie ihren Freund dabeigehabt. Wenn die Kinder zufrieden miteinander spielten, konnte man sie schon mal vergessen.

»Haaaallooo?«, rief sie abermals und blieb bei dem mit einem großen Vorhängeschloss gesicherten Schuppen stehen, in dem die Waldarbeiter ein Boot unterstellten. Keine Menschenseele in Sicht.

Louise ließ den Blick schweifen, hörte den Jungen immer noch weinen, allerdings nicht mehr ganz so hysterisch. Sie ging zu dem Waldweg hoch, über den die meisten Leute zum See gelangten. Oben angekommen, war sie außer Puste und sah immer noch niemanden.

Als sie zu dem Picknickplatz zurückkam, saß Nordstrøm mit den drei Kindern auf dem Boden, den weinenden Jungen immer noch auf dem Arm. Der Kleine war fast eingeschlafen. Die beiden anderen hatten jeweils ein Stöckchen in der Hand und kratzten im Waldboden herum.

»Ich gehe jetzt mal in die andere Richtung«, sagte Louise und zeigte hinter die vier. Kein Lüftchen regte sich in den Baumkronen. Louise spitzte einen Augenblick die Ohren, dann lief sie los.

Sie folgte einem ziemlich unebenen, schmalen Trampelpfad, rief noch einmal laut: »Haaaalloooo?«, und sah dann einige Meter weiter einen umgekippten, den Pfad blockierenden Kinderwagen. Einen breiten, dunkelblauen Kinderwagen, wie ihn Tagesmütter und Krippen verwendeten.

»Scheiße«, flüsterte sie, als sie einige Sekunden fürchtete, dass sich in dem Wagen noch ein weiteres Kind befand. Es war totenstill.

Louise sprang über einen Baumstamm und rannte zum Kinderwagen, der mit den Rädern in ihre Richtung lag. Sie war erleichtert, als sie sah, dass er leer war. Auf dem Platz für ein viertes Kind steckten eine Wickeltasche und eine weiße Stoffwindel. Ein paar Meter weiter lag eine durchsichtige Plastiktüte mit Trinkflaschen und einer Rolle Reiswaffeln auf dem Boden. Die war wohl aus dem Einkaufsnetz gefallen. Der Wagen musste ein ziemliches Tempo draufgehabt haben, als er umgekippt war.

Zunehmend beunruhigt, sah Louise sich um und rief noch ein paarmal, dann ging sie zurück zu Nordstrøm und den Kindern und zeigte in die Richtung, aus der sie gekommen war.

»Der Kinderwagen liegt da drüben.«

Der weinende Junge war inzwischen auf Nordstrøms Schoß eingeschlafen, dafür fingen die beiden anderen an zu jammern.

»Würden Sie ihn bitte holen, damit wir die Kinder reinlegen können?« Nordstrøm sah Louise an.

Sie nickte, ließ den Blick bange über die sie umgebenden Baumstämme wandern und war felsenfest überzeugt, dass niemand freiwillig drei Kleinkinder direkt an einem Waldsee alleinlassen würde. Louise spürte, wie ihr Körper anfing, Adrenalin auszuschütten.

Dann ging sie wieder zurück, um den Kinderwagen zu holen.

Louise entdeckte sie, als sie sich bückte, um den Wagen aufzustellen. Von Dornen zerkratzt, ragte das nackte Frauenbein am Waldboden zwischen den dichten Büschen hervor.

Louise ließ den Wagen liegen und lief hinüber.

»Hallo?«, rief sie, dieses Mal deutlich leiser. »Hallo!«

Sie hockte sich hin, zog sich zum Schutz den Jackenärmel über die Hand und drückte die dornigen Zweige beiseite. Leblos und seltsam verdreht, lag der Körper da, der Unterleib war entblößt.

»Hier liegt eine Frau«, schrie sie, ohne darüber nachzudenken, welche Wirkung das auf die Kinder haben könnte. Dann zog sie ihr Handy aus der Tasche und wählte 112.

Der Mann in der Einsatzzentrale gestand, sich in der Gegend nicht auszukennen.

»Also, am besten fahren sie vom Skovvej in Hvalsø in den Bistrupswald«, erklärte sie ihm. »Und von da aus geradeaus, am alten Forsthaus vorbei. Ich gehe hoch zur Straße und zeige ihnen dann den Rest des Wegs.«

Von da, wo sie jetzt hockte, konnte sie das Gesicht der Frau nicht sehen. Sie richtete sich auf und versuchte, von der anderen Seite an das Gebüsch heranzukommen.

Die Stirn der Frau sah ziemlich ramponiert aus. Als hätte man sie mit dem Kopf gegen einen Baumstamm gerammt, dachte Louise und besah sich die Augen der Frau, die blind in die Baumwipfel starrten.

Louise wusste, auch ohne den Puls der Frau zu fühlen, dass sie tot war. Sie betrachtete ihr Gesicht. Sie musste ungefähr in ihrem Alter sein und war relativ kräftig gebaut. Von dem Pferdeschwanz, zu dem sie die Haare gebunden hatte, war nicht mehr viel übrig. Ein ganzes Büschel ausgerissener Haare lag neben ihr.

Vielleicht hatte die Frau versucht zu fliehen, und der Täter hatte sie bei ihrem langen braunen Haar gepackt, um sie aufzuhalten. Die Verletzungen in ihrem Gesicht waren so schwer, dass Louise dachte, es mussten ziemlich heftige, außer Kontrolle geratene Gefühle im Spiel gewesen sein. Sie sah aus, als hätte man sie komplett durchgeprügelt.

Louise trat ein paar Schritte zurück, blieb stehen und sah sich um. Jemand hatte versucht, die Frau unter dem Gestrüpp zu verstecken. Gleichzeitig war das aber nur sehr notdürftig geschehen, und das wunderte Louise. Spaziergänger auf dem oberen Waldweg hätten die Tote schnell entdeckt.

Ein paar Meter entfernt lagen ein Gummischuh und eine Hose. Louise ging hin und beugte sich über die helle Jeans, deren Knopf abgerissen und deren Reißverschluss entzwei war. Offenbar hatte der Täter der Frau die Hose vom Leib gerissen, ohne sie vorher aufzumachen.

Wieder ein paar Meter weiter fielen Louise dunkle

Schatten auf dem Waldboden auf. Ob das Blut war? Sah ganz so aus, als wäre der Überfall zwischen den Bäumen passiert, dachte sie und hoffte, dass der Mann in der Einsatzzentrale ihre Wegbeschreibung begriffen hatte und die Kollegen bald da sein würden. Auf ihrem Weg zurück zu Nordstrøm und den Kindern überlegte sie kurz, noch mal anzurufen. Den Kinderwagen ließ sie liegen.

»Sie ist tot«, informierte sie Nordstrøm. »Wir müssen den Wagen da liegen lassen, bis die anderen da sind.«

Nordstrøm nickte. Inzwischen waren alle drei Kinder eingeschlafen und lagen nebeneinander auf dem Boden. Einer der Jungen nuckelte am Daumen.

»Ein Verbrechen?«, fragte Nordstrøm leise und erhob sich.

Louise nickte.

»Wenn es eine Tagesmutter ist, wird es nicht lange dauern, bis einige Eltern ihre Kinder vermissen«, stellte er fest.

Louise nickte wieder. Der Gedanke war ihr auch schon gekommen. Die Tote würde nicht schwer zu identifizieren sein. Höchstwahrscheinlich wohnte sie hier in der Nähe, denn sonst wäre sie mit den Kindern nicht an diesem See spazieren gegangen.

»Ich gehe hoch zur Straße und warte auf die Kollegen und den Rettungswagen«, sagte sie und zögerte dann. »Oder wollen Sie lieber?«

Er schüttelte den Kopf.

»Da würde ich mich doch glatt verlaufen.« Er holte seine Zigaretten aus der Jackentasche.

Louise machte sich an den Aufstieg. Ihre Beine fühlten sich schwer an. Besonders das letzte Stück kostete sie viel Kraft. Auf dem Waldweg angekommen, ging sie nach rechts. Nach der ersten Kurve fiel ihr auf, dass es bis zur Straße doch deutlich weiter war, als sie in Erinnerung gehabt hatte. Vielleicht hätte sie doch besser das Auto genommen.

Als sie endlich die kleine Kreuzung erreichte, setzte sie sich auf einen Baumstumpf und schrieb eine SMS an Camilla.

Sie würde es wohl kaum noch schaffen, ihrer Freundin die Perlen vorbeizubringen.

Die Martinshörner störten die Stille des Waldes, lange bevor die Blaulichter zu sehen waren. Louise erhob sich schon frühzeitig von dem Baumstumpf und winkte dem Rettungswagen, als er auf der Hügelkuppe erschien. Er drosselte das Tempo und hielt bei ihr an.

»Noch einen knappen Kilometer geradeaus, dann links runter«, erklärte sie dem Fahrer, der gleich weiterfuhr.

Sie wollte gerade wieder zu dem Baumstumpf zurückgehen, als ein Streifenwagen auftauchte und ebenfalls neben ihr hielt. Sie erkannte Kim Rasmussen hinter dem Steuer und trat überrascht einen Schritt nach hinten. Sie hatten sich lange nicht gesehen. Genau genommen, seit er ihre Beziehung beendet hatte. Sie konnte sich noch zu gut erinnern, wie er sie runtergeputzt und ihr alles Mögliche vorgeworfen hatte, nachdem sie ihm gesagt hatte, dass sie sich nicht binden wolle. Er war verletzt gewesen.

Sie werde einsam sterben, und dabei werde sie ihm nicht einmal leidtun, hatte er geschrien. Jedes Mal, wenn sie an ihn dachte, hörte sie diese Worte, und darum zwang sie sich, nicht mehr an ihn zu denken.

Louise zweifelte nicht eine Sekunde daran, dass er das alles sehr ernst gemeint hatte, und wenn sie – was sehr selten vorkam – den Blick in ihr verletzbares Innerstes wandte, spürte sie die Angst. Die Angst davor, dass er recht bekommen könnte. Natürlich riskierte sie, einsam zu sterben, aber das war nun mal die Konsequenz ihrer viele Jahre zurückliegenden Entscheidung, sich nie wieder zu fest zu binden.

Kim und sie hatten sich kennengelernt, als Louise 2007 ein Gastspiel bei der mobilen Ermittlungseinheit gehabt hatte und der Holbæker Polizei bei der Aufklärung eines Verbrechens hatte helfen sollen. Da hatten sie im selben Büro gesessen, und sie hatte den schlaksigen Polizeibeamten eher als unbeholfen denn als charmant empfunden. Aber dann hatte er sie gefragt, ob sie Lust habe, mit ihm Kajak zu fahren, und sie hatte die Einladung dankbar angenommen, um ein bisschen vom Fall abgelenkt zu werden und vom Bahnhofshotel wegzukommen, in dem sie und ihre Kollegen von der mobilen Ermittlungseinheit untergebracht gewesen waren. So waren sie einen Abend nach dem anderen paddeln gewesen, bis sie bei ihm zu Hause Irish Coffee getrunken hatten. Zwei Jahre lang hatten sie sich regelmäßig gesehen. Er hatte das Ganze eine Beziehung genannt, aber für sie war es nichts Festes gewesen.

»Hallo«, sagte sie und schob die Gedanken beiseite. Sie nickte der Kollegin neben Kim kurz zu und bemerkte selbst den eine Spur zu kühlen und professionellen Klang ihrer Stimme, als sie die beiden darüber informierte, dass die Tote vermutlich Tagesmutter oder Erzieherin in einer Krippe war und mit den Kindern einen Spaziergang gemacht hatte.

»Sind die Kinder immer noch da unten?« Kim zeigte Richtung See.

»Sie sind eingeschlafen, mein Kollege ist bei ihnen.« Louise nickte und fügte hinzu, dass die Kleinen sicher Hunger und Durst hätten.

Kim und seine Kollegin bedankten sich und fuhren

weiter. Louise stand einen Moment gedankenverloren da und sah dem Streifenwagen und den blauen Kleinbussen der Spurensicherung nach.

Nordstrøm saß auf der Bank und sprach mit einem Holbæker Kollegen, als Louise wieder am Picknickplatz eintraf. Die Kinder lagen immer noch schlafend auf dem Waldboden. Das Gebiet rechts von ihnen wurde abgesperrt, und ein weiterer Streifenwagen rollte den Waldweg herunter.

»Wir haben die Kinder weinen gehört«, erklärte Nordstrøm. Seine Hose war erdverschmiert, und sein T-Shirt an der Schulter immer noch feucht von den Tränen des Jungen. »Ich bin die ganze Zeit bei ihnen geblieben, und Kollegin Rick hat sich umgesehen. Nach ungefähr fünf bis zehn Minuten hat sie sie gefunden.« Er blickte zu ihr. »Stimmt doch, oder?«

Louise nickte und sah Kim von der Toten zurückkommen. Sie sah auch, dass man den Kinderwagen aufgestellt hatte.

»Sie heißt Karin Friis«, informierte Kim sie, als er mit dem Portemonnaie der Toten in der Hand die Bank erreichte. »Stokkebovej. Sagt dir das was?«

Er schaute Louise an.

Sie dachte nach, dann schüttelte sie den Kopf. Es gab noch einen anderen Weg zur Pfadfinderhütte, vielleicht war das der Stokkebovej, aber sie war sich nicht sicher.

»Ich könnte mir vorstellen, dass ihr hier geradeaus gehen und euch dann an der Weggabelung links halten müsst.« Sie zeigte hinter ihm den Hügel hinauf. »Am Ende des Waldwegs liegt ein großer Parkplatz. Vielleicht ist der Stokkebovej der Kiesweg, der aus dem Wald hinausführt.«

Andere Zufahrtswege zum Wald hier in der Nähe fielen ihr nicht ein.

»Da stehen jedenfalls auch ein paar Häuser«, fügte sie hinzu.

Rund um die Leiche waren die Kriminaltechniker damit beschäftigt, Spuren zu sichern. Den Kinderwagen hatte man vom Pfad entfernt. Louise spürte die enorme Spannung, die sich immer auf einen neuen Tatort legte, wenn alle konzentriert ihren Aufgaben nachgingen und nicht das Geringste übersehen werden durfte.

Nur, dass sie heute nicht Teil dieses Teams war.

»Wir müssen die Kinder nach Hause zu ihren Eltern bringen«, sagte Kim an seine Kollegin gewandt.

Ganz entspannt und natürlich delegierte er und führte seine Leute an. Es war das erste Mal, dass Louise ihn an der Spitze eines Ermittlungsteams erlebte. Jonas hatte ihr neulich erzählt, dass Kim befördert worden war. Die beiden redeten immer noch viel miteinander. Aber sie hatten ja auch Dina.

Die helle Labradorhündin gehörte eigentlich Kim, aber als Jonas' Vater gestorben und der Junge bei Louise eingezogen war, hatte Kim ihm den Welpen angeboten. Louise war sich natürlich im Klaren darüber, dass die wenigsten Zwölfjährigen ein solches Angebot abgelehnt hätten. Trotzdem war sie stinksauer gewesen. Sie war nämlich überhaupt nicht gefragt worden, und sie hatte keine Lust, von einem Hund abhängig zu sein, der regelmäßig gefüttert werden und mit dem man ständig vor die Tür musste.

Kim kam auf sie zu und stellte sich neben sie.

»Als ich die Notiz des Kollegen in der Leitstelle sah, dass du die Leiche gefunden hast, habe ich, offen gestanden, kurz gestutzt«, sagte er.

»Ich hätte euch darüber informieren müssen, dass wir hierherfahren«, räumte sie ein. Normalerweise gab man nämlich Bescheid, wenn man in anderen Polizeikreisen ermittelte – auch, wenn es der Polizeikreis war, der einen um Mithilfe gebeten hatte. »Letzte Woche hat es hier einen Unfall gegeben«, erklärte sie und erzählte, dass sie sich eigentlich nur die Stelle hatten ansehen wollen, an der die Frau in den Tod gestürzt war. »Und dann wollten wir mit dem Mann sprechen, der sie gefunden hat.«

Kim nickte und sagte, er selbst habe die Angelegenheit an die Vermisstenstelle weitergeleitet.

»Meinst du, zwischen den beiden Todesfällen könnte ein Zusammenhang bestehen?«, fragte sie, doch Kim schüttelte den Kopf.

»Es gibt keinerlei Anzeichen dafür, dass die Tote von letzter Woche Opfer eines Verbrechens war. Wir waren mit den Hunden hier draußen, die konnten nichts finden. Natürlich muss man in alle Richtungen ermitteln, aber laut Obduktionsbericht ist sie an den Verletzungen gestorben, die sie sich bei ihrem Sturz zugezogen hat, und oberhalb des Hangs haben wir nur ihre Fußspuren gefunden. Habt ihr ihre Identität klären können?«

»Noch nicht. Wir arbeiten dran.«

Louise freute sich, Kim zu sehen, doch der Zauber zwischen ihnen war verschwunden. Genauso wie die Wut. Sie gingen kameradschaftlich und professionell miteinander um, und das gefiel ihr. Auf einmal wirkte es völlig natürlich, wie ganz normale Kollegen beieinanderzustehen und zu reden. Louise lächelte ihn an.

»Schön, dich zu sehen«, flüsterte sie, solange sie noch unter vier Augen redeten. Nordstrøm hatte die

Kinder Kims Kollegin überlassen und lehnte jetzt rauchend an einem Baum.

»Und? Gefällt dir dein neuer Job?«, fragte Kim.

Sie nickte automatisch, doch dann relativierte sie.

»Geht so. Gibt ein paar Startschwierigkeiten.«

Irgendwie hatte sie Kim ja vermisst. Und irgendwie auch wieder nicht. Das Gefühl von Familie, das entstanden war, als sie zusammen gewesen waren, hatte nach ihrer Trennung eine Lücke hinterlassen. Aber jetzt hatte sie ja Jonas und Melvin, den unter ihnen wohnenden Rentner, der sich gerne um sie kümmerte und Essen machte, wenn Louise spät von der Arbeit nach Hause kam. Das war auch eine Art Familienleben. Und dann waren da natürlich noch die Nächte. Aber da gehörte Louise ihrer eigenen Erkenntnis nach offenbar zu den Menschen, die gerne auf Sex verzichteten, wenn sie so auch davon verschont blieben, an den Erwartungshaltungen eines Partners zu ersticken.

»Braucht ihr uns noch?«, fragte sie und gab Nordstrøm ein Zeichen, dass sie weitermüssten. »Wir sind noch nicht an dem Hang gewesen und wollen auch noch mit dem Waldarbeiter sprechen.«

»Im Moment, glaube ich, nicht«, entgegnete Kim. »Ihr habt ja wohl auch niemanden gesehen, als ihr gekommen seid, oder?«

Louise schüttelte den Kopf.

»Außer den Kindern, nein.«

Die Kleinen wurden gerade auf die Rückbank des Streifenwagens gesetzt, mit dem Kim gekommen war. Das Mädchen weinte immer lauter, als die Beamtin den Gurt um seinen kleinen Körper legen wollte. Die beiden Jungs dagegen wirkten fast schon apathisch, sie ließen sich ohne jeden Protest anschnallen.

»Wir gehen hintenrum«, beschloss Louise und zeigte

Richtung Hang und Seeufer. Sie blieb kurz stehen und sah dem Streifenwagen hinterher. Eigentlich wäre sie jetzt viel lieber dageblieben und hätte die Arbeit am Tatort verfolgt.

»Komme«, sagte Nordstrøm, drückte die Zigarette gründlich aus und ließ die Kippe dann in der Hosentasche verschwinden.

DER PFAD ZU DEM ABHANG, von dem die nicht identifizierte Frau gestürzt war, glich einer Schlammrinne. Louise und Nordstrøm mussten einen Umweg über den Bach machen, um auf die andere Seite zu kommen.

»Früher lagen da immer ein paar Baumstämme als eine Art Brücke«, erinnerte Louise sich und winkte ihren Kollegen zu sich heran.

Sie fand, sie sollten sich das obere Ende des Abhangs ansehen, also die Stelle, wo die Frau abgestürzt war – nicht die, wo sie gelandet war. Davon versprach sie sich mehr.

»Die Leute, die hier herauskommen – halten die sich rund um den ganzen See auf?«, keuchte Nordstrøm hinter ihr.

»Nein, die meisten sind immer nur bei der Schaukel. Und einige wenige unterhalb der Wiese neben der Pfadfinderhütte.«

»Das heißt, wenn unsere unbekannte Tote obdachlos war und irgendwo hier ihren Schlafplatz hatte, dann hätte das nicht unbedingt jemand mitbekommen?« Nordstrøm stolperte über eine Wurzel.

»Richtig.« Louise balancierte auf einem schmalen Baumstamm über den Bach.

Der Abhang war ziemlich steil. Fünf bis sechs Meter ging es da runter, schätzte Louise, als sie die Stelle betrachtete, an der die Frau in den Tod gestürzt war. Kein Pfad und nichts führte dorthin. Von dort, wo sie jetzt standen, sah es aus, als würde die Erde zwischen den breiten Baumstämmen einfach abfallen.

»Das muss nach Einbruch der Dunkelheit passiert sein«, sagte Louise. »Sonst hätte die Frau doch gesehen, dass es da nicht weitergeht.«

»Was zum Teufel hat sie hier oben gemacht?«, brummte Nordstrøm und ging bis zur Kante. »Hier kommt man doch nicht einfach so mal zum Spaß her.«

Der gegenüberliegende Hang lag komplett im Schatten der hohen Bäume.

»Vielleicht hat sie sich verlaufen?« Nordstrøm sah sich um. Er hatte die Lederjacke ausgezogen und trug sie mit einem Finger durch den Aufhänger über der Schulter. »Vielleicht ist sie von dieser Pfadfinderhütte gekommen, von der Sie geredet haben.«

Louise nickte.

»Im Dunklen verliert man hier leicht die Orientierung«, entgegnete sie. Wenn in der Pfadfinderhütte kein Licht war, gab es nichts, was einem den Weg weisen konnte.

»Wir sollten rausfinden, ob die Hütte letzte Woche vermietet war.«

Louise zog die Schultern hoch.

»Vielleicht weiß der Waldarbeiter ja was.«

Sie traten den Rückweg an, hielten sich dabei aber am oberen Ende des Hangs, um nicht noch mal den Bach überqueren zu müssen.

»Die Hütte liegt da hinten.« Louise zeigte nach links. Sie stellte fest, dass es die Feuerstelle am See immer noch gab. Sie war deutlich einladender als früher, mit Baumstümpfen als Sitzgelegenheiten. Früher hatten sie immer auf der Erde gesessen.

Sie gingen weiter über einen Grashügel, von dem aus sie die grüne Holzhütte sehen konnten. Louise hatte sie viel kleiner in Erinnerung, aber vielleicht war sie im Laufe der letzten zwanzig Jahre ja auch vergrößert worden.

»Könnte sehr gut sein, dass sie von dort gekommen ist.« Nordstrøm sah zurück.

Louise nickte. Klang einleuchtend. Die Frau konnte die Hütte sehr gut als Unterschlupf benutzt haben, wenn sie nicht vermietet war.

Vor der Pfadfinderhütte erstreckte sich ein großer Kiesplatz, und zu ihrer Linken lag eine Wiese, die schon lange nicht mehr gemäht worden war. Im hohen Gras standen zwei Schaukelgestelle und ein paar Bänke. Das Gras war nirgendwo platt getrampelt, woraus Louise schloss, dass in den letzten Tagen niemand hier gewesen war.

Sie gingen zur Hütte und schauten durch die Fenster hinein. »Eine ganz typische Pfadfinderhütte«, meinte Nordstrøm und deutete zu den Etagenbetten und den Tischen, die im Esszimmer zusammengeschoben waren. An der Wand entlang standen aufeinandergestapelte Stühle. Darüber hinaus entdeckten sie weder im Gemeinschaftsraum noch in den vielen Schlafräumen die Spur eines Hinweises auf die Habseligkeiten einer Obdachlosen.

»Was wissen wir über den Waldarbeiter?«, fragte Louise, nachdem sie den Wagen gewendet und Nordstrøm die Kopie des Polizeiberichtes aus dem Handschuhfach gefischt hatte.

»Wir wissen, dass er Ole Thomsen heißt und in Skov Hastrup wohnt. Kennen Sie das auch?«

Louise nickte und konzentrierte sich auf die Schlaglöcher. Sie fuhr langsam, damit die Steine nicht aufspritzten und gegen das Auto flogen. Die Sonne schien grell zwischen dem Laub hindurch und blendete sie immer wieder wie Blitzlichter.

Kaum heraus aus dem Wald, wollte Louise beschleunigen, doch da sah sie einen großen Mann, der mit einem Rechen in der Hand vor dem alten Wildwächterhaus stand und darauf wartete, dass sie vorbeifuhren. Doch Louise nahm den Fuß vom Gas und winkte ihm.

Der Mann winkte eifrig zurück, wie ein überglückliches Kind. Louise ließ sich Zeit, bis sie wieder Gas gab und, immer noch winkend, an der Einfahrt vorbeifuhr.

»Ist das einer von Ihren Verflossenen?«, lachte Nordstrøm und winkte dem Mann ebenfalls.

»Kann man so sagen.« Louise erzählte, dass der Mann im Holzfällerhemd mal einen Arbeitsunfall gehabt hatte.

»Er hat auf einer Baustelle gearbeitet und nur kurz den Helm abgenommen, um sich einen Pullover überzuziehen – und in dem Moment ist eine Metallstange vom Gerüst gefallen. Er und seine Frau sind kurz danach hierhergezogen, seitdem pflegt sie ihn. Jørgen steht immer da und winkt, wenn jemand vorbeifährt.«

Nordstrøm hörte auf zu lachen und sah im Seitenspiegel den immer noch begeistert winkenden Mann mit dem Rechen kleiner werden.

Es waren keine drei Kilometer bis nach Skov Hastrup, einer winzigen Ortschaft gleich hinter der Hauptstraße nach Hvalsø.

»Wie hieß der Waldarbeiter noch mal?«, fragte Louise und blinkte.

»Ole Thomsen«, las Nordstrøm vor und hustete sich wieder die Lunge aus dem Leib.

Der Große Thomsen, dachte Louise und überlegte. Konnte gut sein, dass er das war. Damals hatte er in der Kiesgrube gearbeitet, von daher war es vorstellbar, dass er den Arbeitsplatz gewechselt hatte und nun im Wald keulte. Er war kein Denker, sondern ein Macher, daran hatte sich wahrscheinlich nichts geändert.

»Wohnt im Glentesøvej«, fuhr Nordstrøm fort, als er wieder Luft bekam.

Louise bog von der Hauptstraße ab und folgte einer Straße mit breiten seitlichen Grünstreifen.

»Ich glaube, der nächste Hof da ist es.« Nordstrøm zeigte nach vorne zu einer Kurve.

Louise verlangsamte die Fahrt. Dann bog sie in die Einfahrt ab und parkte hinter einem ziemlich mitgenommen aussehenden Toyota Land Cruiser im Innenhof des Anwesens.

Sie hatte kaum den Motor ausgeschaltet, da ging auch schon die Küchentür auf. Der Große Thomsen war immer noch ganz der Alte, stellte Louise überrascht fest. Groß und muskulös, nur das dunkle Haar war jetzt kürzer als bei ihrer letzten Begegnung, und an den Schläfen wich es zurück. Louise stieg aus.

Sie ließ Nordstrøm vorgehen und hielt sich im Hintergrund, während er sich vorstellte und Ole Thomsen erklärte, er wisse selbstverständlich, dass dieser bereits gegenüber der Holbæker Polizei eine Aussage gemacht habe. Es seien aber noch ein paar Fragen aufgetaucht, die sie ihm gerne stellen wollten.

»Haben Sie etwas dagegen, wenn wir die Befragung mit dem Diktafon aufnehmen?« Nordstrøm angelte das kleine Aufnahmegerät aus der Jackentasche.

Der Große Thomsen nickte und wartete mit vor der Brust verschränkten Armen und leicht zurückgelehnt ab. Aufgrund seiner Körpergröße sah er so ein wenig auf sie herab. Erleichtert stellte Louise fest, dass er sie offenbar nicht wiedererkannte. Auch nicht, als sie ihm die Hand reichte und sich ebenfalls vorstellte. Er wirkte ziemlich desinteressiert, als er ihr die Hand gab.

»Viel mehr gibt es da nicht zu erzählen«, sagte er langsam und monoton und biss sich dann auf die Unterlippe, als kostete es ihn eine gewisse Anstrengung, sich zu erinnern. »Sie lag halt einfach da und war tot.« Er zog die Schultern hoch.

»Und Sie kannten sie nicht?«, wollte Nordstrøm wissen.

»Ich hab die Frau noch nie gesehen.«

»Auch nicht mal so im Vorbeigehen? Hier in der Gegend?«

»Nein, noch nie.«

»Könnte sie in der Pfadfinderhütte untergeschlüpft gewesen sein?«, bohrte Nordstrøm weiter.

»Nie im Leben!«, lautete die sehr spontane und überzeugte Antwort. »Da passt Kussen ja auf… Also, Bo Knudsen aus Særløse. Der ist für die Hütte zuständig. Sieht zu, dass sich da keine Jugendlichen einnisten, oder sonst wer die Fenster einwirft und drinnen alles verwüstet. Wenn die Hütte nicht vermietet ist, schaut er jeden Tag nach dem Rechten.«

»War die Hütte denn letzte Woche vermietet?«

Der Große Thomsen atmete schwer aus und kniff die Augen leicht zusammen, dann schüttelte er den Kopf.

»Nicht, dass ich wüsste. Aber nächste Woche kommen welche aus Hillerød. Die kommen jedes Jahr. Eine von den Erzieherinnen sollte man sich wirklich mal genauer ansehen.« Er zwinkerte Nordstrøm verschlagen zu. »Wir beobachten das schon recht genau, wer sich hier in unserem Wald aufhält.«

Nordstrøm nickte und fragte Ole Thomsen, ob er Bo Knudsens Telefonnummer habe.

Louise erinnerte sich noch gut an Kussen. Ein kleiner Kerl, der zwei Klassenstufen über ihr gewesen war. Seine Eltern hatten einen großen Hof gehabt, auf dem er mit angepackt hatte. Manchmal hatte er es nach dem morgendlichen Füttern im Stall nicht mehr geschafft, sich umzuziehen, und war im Arbeitsoverall in die Schule gekommen.

Ole Thomsen zog sein Handy aus der Brusttasche, sah konzentriert aufs Display und drückte mit seinen Pranken auf den viel zu kleinen Tasten seines Nokia herum.

»Sie können ihn ja anrufen und selbst fragen«, brummte er, nachdem er ihnen die Nummer gegeben hatte.

Tolle Idee, auf die wären wir bestimmt nicht selbst gekommen, schoss es Louise durch den Kopf, und sie spürte, wie gereizt sie war.

»Könnte die Frau irgendwo im Wald ihr Lager aufgeschlagen haben?«, fragte Nordstrøm weiter.

»Das hätten wir bemerkt«, behauptete Thomsen. »Ist ja nicht so, als würden wir bloß auf der faulen Haut liegen, wenn wir da draußen arbeiten. Wir müssen uns auch um verletzte und tote Tiere kümmern, seit kein Geld für einen Revierjäger mehr da ist.«

Er holte Luft und wollte gerade weiterreden, als Louise ihn unterbrach.

»Das wäre dann vorerst alles, danke«, sagte sie und wandte sich bereits ab.

»Kein Problem«, entgegnete Thomsen und fügte noch hinzu: »Man hilft ja gerne.«

Louise spürte im Rücken, dass er noch dastand und ihnen nachsah.

»Sag mal… Bist du nicht die aus Lerbjerg?«, rief er, als sie die Autotür öffnen wollte. »Die damals mit Klaus zusammen war?«

Louise erstarrte und blieb einen Moment mit dem Rücken zu ihm stehen. Sie sammelte sich und drehte sich dann langsam um.

»Dacht ich's mir doch, dass dein Name mir bekannt vorkam«, triumphierte er. »Musste nur eben überlegen, woher. Hast du noch Kontakt zu seinen Eltern?«

Louise schüttelte kurz den Kopf, dann setzte sie sich schnell ins Auto.

»Was war das denn grade?«, wollte Nordstrøm nach einigen Minuten Fahrt wissen.

Louise ignorierte seinen forschenden Blick und unterdrückte ein Niesen.

»Passen Sie bloß auf«, warnte er sie. »Wenn Sie richtig heftig niesen müssen, können Sie sich dabei eine Rippe brechen. Und auch sonst kann, wenn Sie ein Niesen unterdrücken, im Hals oder im Kopf ein Blutgefäß reißen. Und das kann tödlich ausgehen.«

»Vielen Dank für die Info«, gab Louise bissig zurück. Sie konnte es nicht leiden, beim Autofahren zu niesen, aber bestimmt nicht deswegen, weil sie Angst hatte, dass dabei ein Blutgefäß riss. Ihr ging es mehr um die Sekunde, in der sie das Fahrzeug nicht unter Kontrolle hatte.

Schweigend fuhren sie weiter, bis er wieder das Wort ergriff.

»Sie kennen Ole Thomsen.« Das war keine Frage, sondern eine Feststellung.

»Kannte«, präzisierte sie kühl.

»Wann genau haben Sie eigentlich hier gewohnt?« Neugierig wandte er sich ihr zu.

Louise seufzte und gab nach.

»Anfang der fünften Klasse sind wir hierher gezogen. Und mit zwanzig bin ich wieder weggezogen.«

»Aber Sie haben immer noch Freunde hier?«

»Nein, ich komme so gut wie nie hierher.«

Sie bog in die Allee in Lejre ab.

»Aber Sie hatten einen Freund!«

»Das ist lange her.«

Louise war genervt davon, wie er sie löcherte, und gab etwas mehr Gas. Sie wusste selbst, dass das nichts brachte, aber so musste sie sich noch mehr aufs Fahren konzentrieren.

»Und der hieß Klaus?«, bohrte Nordstrøm weiter, doch sie ignorierte ihn. Auf einmal musste sie daran denken, wie ihr Bruder und sie mal spät abends auf der Rückbank des alten Simca ihrer Eltern gesessen hatten. Sie waren über diese Allee gefahren, und genau hier war ein Unfall passiert. Ein Auto war frontal gegen einen der großen Bäume gefahren. Louise hatte nicht viel gesehen, und ihre Mutter hatte ihnen sofort befohlen, sich in den Fußraum zu setzen und auf keinen Fall aus dem Fenster zu sehen.

Damals hatte es noch keine Mobiltelefone gegeben. Ihr Vater war zu einem der Höfe gerannt, um von dort den Notarzt zu rufen, und während Louise sich in den Fußraum vor ihrem Sitz gekauert hatte, hatte sie die Schreie gehört. Grauenvolle Schmerzens- und Angstschreie. Sie hatte nie erfahren, wie viele Menschen in dem Unfallwagen gewesen waren und ob sie überlebt hatten. Aber das Bild des Autowracks hatte sich ihr unauslöschlich eingeprägt.

»Hat er Schluss gemacht?«, wollte Nordstrøm nun wissen, während er mit den beiden ollen Bändern spielte, die er ums rechte Handgelenk trug.

Ein gelbes und ein grünes.

Louise antwortete nicht. Sie fuhr stur geradeaus weiter, statt die Auffahrt zur Autobahn zu nehmen.

»Was ist denn jetzt?«, fragte er verwirrt.

»Ich möchte gerne in Roskilde aussteigen.« Louise nahm an, dass ihr Kollege inzwischen nüchtern genug war, um dann alleine weiterzufahren.

»Dann schaffe ich es doch noch zu meiner Verabredung«, behauptete sie, obwohl sie die ja schon längst abgesagt hatte.

»Und wo genau wollen Sie aussteigen?«

»Egal. Zum Beispiel hier.« Sie blinkte.

»Nein, lassen Sie!«, protestierte er. »Wir fahren bis zu Ihrer Verabredung, und dann fahre ich von da aus weiter.«

Louise drehte sich zu ihm um und sah ihn direkt an. »Aber nur, wenn Sie jetzt die Klappe halten. Ansonsten laufe ich lieber.«

»Okay, okay, ist ja gut.« Er hob abwehrend die Hände und neigte den Kopf so, dass ihm das lange Stirnhaar ins Gesicht fiel. »Ich bin dann jetzt ruhig.«

Schmallippig und offenkundig verärgert gab Louise wieder Gas und fuhr zurück auf die Straße.

Camillas neues Zuhause war ein ziemlich beeindruckendes Anwesen. Majestätisch lag es da, mit Fenstern, so hoch wie Terrassentüren, und einer breiten, von eleganten Blumenkübeln flankierten Steintreppe zur Haustür. Der Kies knirschte unter den Reifen, als Louise das Rasenstück mit dem Springbrunnen in der Mitte umrundete.

Ihr fiel auf, dass ihr Kollege völlig unbeeindruckt blieb, als er das Haus sah. Er war damit beschäftigt, seine Zigaretten aus der Tasche zu holen. In den

Dienstwagen der Polizei galt Rauchverbot, doch als Louise ausgestiegen war, setzte er sich hinters Steuer, ließ das Fenster herunter und steckte sich eine an.

»Bis morgen«, sagte er und nickte ihr kurz zu, bevor er davonfuhr.

»Was war das mit den Kindern, die ihr im Wald gefunden habt?«, fragte Camilla, die im Übrigen nicht besonders überrascht gewirkt hatte, als ihre Freundin doch noch gekommen war.

»Das Mädchen hat einfach nur dagesessen und gespielt, als wäre nichts passiert«, erzählte Louise. »Gefunden haben wir die drei nur, weil wir den einen Jungen so laut weinen hörten.«

Sie schüttelte kaum merklich den Kopf.

»Wie lange die wohl allein gewesen waren?«, murmelte sie. Louise bekam die Kinder gar nicht mehr aus dem Kopf. Sie mussten hautnah dabei gewesen sein, als die Frau vergewaltigt und ermordet worden war.

»Heineken«, sagte Louise, nachdem Camilla ihr aufgelistet hatte, was sie alles zu trinken anbieten konnte. Eine Zigarette wäre jetzt auch nicht schlecht gewesen, fand Louise, aber sie hatte vor langer Zeit aufgehört zu rauchen und dank Nordstrøm außerdem den ganzen Tag passiv geraucht.

Ob es am Wiedersehen mit Kim oder der Begegnung mit Ole Thomsen lag, wusste sie nicht recht. Oder vielleicht einfach daran, dass der Tag von vorne bis hinten ein Scheißtag gewesen war. Plötzlich kam es ihr vor, als wäre es schon Ewigkeiten her, seit sie Eik Nordstrøm in der Kneipe im Südhafen eingesammelt hatte.

»Ich habe heute Thomsen getroffen«, sagte Louise, nachdem Camilla das Bier geöffnet hatte. »Kennst du den noch?«

Camilla schüttelte, ohne nachzudenken, den Kopf. Sie hatte schon immer viel schneller mit Dingen und Menschen abschließen können als ihre Freundin.

»Keine Ahnung, wer das ist.«

Sie stellte ein Glas auf den Tisch.

»Natürlich weißt du, wer das ist!« Louise musste lachen. »Du bist doch mit ihm im Bett gewesen!«

»Ach? Echt?« Camilla wirkte überrascht. Sie konnte sich immer noch nicht erinnern.

»Damals, als du mich zu Pfingsten in Hvalsø besucht hast«, half Louise ihr auf die Sprünge. »Also, du bist zumindest mit ihm nach Hause gegangen.«

Als Louise und Camilla sich damals kennengelernt hatten, hatte Camilla schon einmal in Roskilde gewohnt, und es war nicht leicht gewesen, sie nach Hvalsø zu locken, obwohl es dorthin nur zwei Stationen mit der Regionalbahn waren.

»Kann mich nicht erinnern«, behauptete Camilla weiter.

»Damals hat er im Haus seiner Eltern eine Kellerwohnung gehabt, mit Bartresen und fetter Anlage. Sein Vater war Polizeimeister in Roskilde. Natürlich kannst du dich an ihn erinnern! Du willst nur nicht!«

»Ach, der! Und, wie geht's ihm?« Camilla interessierte sich eigentlich nicht für die Antwort. Sie sah aus dem Fenster und entschuldigte sich. »Du kommst doch sicher einen Augenblick allein zurecht? Ich glaube, die Handwerker wollen Feierabend machen, obwohl wir abgesprochen hatten, dass sie erst nach Hause fahren, wenn sie mit dem hinteren Wohnzimmer fertig sind.«

Camilla ließ Louise mit dem Bier zurück. Durch die offenen Türen konnte Louise hören, wie ihre Freundin lautstark mit jemandem diskutierte. Kurze Zeit später kam sie mit vor Wut verdunkeltem Blick zurück in die Küche.

»Jetzt habe ich ihnen gesagt, dass sie überhaupt nicht mehr zu kommen brauchen«, stöhnte sie. »Die sind längst nicht fertig, obwohl sie uns das fest versprochen hatten, und jetzt verpissen die sich einfach.«

Wütend schlug sie auf den Tisch.

»Lars Hemmingsen und seine Leute. Kennst du den? War der damals nicht auch mit Ole Thomsen und den anderen befreundet?«

Louise konnte sich an keinen Lars Hemmingsen erinnern, aber Ole Thomsen hatte auch immer jede Menge Mitläufer gehabt.

»Dann werden sie bestimmt morgen fertig«, wollte Louise ihre Freundin beschwichtigen. Ihr war es ein Rätsel, wieso Camilla das so kalt erwischte. Das war doch völlig normal, dass Handwerker nicht zum abgesprochenen Termin fertig waren.

»Morgen kommen die Maler«, klagte Camilla, »aber das können wir jetzt knicken, die Sackgesichter haben die Wände ja gar nicht fertig verputzt. Und weißt du, was das Beste ist?«

Pflichtschuldig schüttelte Louise den Kopf und spitzte die Ohren.

»Dieser Hemmingsen hat mich doch tatsächlich gefragt, ob ich nicht mit Ugandadollars bezahlen könnte!«

»Mit was für Dollars?«, fragte Louise verwirrt.

»Na, schwarz! Aber Frederik will eine Rechnung haben, und genau deshalb lassen die sich schön Zeit. Damit sie mehr Stunden berechnen können.«

Camilla hatte beschlossen, zu Hause zu heiraten und zu feiern. Die Trauung sollte im Park hinterm Haus stattfinden, mit Blick auf den Roskilde-Fjord, die Feier in den großen Wohnzimmern. Soweit Louise das verstanden hatte, wollte Frederik lieber im Dom zu Roskilde getraut werden und hinterher im Restaurant Vigen feiern, aber da hatte Camilla gestreikt.

»Ich hab Kim getroffen. Heute, draußen beim Avnsee«, erzählte Louise und schenkte sich den Rest des Biers ein. »War irgendwie komisch, ihn wiederzusehen.«

»Was hat er denn da draußen gemacht?«

»Er leitet die Ermittlungen.«

»Was für Ermittlungen?«

»Die zum Mord an der Frau.«

Camilla hörte überhaupt nicht mehr zu. Seinerzeit, als sie noch als Journalistin gearbeitet hatte, hätte sie sämtliche Details in sich aufgesogen wie ein trockener Schwamm und hartnäckig weiter nachgefragt.

»Und? Geht's ihm gut?«

Camilla stand am Fenster und sah den Handwerkern dabei zu, wie sie ihr Werkzeug einluden.

Louise zuckte die Achseln.

»Hab ihn nicht gefragt.«

»War wirklich blöd von dir, mit ihm Schluss zu machen«, schimpfte Camilla und drehte sich zu Louise um. »Das hätte richtig gut werden können mit euch beiden.«

Dann wandte sie sich wieder den Handwerkern zu.

Louise leerte das Glas in einem Zug, um nicht antworten zu müssen, und stand etwas verärgert auf. Camilla war momentan in einer völlig anderen Welt. In einer Welt, auf die Louise gerade keine Lust hatte.

Im selben Moment ging die Tür auf, und Markus kam mit zwei seiner Kumpels herein.

»Können wir ins Kino, Mama?«, bettelte er. »Und kannst du uns fahren?«

Camilla begrüßte in aller Kürze die Freunde ihres Sohnes und nickte.

»Kein Problem, wenn ihr keine Hausaufgaben habt.«

Erst da entdeckte Markus Louise. Er ging zu ihr und umarmte sie. Deutlich kürzer als sonst, stellte sie fest. Aber er wurde ja auch bald vierzehn. Da war das wohl ganz natürlich. Vor allem, wenn seine Kumpels dabeistanden.

Louise hatte Camillas Sohn nur wenig gesehen, seit er die Schule gewechselt hatte. Zwar waren Jonas und Markus seit der ersten Klasse miteinander befreundet und hatten sich versprochen, in Kontakt zu bleiben, aber Jonas war seither erst ein Mal bei Markus gewesen. Zum Glück hatte sich Markus offenbar gut eingelebt in der neuen Klasse.

»Lässt du mich dann eben am Bahnhof raus?«, fragte Louise, holte die Tüte mit den Perlen aus dem Hobbyladen hervor und legte sie auf den Tisch. Sie kapierte nicht, wie Camilla auf die Schnapsidee gekommen war, die Einladungen selbst zu basteln, wenn das gesamte Erdgeschoss noch fertig zu renovieren war.

»Und, hast du dich mit Kim verabredet?«, fragte Camilla neugierig, als sie im Auto saßen und die Jungs auf der Rückbank einen Heidenlärm machten.

»Er war gerade mit einem ganz neuen Mordfall befasst«, wiederholte Louise. »Die Leiche lag da noch. Wir haben kaum fünf Worte gewechselt.«

»Na bitte, noch ein Grund, ihn anzurufen«, beharrte Camilla. »Du weißt ja: Das beste Mittel, gut draufzukommen, ist eine Runde richtig guter Sex.«

»Jetzt hör schon auf.« Louise nahm ihre Tasche aus dem Fußraum, um am Bahnhof schnell rausspringen zu können.

»Bis bald.«

Sie küsste Camilla flüchtig auf die Wange, stieg aus und winkte den Jungs vom Bürgersteig aus zu.

Als Louise nach Hause kam, saß Jonas bei geschlossener Tür in seinem Zimmer und spielte Gitarre. Sie zog die Schuhe aus und begrüßte Dina, dann klopfte sie an Jonas' Tür, um ihm zu sagen, dass sie zu Hause war.

»Hallo«, murmelte er und sah auf.

»Weißt du, ob Melvin heute Abend mit uns isst?« Eigentlich hatte sie dem Herrn in der Wohnung unter ihnen versprochen, ihn heute anzurufen, aber sie war nicht dazu gekommen. Wenn sie nichts anderes vorhatten, aßen sie unter der Woche eigentlich immer miteinander. Mit dem Kochen wollten sie sich abwechseln, aber de facto war es meist Melvin, der kochte.

»Der ist bei Grete. Die beiden wollten zu ihrer Freundin in den Schrebergarten bei Dragør. Wir dürfen gerne auch kommen und mitessen.«

»Oh, nee, nicht heute«, war Louises spontane Reaktion.

In den letzten Monaten hatte Melvin sich ziemlich oft mit Grete Milling getroffen. Die beiden hatten sich kennengelernt, als Louise im Zusammenhang mit dem Verschwinden von Gretes Tochter an der Costa del Sol ermittelt hatte. Gretes Tochter war traurigerweise ermordet aufgefunden worden, doch die beiden Rentner waren seither in Kontakt geblieben. Louise freute sich, dass sie sich so gut verstanden. Das erleichterte ihr schlechtes Gewissen, wenn sie keine Lust auf Gesellschaft hatte.

»Kein Problem«, sagte Jonas. »Ich möchte auch viel lieber den Song fertig kriegen, damit er auf YouTube kann.«

Louise hatte ihm zum Geburtstag ein Programm geschenkt, mit dem er seine eigene Musik mit dem Computer aufnehmen und mixen konnte. Seit er unter die Komponisten gegangen war, verbrachte er mehrere Stunden täglich mit Gitarre und Computer, und das war Louise sehr recht. Sie freute sich, dass ihr Pflegesohn die Zeit nicht mit sinnlosen Ballerspielen verplemperte und nicht nächtelang die Statusmeldungen seiner Freunde auf Facebook kommentierte.

»Wollen wir einfach nur Brot essen, oder soll ich noch was einkaufen?«, fragte sie auf dem Weg in die Küche.

»Brot«, hörte sie noch, dann wandte Jonas sich wieder seiner Gitarre zu.

»GUTEN MORGEN«, BEGRÜSSTE NORDSTRØM SIE, als Louise um kurz vor acht in der Tür zu ihrem gemeinsamen Büro stehen blieb. Er hatte die Füße auf dem Schreibtisch, Louises Teeglas, randvoll gefüllt mit schwarzem Kaffee, in der Hand und die Tageszeitung auf dem Schoß.

Er trug immer noch Schwarz. Louise vermutete, dass das seine Standardgarderobe war.

»Morgen«, murmelte sie und stellte ihre Tasche neben ihrem Schreibtisch auf dem Boden ab.

»Möchten Sie?« Er schob eine Bäckertüte zu ihr hinüber.

Louise schüttelte den Kopf.

»Nein danke, aber mein Teeglas hätte ich gerne.«

Verwirrt sah er sie an, bis sie auf den Kaffee in seiner Hand zeigte.

»Ah!«, sagte er. »Ich hab keine Thermoskanne gefunden und dann einfach das genommen, wo am meisten reinpasst. Sie bekommen es, wenn ich ausgetrunken habe, okay?«

Sie seufzte und ging kurz in die Teeküche, um den Wasserkocher aufzufüllen und eine andere Tasse zu suchen.

»Die Frau war tatsächlich Tagesmutter und gerade mal vierunddreißig.« Nordstrøm wies auf die Zeitung. »Aber ansonsten hält sich Ihr Freund da oben in Holbæk ganz schön bedeckt. Hat er sich selbst einen Maulkorb verpasst, oder was ist da los?«

Louise zuckte die Achseln. »Keine Ahnung, ich hab seit gestern nicht mit den Kollegen geredet«, entgegnete sie knapp. Sie war etwas angefressen, weil sie nur eine kleine Kantinentasse für ihren Tee finden konnte. »Wollen wir uns nicht lieber auf die Frau konzentrieren, die wir zu identifizieren haben?«

Nordstrøm nickte, faltete die Zeitung zusammen und warf sie auf den Boden.

»Sie ist also nirgendwo in Dänemark als vermisst gemeldet, aber könnten Sie nicht mal die ausländischen Vermisstenlisten überprüfen?«, bat Louise ihn. »Vielleicht hat es da ja in den letzten Jahren eine Personenbeschreibung gegeben, die auf die Narbe in dem Gesicht der Frau passt.« Sie freute sich diebisch, dass er die Beine vom Tisch nehmen musste, um an seinen Computer heranzukommen.

»Für welchen Zeitraum interessieren wir uns?« Er stellte Louises Teeglas auf die Fensterbank neben seinen benutzten Kaffeebecher vom Vortag.

»Ich würde sagen, so ungefähr die letzten zwanzig Jahre. Ab 1990. Schauen Sie mal, was es da an Vermisstenfällen gegeben hat bezüglich Frauen, die zwischen 1960 und 1975 geboren sind.«

Louise dachte an die glatte Haut im unversehrten Teil des Gesichts der Frau und ihren fast schon kindlichen Ausdruck. Vielleicht war die Frau doch jünger, als sie vermutete?

Es war ganz still im Büro, während Nordstrøm sich bei Interpol in Lyon einloggte.

»Ich habe denen gestern ein Foto geschickt«, informierte er Louise dann. »Ich glaube, die hätten sich schon gemeldet, wenn sie eine Vermisste mit einer solchen Narbe im Register hätten. Aber ich sehe die Listen trotzdem eben selbst durch.«

»Gut.« Louise nickte. Sie hatte noch nicht genügend Erfahrung mit Vermisstenangelegenheiten, um zu wissen, dass Interpol ganz von selbst reagieren würde, wenn sich auf den internationalen Suchlisten eine Übereinstimmung fände.

Sie öffnete das dänische Vermisstenregister und tippte »1990« ins Suchfeld. Sie überflog eine Vermisstenfahndungsliste, in der auch vermerkt war, in welchen Fällen die Suche eingestellt worden war. Alle einmal als vermisst gemeldeten Personen standen auf dieser Liste, auch wenn sie irgendwann wieder aufgetaucht oder schließlich für tot erklärt worden waren. In diesen Fällen waren die Vorgänge mit einem entsprechenden Code versehen.

Louise schrieb die Geburtsjahrgänge, die sie interessierten, in die erweiterte Suchmaske und setzte unter »Geschlecht« einen Haken bei »weiblich«.

Der erste Fall, der ihr auffiel, war eine 1964 geborene Frau, die am 3. März 1990 verschwunden war. Doch als Louise sich den Vorgang ansah, bemerkte sie, dass er eine schwarze Markierung hatte: Die Frau war vier Monate später tot aufgefunden worden. Der nächste Vorgang, der sie interessierte, zeigte das Foto einer kleinen, gedrungenen Frau mit langem, dunklem Haar. Die Frau stammte aus Kolding und hatte eine gewisse Ähnlichkeit mit der unbekannten Toten, aber sie hatte keine Narbe.

Louise ging durch den Kopf, dass es ja durchaus möglich sei, dass die Frau vermisst gemeldet worden war, bevor sie sich die Narbe zugezogen hatte, und dass die Narbe deshalb nicht Teil der Personenbeschreibung war. Aber dann fiel ihr wieder ein, dass Flemming gesagt hatte, die Narbe sei älteren Datums. Also suchte sie weiter.

Etwas weiter unten auf der Liste fand Louise einen Fall von 1991 aus Hvalsø. Sie ließ sich die Details anzeigen. Der Vorgang trug keine Markierung. Die Frau war also bis heute nicht wieder aufgetaucht.

Louise kniff die Augen zusammen, während sie weiter den Namen betrachtete und es langsam bei ihr dämmerte. Sie konnte sich an den Fall erinnern, obwohl sie damals schon nicht mehr in Hvalsø gewohnt hatte. Lotte Svendsen hieß die junge Frau, die dreiundzwanzig gewesen war, als sie verschwand. Sie war zwei Klassen über Louise gewesen, darum hatte sie sie nur vom Sehen gekannt.

Lotte Svendsen war während des alljährlichen Pfingststadtfestes als vermisst gemeldet worden. Sie war in der Nacht von Samstag auf Sonntag nach der großen Party in der Turnhalle verschwunden. Auf einmal bemerkte Louise, dass sie sich damals überhaupt nicht dafür interessiert hatte, wie die Geschichte ausgegangen war. Na ja, war ja auch kurz nach ihrem Wegzug von Hvalsø gewesen. Lotte war also nie wieder aufgetaucht.

Ihre Personenbeschreibung passte aber überhaupt nicht auf die unbekannte Tote. Alle anderen Frauen in der Altersgruppe waren wieder aufgetaucht, und die Suche nach ihnen war eingestellt worden. Dann gab es im selben Jahr noch eine Vermisste, doch auch ihre Personenbeschreibung – groß und blond – passte nicht auf die Frau mit der Narbe. Trotzdem blieb Louise eine Weile an dem Vorgang hängen. Er war nämlich auch noch nicht abgeschlossen. Die junge Frau war neunzehn gewesen und hatte noch bei ihren Eltern in Espergærde gewohnt. Sie war verschwunden, als sie eine Freundin besucht hatte, die in Ny Tolstrup im Internat gewesen war.

Davon hatte Louise nie gehört, was nicht weiter verwunderlich war, denn in den ersten Jahren nach ihrem Wegzug hatte sie nur selten ihre Eltern besucht.

Die Fälle waren längst aus dem elektronischen System gelöscht und lagen nur noch im Stammarchiv, daher kam Louise nicht an die Protokolle und Berichte zu der Geschichte heran. Sie konnte lediglich sehen, dass die Sache drei Wochen nach dem Verschwinden der Frau bei der alten Vermisstenstelle gelandet war. Außerdem hatte man seinerzeit notiert, dass ein Zusammenhang mit dem Verschwinden von Lotte Svendsen in Hvalsø bestehen könnte, da die beiden Orte nur wenige Kilometer voneinander entfernt lagen und an den Wald grenzten, in dem die jungen Frauen Zeugenaussagen zufolge zuletzt gesehen worden waren. Ansonsten hatten die beiden Verschwundenen aber in keinerlei Verbindung zueinander gestanden, und so war diese Vermutung im Sande verlaufen.

Ohne anzuklopfen, kam Hanne Munk herein und erinnerte Louise und Nordstrøm an die Dienstbesprechung um zehn Uhr.

»Haben Sie den Kuchen in die Küche gestellt?«, fragte sie und sah Louise an.

»Was für einen Kuchen?«, Louise war verwirrt.

»Zur Dienstbesprechung bringen wir immer abwechselnd Kuchen mit. Oder dachten Sie, der wandert von allein in die Dienststelle?«

Louise hatte bisher erst an einer einzigen Dienstbesprechung teilgenommen und sich, ehrlich gesagt, keinerlei Gedanken darüber gemacht, wo der Zimthefezopf hergekommen war.

»Natürlich nicht. Aber ich wusste nicht, dass ich dran war.«

»Steht auf dem Kuchenplan, der im Pausenraum am Schwarzen Brett hängt«, informierte die Sekretärin sie. Ein bisschen spät, wie Louise fand.

»Ich geh zum Bäcker«, mischte Nordstrøm sich ein. »Sag den andern, dass ich gleich wieder da bin.«

Es war fünf vor zehn, aber er hatte die Jacke bereits übergezogen und war schon auf dem Weg zur Tür hinaus.

»Nicht nötig«, wehrte Hanne Munk ab. »Ich hab noch eine Rolle Kekse für Notfälle. Dann essen wir heute die.«

Nordstrøm lächelte sie breit an.

»Schneckchen, ich habe keine Kippen mehr, ich muss also sowieso los.« Er tätschelte ihr die Wange.

Louise seufzte erschöpft, als sie aufstand, um zu Rønholts Büro rüberzugehen. Die Wände auf dem Flur waren blassgrün gestrichen, und irgendjemand, der offenbar eine Schwäche für Comics hegte, hatte entlang des gesamten Flurs lackierte Holzrahmen mit schwarz-weißen Zeichnungen von sämtlichen bekannten Comicfiguren aufgehängt. Erst jetzt bemerkte Louise, dass genau gegenüber ihrer Tür ein weiterer Rahmen hinzugekommen war.

Die kochende Wanderratte Rémy aus dem Zeichentrickfilm *Ratatouille*. Sehr witzig, dachte sie erst verärgert, aber dann musste sie doch lächeln. Sie wusste nicht mehr, wie die drei Ermittler hießen, die weiter unten auf dem Flur ihr Büro hatten, aber sie ging davon aus, dass einer von ihnen der Urheber dieser Zeichnungen war.

»Gefällt es Ihnen?«, Nordstrøm stand direkt hinter ihr.

»Ob es mir gefällt?«, fragte Louise zurück. »Darum geht es ja wohl nicht, oder? Es soll mich doch bloß daran erinnern, dass ich das ratteninfizierte Büro bekommen habe.«

»Das glaube ich nicht«, widersprach er, während sie nebeneinanderher liefen. »Olle hat es gezeichnet, und ich vermute, das ist sein Begrüßungsgeschenk für Sie. Er ist richtig gut, jeder, der hier arbeitet, bekommt eine Zeichnung. Ich habe Goofy gekriegt.«

Er zeigte auf den Rahmen neben der Tür zu seinem ehemaligen Büro.

»Olle ist von allen schon am längsten in dieser Dienststelle«, fuhr er fort. »Und das, obwohl Hanne meint, er könnte wunderbar davon leben, seine Bilder zu verkaufen. Aber er malt nur wochenends, und wenn er Überstunden abfeiert.«

Louise konnte sich nicht recht vorstellen, wer wohl Geld für Comicfiguren in hochglanzlackierten Rahmen bezahlen würde, aber das bedeutete sicher bloß, dass sie nicht zur Zielgruppe gehörte.

»Na, dann sollte ich mich mal besser bedanken«, sagte sie lächelnd, dann stürzte Hanne Munk auf sie zu.

»Ich habe gerade einen Anruf zu Ihnen durchgestellt«, sagte sie. »Eine anscheinend ältere Dame hat das Bild eurer Toten in der Zeitung gesehen und behauptet, sie zu kennen.«

»DAS IST ALLES SCHON SO LANGE HER«, sagte die Dame unsicher, nachdem Louise abgenommen, sie begrüßt und gefragt hatte, was sie ihr über die Unbekannte erzählen könne.

»Aber Sie kennen die Frau auf dem Bild?« Louise wollte sie jetzt nicht vom Haken lassen.

»Ja, ich glaube schon. Ich kannte mal ein kleines Mädchen, dessen eine Gesichtshälfte so entstellt war. Und die andere Gesichtshälfte kommt mir auch bekannt vor.«

»Dann bin ich richtig froh, dass Sie uns anrufen«, sagte Louise und bat um Namen und Telefonnummer der Anruferin.

»Agnete Eskildsen. Hallenslevvej bei Gørlev.«

»Und Ihre Wege haben sich mit denen der Frau gekreuzt, deren Identität wir zu klären versuchen? Was können Sie mir über sie erzählen?«

»Na ja, damals war sie ja noch ein kleines Mädchen«, erklärte Agnete Eskildsen. »Ich habe gerade mal ein bisschen gerechnet. Lisemette müsste 1965 nach Eliselund gekommen sein. Das weiß ich deshalb, weil ich damals selbst in Abschnitt D war – dem für Kleinkinder. Die Kinder waren ungefähr drei Jahre alt.«

»Eliselund?«, hakte Louise nach und notierte sich gleichzeitig, dass die Verstorbene vermutlich 1962 geboren war. »Was ist das?«

»Das war eine Irrenanstalt«, erklärte Agnete Eskildsen. »Heutzutage heißt so was natürlich anders, aber damals hieß das Irrenanstalt. Etwas außerhalb von Ringsted gelegen. Ich war da damals als Pflegekraft angestellt.«

Sie klang, als würde sie nachdenken.

»Ich weiß nicht mehr genau, wie die Gegend da heißt, aber die Anstalt lag ganz in der Nähe eines großen Sees. Wenn Sie eine Karte haben, können Sie es bestimmt leicht finden.«

»Sie lebte also in diesem Heim für geistig Behinderte«, fasste Louise zusammen und nickte. Das passte zu den Ergebnissen der Aufnahmen vom Gehirn der Toten, von denen Flemming berichtet hatte. »Wissen Sie noch irgendetwas über ihre Eltern? Lebten die auch in der Gegend?«

»Daran kann ich mich leider nicht erinnern.«

»Wir müssen herausfinden, ob es noch irgendwo Angehörige gibt«, erklärte Louise, um zu unterstreichen, wie wichtig es war, dass die ältere Dame gründlich nachdachte.

Es wurde still in der Leitung, und Louise nahm an, dass Agnete Eskildsen in ihren Erinnerungen wühlte. Doch als sie wieder sprach, schlug sie einen etwas schärferen Ton an.

»Sie müssen das verstehen: Viele von diesen Kindern hatten keinen Kontakt mehr zu ihren Eltern, wenn sie erst bei uns gelandet waren. Die meisten sahen Mutter und Vater nie wieder, und darum kannten wir auch nicht immer die Namen der Angehörigen. Sie wurden die ›vergessenen Kinder‹ genannt.«

»Aber die Kinder wurden von ihren Familien doch wohl nicht einfach abgeschrieben, nur weil sie in einem Heim untergekommen waren?«, wandte Louise ein.

»Doch. Genau das ist in vielen Fällen passiert.« Agnete Eskildsen berichtete, dass viele Eltern es hatten verheimlichen oder, noch besser, vergessen wollen, ein missratenes Kind zu haben. »Und die hatten dann natürlich auch kein Interesse, ihr Kind jemals zu besuchen. Anderen Eltern dagegen wurde regelrecht empfohlen, den Kontakt zum Kind abzubrechen, wenn es erst mal im Heim war, weil die Besuche nichts als Ärger mit sich brachten. Die Kinder waren oft ganz durcheinander und traurig, wenn die Eltern wieder gingen, und darum war es für alle Beteiligten das Beste, wenn gar kein Kontakt bestand.«

»Ist das Ihr Ernst?«, entfuhr es Louise. Was Agnete Eskildsen da erzählte, klang in ihren Ohren vollkommen unmenschlich. Sie konnte nicht glauben, dass man sein Kind derart im Stich lassen konnte, nur weil es nicht den gängigen Erwartungen entsprach.

»Das ist nicht meine persönliche Meinung. So war das damals.«

»Das Mädchen hatte also keinen Kontakt zu seinen Eltern?«

»Ich weiß es nicht mehr genau«, räumte Agnete Eskildsen ein. »Aber ich kann mich nicht erinnern, dass sie jemals Besuch bekommen hätte. Ich kann mich natürlich irren.« Dann schwieg sie.

»Können Sie sich an ihren Nachnamen erinnern?«, fragte Louise.

»Nein, tut mir leid.«

»Aber irgendjemand muss doch gewusst haben, wie ihre Eltern hießen«, bohrte Louise weiter und dachte dabei an das zuständige Amt oder die Anstaltsleitung.

»Ja«, räumte Agnete Eskildsen ein. »Das stand natürlich in den Akten, aber damit beschäftigten wir normalen Angestellten uns nicht.«

»Es gibt also Unterlagen?«

»Ja, sicher, solche wichtigen Papiere werden selbstverständlich archiviert. Aber ich weiß nicht, ob die alten Akten noch zugänglich sind. Zu meiner Zeit wurden sie im Keller aufbewahrt. Damals hatten wir sogar noch die Akten von den allerersten Patienten in Eliselund – das heißt von 1860! Die ältesten Krankenakten sind jetzt sicher im Museum ausgestellt.«

»Im Museum?«

»Ja.« Die ältere Dame klang ein wenig irritiert. Als ärgerte es sie, dass Louise noch nie von der Anstalt gehört hatte. »Als der Staat 1980 die Zuständigkeit und damit die Versorgung von Behinderten an die Kreise und Kommunen übergab, wurden große Teile von Eliselund geschlossen. Heute wird nur noch das Hauptgebäude genutzt, es ist jetzt eine Tagesstätte für Menschen mit Behinderung. Die stillgelegten Gebäude standen lange leer, aber ich habe gelesen, dass die alte Wäscherei in ein Museum umfunktioniert wurde, in dem einige der Dinge ausgestellt sind, die über die Jahre in Eliselund benutzt wurden. Ich kann mich zum Beispiel an eine Idiotenkiste erinnern, die ist da jetzt bestimmt ausgestellt. Gott sei Dank ist es lange her, seit man die Verrückten in solche Kisten gesperrt hat.«

»Ich weiß leider nicht genau, was eine Idiotenkiste ist«, gestand Louise.

»Das ist eine Holzkiste, ungefähr zwei Quadratmeter groß, in die man die unruhigen Geisteskranken einsperrte. Die schlimmsten Fälle hat man früher ja eingesperrt, damit man Ruhe hatte. Wir haben immer Zwangsjacken und Gurte benutzt, aber bei uns waren sie im Winter wenigstens auch drinnen. Die Idiotenkisten standen entweder draußen oder in der Scheune.«

»Und Sie glauben, dass ich die alten Akten dort

finden kann?« Louise war einigermaßen erschüttert darüber, mit welcher Selbstverständlichkeit Agnete Eskildsen von der damaligen Behandlung der geistig Behinderten sprach.

»Irgendjemand von der Tagesstätte wird Ihnen da sicher helfen können. Ich meine, dass zumindest werktags immer jemand im Hauptgebäude sein müsste. Aber was weiß ich schon? Ist schließlich über vierzig Jahre her, seit ich zuletzt einen Fuß hineingesetzt habe. Ich fand bloß, ich müsste mich melden, als ich das Bild von der kleinen Lisemette sah.«

Nachdem Louise Agnete Eskildsen noch einmal für ihren Anruf und die Informationen gedankt hatte, suchte sie im Internet nach Eliselund.

»Tagesstätte Eliselund, Träger: Gemeinde Ringsted«, stand da. Und eine Telefonnummer. Louise rief an und geriet erst mal an eine automatische Stimme, die sie über ihre Möglichkeiten aufklärte: Informationen zu den Öffnungszeiten der Tagesstätte, Kontakt zu einem der Nutzer, Kontakt zum Sekretariat. Louise entschied sich für Letzteres, drückte die entsprechende Taste und kam bereits nach einem Mal klingeln durch.

»Diese Unterlagen sind äußerst vertraulich und können selbstverständlich nicht ausgehändigt werden«, stellte die Dame am anderen Ende klar, nachdem Louise sich vorgestellt und ihr den Grund ihres Anrufs geschildert hatte.

»Es geht auch gar nicht darum, uns die Akten auszuhändigen«, beeilte Louise sich zu sagen. »Wir möchten nur gerne mal einen Blick hineinwerfen …«

»Die Akten unterliegen dem Datenschutz«, fiel ihr die Dame ins Wort.

Louise seufzte und nahm noch einmal Anlauf. Sie

hatte sich gerade so gefreut, der Klärung der Identität der Toten einen Schritt näher gekommen zu sein – und jetzt wurde sie von so einer Paragrafenreiterin aufgehalten.

»Wir versuchen derzeit, eine unbekannte Tote zu identifizieren. Wir hatten einen Anruf aus der Bevölkerung von einer Frau, die die Tote zu kennen glaubt, und diese Frau hat uns erzählt, die Tote habe als Kind in Eliselund gelebt«, führte Louise ihr Anliegen noch weiter aus. »Mir wäre schon sehr damit geholfen, wenn eine Ihrer Mitarbeiterinnen nachsehen könnte, ob die Akte des Mädchens noch existiert, und uns dessen Personenkennnummer oder die Namen seiner Eltern mitteilen würde, damit wir mit eventuellen Angehörigen Kontakt aufnehmen können.«

»Das geht nicht«, lautete die knappe Antwort.

»Dann werde ich wohl einen Durchsuchungsbeschluss besorgen müssen«, seufzte Louise und wusste, dass sie damit jede Chance verspielt hatte, die Mauer der Bürokratie unbürokratisch zu überwinden. »Aber könnten Sie mir denn zumindest sagen, ob die Akten aus den Sechzigerjahren immer noch bei Ihnen lagern?«

»Selbstverständlich sind die noch hier. Wir schmeißen doch nichts weg«, entgegnete die Dame spitz.

Nach dieser Antwort sah Louise noch eine minimale Chance für einen letzten Versuch. Sie schlug ihren freundlichsten Ton an.

»Wäre es denn dann vielleicht möglich, dass einer von Ihnen ins Archiv geht und in den alten Akten nachsieht, ob mal ein Mädchen namens Lisemette in Eliselund gewohnt hat? Sie müsste ungefähr 1962 geboren sein.«

»Da könnte ja jeder kommen und um so etwas bitten.« Louise riss bald der Geduldsfaden, als die Dame hinzufügte, die Polizei könnte sich schließlich auch selbst herbemühen. »Dann können Sie uns erklären, wen genau Sie eigentlich suchen.«

»Gut, ich komme«, beschloss Louise. »Ist eine Ihrer Mitarbeiterinnen vielleicht schon Mitte der Sechziger in Eliselund angestellt gewesen? Dann würde ich gerne mit der betreffenden Dame sprechen.«

»Nein, aber wir haben sämtliche Jahrbücher hier stehen. Da sind alle, die in einem bestimmten Zeitraum hier gelebt haben, mit Namen und Bild verzeichnet.«

Louise notierte sich hastig Eliselunds Adresse und beendete das Gespräch.

»Abflug«, sagte sie, als Nordstrøm mit einer Zimtschnecke in der Hand das Büro betrat. »Die Frau heißt aller Wahrscheinlichkeit nach Lisemette und war als Kind in einem Heim für Geisteskranke bei Ringsted untergebracht. Das Heim gibt es so nicht mehr, aber die Akten sind noch da. Wenn Sie nichts anderes vorhaben, schlage ich vor, dass wir beide hinfahren und die Jahrbücher durchsehen, vielleicht hilft uns das weiter, was die Klärung ihrer Identität und die Suche nach eventuellen Angehörigen betrifft.«

Die Maisonne hatte die Bankette entlang der Straße längst ergrünen lassen, der gelbe Löwenzahn war bereits verblüht und reckte die grauen Staubbälle in die Luft. Die Szenerie war an Idylle nicht zu überbieten, als sie der Kurve der Landstraße folgten und an ein paar reetgedeckten Fachwerkhäusern und in aller Seelenruhe grasenden Pferden vorbeikamen.

Die Landstraße wurde zu einer Allee, die sich fast zwei Kilometer lang durch die Felder beim Haraldstedsee schlängelte. Seit sie von der Hauptstraße abgebogen waren, hatte Louise fast vergessen, weshalb sie eigentlich hier waren. Der Himmel war blau und klar, und alles so wunderschön. Eine letzte kleine Kurve, dann führte die Straße langsam hinunter zum Wasser, und Eliselunds weiße Gebäude kamen in Sicht.

Seltsam verlassen lag die ehemalige staatliche Einrichtung für Geisteskranke mitten in diesem Idyll. Große Gebäude bildeten ein Viereck mit einem Innenhof, einige kleinere Gebäude standen in zweiter Reihe. Louise hielt oben auf dem Hügel an und betrachtete die alte Anstalt. Wahrscheinlich war das Ganze früher sogar von einer hohen Mauer umgeben gewesen, dachte sie, als sie das sah, was die Reste einer inzwischen abgerissenen Abgrenzung zu sein schienen.

Auf der einen Seite des Hofes parkten Autos, und von da, wo Louise gehalten hatte, war leicht auszumachen, in welchem Gebäude sich die Tagesstätte befand. Das Haupthaus war frisch gekalkt, der Sockel glänzte schwarz. So hob es sich scharf von den vernachlässigt wirkenden anderen Gebäuden ab.

Louise ließ den Wagen langsam den Hügel hinunterrollen.

»Immerhin ist sie in einer wunderschönen Umgebung aufgewachsen«, stellte Nordstrøm fest, als sie durch ein Tor fuhren, das Louise an das Portal des Kopenhagener Gefängnisses denken ließ: ein beeindruckend großer Ziegelbogen, allerdings nicht ganz so ausgeschmückt. Aber wenn man wusste, welche Art von Einrichtung das hier mal gewesen war, konnte er einen trotzdem gut an einen Gefängniseingang erinnern.

»Ja«, stimmte sie zu und parkte gegenüber dem Haupteingang. »Sieht aus, als wären die Bewohner damals komplett vom Rest der Welt isoliert gewesen.«

Nordstrøm nickte.

»Die waren hier eingesperrt.« Er sah sich um, nachdem sie ausgestiegen waren.

Die Atmosphäre war irgendwie deprimierend. Als ob die Vergangenheit noch immer im maroden Mauerwerk der verlassenen Gebäude steckte.

Am Eingang zur Tagesstätte gab es keine Klingel. Sie traten ein und hörten sofort Stimmen.

Louise ging ein paar Schritte voraus, um sich umzusehen. Sie befanden sich in einem langen Flur, an dessen Wänden zum einen gerahmte alte Aufnahmen von Eliselund und zum anderen eine lange Reihe Porträts mit kleinen Messingschildern darunter hingen. Sie zeigten die früheren Oberärzte der Einrichtung.

»Suchen Sie jemanden?«, erklang unvermittelt von oben eine Stimme.

Die Treppe links der Eingangstür hatte Louise gar nicht bemerkt.

»Ja«, antwortete sie und blieb wartend stehen, bis die ältere Dame mit glatten grauen Haaren und einem freundlichen Lächeln bei ihnen angekommen war.

Nordstrøm tat einen Schritt nach vorn, reichte ihr die Hand und erklärte ihr, wer er und Louise waren.

»Wir würden gerne einen Blick in Ihre alten Jahrbücher werfen«, trug Louise dann ihr Anliegen vor. Sie erläuterte, dass sie nach einer Frau suchten, die laut eines Hinweises aus der Bevölkerung womöglich als Kind in Eliselund gewohnt hatte.

»Ja, stimmt, ich habe die Suchmeldung in der Zeitung gesehen.« Die Dame nickte. »Und Sie meinen, sie ist früher mal hier Patientin gewesen?«

»Wir gehen dem Hinweis einer Frau nach, die früher mal hier gearbeitet hat«, sagte Louise und führte aus, dass die ehemalige Pflegekraft die doch sehr markante Narbe wiedererkannt zu haben glaubte. »Wir möchten gerne mit den Angehörigen der Verstorbenen Kontakt aufnehmen. Das können wir aber nur, wenn wir ihren Namen oder ihre Personenkennnummer haben. Und nun hoffen wir, dass Sie uns diesbezüglich behilflich sein werden.«

Die Dame stand einen Moment da und dachte nach.

»Ich habe vorhin schon hier angerufen und erfahren, dass es Jahrbücher mit Fotos und Namen all jener gibt, die hier gelebt haben«, fuhr Louise fort.

Die Dame nickte noch einmal.

»Das stimmt, aber die wurden in erster Linie dazu gebraucht, um den Behörden gegenüber zu dokumentieren, dass das Heim voll ausgelastet war. Da steht nichts über die Familienverhältnisse der Patienten. Das wiederum steht nur in den Krankenakten.«

»Und die sind im Museum?«, wollte Louise wissen.

Die Dame schüttelte lächelnd den Kopf.

»Nein. Im Museum sind nur die Krankenakten aus der zweiten Hälfte des 19. Jahrhunderts ausgestellt. Die anderen sind hier im Keller im Archiv.«

Louise seufzte.

»Würden Sie uns wohl den Gefallen tun und kurz nachsehen, ob die Akte, die wir suchen, auch da ist? Ich habe den Vornamen und das vermutliche Geburtsjahr der Gesuchten.«

Die Dame winkte sie mit sich.

»Sehen Sie ruhig selber nach, ich wüsste nicht, was dagegenspräche. Solange Sie nichts mitnehmen.«

»Das wäre uns eine sehr große Hilfe«, entgegnete Louise dankbar.

»Ich finde den Gedanken unerträglich, dass die Angehörigen womöglich aus den Medien von ihrem Verlust erfahren«, meinte die Dame.

Louise freute sich, dass sie es nicht mit der Schreckschraube vom Telefon zu tun hatten. Sie fand es ja völlig in Ordnung, dass man persönliche Daten nicht einfach so weitergab – auch nicht an die Polizei –, aber in diesem Fall sah sie nicht ganz ein, wo das Problem lag. Sie war froh, hin und wieder auf jemanden zu treffen, an dessen Mitgefühl man appellieren und den man irgendwie überreden konnte.

»Kommen Sie«, sagte die Dame und ging zu einer Treppe, die offenbar in den Keller führte. »Da unten ist es ziemlich kühl, und wenn das Licht im Archiv nicht ausreicht, können Sie die Akten gerne mit nach oben nehmen und hier durchsehen.«

Louise hatte nicht vor, auch nur ein Blatt Papier aus dem Keller mit nach oben zu nehmen. Sie wollte auf keinen Fall riskieren, der Paragrafenreiterin zu begegnen und von ihr des Platzes verwiesen zu werden, bevor sie gefunden hatte, was sie suchte.

»Ach, das wird schon gehen, ich bin sicher, es dauert gar nicht lange«, beeilte sie sich zu sagen und stellte zufrieden fest, dass Nordstrøm bereits einen Block aus der Innentasche seiner Lederjacke gezückt hatte.

Zu beiden Seiten des breiten Kellerflurs gingen reihenweise Holztüren mit schweren Eisenbeschlägen ab. Die Decke war so hoch, dass selbst Nordstrøm mit seinen cirka eins fünfundachtzig aufrecht stehen konnte. Es roch feucht und nach Erde, und der Keller machte nicht den Eindruck, als benutzte man ihn für irgendetwas anderes als zur Aufbewahrung. Einige der Holztüren standen offen, und Louise sah im Vorbeigehen Pritschen mit Fixiergurten in den Räumen dahinter stehen. Hinter einer Tür entdeckte sie einen alten Zahnarztstuhl, auf dem die Arme und Beine des Patienten festgeschnallt werden konnten. Louise blieb stehen und betrachtete ihn.

»Ja, da läuft es einem eiskalt den Rücken herunter, wenn man an die Qualen denkt, die so mancher in diesem Stuhl ausgestanden hat«, sagte die Dame, die ebenfalls stehen geblieben war und sich umgedreht hatte. »Ich habe gehört, dass der Zahnarzt, der für die Patienten hier zuständig war, keinerlei Betäubung verwendet hat. Stattdessen hat er die Patienten am Stuhl festgeschnallt, bevor er loslegte.«

Sie schüttelte den Kopf.

Am Ende des Flurs bogen sie nach rechts ab und folgten einem weiteren langen Gang.

»Das Archiv liegt ganz hinten. Man hat mehrere kleinere Räume zusammengelegt«, sagte die Dame und erklärte weiter, dass dieser Teil des Kellers einst die Krankenstation gewesen sei. »Da wurden die Patienten untergebracht, mit denen man ohne

Fixierung nicht zurechtkam und die zeitweise aufgrund von Ansteckungsgefahr isoliert werden mussten.«

Louise schauderte. Einen Augenblick lang hatte sie das Gefühl, den Geist der damaligen Zeit noch spüren zu können. Aber das lag sicher nur an der schweren, feuchten Luft hier unten, dachte sie und trat zur Seite, als die Dame eine Tür ansteuerte.

»Hier.« Sie öffnete die Tür, hinter der sich ein großer Raum mit Regalen vom Boden bis zur Decke auftat. »Die Jahreszahlen stehen immer drunter.«

Sie hatte das Deckenlicht eingeschaltet und zeigte auf die weißen Etiketten an den Vorderseiten der Regalbretter.

»Zu ihren Hochzeiten hatte die Einrichtung dreihundert Betten, aber oft genug wurden noch zusätzliche Liegen aufgestellt, und dann waren schon mal bis zu vierhundert Patienten hier«, erzählte sie. »Diese Mauern waren im Laufe der Jahre also Zeugen vieler, vieler Menschenschicksale.«

Louise nickte und sah sich um.

An der einen Wand standen die Akten so eng beieinander, dass man kaum die einzelnen verstaubten Rücken ausmachen konnte. Das waren die Akten von 1930 bis 1960. Die Akten im Nachbarregal waren beige eingebunden und stammten aus dem nächsten Jahrzehnt bis 1970. Louise ging zu einem etwas schmaleren Regal hinter der Tür und sah, dass es sogar Patienten gegeben hatte, die in den letzten zehn Jahren des Bestehens der Einrichtung geboren waren, also zwischen 1970 und 1980. Einige von ihnen waren also noch sehr jung gewesen, als die Anstalt Eliselund geschlossen wurde, ging es ihr durch den Kopf.

»Hier«, sagte Nordstrøm und zeigte auf ein Schild,

das zwischen zwei beigefarbenen Akten herausragte. »1962.«

Louise ging zu ihm und sah ihm dabei zu, wie er eine Akte nach der anderen ein Stück aus dem Regal zog, um die weißen Namensschilder auf der Vorderseite zu überprüfen, und wieder zurückschob.

»Wäre es nicht einfacher, sie ganz rauszunehmen?«, schlug sie vor. »Geben Sie mir ein paar, dann geht's schneller.«

Er zog einen Stapel Akten vom Regal. Der Jahrgang 1962 umfasste zirka zwanzig. Louise bekam etwa die Hälfte davon und trug sie ins Licht einer nackten, von der Decke baumelnden Glühbirne. Sie hockte sich mit den Mappen auf dem Schoß hin und ging sie durch. Sie umfassten Männer und Frauen: Erik, Lise, Kim, Søren, Hanne, Lone, Mette, Vibeke, Ole, Hans-Henrik …

Sie legte den durchgesehenen Stapel auf den Boden, damit nichts durcheinandergeriet. Nordstrøm kam mit der zweiten Hälfte des Jahrgangs und hockte sich neben Louise.

»Die Patienten kamen anscheinend aus ganz Seeland«, bemerkte er und hatte seinen Stapel, der fast nur Jungs enthielt, schnell durch.

Im Aktenstapel neben Louise war auch keine Lisemette.

»Agnete Eskildsen war sich mit dem Geburtsjahr nicht hundertprozentig sicher«, sagte Louise und erhob sich. »Lassen Sie uns auch noch 1961 und 1963 durchsehen.«

»Soll ich 1961 nehmen?«, fragte Nordstrøm, doch Louise hörte nicht zu. Sie hatte ein altes Schwarz-Weiß-Foto aufgehoben, das aus einer der Mappen gerutscht war, und betrachtete das Gesicht des kleinen

Mädchens sowie den nackten Oberkörper. Auf der einen Seite fehlte ihr fast die ganze Haut, und dort, wo noch Haut war, bildete diese grässliche Blasen. Das Mädchen lag mit einem Kissen unter dem Kopf und geschlossenen Augen in einem Krankenhausbett.

Nordstrøm hatte schon den nächsten Jahrgang aus dem Regal gezogen und wollte gerade die erste Akte aufschlagen.

»Ich glaube, das ist sie.« Louise hockte sich wieder neben den Stapel, um nachzusehen, in welche Akte das Bild gehörte. »Ich muss sie nur finden.«

Sie legte die Akte Erik beiseite und schlug die Akte Lise auf.

»Gucken Sie mal!«

In der Mappe lagen noch mehr Bilder von dem entstellten Mädchen, auch aus einer Zeit, in der die Wunden ein wenig verheilt waren. Die Schäden im Gewebe waren so extrem, dass es stellenweise ganz weiß und dick aussah. Vor allem über dem Wangenknochen und bis zur Schläfe sah die Oberfläche ganz verkrustet und geschwollen aus. Auch die Schulter war sehr mitgenommen.

»Lise Andersen, geboren am 6. August 1962«, las Louise und vertiefte sich neugierig in die Akte. Sie entdeckte nichts, was Aufschluss über die Ursache der Narbe gab, nur, dass der Unfall 1970 passiert war. Da war das Mädchen also ungefähr acht Jahre alt gewesen. Louise las weiter. Ganz hinten in der Akte fand sie zwei Formulare der Krankenstation der damaligen Anstalt.

Darin war vermerkt, dass Lise Andersen im Alter von fünf Jahren ein Nabelbruch operiert worden war. Und im Jahr nach dem Unfall hatte sie sich den linken Arm gebrochen. Beides passte perfekt zu Flemmings Obduktionsergebnissen.

»Das ist sie.« Sie reichte Nordstrøm die Krankenpapiere. »Ihre Personenkennnummer steht oben rechts. Schreiben Sie sie bitte auf?«

Dann blätterte sie auf der Suche nach den Stammdaten des Mädchens schnell die letzten verbleibenden Seiten durch. Sie erfuhr, dass die Eltern in Borup gewohnt hatten, als das Mädchen ins Heim gekommen war.

»Sie hat eine Schwester«, informierte Louise ihren Kollegen und stand dann auf, um näher ans Licht zu kommen. »Eine Zwillingsschwester, um genau zu sein. Mette.«

Nordstrøm stellte sich hinter Louise, um ebenfalls einen Blick auf das Stammdatenblatt werfen zu können. Er stand dabei so dicht hinter ihr, dass sie in der Kühle des Kellerraums seine Körperwärme spüren konnte.

»Den Namen habe ich doch eben auch schon gesehen. Der muss in dem Stapel auf dem Boden liegen. Wären Sie so nett?«, bat sie ihn, um den Abstand zwischen ihnen zu vergrößern.

»Lisemette«, sagte er und zog die entsprechende Akte aus dem Stapel. »Lise und Mette! Das waren zwei Mädchen! Dann schreibe ich auch eben ihre Personenkennnummer auf ...«

»Sie ist tot«, unterbrach Louise ihn verwundert. »Lise Andersen ist am 27. Februar 1980 gestorben.«

»1980?«, wiederholte Nordstrøm ungläubig und näherte sich mit der Akte der Schwester. »Wovon reden Sie?«

»Ganz hinten in der Akte liegt ein Totenschein. Demnach ist sie vor einunddreißig Jahren gestorben. Ein halbes Jahr vor ihrem achtzehnten Geburtstag.«

Louise kniete sich auf den Boden und breitete die Fotos aus der Akte vor sich aus.

Das Mädchen hatte dunkle Haare, die Narbe war genau da, wo auch die unbekannte Tote eine Narbe hatte, und Louise meinte, auch den unversehrten Teil des Gesichts wiederzuerkennen. Die gleichen feinen Züge.

»Aber das kann doch überhaupt nicht sein!«, rief sie verwirrt und bat um die Akte der Schwester.

Nordstrøm lehnte sich vor, um mit hineinsehen zu können.

»Mette Andersen«, las Louise vor. Die Schwestern waren gleichzeitig in Eliselund aufgenommen worden. Sie blätterte weiter, und als sie auch hier einen Totenschein fand, nahm sie ihn heraus und legte die Akte auf den Boden.

»Die beiden sind am selben Tag gestorben«, stellte sie verwundert fest und wollte aufstehen. Nordstrøm reichte ihr die Hand, um ihr aufzuhelfen, und sie schlug ein.

»Am 27. Februar 1980.«

Nordstrøm sah aus, als könnte er nicht mehr folgen.

»Und sie sind nicht nur am selben Tag gestorben«, fuhr Louise fort, »sondern sogar praktisch zur selben Zeit. Um 9 Uhr 56 und um 9 Uhr 57.«

»Das heißt, die Frau mit der Narbe ist schon lange tot?« Nordstrøm war sichtlich verwirrt.

»Sieht ganz so aus.« Louise nickte. »Aber wir wissen natürlich, dass das nicht sein kann, denn schließlich liegt sie ja im Kühlraum der Rechtsmedizin.«

Sie blätterte noch einmal schnell durch die Akten und nahm heraus, was ihr wichtig erschien. Den Rest ließ sie zurück, damit die Akten nicht leer waren.

»Falls wir doch noch einen Gerichtsbeschluss brauchen, um offiziell an die Informationen heranzukommen, ist es wohl besser, wenn noch was in den

Ordnern ist«, erklärte sie und steckte die Totenscheine und die anderen Papiere in die Tasche.

»Los, machen wir, dass wir hier wegkommen«, sagte Louise und half Nordstrøm dabei, die Akten wieder ins Regal zu stellen.

»Aber wie kann das denn sein, dass sie schon tot ist?«, fragte er noch einmal.

Louise schüttelte den Kopf. Sie wusste es auch nicht.

»Und? Haben Sie gefunden, was Sie suchen?«, erklang hinter ihnen eine Stimme.

Louise sah ihrem Kollegen an, dass er es eilig hatte, hier rauszukommen. Damit es aber nicht so aussah, als würden sie fliehen, blieb sie stehen und drehte sich um.

»Es war uns eine große Hilfe, die Akten sichten zu dürfen, vielen Dank.« Louise lächelte. »Jetzt sind wir eine ganze Ecke schlauer.«

»Und? War sie es wirklich?«, wollte die grauhaarige Dame wissen.

»Wir glauben schon.« Louise nickte. »Und jetzt nehmen wir Kontakt zu ihren Verwandten auf.«

Louise ging ein paar Schritte weiter, um deutlich zu machen, dass sie losmussten.

»Na, dann viel Glück!«, rief die Dame ihnen hinterher.

Bis zuletzt hatte Louise befürchtet, der Schreckschraube zu begegnen, mit der sie vor ihrem Besuch telefoniert hatte. Als sie schließlich im Wagen saßen, hatte sie deshalb das Gefühl, alles sei ein bisschen zu glatt gelaufen. Auf ihrem Weg über den Hügel gingen ihr so viele Gedanken durch den Kopf, dass sie sich gar nicht entscheiden konnte, was sie nun als Nächstes tun sollte.

»Ich rufe Hanne an und sag ihr, sie soll die Zwillinge mal im Personenregister checken«, brach Nordstrøm das Schweigen. Er hatte das Handy bereits am Ohr und den Notizblock auf dem Schoß. »Wenn sie tatsächlich mit siebzehn für tot erklärt wurden, muss das ja auch dort aktenkundig sein.«

Louise nickte und konzentrierte sich auf den schmalen Feldweg. Sie hegte keinerlei Zweifel, dass es sich bei der Frau, die sie auf dem Obduktionstisch gesehen hatte, um Lise Andersen handelte. Neunundvierzig wäre Lise Andersen jetzt, und das passte auch sehr gut auf die unbekannte Tote. Sie bat Nordstrøm, Lise und Mette Andersens Eltern ausfindig zu machen. Die müssten doch schließlich wissen, ob sie ihre beiden Töchter begraben hatten.

»Haben wir Fotos von der Toten dabei?«, fragte Louise, als sie auf einem Rastplatz bei Ringsted hielten und auf Hanne Munks Rückruf warteten.

»Hab ich ausgedruckt, bevor wir los sind.« Nordstrøm zog umständlich zwei gefaltete Papiere aus seiner Gesäßtasche.

»Wie wär's, wenn Sie mal eben bei der KTU und in der Rechtsmedizin anrufen würden und denen die Personkennnummern geben?«, schlug er vor. »Wenn sie die haben, müssten sie doch Krankenberichte oder zahnärztliche Informationen einholen können. Wenn es denn noch welche gibt.«

Er kramte seine Zigarettenschachtel hervor und wollte gerade das Fenster herunterlassen.

»Aussteigen«, befahl Louise ihm. »Mach ich. Aber ich habe keine Ahnung, wie lange solche Informationen aufbewahrt werden, nachdem jemand gestorben ist. 1980 hat man ja noch nicht elektronisch archiviert. Also, wenn es irgendwas gibt, müsste das in den Akten in Eliselund liegen.«

»Und? Lag da was?«, fragte er durch die offene Wagentür.

Louise zuckte die Achseln.

»Mir ist nichts aufgefallen. Aber solange wir nicht wissen, ob es wirklich nötig ist, finde ich nicht, dass wir zurückfahren sollten.«

Die Strophenmelodie von Pink Floyds *The Wall* erklang, als Hanne Munk zurückrief.

Neugierig betrachtete Louise ihren Kollegen, während der etwas notierte und Rønholts Sekretärin bat, das Letzte noch mal zu wiederholen.

»Vielen Dank, du bist ein Goldstück«, säuselte er, bevor er sein Handy auf den Beifahrersitz warf. »Sind beide als tot registriert.«

»Und was ist mit den Eltern? Leben die noch?«

Nordstrøm nickte und sah auf seinen Block, während er antwortete.

»Der Vater zumindest. Viggo Andersen. Wohnt in Dåstrup, was laut Ihrer Spezialfreundin Hanne in der Nähe von Viby Sjælland liegt.«

»Wir fahren hin und reden mit ihm«, entschied Louise und wandte sich bereits ihrem Navi zu.

»Einen Scheißdreck machen wir«, protestierte Nordstrøm. »Wir fahren jetzt ganz bestimmt nicht zu einem Vater, der vor über dreißig Jahren seine beiden Töchter verloren hat, um ihn zu bitten, uns zu bestätigen, dass sie auch wirklich tot sind!«

Es war nicht zu übersehen, dass die Vorstellung ihm alles andere als behagte. Er fasste sich an das Lederband, das er um den Hals trug, und fing an, mit dem daran hängenden gelblichen Haifischzahn zu spielen.

»Doch, genau das werden wir jetzt tun«, beharrte Louise. »Dieser Vater hat nicht vor über dreißig Jahren seine beiden Töchter verloren. Die eine zumindest liegt im Keller der Rechtsmedizin. Wir müssen mit ihm reden.«

»Wir sind nicht hundertprozentig sicher, ob die Tote wirklich einer der Zwillinge ist«, trotzte er weiter. »Wir haben lediglich die Aussage einer einzigen Frau, die sie damals gekannt haben will, und eine Akte zu einem Mädchen, von dem wir glauben, dass es die Tote sein könnte. In meiner Welt reicht das nicht aus für eine Identifizierung.«

Leicht angefressen drehte Louise sich zu ihm um.

»Aber in meiner.« Sie war sich ganz sicher, dass sie recht hatte. »Sie haben die gleiche Narbe im Gesicht, beide hatten sich als Kind den linken Arm gebrochen, und beiden ist ein Nabelbruch operiert worden. So viele Zufälle auf einmal gibt es nicht. Natürlich handelt es sich um ein und dieselbe Person. Und jetzt ist es am Vater, sie endgültig zu identifizieren. Vielleicht kann er uns ja auch sagen, wo sie die letzten dreißig Jahre gesteckt hat.«

Er wohnte inmitten eines sehr gepflegten Gartens mit großen, blühenden Rhododendren in einem gelb gekalkten, hufeisenförmigen Hof mit Reetdach. Von der Straße hatte Louise einen Mann mit einer Schubkarre im Garten gesehen und gedacht, dass er vom Alter her gut der Vater von Lise Andersen sein könnte. Sie fuhren auf den Hof und parkten neben einer alten Wasserpumpe. Das ganze Anwesen wirkte so adrett, dass es eigentlich nur von jemandem, der sehr viel Zeit hatte, gepflegt werden konnte.

»Na, der wird sich freuen, wenn jetzt die alten Wunden wieder aufgerissen werden«, brummte Nordstrøm, der ansonsten den größten Teil der Strecke geschwiegen hatte. Er ließ Louise vorausgehen. Über einen schmalen Weg zwischen dem Wohnhaus und dem einen Nebengebäude hindurch gelangten sie in den Garten. Auf einmal begriff Louise, dass ihrem Kollegen in dieser Situation einfach extrem unwohl sein musste.

»Meinen Sie nicht, es wäre noch viel schlimmer für ihn, wenn er nicht darüber informiert würde, dass seine Tochter in der Rechtsmedizin liegt und auf ihr Begräbnis wartet?«, flüsterte sie über die Schulter.

»Mag sein.« Er nickte. »Sie haben wahrscheinlich recht. Bringen wir es hinter uns.«

Da kam der ältere Herr auch schon auf sie zu. Er hatte die Schubkarre abgestellt und den Rechen quer über den Haufen gemähten Grases gelegt.

»Kann ich Ihnen helfen?«, fragte er noch aus einiger Entfernung äußerst zuvorkommend.

Louise reichte ihm die Hand.

»Mein Name ist Louise Rick, und das ist mein Kollege Eik Nordstrøm. Wir kommen von der Vermisstenstelle der Reichspolizei. Sind Sie Viggo Andersen?«

Der Mann nickte und sah sie neugierig an.

»Dürfen wir Ihnen ein paar Fragen stellen?«

»Schießen Sie los«, antwortete er bereitwillig.

»Könnten wir vielleicht reingehen?« Nordstrøm wies Richtung Haus.

»Ja, natürlich.« Viggo Andersen bat sie, ihm zu folgen. Während er die Küchentür öffnete, hielt er einen Jagdhund zurück. »Der tut nichts. Freut sich nur immer wie verrückt, wenn Besuch kommt.«

»Schon okay.« Nordstrøm kraulte den Hund ausgiebig hinter den Ohren, während Louise hoffte, mit einem kurzen Tätscheln ihre Schuldigkeit getan zu haben. Doch der Hund wedelte wie wild mit dem Schwanz und sprang begeistert an ihnen hoch.

Nordstrøm hielt den Hund am Halsband fest, und der alte Mann führte sie durch die Küche ins Wohnzimmer.

»Ist denn jemand abhandengekommen?«, fragte er, nachdem er den Hund in den Hauswirtschaftsraum gesperrt und Louise und Nordstrøm an den Esstisch gebeten hatte.

»Ja, aber das ist schon lange her«, antwortete Louise und sah sich in dem schönen Raum um.

»Kann ich Ihnen etwas anbieten?«

»Nein, vielen Dank«, sagte Nordstrøm schnell, und auch Louise schüttelte den Kopf.

»Wir haben ein paar Fragen zu Ihrer Tochter Lise«,

leitete Louise das Gespräch ein, kaum dass Viggo Andersen sich ihnen gegenübergesetzt hatte.

Überrascht sah er sie an.

»Zu Lise?«, wiederholte er. Auf seiner Stirn zeichnete sich ein ganzes Netz tiefer Furchen ab. Verwundert sah er sie an. »Und was wollen Sie nach so vielen Jahren noch wissen?«

Louise beschloss, nicht lange um den heißen Brei zu reden.

»Wir haben Grund zu der Annahme, dass Ihre Tochter nicht 1980 in Eliselund verstorben ist, und darum haben wir ein paar Fragen sowie zwei Fotos, die wir Ihnen gerne zeigen möchten.«

Nordstrøms Blick sprach eine deutliche Sprache: Von ihrem »wir« hielt er gar nichts. Sie sollte bitte für sich sprechen.

»Sie glauben, dass sie nicht verstorben ist? Was meinen Sie?« Viggo Andersen verstand gar nichts.

Louise holte tief Luft und bat Nordstrøm, ihm die Fotos zu zeigen.

»Letzte Woche wurde in einem Wald zwischen Roskilde und Holbæk eine Tote gefunden, die eine sehr markante Narbe hat. Diese Narbe ist quasi identisch mit der Narbe, die Ihre Tochter in der rechten Gesichtshälfte und auf der Schulter hatte.«

Viggo Andersen saß wie versteinert da und hörte zu.

»Außerdem hat die Obduktion zwei weitere Befunde gebracht, die den Verdacht bekräftigen, dass es sich hier um ein und dieselbe Person handelt: nämlich einen schlecht verheilten, gebrochenen linken Unterarm und eine Narbe von einer Nabelbruchoperation. Aufgrund der Übereinstimmung dieser drei Umstände vermuten wir, dass es sich bei der im Wald gefundenen Toten nur um Ihre Tochter Lise handeln kann.«

Der ältere Herr wurde kreidebleich, während Louise redete. Er sah aus, als wäre er komplett erstarrt, doch dann lehnte er sich bestürzt nach vorne.

»Ja, aber wie soll das denn möglich sein?«, stammelte er und schüttelte den Kopf. »Das kann nicht sein. Sie müssen sich irren. Wir haben doch damals die Todesnachricht bekommen. Und die Sachen der Mädchen wurden uns geschickt. In zwei Schuhkartons kamen ihre Sachen, mehr besaßen sie nicht.«

Nordstrøm hatte die beiden in A4 ausgedruckten Bilder auf dem Tisch glatt gestrichen und schob sie nun Viggo Andersen zu.

»Man hat uns geschrieben, dass sie an einer Lungenentzündung gestorben seien«, fuhr der Vater fort und schluckte schwer. »Wie kann es dann sein, dass Sie jetzt hier sitzen und mir etwas ganz anderes erzählen?«

»Genau das möchten wir gerne herausfinden«, versicherte Louise ihm und bat ihn, sich die Fotos anzusehen. »Ich weiß, das alles ist viele Jahre her und Ihre Tochter wäre inzwischen erwachsen geworden. Aber könnte die Tote auf den Bildern Ihre Tochter Lise Andersen sein?«

Der alte Mann nahm die Blätter zur Hand und betrachtete sie genau. Seine Bestürzung stand ihm ins Gesicht geschrieben. Er presste die Lippen zusammen, um sich zu beherrschen, dann nickte er.

»Sie erkennen die Narbe wieder?«, wollte Louise wissen.

»Wenn ich ehrlich sein soll«, hob er etwas zögerlich an, »dann habe ich meine Tochter nach diesem schrecklichen Unfall, der sie so entstellt hat, nur noch ein einziges Mal gesehen. Es ist also nicht so sehr die Narbe, die ich wiedererkenne. An die kann ich mich gar nicht so genau erinnern, ich weiß nur noch, dass ihr feines Gesicht ganz zerstört war. Aber die wunderbaren hohen Wangenknochen, die sie von ihrer Mutter geerbt hatten, die werde ich nie vergessen. Die Zwillinge mögen zwar nicht ganz so helle gewesen sein wie die anderen Kinder, aber sie waren tausendmal hübscher als sie alle zusammen.«

Er lächelte, als hätte er für einen Moment vergessen, weshalb er gebeten worden war, über seine verstorbene Tochter zu reden. Doch dann erinnerte er sich wieder. Von einer Sekunde zur anderen änderte sich sein Ausdruck. Weg war der Blick voller Liebe. Jetzt sah er Louise so unendlich traurig an, dass es ihr schwerfiel, ihm in die Augen zu sehen.

»Da besteht überhaupt kein Zweifel. Das ist meine kleine Lisemette. Da bin ich mir absolut sicher, obwohl das alles so lange her ist. Und obwohl ich nicht kapiere, wie das alles sein kann.«

Verwirrt schüttelte er den Kopf und strich sich übers Kinn.

»Ich hab nicht gut genug auf sie aufgepasst«, sagte er so leise, dass es kaum zu hören war. »Ich hab meine Mädchen im Stich gelassen.«

»Gehen wir doch mal in der Zeit zurück«, bat Nordstrøm. »Ihr Töchter kamen nach Eliselund, als sie drei Jahre alt waren, und Sie haben seither keinen Kontakt mehr zu ihnen gehabt?«

Ihr Gegenüber knetete unbeholfen die Hände, dann nickte er.

»Die Mutter der Mädchen starb nur fünf Tage nach deren Geburt«, begann er zu erzählen und räusperte sich. »Sie wollte nicht ins Krankenhaus nach Køge, sie wollte eine Hausgeburt. Aber damals wussten wir auch nicht, dass sie mit Zwillingen schwanger war.«

Es zuckte leicht um seine Mundwinkel und sein Kinn, dann riss er sich zusammen und fuhr fort:

»Hinterher haben die Ärzte gesagt, der Mutterkuchen habe sich gelöst. Ich hatte gerade noch ein Kissen geholt, als auf einmal das Fruchtwasser aus ihr herausstürzte. Irgendwie grünlich«, erinnerte er sich. »Die Hebamme war die ganze Zeit dabei und beruhigte uns, bis sie begriff, dass da zwei Kinder waren und dass sie sich nicht drehen wollten.«

Er schwieg einen Moment.

»Sie hat dann auch den Krankenwagen gerufen. Hat gesagt, dass sie eine doppelte Steißgeburt auf keinen Fall allein schaffen könne. Aber es dauerte viel zu lange, bis wir endlich im Krankenhaus waren. Die Mädchen bekamen eine Weile nicht genügend Sauerstoff.«

»Das heißt, Ihre Töchter erlitten während der Geburt einen Hirnschaden?«, fragte Louise.

Er nickte.

»Bei Mette war's schlimmer, weil sie als Zweite kam.« Er blinzelte mehrmals und erzählte dann, dass die Mutter der Mädchen noch im Wochenbett im Krankenhaus gestorben war. »Und darum hat es eine ganze Weile gedauert, bis ich kapierte, wie ernst es um meine Mädchen stand, obwohl die Ärzte es mir ja bereits gesagt hatten.«

»Aber Sie haben sie mit nach Hause genommen?«, fragte Louise leise. Sie hatte ja nicht geahnt, dass sie so schmerzhafte Wunden würden aufreißen müssen.

»Ja, die beiden kamen nach Hause, nachdem wir ihre Mutter beerdigt hatten. Anfangs bekam ich von der Kommune die Hilfe, die ich brauchte. Wenn die Mädchen unruhig wurden, konnte ich sie meist schnell beruhigen, indem ich ihnen etwas vorsang.«

Sein Blick wurde kurz zärtlich, doch dann schlugen seine Gefühle um.

»Aber ich habe das alles nicht geschafft«, räumte er ein und senkte den Blick, eingeholt von der Erinnerung an diese schwere Zeit. »Ich war hoffnungslos überfordert. Ich habe ja auch gearbeitet.«

Er sah zu ihnen auf, als müsste er sich für sein Handeln rechtfertigen.

»Ich musste arbeiten. Im Haus und auf dem Feld. Ganz allein, ohne Hilfe. Ich hatte also praktisch keine Zeit für die Mädchen, das sah ich ja selbst. In dem Monat, in dem die beiden drei Jahre alt wurden, bat die Gemeindeschwester mich zu einem Gespräch in ihr Büro. Sonst kam sie ja eigentlich immer zu uns ins Haus.«

Er stockte.

»Und danach wurden die Mädchen nach Eliselund gebracht«, half Nordstrøm ihm weiter.

»Ja, genau.« Viggo Andersen nickte und schürzte die Lippen, als wollten die Worte nicht recht herauskommen.

»Man riet mir, die Mädchen zu vergessen und mit meinem eigenen Leben weiterzukommen. Wie die Gemeindeschwester das so sagte, klang es so leicht. Als ob das nun mal das wäre, was man machte, wenn man Kinder hatte, die nicht wie die anderen waren. Vergessen und weitermachen. Der Staat kümmert sich schon um sie.«

Er zog ein großes Stofftaschentuch aus der Hosentasche und putzte sich die Nase.

»Natürlich wollte ich meine Mädchen nicht einfach so abschieben, nur weil sie mehr Zuwendung brauchten als andere Kinder, aber die Gemeindeschwester erzählte mir von einem kleinen Heim in Roskilde mit zweiundzwanzig geisteskranken Bewohnern, von denen nur drei jemals Besuch bekamen. Die anderen neunzehn sahen ihre Eltern nie – und so hat sie mich davon überzeugt, dass das ganz normal sei.«

»Sie ließen Ihre Töchter also nach Eliselund bringen und brachen den Kontakt zu ihnen ab?«, wollte Nordstrøm wissen.

»Nein, nicht sofort«, verteidigte er sich. »Ich habe sie zweimal besucht. Beide Male haben sie so herzzerreißend geweint, als ich wieder ging, dass das Personal mich bat, nicht mehr zu kommen. Man meinte, die Mädchen hätten nichts von meinen Besuchen, wenn sie doch so furchtbar unglücklich seien, wenn ich wieder ging. Das Personal konnte die beiden kaum beruhigen, und man meinte, sie würden mich nur noch mehr vermissen, wenn ich weiter zu Besuch käme.«

Einen Augenblick saß er schweigend da und starrte blind vor sich hin.

»Zu Weihnachten und zum Geburtstag habe ich ihnen trotzdem Geschenke geschickt, aber nie etwas gehört. Und als sie alt genug waren, konfirmiert zu werden, schickte ich Geld. Ich dachte, davon könnte man vielleicht ein kleines Fest für sie ausrichten, aber ob das je geschah, weiß ich nicht.«

Er seufzte tief und schüttelte den Kopf, als könnte er immer noch nicht ganz begreifen, weshalb er sich damals nach den Anweisungen des Personals gerichtet hatte.

»Der damalige Heimleiter riet mir, eine neue Familie zu gründen und die Mädchen und ihre verstorbene Mutter zu vergessen. Er war der Ansicht, es würde niemandem dienen, einen Kontakt aufrechtzuerhalten, der niemanden glücklich machte. Ich habe dann ein paar

Jahre später wieder geheiratet und war mit meiner zweiten Frau sehr glücklich.«

»Das war also das letzte Mal, dass Sie Ihre Töchter sahen?«, erkundigte sich Nordstrøm.

Viggo Andersen schüttelte wieder den Kopf.

»Nach dem Unfall rief man mich an und erzählte mir, Lises Schwester habe den Kessel mit dem kochenden Wasser genommen und aus Versehen über ihr ausgeschüttet. Mette konnte nicht besonders viel, sie war motorisch sehr ungeschickt, und darum war ich ziemlich aufgebracht darüber, dass man sie überhaupt in die Nähe von kochendem Wasser gelassen hatte. Am selben Abend fuhr ich noch hin, doch als ich ins Krankenzimmer kam, kannten mich die Mädchen schon gar nicht mehr.«

Er biss die Zähne fest aufeinander, und es war deutlich zu erkennen, wie seine Kiefermuskulatur sich anspannte.

»Seitdem habe ich sie nicht mehr gesehen.«

Müde schaute er sie an. Es hatte ihn offenbar viel Kraft gekostet, seine Geschichte zu erzählen, und jetzt fiel er förmlich in sich zusammen.

Louises Blick wanderte zu einer Reihe von Familienfotos an der Wand. Eines der Bilder zeigte Viggo Andersen, wie er den Arm um eine hochgewachsene, grauhaarige Frau legte. Neben ihnen standen zwei Paare in den Dreißigern. Wahrscheinlich Kinder aus der zweiten Ehe samt deren Partnern, dachte Louise.

»Ich hatte damals schon mein neues Leben«, erklärte Viggo Andersen und folgte Louises Blick. »Das Foto ist von meinem siebzigsten Geburtstag.«

»Und 1980 hat man Ihnen mitgeteilt, dass Ihre beiden Töchter verstorben sind?«, fragte Louise.

Er nickte.

»Waren Sie bei der Beerdigung?«, wollte Nordstrøm wissen.

»Nein.« Er schüttelte den Kopf. »Sie waren bereits beerdigt, als ich die Schachteln mit ihren Sachen bekam. Ich wurde gefragt, ob ich auch ihre Kleidung haben wollte, aber das lehnte ich ab.«

»Wer hat Sie über den Tod Ihrer Töchter informiert?«, fragte Louise.

»Na, das Büro von Eliselund. Die riefen hier an, und meine jetzige Frau ging ans Telefon. Sie kam ganz bis zu mir aufs Feld gelaufen, um es mir zu erzählen. Ein paar Tage später kam dann auch noch eine Art offizieller Brief. Ich glaube aber nicht, dass ich den noch habe«, bedauerte Viggo Andersen.

»Das macht gar nichts«, beruhigte Louise ihn sofort und versuchte gleichzeitig, die in ihr aufsteigende Unruhe zu unterdrücken. Wenn der eine Totenschein falsch war, konnte der andere es schließlich auch sein.

»Man teilte mir mit, dass der Bestattungsunternehmer, der üblicherweise die Bewohner von Eliselund beerdigte, bereits alles geregelt habe«, erzählte er. »Aber ich hatte nicht das Gefühl, dass die Mädchen ein eigenes Grab bekommen hatten, denn ich wurde nie gebeten, für eine Grabstätte zu bezahlen. Wahrscheinlich wurden sie in einem Gemeinschaftsgrab für Bewohner von Eliselund beigesetzt, die nicht von ihren Familien nach Hause geholt wurden.«

»Das heißt, Sie haben nicht mit eigenen Augen gesehen, wie Ihre Töchter beerdigt wurden?« Louise wusste, dass sie den armen Mann unter Druck setzte, und ignorierte den bösen Blick ihres Kollegen.

»Nein.«

Viggo Andersen bat darum, die Fotos von seiner Tochter noch einmal sehen zu dürfen. Nordstrøm reichte sie ihm, sagte, er dürfe sie gerne behalten, und bedauerte die schlechte Qualität.

»Danke«, sagte Viggo Andersen und strich zärtlich über das zerknitterte Papier.

»Dann wurde sie also gar nicht beerdigt?«, schlussfolgerte der alte Mann leise und sah Louise fragend an.

Sie schüttelte den Kopf.

»Sieht nicht so aus. Ich glaube, Ihre Tochter war bis letzten Donnerstag noch am Leben. Aber ich habe keine Ahnung, wo sie sich die letzten dreißig Jahre aufgehalten hat, weshalb sie damals für tot erklärt wurde und wie das überhaupt möglich war.«

Sie hatte kurz überlegt, ihm den Totenschein zu zeigen, den sie in der Tasche hatte, aber das war nun in ihren Augen nicht mehr nötig.

»Ich möchte, dass sie neben ihrer Mutter begraben wird.« Ein leises Lächeln umspielte seinen Mund, dann wurde er wieder ernst. »Aber was ist mit Mette? Ist sie womöglich auch nicht tot?«

Besorgt sah er sie an.

Louise zuckte die Achseln. Sie wusste nicht, was sie antworten sollte.

»Sie kommt alleine nicht zurecht. Und schon gar nicht ohne ihre Schwester. Absolut ausgeschlossen. Sie wurde immer ganz unruhig, wenn Lise nicht da war.«

Er nickte vor sich hin.

»Ich muss sie finden«, murmelte er. »Ich muss wissen, ob sie noch lebt.«

Viggo Andersen begleitete sie zur Haustür.

»Es tut mir leid, dass wir alte Wunden bei Ihnen aufreißen mussten«, sagte Louise, als sie draußen im Hof standen.

»Das muss Ihnen nicht leidtun«, winkte er ab. »Ich bin froh, dass Sie hier waren. Vielleicht kann ich jetzt ein klein wenig von dem wiedergutmachen, was ich falsch gemacht habe. Ich habe mir nie verzeihen können, dass ich mich dazu überreden ließ, meine beiden Mädchen im Stich zu lassen.«

Er schüttelte langsam den Kopf.

»Sie wurden immer Lisemette genannt.« Er lächelte. »Die beiden gehörten zusammen, obwohl sie so unterschiedlich waren. Lise war die Mutige, die immer vorausging und ihre kleine Schwester beschützte. Mette war deutlich unselbstständiger, aber sie war, wie gesagt, auch schlimmer dran.«

Er gluckste leise.

»Aber dass sie einen gern hatte, daran hatte man gar keinen Zweifel, wenn sie die Arme um einen schlang und sich festhielt.«

Unvermittelt senkte er den Blick.

»Kann das wirklich sein, dass sie all die Jahre gelebt haben, während ich glaubte, sie seien tot?«, fragte er, als sie den Wagen erreichten. »Wo sind sie denn bloß gewesen? Was ist passiert? Ich verstehe das einfach nicht.«

Louise reichte ihm zum Abschied die Hand.

»Ich möchte Sie jetzt erst einmal bitten, zum Institut der Rechtsmedizin zu fahren und Ihre Tochter zu identifizieren«, sagte sie. »Damit wir mit Sicherheit wissen, dass es sich um Lise handelt.«

»Selbstverständlich«, beeilte er sich zu sagen. »Was meinen Sie? Ob ich wohl die Beerdigung ausrichten darf?«

»Ich glaube nicht, dass irgendetwas dagegenspricht«, sagte Louise lächelnd, dann stieg sie ein.

SCHWEIGEND FUHREN SIE BIS ZUR AUTOBAHN, dann klingelte Louises Handy.

»Nein, du brauchst keine Rohkost mitzubringen«, sagte sie, nachdem sie sich das Headset ins Ohr geklemmt hatte. Camilla war in Kopenhagen, hatte Markus bei Jonas abgesetzt und bot nun an, sich ums Abendessen zu kümmern. »Melvin macht panierte Frikadellen, da könnt ihr bestimmt mitessen.«

Louise horchte in sich hinein. Wenn sie am Abend auch nur ansatzweise gute Gesellschaft sein wollte, musste sie die Eindrücke von ihrem Besuch bei Lisemettes Vater irgendwie abschütteln, bevor sie nach Frederiksberg kam.

»Wer ist denn Melvin?«, fragte Nordstrøm.

Louise bog von Kalvebod Brygge ab und passierte das Postamt, ohne zu antworten.

»Ich hatte immer den Eindruck, dass Sie mit Ihrem Pflegesohn alleine leben«, murmelte er und holte die Zigarettenschachtel hervor.

Sie parkte parallel zum Bürgersteig und unterdrückte eine Reaktion darauf, dass er offenbar Erkundigungen über sie eingeholt hatte. Denn das mit dem Pflegesohn hatte sie ihm ganz bestimmt nicht erzählt.

»Melvin ist der Mieter unter uns«, antwortete sie und stieg aus. »Er ist fünfundsiebzig und heute dran mit Essenmachen.«

»Sie wohnen in einer Kommune?« Aus seiner Stimme klang ein gewisser Respekt.

Sie lachte und schüttelte den Kopf.

»Nein, nein. Wir helfen uns bloß gegenseitig. Melvin hilft uns mit diversen praktischen Sachen, und Jonas und ich helfen ihm, dass er nicht so einsam ist.«

»Ach so. Verstehe. Darum haben Sie keinen Platz für einen Mann in Ihrem Leben.«

Louise erstarrte.

»Wie bitte? Wie kommen Sie denn darauf?«

»Worauf?«

»Dass in meinem Leben kein Platz für einen Mann ist. Wer sagt das?«

Unschuldig schüttelte er den Kopf.

»Wer hat das gesagt?«, wollte sie jetzt wirklich wissen. »Hanne Munk?«

»Ach, jetzt hören Sie schon auf, ich wollte Sie nicht beleidigen«, rief er ihr hinterher, als sie sich wütend umdrehte.

Statt hoch ins Büro zu gehen, marschierte Louise auf ihr Fahrrad zu und rief gleichzeitig in der Rechtsmedizin an, um zu hören, ob man dort schon einen Termin mit Lise Andersens Vater ausgemacht hatte.

»Er ist bereits unterwegs«, informierte Flemming Larsen sie und erzählte Louise außerdem, dass eine von ihren Kolleginnen in der Vermisstenstelle anhand der nun bekannten Personenkennnummer versucht habe, die zahnmedizinischen Informationen über Lise Andersen zu bekommen. »Leider ohne Erfolg. Und überhaupt gibt es im System einfach keinerlei Informationen über die Tote. Wenn sie innerhalb der letzten zehn, fünfzehn Jahre für tot erklärt worden wäre, hätten wir vielleicht noch was gefunden. Aber so…«

»Ich bin mir ziemlich sicher, dass er sie identifizieren kann«, sagte Louise und bat Flemming, sie nach Viggo Andersens Besuch anzurufen.

»Ich werde ihn auf jeden Fall begleiten«, versprach der Rechtsmediziner. »Wenn er auch nur den geringsten Zweifel hat, werde ich ihm das ansehen und entsprechend reagieren.«

Louise dankte ihm und radelte nach Hause.

Melvin hatte eine Mehlschwitze mit frischen grünen Erbsen und Möhren aus Grete Millings Treibhaus gemacht. Louise lächelte ihn an und genoss, dass er sich immer solche Umstände machte, wenn er fürs Abendessen zuständig war.

»Ein eigenes Treibhaus müsste man haben«, seufzte er und legte die letzten Frikadellen in die Pfanne.

»Kannst ja mal einen Antrag auf eins im Innenhof stellen«, schlug Camilla vor und reichte ihm ein Glas von dem Weißwein, den sie mitgebracht hatte. »Der ist doch so groß, da bekommst du bestimmt eine Ausnahmegenehmigung.«

»Das ist nicht das Gleiche«, murmelte Melvin, während er die panierten Hackfleischfladen wendete.

»Du kannst auch gerne bei uns draußen deinen eigenen Nutzgarten haben«, bot Camilla an. »Platz genug haben wir ja. Aber ich werde mich nicht für dich drum kümmern.«

»Das ist doch gerade das Schönste daran«, entgegnete er. »Dass man sich um alles kümmert, was keimt und sprießt. Nancy konnte das immer so gut.«

Seit Melvin Grete Milling kennengelernt hatte, sprach er nicht mehr ganz so oft von seiner verstorbenen Frau. Aber wenn er es tat, lag immer noch so viel Liebe in seiner Stimme. Es war lange her, seit die beiden zusammengelebt hatten, weil Nancy die letzten Jahre ihres Lebens im Koma in einem Pflegeheim verbracht hatte. Melvin hatte sie dort jeden Tag besucht.

»Sagt ihr den Jungs Bescheid?« Er nickte in Richtung der geschlossenen Tür zu Jonas' Zimmer.

Louise stand auf und klopfte an. Markus und Jonas hatten dadrin gesessen, seit sie nach Hause gekommen war, und Melvin hatte sie auch nur zu Gesicht bekommen, als sie kurz herausgekommen waren, um zu fragen, ob in der Tiefkühltruhe noch Eis sei.

Als Louise die Tür öffnete, entstand Durchzug. Louise wunderte sich über das offene Fenster.

»Sagt mal – raucht ihr etwa hier drin?« Sie marschierte los, um das Fenster zu schließen.

Markus saß auf dem Bett und schüttelte sichtlich genervt von ihrer blöden Frage den Kopf.

Jonas klebte mit der Nase fast an seinem Bildschirm und befand sich offenkundig in einer anderen Welt. Jedenfalls hörte er überhaupt nicht, was seine Mutter sagte.

»Yes!!!«, schrie er plötzlich und sprang auf. »Zehntausend Klicks! Zehntausend Leute haben sich schon mein neues Stück angehört!«

Er haute seiner Mutter auf die Schulter und bot seinem Freund auf dem Bett High five.

Markus stand auf, und Louise schaute ebenfalls auf den Bildschirm und betrachtete die YouTube-Seite. Jonas hatte selbst komponierte Musik hochgeladen.

»Aber die kennen dich doch gar nicht. Wie haben die dich gefunden?« Verständnislos schüttelte Louise den Kopf.

»Jonas hat krass viele Likes.« Markus war eine gewisse Bewunderung anzuhören.

»Weil irgendwelche Leute, denen mein Stück gefällt, den Link dazu an ihre Freunde weiterschicken«, erklärte Jonas. »Und wenn denen das Stück auch gefällt, verbreiten die den Link auch wieder, und immer so weiter. Und jetzt haben sich schon zehntausend Leute mein Stück angehört.«

»Krass, Mann, das werden ja immer mehr!« Markus setzte sich vor den Bildschirm. »Jetzt schon wieder zwei.«

»Kommt ihr?«, rief Melvin aus der Küche.

»Ich hab das Stück auch bei Facebook eingestellt, und gestern hatten es schon zweihundert Leute aus der ganzen Welt kommentiert«, erzählte Jonas beim Essen weiter.

Louise lächelte. Sie freute sich, dass Jonas mit einer solchen Begeisterung bei einer Sache war, die ihm offensichtlich großen Spaß machte. Eine Zeit lang hatte er einen schweren Stand in der Schule gehabt. Die anderen Jungs hatten ihn auf dem Kieker gehabt, weil er beide Eltern verloren hatte. Louise hatte diese gnadenlose Piesackerei nur schwer ertragen, und Jonas hatte darum so einiges für sich behalten – er hat sie schonen wollen. Bis er nach einer Schlägerei auf dem Schulhof mit einer geplatzten Augenbraue in der Notaufnahme gelandet war.

»Wie wär's, wenn du auf meiner Hochzeit etwas spielen würdest?«, fragte Camilla lächelnd.

Louise nahm an, dass ihre Freundin das mehr aus Höflichkeit sagte, denn sie hatte ganz bestimmt schon längst eine Band engagiert.

»Wenn ich in Roskilde spielen soll, dann nur auf dem Festival«, entgegnete Jonas selbstsicher.

»Glaubst du, die beiden rauchen?«, fragte Louise ihre Freundin nach dem Essen, als die Jungs wieder in Jonas' Zimmer verschwunden waren.

»Spinnst du? Dazu sind die doch noch viel zu jung«, meinte Camilla. »Die werden doch erst nächstes Jahr konfirmiert.«

Louise musste lachen.

»Und was hat das damit zu tun?«

»Ist das nicht das Alter, in dem man normalerweise mit so was anfängt?«

»In dem Alter gibt es kein ›normalerweise‹«, meldete sich Melvin zu Wort und angelte sich noch eine halbe Frikadelle. »Mit Rauchen und Trinken fängt man an, wenn man meint, dass man so weit ist. Ich habe mit zwölf zum ersten Mal geraucht.«

»Na, du bist mir ja ein großartiges Vorbild«, rief Louise und wollte nicht hoffen, dass der freundliche Mann aus der Wohnung unter ihnen Jonas allzu viele Geschichten aus seiner Jugend erzählt hatte.

»Wie läuft's mit den Renovierungsarbeiten?«, erkundigte Louise sich, nachdem sie den Tisch abgeräumt und Kaffee gekocht hatten. Melvin hatte ihnen eine Handvoll Quality Street dagelassen und Louise und Jonas eine Einladung von Grete Milling zum Mittagessen am Sonntag in Dragør überbracht.

Müde zog Camilla die Achseln hoch und nahm sich ein Bonbon.

»Frederik war nicht gerade begeistert, als er hörte, dass ich die Handwerker gefeuert habe. Er will ja immer, dass alles schön glatt läuft, aber ich kann es nun mal nicht haben, wenn Absprachen nicht eingehalten werden. Die Typen wissen genau, dass wir unter Zeitdruck sind und von ihnen abhängig sind, also glauben die, sie können sich benehmen, wie sie wollen.«

»Hast du denn Ersatz gefunden?«

Camilla schüttelte den Kopf.

»Alle anderen sind mindestens acht Wochen im Voraus ausgebucht.«

»Dann wirst du sie wohl weitermachen lassen müssen, wenn alles rechtzeitig fertig sein soll.« Louise lächelte.

»Sag mal, spinnst du? Die kommen mir nicht mehr ins Haus!«, rief Camilla. »Wenn wir niemand anderen finden, wird eben im Garten ein Zelt aufgebaut. Oder ich heuere einen Polentrupp an. Die lesen wenigstens nicht die Hälfte der Arbeitszeit irgendein Schundblatt und saufen Cola.«

Louise musste lachen.

»Die Schlagzeile sehe ich jetzt schon vor mir: Familie Sachs-Smith beschäftigt unterbezahlte Arbeiter!«

»Niemand zwingt uns, sie unterzubezahlen, nur weil sie Ausländer sind!«, erwiderte Camilla, lächelte dann aber auch, als sie sagte, sie habe erwogen, sie im Gegenteil überzubezahlen.

Sie nahm sich noch ein glitzernd rot eingepacktes Bonbon.

»Im Wohnzimmer sieht's aus, als hätte eine Bombe eingeschlagen«, räumte sie dann ein und faltete das Bonbonpapier akribisch zusammen. »Der Maurer – also der aus Hvalsø – ist noch am selben Abend, als ich die Typen gefeuert habe, vorbeigekommen und hat mir eine absurd hohe Rechnung unter die Nase gehalten. Über alles, was sie gemacht, und alles, was sie noch nicht gemacht haben! Dafür hatte er offenbar Zeit.«

Sie schüttelte den Kopf, leerte ihre Kaffeetasse und erhob sich. Sie rief Markus zu, dass sie loswollten.

»Bin aufm Klo!«, rief er zurück.

»Ihr könntet die Hochzeit doch auch einfach etwas verschieben, dann hättet ihr mehr Zeit, alles vorzubereiten«, schlug Louise vor.

Camilla nickte.

»Klar könnten wir das. Aber das will ich nicht. Wenn ich heirate, dann jetzt im Sommer. Ich bin völlig verrückt nach Frederik. Ich habe noch nie so intensiv das Gefühl gehabt, mit jemandem zusammenzugehören, wie mit ihm«, erklärte sie. »Und zu unserer Hochzeit soll es ein riesiges Sommerfest geben, bei dem wir barfuß im Garten tanzen, und unsere Hochzeitsnacht verbringen wir auf Matratzen unterm Apfelbaum, mit jeder Menge Kerzen und Champagner.«

Anfangs hatte Louise geglaubt, das Verhältnis zwischen Camilla und Frederik Sachs-Smith werde nur von kurzer Dauer sein, aber nun sah es ganz so aus, als hätte ihre Freundin die Liebe ihres Lebens gefunden. Sie war gespannt, wie die beiden doch sehr unterschiedlichen Leben sich kombinieren lassen würden. Die Journalistin, die in einer Dreizimmerwohnung in Frederiksberg groß geworden war, die immer alles selbst gemacht hatte und sich dort engagierte, wo ihre Interessen lagen. Und der reiche Mann, der auf der Terrasse neben seinem Pool in Kalifornien Drehbücher geschrieben und dem es nie an etwas gefehlt hatte. Er war in die reiche Termo-Lux-Familie geboren worden und hatte sich darüber hinaus durch kluge Investitionen ein ansehnliches eigenes Vermögen aufgebaut. Er war Junggeselle gewesen, bis Camilla aufgetaucht war.

»Kommst du?«, rief Markus vom Flur aus.

»GLÜCKWUNSCH!«, begrüßte Ragner Rønholt sie am nächsten Morgen durch die offene Tür. »Die Identifizierung habt ihr prima hingekriegt. Dann können wir den Fall ja abschließen.«

Er lächelte Louise zufrieden an.

»Ich habe Lars Jørgensens Lebenslauf angefordert und will Ende der Woche mal mit ihm reden.«

Louise hob die Hand, um ihren Chef zum Schweigen zu bringen.

»Wir können den Fall noch nicht abschließen«, korrigierte sie ihn. »Lise Andersen war einunddreißig Jahre verschwunden. Keiner weiß, wo sie in der Zeit war. Der Fall fängt gerade erst an.«

»Aber jetzt, da sie gefunden und identifiziert wurde, ist ihre Vergangenheit für uns nicht mehr von Interesse«, beharrte Rønholt und strich sich über seinen gepflegten Vollbart.

Überrascht sah Louise ihn an.

»Wie bitte?«, hakte sie fassungslos nach. »Wenn diese Sondereinheit hier eine Berechtigung haben soll, ist es hochgradig in unserem Interesse, herauszufinden, was mit dieser Frau passiert ist, seit sie 1980 fälschlicherweise für tot erklärt wurde.«

Sie nickte Nordstrøm zu, der in diesem Moment, ziemlich verschlafen aussehend, zur Tür hereinkam.

»Ich dachte, wir sollten uns gerade um die Fälle kümmern, die keine gewöhnlichen Vermisstenfälle sind?«, insistierte sie weiter.

Rønholt nickte.

»Ganz genau«, sagte er. »Sie sollen sich auf die Fälle konzentrieren, bei denen zu befürchten steht, dass die Vermissten einem Verbrechen zum Opfer gefallen sind. Und diese Frau ist keine Vermisste mehr.«

»Das mag ja sein«, meinte Louise. »Aber ich will wissen, was mit Lisemette passiert ist. Wie kann es sein, dass es einen Totenschein gibt, wenn sie doch erst letzte Woche gestorben ist? Da stimmt doch irgendetwas nicht.«

»Und wieso hat sie nach dem Unfall im Wald niemand als vermisst gemeldet?«, mischte Nordstrøm sich jetzt ein. »Wir wissen, dass sie kurz vor ihrem Tod Geschlechtsverkehr hatte. Irgendjemand muss sie also kennen.«

»Der Fall ist abgeschlossen«, beschied Rønholt ihnen. Louise wurde ganz heiß vor Wut, als er hinzufügte: »Sorgen Sie dafür, dass er in dem System, das wir extra für die neue Sondereinheit eingerichtet haben, korrekt archiviert wird.«

Er wollte gerade gehen, da stand Louise auf.

»Wir können den Fall nicht abschließen, solange wir nicht wissen, was mit den Zwillingsschwestern passiert ist«, unternahm sie noch einen Versuch. »Was ist mit der anderen? Vielleicht ist ihr Totenschein von damals auch falsch!«

»Wir haben noch andere Fälle, die auf Bearbeitung warten«, lautete seine lakonische Antwort. »Und wenn ein Fall abgeschlossen ist, liegt ein Fall weniger im Stapel.«

Wütend warf Louise die Tür hinter ihm zu und ging zum Fenster, wo sie die Arme vor der Brust verschränkte und nachdachte. Wenn sich jetzt herausstellen sollte, dass sie den Job in der Mordkommission aufgegeben hatte, um hier bloß so schnell wie möglich einen Fall nach dem anderen abzuschließen und zu archivieren, dann war das der größte Fehler ihres Lebens gewesen. Sie kochte vor Wut und musste eine kurze Weile stehen bleiben und tief durchatmen, bevor sie sich wieder umdrehen und an ihren Platz setzen konnte.

»Das ist seine Schwäche«, sagte Nordstrøm dann. »Rønholt wird immer ein kleines bisschen unflexibel, wenn der Druck zunimmt. Oder vielleicht will er seine Vorgesetzten zufriedenstellen, indem er Ergebnisse präsentiert.«

»Ist mir scheißegal, wen er zufriedenstellen will«, schimpfte Louise. »Man kann doch nicht einfach einen Fall abschließen, bevor man ihn fertig aufgeklärt hat! Wenn das seine Vorstellung davon ist, wie diese Sondereinheit zu arbeiten hat, dann bin ich die längste Zeit dabei gewesen.«

»Ganz meine Meinung.« Nordstrøm legte die Füße auf den Tisch. »Ich schlage vor, dass wir Viggo Andersen dazu bringen, Mette als vermisst zu melden. Dann haben wir einen Fall und können weiter ermitteln.«

Überrascht sah Louise ihn an und nickte zufrieden. Aber dann kamen ihr doch Zweifel.

»Können wir denn nach ihr suchen, wenn ein Totenschein über sie vorliegt?«

Nordstrøm faltete die Hände im Nacken.

»Ich glaube schon. Wir müssen nur plausibel argumentieren, dass auch sie aller Wahrscheinlichkeit nach damals nicht gestorben ist.«

Louise nickte nachdenklich.

»Der Bestatter«, sagte sie dann. »Der Bestatter, der

immer alle Beerdigungen für Eliselund durchgeführt hat. Ich rufe Viggo Andersen an und schlage ihm vor, mal mit ihm zu reden.«

»ICH MÖCHTE EINE VERMISSTENMELDUNG für meine zweite Tochter aufgeben«, eröffnete Lisemettes Vater das Gespräch, als er am frühen Nachmittag anrief. »Ich habe mit dem Bestattungsunternehmen gesprochen, das alle Beerdigungen für Eliselund ausgerichtet hat. Sowohl mit dem jetzigen Inhaber als auch mit dessen Vater, der das Geschäft bis 1980 führte. Der Senior hat sämtliche Auftragsbücher aufgehoben und schwört, meine Mädchen nicht begraben zu haben. Der einzige Eliselundbewohner, den er in dem Jahr bestattete, war ein stark übergewichtiger Mann, der in keinen normalen Sarg passte. Das hat eine Menge Ärger gegeben, weil man sich nicht einigen konnte, wer für den Mehrpreis einer Sonderanfertigung aufkommen sollte. Außerdem ist er vollkommen sicher, nie in seinem Leben Zwillingsschwestern, also zwei Personen gleichzeitig, beerdigt zu haben.«

Louise nickte zufrieden und lächelte Nordstrøm zu.

»Dann habe ich noch zu ihm gesagt, dass ich nicht ganz verstehe, wie man einen Totenschein für jemanden ausstellen kann, der gar nicht tot ist«, fuhr Viggo Andersen fort.

»Und was hat er geantwortet?« Neugierig erwartete Louise seine Antwort und nahm schon mal einen Stift zur Hand.

»Er meinte, ich solle mal bei der Kirche nachfragen, ob ihr Tod in den Kirchenbüchern registriert sei.«

»Und da war nichts?«, riet Louise und hielt die Luft

an, während Viggo Andersen berichtete, die Frau im Kirchenbüro sei das Kirchenbuch von 1980 zweimal durchgegangen.

»Die Mädchen waren darin nicht aufgeführt. Keine von beiden. Überhaupt ist in dem ganzen Jahr niemand in ihrem Alter begraben worden.« Der alte Vater war hörbar erregt. »Aber jetzt habe ich Lise ja selbst identifiziert, von daher besteht überhaupt kein Zweifel, dass sie damals nicht gestorben ist. Ich verstehe nur nicht, wie das alles sein kann. Warum hat man mir mitgeteilt, dass meine Töchter tot sind? Ich begreife es einfach nicht. Und was ist aus Mette geworden? Wir müssen herausfinden, ob sie noch lebt.«

Louise konnte ihn gut verstehen, es war kein Wunder, dass er eine Menge Fragen hatte, dachte sie.

»Wir werden jetzt eine ganz offizielle Vermisstenmeldung bezüglich Ihrer Tochter Mette aufnehmen«, versprach sie ihm, »und dann suchen wir weiter. Vielen Dank für Ihre Hilfe.«

»Ich habe zu danken«, sagte er und bat Louise, ihn auf dem Laufenden zu halten.

Louise nahm ihre Notizen zur Hand und marschierte zu Rønholts Büro. Das Vorzimmer war nicht besetzt, die Tür zum Büro stand offen, und ihr Chef wässerte gerade seine Pflanzen.

»Viggo Andersen hat gerade angerufen. Er hat seine zweite Zwillingstochter als vermisst gemeldet«, informierte sie ihn von der Tür her.

Rønholt stellte die Kanne ab und sah Louise eingehend an.

»Jetzt stellen Sie sich aber absichtlich stur.« Er klang leicht verärgert.

»Keines der beiden Mädchen ist je beerdigt worden. Ihr Tod ist auch nicht in den Kirchenbüchern regis-

Der Wald beim Avnsee

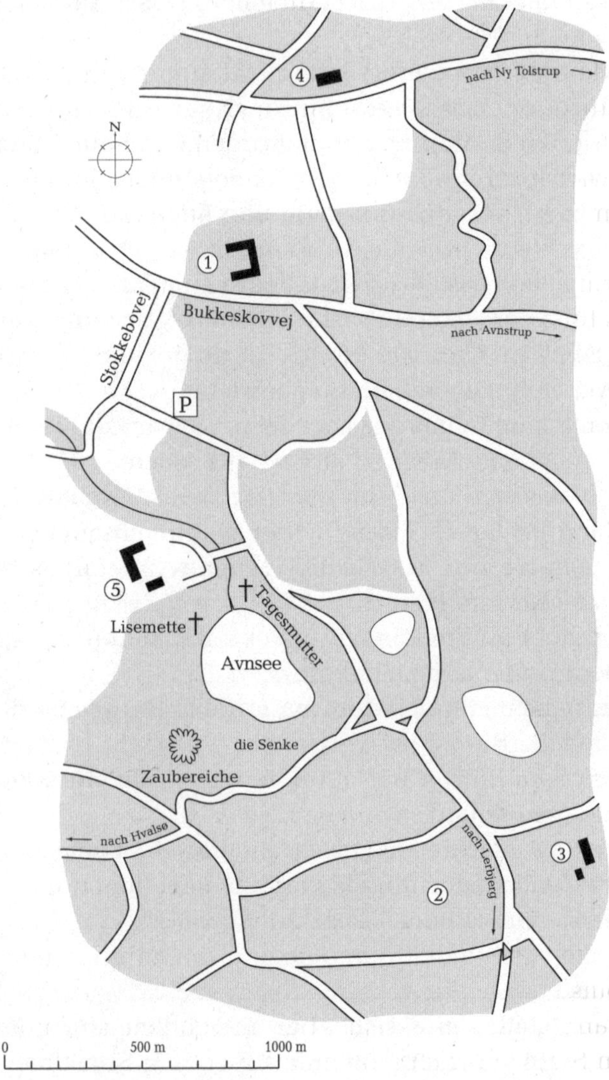

① Altes Wildwächterhaus ② Starenhaus ③ Schnepfenhaus
④ Haus Pferdeweide ⑤ Pfadfinderhütte

triert«, teilte Louise ihm ganz ruhig mit. »Es besteht also sehr viel Grund zu der Annahme, dass Mette noch lebt.«

»Meine Güte, dann suchen Sie sie«, gab er nach und fügte dann sehr ernst hinzu: »Aber vergessen Sie nicht, dass die da oben in hohem Maße darauf achten, wie viele Ergebnisse eine Sondereinheit generiert, wenn es darum geht, ob sie fortbestehen darf.«

»Wir machen weiter«, sagte Louise, als sie von Rønholts Büro wiederkam. Sie breitete eine Landkarte auf dem Schreibtisch aus.

»Wenn wir herausfinden, wo Lise sich in den dreißig Jahren aufgehalten hat, in denen sie nirgendwo registriert war, haben wir vielleicht eine Chance, Mette zu finden.«

»Ich glaube nicht, dass sie im Wald weit gelaufen ist. Immerhin war sie barfuß.« Nordstrøm lehnte sich über die Karte und suchte den Avnsee. Er roch nach Zigaretten und Leder. Louise rückte ein wenig ab, um besser auf die Karte sehen zu können.

Sie markierte die Stelle, an der Lise gefunden worden war, mit einem Kreuz.

»Also, was sagen wir?«, fragte sie. »Drei, vier Kilometer vom Fundort? Wäre das realistisch?«

Nordstrøm nickte, und Louise zeichnete mit dem Bleistift den entsprechenden Radius um den Fundort ein.

»Gibt es in dem Bereich irgendwelche Häuser?«, wollte er wissen.

Louise überlegte. Im Grunde lagen alle Häuser, die sie kannte, in dem Bereich. Das alte Forsthaus auf der einen Seite, das Schnepfenhaus Richtung Skjoldnæsholm und natürlich die komplette Lerbjerg-Siedlung vom Schrankenhaus bis zum Kranichhaus.

»Ja, mehrere sogar«, antwortete sie. »Am interessantesten sind, meine ich, die, die im Wald liegen. Das müssten so fünf, sechs Stück sein. Mit denen könnten wir anfangen und dann mit denen weitermachen, die an der Straße liegen, in der die Tagesmutter wohnte.«

Als Louise mit weiteren Bildern von Lise aus dem Kopierraum wiederkam, hielt Nordstrøm einen Kaffee in der Hand und blickte sie fragend an. Erst wollte sie ablehnen, aber dann überlegte sie es sich doch noch anders. Konnte nicht schaden, ein bisschen freundlich zu sein.

»Gerne, danke.« Sie lächelte ihn an.

Sie fuhren auf derselben Route in den Wald hinein wie letztes Mal, bogen dieses Mal aber nicht zum Avnsee ab, sondern fuhren geradeaus weiter. Fast vollkommen hinter hohen Bäumen versteckt, lag ein altes Fachwerkhaus.

»Sind Sie sicher, dass hier jemand wohnt?«, fragte Nordstrøm ungläubig, dann stiegen sie aus.

Noch bevor sie das Gartentor erreichten, sprangen bereits zwei kläffende Hunde daran hoch.

»Ruuuuhig«, versuchte Louise, sie zu besänftigen, und war damit nicht sonderlich erfolgreich. Sie zuckte zusammen, als es plötzlich direkt neben ihrem Ohr klingelte.

Nordstrøm hatte eine große Schiffsglocke angeschlagen, die gleich über dem Tor hing.

»Dazu ist sie doch wohl da, oder? Damit man klingelt.« Er zog noch einmal an der Schnur.

»Ja, ja«, ertönte da eine dumpfe Stimme von dem schwarzen Holzschuppen neben dem Haus. Ein kleiner Mann in blauer Arbeitslatzhose kam zum Vorschein, in der einen Hand eine Axt. »Still jetzt!«, schrie er die Hunde an, dann kam er zum Tor.

»Hallo, Verner«, grüßte Louise ihn und lächelte, als er sie überrascht ansah.

»Bist du das wirklich?«, staunte er. »Als ich dich das letzte Mal gesehen habe, hattest du noch Zöpfe und bist ohne Sattel auf einem Norweger geritten.«

Vorne rechts fehlten ihm zwei Zähne, die eine große Lücke hinterließen, wenn er lächelte.

Verner Post war die Gutmütigkeit in Person. Er hatte schon damals im Schnepfenhaus gewohnt und ihrem Vater oft geholfen, wenn Bäume zu fällen waren. Das mit den Zöpfen und dem Pferd sagte er jedes Mal, wenn er sie sah. Manche Sachen wurde man wohl sein Lebtag nicht los, dachte Louise und ging voran, als er das Tor öffnete.

Die Hunde hatten sich neben dem Haus in den Schatten gelegt und bequemten sich gerade mal, die Köpfe ein wenig anzuheben, als sie vorbeigingen.

»Letzte Woche ist beim Avnsee die Leiche einer Frau gefunden worden.« Louise kam gleich zur Sache, nachdem sie Nordstrøm vorgestellt hatte.

»Ja, ganz schreckliche Geschichte.« Er seufzte. »Die armen Kinder. Das eine ist Lenes Enkelin. Du weißt doch noch, wer Lene ist, oder? Die aus der Arztpraxis.«

Louise nickte. Selbstverständlich konnte sie sich an die Arzthelferin erinnern, aber sie kannte weder deren Tochter noch Enkeltochter.

»Ja. Aber wir meinen eigentlich die andere.« Louise holte die Fotos von Lise Andersen aus der Tasche. Sie erzählte ihm von dem Unfall am Hang, verschwieg aber alles andere, was sie über Lise wussten.

»Wir vermuten, dass sie irgendwo hier im Wald oder sonst wo in der Nähe gewohnt hat. Die Frau wirkte sehr vernachlässigt, als wir sie fanden, von daher könnte sie gut obdachlos gewesen sein.«

Verner Post hatte die Daumen hinter seine Hosenträger geklemmt.

»Ja, hin und wieder kommen solche ja schon mal hier vorbei.« Er erzählte, dass er die Tippelbrüder bei schlechtem Wetter ab und zu in seinem Schuppen übernachten ließ. »Die wissen immer, wo sie ein Bier und einen Unterschlupf kriegen können. Hier in der Gegend gibt's nicht viele, die sie hereinlassen. Aber die da habe ich noch nie gesehen. Die einzige Frau, die hier ab und zu mal mit den Pennern aufkreuzt, ist die Tigerprinzessin, aber die ist nicht mehr hier gewesen, seit der Mann tot ist.«

Er kniff die Augen ein wenig zusammen, als helfe ihm das dabei, sich genauer zu erinnern.

»Ich glaube, das war der, der auf der Hauptstraße mit seinem Kinderwagen voller Habseligkeiten von einem Auto erfasst wurde.«

Dass Lise eine Landstreicherin gewesen sein könnte, war Louise bisher noch gar nicht eingefallen. Viele gab es ja nicht mehr, aber das sollten sie doch auf jeden Fall überprüfen.

»Auf der Straße hätte Lise nicht lange überlebt«, schaltete Nordstrøm sich ein und erinnerte Louise daran, dass die Tote geistig zurückgeblieben gewesen war.

»Stimmt.« Louise nickte. Zwar hatten viele der Vagabunden sich jede Menge Gehirnzellen mit Alkohol abgetötet, aber in der Regel kamen sie trotzdem immer noch alleine klar.

»Könnte sie denn vielleicht bei irgendjemandem hier draußen gewohnt haben?« Nordstrøm versuchte, Verner Posts Gedanken in eine andere Richtung zu lenken.

Der kleine Mann sah starr vor sich hin, während er überlegte. Dann schüttelte er den Kopf.

»Inzwischen wohnen ja fast nur noch Leute aus Kopenhagen hier draußen. Die finden es ja so wahnsinnig idyllisch hier.«

»Stehen denn irgendwelche Häuser leer?«, fragte Nordstrøm. Louise überließ ihm erleichtert das Wort. Ihr fiel es nicht leicht, Menschen auszufragen, die sie kannte.

Verner Post zog die Mundwinkel herunter und knetete sich nachdenklich das Kinn.

»Haus Pferdeweide«, sagte er dann. »Das steht schon lange leer, aber liegt eine ganze Ecke von hier weg.«

Er sah Louise an.

»Du weißt schon, auf dem Weg nach Ny Tolstrup.«

Sie nickte erneut.

»Aber jetzt ist da wohl jemand eingezogen«, fügte er hinzu. »Wenn ich mich richtig erinnere, stand da letztes Mal, als ich vorbeikam, ein Auto. Aber da fragt ihr besser mal Bodil, die wohnt näher dran.«

Louise gab Nordstrøm zu verstehen, dass es reichte. Hier war nicht mehr zu holen.

»Grüß meine Eltern schön«, sagte sie. »Du siehst sie sicher noch vor mir.« Louise hatte ihre Eltern über einen Monat nicht gesehen.

»Haus Pferdeweide«, sagte Nordstrøm und warf seine Lederjacke auf die Rückbank, ehe er sich ins Auto setzte. »Wissen Sie, wo das ist?«

Eine ihrer Schulfreundinnen hatte mal eine Zeit lang dort gewohnt.

»Ja. Ist nicht weit vom Wildwächterhaus, wenn man durch den Wald fährt«, erklärte sie. »Im Übrigen finde ich das eine sehr gute Idee, Bodil zu fragen, ob sie etwas weiß. Das ist die Frau von diesem Jørgen. Sie wissen schon, der Mann, der uns zugewunken hat. Die wohnen auch schon lange hier draußen im Wald und kennen das Gebiet. Sie hat früher im Avnstrup-Sanatorium gearbeitet, das war die Pflegestation vom St.-Hans-Krankenhaus. Dann wurde das Krankenhaus geschlossen. Als ich Kind war, sind wir oft zum Kiosk in Avnstrup geradelt und haben Süßigkeiten gekauft. Wir haben immer eine Heidenangst vor den Patienten gehabt, weil manche von denen so merkwürdige Sachen sagten.«

Auf einmal bemerkte Louise, dass sie ihrem Kollegen Geschichten erzählte, die ihn überhaupt nichts angingen.

»Ursprünglich war das mal ein Tuberkulosekrankenhaus«, informierte sie ihn, um von ihren privaten Anekdoten wegzukommen.

»Wie haben Sie damals ausgesehen?«, fragte Nordstrøm neugierig. »Rock und lange dunkle Zöpfe?«

»Löchrige Jeans und kurze Haare«, behauptete sie, obwohl das gar nicht stimmte. Sie hatte tatsächlich lange Zöpfe gehabt. Zöpfe, dazu schmutzige Jeans, jede Menge Kratzer und Schrammen und ihr eigenes Pferd, auf dem sie damals den Großteil ihrer Zeit verbracht hatte. Aber das ging ihn überhaupt nichts an.

Das große weiße Tor vor dem alten Wildwächterhof stand offen. Louise fuhr über den frisch gerechten Kies bis direkt vor die Haustür.

Kaum hatte sie den Motor abgeschaltet, stand Bodil auch schon in der Tür. Sie erkannte Louise zunächst nicht wieder, aber nachdem diese sich und Nordstrøm vorgestellt hatte, bat sie die beiden herein.

»Ich bin gerade beim Mittagessen, und Jørgen macht ein Nickerchen«, erklärte sie im Flur.

»Wir wollen gar nicht lange stören«, versicherte Louise ihr schnell, doch Bodil winkte ab.

»Ach was, so ein Quatsch. Zeit für einen Kaffee ist immer. Wir sind doch noch per Du, oder?«

Louise nickte. Ihre Eltern waren an Bodils Siebzigstem zum Geburtstagsfrühstück hier gewesen, aber sie war nicht sicher, ob das nun ein oder schon zwei Jahre her war. Nordstrøm und sie zogen die Schuhe aus und folgten der alten Dame in die Wohnstube mit den niedrigen Decken.

»Also, wie sieht es aus? Wollt ihr eine Tasse?«

Sie folgten ihr weiter durch einen schmalen Flur bis in die geräumige Küche.

»Er ist den ganzen Tag so müde gewesen. Hoffentlich wird er nicht krank«, plapperte Bodil vor sich hin, während sie den beiden Kaffee einschenkte. »Männer sind ja immer so furchtbar wehleidig.«

Sie zwinkerte Nordstrøm zu und stellte die Kanne zurück in die Kaffeemaschine.

Louise hatte eines der Bilder von Lise hervorgeholt, zeigte es Bodil und fragte, ob sie diese Frau schon einmal hier im Wald gesehen habe.

Bodil nahm das Bild zur Hand und betrachtete es eingehend.

»Ist sie tot?«, fragte sie und sah auf.

Louise nickte.

»Sie wurde letzte Woche beim Avnsee gefunden.«

Wie in Zeitlupe legte Bodil das Bild auf den Tisch und schüttelte den Kopf.

»Schrecklich, was unseren Nachbarn auf dem Stokkebovej passiert ist«, seufzte sie.

Hier draußen galt jeder, der nicht weiter als zwei Kilometer entfernt wohnte, als Nachbar, Louise kannte das.

»Wie ist sie gestorben?«

»Sie ist den Hang bei der Pfadfinderhütte heruntergestürzt«, antwortete Louise. Sie sah Bodil an, dass auch ihr der Mord an der Tagesmutter an die Nieren gegangen ist – wie wohl jedem in dieser kleinen Gemeinschaft hier draußen.

Bodil nahm noch einmal das Bild zur Hand und studierte es, bevor sie es Louise wiedergab.

»In diesem Fall handelt es sich allerdings nicht um ein Verbrechen«, erläuterte Nordstrøm. »Diese Frau ist an den Folgen eines Unfalls gestorben, wir versuchen lediglich herauszufinden, ob sie hier in der Gegend gewohnt hat.«

»Ist dir letzte Woche irgendetwas Besonderes aufgefallen? Ein ungewöhnliches Auto vielleicht?« Louise versuchte, ihr auf die Sprünge zu helfen.

Bodil schüttelte den Kopf.

»Wenn jemandem irgendetwas auffällt, dann Jørgen. Im Moment redet er sehr viel von einem weißen Lieferwagen, der seit Neuestem regelmäßig auf dem Parkplatz hält. Am meisten beschäftigt ihn, dass die Leute nicht grüßen.«

Sie schüttelte leicht den Kopf.

»So etwas verletzt ihn«, erklärte sie.

»Was für ein Lieferwagen ist das genau?«, hakte Nordstrøm interessiert nach.

Bodil schüttelte wieder den Kopf.

»Das weiß ich nicht. Aber ich verstehe auch nicht viel von Autos«, gestand sie. »Ich kann ja mal eben nachsehen, ob Jørgen wach ist, und ihn fragen.«

Sie stand auf und verschwand ins Wohnzimmer. Sie hörten eine Tür. Louise leerte ihre Tasse und stellte sie ins Spülbecken. Das Bild legte sie zurück in ihre Tasche, dann kam Bodil wieder.

»Ein alter Toyota High Ace ohne Fenster. Letzten Mittwoch hat er ihn zum letzten Mal gesehen. Hat er in seinen Kalender geschrieben. Wie alles, was er nicht vergessen will.«

Das war der Tag, bevor Lise gefunden wurde, dachte Louise.

»Vorletzten Mittwoch war er auch da, und vorvorletzten Mittwoch«, fuhr Bodil fort. »Aber Jørgen weiß nicht, wer der Fahrer ist. Wie gesagt, die Leute grüßen nicht.«

Nordstrøm und Louise bedankten sich für das Gespräch und den Kaffee, und Bodil begleitete sie hinaus.

»Weißt du etwas davon, dass Haus Pferdeweide längere Zeit leer gestanden haben soll?«, fragte Louise draußen im Hof.

Die Vorhänge der hinteren Zimmer waren zugezogen. Louise hoffte, dass Bodils Mann wieder eingeschlafen war.

»Ja.« Die ältere Frau nickte. »Mindestens ein, zwei Jahre. Vielleicht sogar noch länger. Da hat es ziemlichen Ärger gegeben, ich glaube, es ging darum, dass die Deckenverkleidung fast runterfiel, und man konnte sich nicht einigen, wer das zu reparieren hatte. Das Haus gehört ja dem Forstamt und wird vermietet. Aber jetzt ist eine junge Familie eingezogen, also müssen die Probleme geklärt worden sein.«

»Und du hast da draußen niemanden bemerkt, bevor die neuen Mieter einzogen?«

Bodil schüttelte den Kopf.

»Nein, und ich komme mindestens zweimal die Woche dort vorbei.«

Dann erklärte Bodil, sie müsse wieder ins Haus und Brote schmieren, damit Jørgen etwas essen könne, wenn er aufwache.

Nordstrøm und Louise bedankten sich abermals, und Louise sah sich um und genoss den Anblick des alten Anwesens. Die große Kastanie und die hohen Pappeln, die das Wohnhaus gegen das stillgelegte Sägewerk abschirmten. Wunderschön. Wenn Bodil und ihr Mann mal nicht mehr waren, könnte Louise sich durchaus vorstellen, hier zu wohnen. Sie war ziemlich sicher, dass das Haus ebenfalls dem Forstamt gehörte.

Angespannt schweigend, fuhren sie weiter. Sie hatten das Gefühl, womöglich auf dem Weg zu etwas zu sein, das ihnen etwas über Lises Aufenthaltsort in den letzten Jahren verraten würde.

»Haus Pferdeweide liegt direkt am Waldweg. Man hätte bestimmt mitbekommen, wenn jemand im Haus gewohnt hätte. Zumindest was die nach vorne gelegenen Zimmer betrifft«, sagte Louise, um ihre eigenen Erwartungen zu dämpfen.

Soweit sie sich erinnerte, waren das das Wohnzimmer und ein kleineres Zimmer. Haustür und Flur lagen auch zum Weg hin, aber damals hatten sie immer nur die Hintertür benutzt. Nach hinten lagen die Küche, das Badezimmer und ... Sie überlegte, aber es wollte ihr nicht einfallen. Ein, zwei Zimmer waren da aber auf jeden Fall noch. Der Garten lag hinter dem Haus und konnte vom Weg her nicht eingesehen werden.

Der Waldweg wurde immer schmaler, bis er nur noch aus zwei Spuren bestand.

»Ob man da mit dem Auto weiterkommt?« Louise ging auf, dass sie wohl noch nie mit dem Auto hier gewesen war. Damals waren sie alle nur Fahrrad oder Mofa gefahren.

»Wenn wir stecken bleiben, schiebe ich«, versprach

Nordstrøm, als Louise die Fahrt verlangsamte und den Wagen so lenkte, dass alle Räder über Gras rollten.

»Top.« Sie lächelte und bemühte sich, das Auto auf dem schmalen Weg auf Spur zu halten.

Als sie wieder aus dem Wald herauskamen, tauchte das reetgedeckte Haus direkt vor ihnen auf. In der Tat lag es so nah am Weg, dass jeder, der vorbeikam, zu den Fenstern hineinsehen konnte. In der Einfahrt rechts des Hauses stand ein Auto, und ein Mann war gerade dabei, ein paar Kinder auf der Rückbank anzuschnallen.

Louise parkte direkt vor dem Zaun auf dem Grünstreifen.

»Dürfen wir Sie einen Moment stören?«, fragte sie, nachdem der Mann den Kindern irgendwelche Tüten ins Auto gereicht hatte.

»Worum geht's denn?« Besonders hilfsbereit klang er nicht.

Nordstrøm stellte sich und Louise vor und zeigte seinen Dienstausweis. Es gab immer noch Menschen, die man damit beeindrucken konnte.

»Wir haben lediglich ein paar Fragen im Zusammenhang mit einer Frau, die letzte Woche hier im Wald einen Unfall hatte«, sprach er mit ruhiger Stimme, doch der Mann ließ ihn nicht weiter zu Wort kommen.

»Darüber weiß ich nichts.«

»Wir vermuten, dass die Frau irgendwo hier in der Nähe gewohnt hat, und wollten bloß fragen, ob Sie sie vielleicht mal gesehen haben.« Nordstrøm ließ sich nicht aus der Ruhe bringen.

Louise holte das Bild aus der Tasche, das sie schon Bodil gezeigt hatte. Der Mann warf einen mehr als flüchtigen Blick darauf, dann schüttelte er den Kopf. Seine Augen hefteten sich jetzt auf Louise.

»Sagen Sie mal … Sie sind doch die, die gerade mit dem zusammengezogen war, der sich dann erhängt hat?«

Louise wich seinem Blick aus.

»Es heißt, ihr hättet noch nicht mal alle Kartons ausgepackt gehabt!« Er starrte sie durchdringend an.

Wortlos drehte Louise sich um und ging zurück zum Auto. Sie setzte sich hinein, zog die Tür zu, schloss die Augen und lehnte den Kopf zurück gegen die Nackenstütze. Wie viele Jahre hatte sie daran gearbeitet, die nach dem Todesfall in ihr entstandenen Gefühle zu deckeln … Und sie hatte sich geschworen, niemandem jemals zu erlauben, diesen Deckel zu öffnen und an ihren Gefühlen zu rühren. Niemandem.

Da riss Nordstrøm die Wagentür auf und setzte sich neben sie.

»Was war das denn bitte?«, wollte er wissen. »Soll ich dem Typen die Meinung geigen?«

»Nein, nein«, wehrte Louise ab. Schnell startete sie den Motor, ohne noch mal in den Rückspiegel zu sehen.

»Kennen Sie den?«

Louise schüttelte den Kopf. Sie hatte keine Ahnung, wer der Mann war, aber der Mann wusste ganz offensichtlich, wer sie war.

Louise und Nordstrøm sprachen noch mit einer ganzen Reihe von Menschen, die ebenfalls in der Gegend wohnten, aber Louise hätte kein einziges dieser Gespräche wiedergeben können. Nach ihrem Besuch beim Haus Pferdeweide stand sie vollkommen neben sich.

Sie suchten die Bewohner sämtlicher Häuser im Wald auf, auch im Stokkebovej. Nur den Witwer der Tagesmutter ließen sie aus, weil vor seiner Tür ein Streifenwagen stand. Zwar führte Nordstrøm die Gespräche, aber Louise bekam doch immerhin mit, dass keiner der Befragten Lise Andersen gekannt oder im Wald gesehen hatte. Louise war dankbar, dass Nordstrøm ganz normal weitermachte und keine weiteren Fragen zu dem Zwischenfall beim Haus Pferdeweide stellte.

Louise versuchte, sich zusammenzureißen. Mehrere der Befragten, fiel ihr nun wieder ein, hatten den weißen Lieferwagen bemerkt, von dem Jørgen gesprochen hatte. Ihre Aussagen stimmten darin überein, dass der Lieferwagen in letzter Zeit regelmäßig im Wald gewesen war. Aber niemand konnte den Fahrer beschreiben, niemand wusste, wem der Wagen gehörte. Und als Nordstrøm und Louise den Parkplatz anfuhren, auf dem der Lieferwagen gesehen worden war, war er bis auf ein paar Tische und Bänke und zwei große Abfalltonnen leer. Schien eine Art Picknickplatz zu sein, folgerte Louise.

»Na, ob wir hier jetzt tatsächlich was Interessantes finden?«, stöhnte Nordstrøm, als er ausstieg. Er zündete sich eine Zigarette an, zerknüllte die leere Schachtel und warf sie in den Abfall.

Louise blieb sitzen. Irgendwie konnte sie sich nicht dazu bewegen, auszusteigen und zusammen mit dem Kollegen den Platz genauer zu inspizieren.

»Das hier bringt uns keinen Millimeter weiter«, stellte Nordstrøm fest und wollte dann wissen, wie weit es von diesem Parkplatz bis zum See war.

Louise machte eine Geste durch die Windschutzscheibe, stieg dann aber doch auch aus. Sie ging zu dem Weg, der in den Wald führte, und zeigte Nordstrøm, dass man einfach nur geradeaus gehen musste, bis sich der Weg gabelte.

»Da geht man dann erst nach links und bei der nächsten Gabelung nach rechts«, erklärte sie und verstummte, als sie eine Sirene hörte.

Sie ging an den Tannen vorbei, die die eine Einfahrt zum Parkplatz abschirmten, und sah sich auf dem Stokkebovej um.

Als sie heraushörte, dass es sich um mehr als ein Einsatzfahrzeug handeln musste, wurde sie unruhig.

»Was ist?«, fragte Nordstrøm und stellte sich neben sie. Die Sirenen kamen näher.

Da tauchten auch schon drei Streifenwagen in der Kurve auf. Sie fuhren etwas langsamer, als sie den Wald erreichten, aber immer noch schnell genug, um kleine Steinchen seitlich aufspritzen zu lassen. Kaum waren sie vorbei, folgten ihnen fünf weitere Wagen – die Hundestaffel. Louise beeilte sich, zum Dienstwagen zu kommen, und auch Nordstrøm warf seine Kippe achtlos in die Gegend und sprang auf den Beifahrersitz.

»Was ist denn jetzt los?«, rief Louise aufgeregt und fuhr mit durchdrehenden Reifen ein paar Meter rückwärts, bevor sie den ersten Gang einlegte und kräftig Gas gab, um den Einsatzwagen zu folgen. Als sie vom Parkplatz fuhr, konnte sie gerade noch sehen, in welche Richtung der hinterste Hundestaffelwagen abbog.

»Polizeifunk«, wies sie Nordstrøm an. Normalerweise schaltete man den nur ein, wenn man Streife fuhr.

»Einfach hinterher«, entgegnete er und übertönte die Stimme, die den Einsatzfahrzeugen die Zielkoordinaten ansagte.

Der Wagen vor ihnen bog links ab, fuhr dann aber geradeaus weiter, als sie in halsbrecherischem Tempo zum Avnsee gelangten. Dann fuhr er einen kleinen Hügel hinunter und ging etwas vom Gas.

»Das ist die Straße nach Hvalsø«, sagte Louise und nahm ebenfalls den Fuß vom Gas, als sie sah, dass die Polizeiautos alle hintereinander rechts rangefahren waren.

Louise und Nordstrøm blieben sitzen, während die Hundeführer bereits aus den Wagen gesprungen waren. Das Blaulicht auf einigen der Fahrzeuge blinkte noch, aber die Martinshörner waren ausgeschaltet.

Louise ging durch den Kopf, dass die Polizisten sie sicher für Sensationsreporter hielten, und sie bereitete sich bereits innerlich darauf vor, diesen Verdacht zu entkräften. Doch dann entdeckte sie Kim, der auf die hinter dem letzten Auto versammelten Hundeführer zuging.

Blass sah er aus und so, als hätte er in dem Aufzug geschlafen, in dem er jetzt herumlief. Alles war zerknittert, das Hemd hing aus der Hose. Das passte so gar nicht zu ihm, dachte Louise und stieg aus, als er sich auf sie zubewegte.

»Was ist passiert?«, fragte sie, dann kläfften die ersten aus den Wagen gelassenen Hunde los.

Kim sah erschöpft aus. Er fuhr sich durchs Haar und schüttelte traurig den Kopf. Seine müden Augen waren gerötet, und Louise hatte große Lust, ihn in den Arm zu nehmen.

»Gibt es was Neues in Sachen Tagesmutter?«, sprudelte es aus ihr hervor.

Kim nickte schwer und ließ die Hände sinken.

»Ja«, sagte er mit belegter Stimme. »Sie hatte an dem Morgen vier Kinder bei sich.«

Er sah sie ernst an.

»Wir haben Janus heute früh im See gefunden. Er war der Sohn der Tagesmutter, gerade mal zwei Jahre alt. Er war sicher schon ertrunken, als ihr die anderen Kinder gefunden habt.«

Stumm schüttelte er den Kopf und sah zu Boden.

»Das tut mir leid«, flüsterte Louise.

»Die Sache mit dem verschwundenen vierten Kind haben wir aus Rücksicht auf den Vater nicht bekannt gegeben. Der Mann steht unter Schock. Aber seit wir wussten, dass das Kind verschwunden war, haben wir alles hier durchkämmt.«

Louise legte eine Hand auf Kims Arm.

»Und wie habt ihr ihn gefunden?«

»Ich habe beim Katastrophenschutz ein Boot und Taucher angefordert. Der See wird sehr schnell sehr tief, beim ersten Tauchgang haben sie ihn nicht finden können. Aber heute früh waren sie dann wieder draußen. Der Pulli des Jungen hatte sich an einem Zweig von einem untergegangenen Floß verhakt, darum kam er nicht mehr hoch.«

»Und jetzt seid ihr dem Täter auf der Spur?« Louise nickte in Richtung der Polizeiwagen.

Kim schüttelte den Kopf und atmete tief durch, als wolle er so Energie tanken.

»Schön wär's. Aber wir tappen leider völlig im Dunkeln. Ich hoffe, dass wir noch heute die Ergebnisse der DNA-Proben bekommen. Oder spätestens morgen früh.«

Der grüne Waldboden war schon ziemlich zertrampelt von den vielen Beamten, die ausschwärmten. Kim folgte Louises Blick.

»Uns liegt eine neue Vermisstenanzeige vor«, erzählte er. »Eine Neunundzwanzigjährige ist nicht von ihrer morgendlichen Joggingrunde zurückgekommen.«

Louise ließ seinen Arm los und wollte gerade Fragen stellen, als Kim selbst fortfuhr:

»Ihr Mann hat vor einer guten Stunde angerufen. Die Frau ist so gegen sieben Uhr heute Morgen zu Hause in Hvalsø losgelaufen – er ist zur gleichen Zeit zur Arbeit gefahren. Als er nach Hause kam, merkte er sofort, dass etwas nicht stimmte.«

Louise sah, wie die Hunde vorbereitet wurden.

»Er hatte nämlich den Frühstückstisch für sie gedeckt, und alles stand noch genau so da wie am Morgen. Ihre Tasche und ihr Handy lagen noch im Schlafzimmer. Die Sachen, die sie am Vorabend rausgehängt hatte, um sie heute zur Arbeit anzuziehen, hingen immer noch da. Nur ihre Laufschuhe und ihre Sportklamotten fehlten.«

»Und sie ist nicht an ihrem Arbeitsplatz aufgetaucht«, ergänzte Louise.

Kim schüttelte den Kopf.

»Der Mann hat bei ihrem Chef angerufen, und der bestätigte ihm, dass sie nicht zur Arbeit erschienen war und sich auch nicht krankgemeldet hatte. Das hatte den Chef natürlich gewundert, aber er hatte auch keine Pferde scheu machen und darum erst später anrufen wollen, um sich nach ihr zu erkundigen.«

Kim hatte zwei Mitarbeiter damit beauftragt, herauszufinden, ob die Eheleute sich vielleicht gestritten hatten oder ob es einen anderen Grund dafür geben könnte, dass die Frau sich eventuell versteckte.

»Das streitet der Mann komplett ab. Er behauptet, alles sei so gewesen wie immer.«

Kim zuckte die Achseln und biss sich auf die Unterlippe, wobei sein schiefer Schneidezahn sichtbar wurde.

»Er hat auch schon mit ihren Freundinnen gesprochen, aber die wissen auch nichts.«

»Geht sie denn regelmäßig im Wald joggen?«, wollte Louise wissen.

Kim nickte.

»Dreimal die Woche läuft sie hier raus bis zur Zaubereiche«, bestätigte er und verscheuchte ein Insekt von seinem Arm. »Aber nach dem, was vorgestern am See passiert ist, kann ich schlecht erst dann meine Leute hier rausschicken, wenn wir sämtliche familiären Verhältnisse durchleuchtet haben.«

Da konnte Louise ihm nur recht geben. Solange der Täter auf freiem Fuß war, mussten alle Kräfte mobilisiert werden, um die Frau zu finden.

Louise sah, dass Nordstrøm mit ein paar Holbæker Kollegen sprach, die sie nicht kannte. Sie blieb einen Moment stehen und beobachtete Kim, wie er zum Einsatzleiter der Hundestaffel ging, der dabei war, die Suchaktion zu organisieren.

Inzwischen waren zwei weitere Hundestaffeln gekommen, und Louise vermutete, dass noch mehr auf dem Weg waren. Es dauerte immer eine Weile, bis alle da waren, wenn im großen Stil gesucht wurde. Jetzt zählte Louise fünfzehn Hunde. Wenn die Staffel bereit war, würden sie in einer Kette mit zwanzig Metern Abstand von Hund zu Hund den Wald durchkämmen.

Auf einmal wurde Louise unendlich müde. Sie war traurig und konnte kaum ihre Gedanken sortieren. Sie hätte schwören können, dass sie den Mann vom Haus Pferdeweide noch nie gesehen hatte. Was wusste er über sie und ihre Vergangenheit? Redeten die Leute immer noch? Nach so vielen Jahren?

Nordstrøm kam auf sie zu.

»Ich bleibe hier und helfe mit suchen«, sagte er und deutete in Richtung der Männer, mit denen er sich gerade unterhalten hatte. »Wir fangen an, sobald alle da sind.«

Louise nickte matt. Sie hatte keine Energie, ebenfalls ihre Hilfe anzubieten. Sie musste dringend allein sein.

»Das Paar erwartet gerade das erste Kind«, fügte er hinzu. »Es ist noch eine Weile hin, aber ihr Mann hat erzählt, dass sie bereits das Kinderzimmer gestrichen haben.«

»Gut, dass Sie hierbleiben.«

Mehr fiel Louise nicht ein. Aber es sah auch nicht so aus, als würde er eine Erklärung dafür erwarten, weshalb sie nicht auch bei der Suche mithalf. Er ging einfach nur mit ihr zum Auto und holte seine Jacke vom Rücksitz.

»Bis dann«, sagte sie und setzte sich hinters Steuer.

MIT VOR DER BRUST VERSCHRÄNKTEN Armen stand Camilla in der Küche und sah aus dem Fenster. Markus und zwei seiner neuen Freunde probierten auf dem Acker abwechselnd das neue Quad aus, das Frederik ihm gekauft hatte. Sie fand ja, dass dieses vierrädrige Motorrad viel zu schnell war für Jungs in dem Alter, aber wenn sie besorgt ein paar Fragen zur Sicherheit stellte, wurde sie nicht ernst genommen. Die Antwort lautete jedes Mal, ein Quad sei sicherer als ein Bike auf zwei Rädern – was sie wenig überzeugend fand. Und Camilla stimmte auch nicht mit den anderen überein, die sagten, solange sie auf privatem Grund führen, sei sowieso alles in bester Ordnung. In Camillas Augen konnte es auch auf dem eigenen Acker zu einem Unfall kommen.

Markus gab kräftig Gas. Als das Quad ordentlich Fahrt aufgenommen hatte, stand er auf und verlagerte das Gewicht so zur Seite, dass das Gerät in der scharfen Linkskurve, die er einschlug, auf nur zwei Räder kippte. Vergessen seine Versprechungen, langsam und vorsichtig zu fahren. Vergessen, dass seine Mutter ihn vom Küchenfenster aus sehen konnte.

Camilla ging zurück in die beiden Wohnzimmer, die immer noch kahl und unfertig waren. Zwei Wände im hinteren Zimmer waren noch ganz roh, es roch sauer und feucht. Sie öffnete die hohen Fenster zum Hofplatz. Zum ersten Mal verspürte sie Lust, ihrem neuen Leben den Rücken zu kehren.

Der Pastor war gerade zum vorbereitenden Gespräch da gewesen, doch dieses Gespräch hatte im Streit geendet, als Camilla begriffen hatte, dass er nur gekommen war, um ihr die Hochzeit im eigenen Garten auszureden. Er hatte daran festgehalten, dass der einzig angemessene Ort für die Zeremonie der Dom zu Roskilde sei, und vorgeschlagen, im Garten lediglich den anschließenden Empfang auszurichten.

Er hatte einfach nicht kapiert, dass sie sich eine informelle Hochzeit wünschte. Camilla wollte bei ihrer Hochzeit fröhliche, ausgelassene, lachende Menschen um sich haben – keine Orgel und keinen Kirchenchor, die sie nur an das erinnerten, was in ihrer zukünftigen Schwiegerfamilie bereits alles passiert war. Und als der Pastor schließlich auch noch angemerkt hatte, er würde es begrüßen, wenn die Medienaufmerksamkeit, die die Hochzeit eines Sachs-Smith nun einmal mit sich führen würde, auch dem Dom zugute käme, war Camilla zu dem Schluss gelangt, dass sie sich überhaupt nicht von ihm trauen lassen wollte.

»Hallo!«, rief Frederik von der Haustür aus. Sie hatte ihn angerufen, kaum dass der Pastor das Haus verlassen hatte.

»Hallo«, antwortete sie matt und drehte sich um.

Frederik kam über den mit Pappe abgedeckten Boden auf sie zu und küsste sie. Wenige Sekunden genoss sie die Wärme seines Körpers.

»Jetzt haben wir also auch keinen Pastor mehr«, seufzte sie und zuckte resigniert die Achseln.

Er hielt sie bei den Schultern und sah sie lächelnd an.

»Ja, ich muss schon sagen, du vergraulst sie wirklich alle.«

Dann zog er sie wieder an sich und küsste sie. Während seine Hand ihren Rücken hinaufglitt, knabberte er zärtlich an ihrem Ohrläppchen.

»Ich kann ja kurz im Pastorat vorbeifahren und mit ihm reden. Den werde ich schon wieder milde stimmen«, flüsterte er, zog gleichzeitig ihre Bluse aus dem Hosenbund und schob die Hand auf ihre nackte Haut.

Camilla haute ihm auf die Finger und wich einen Schritt zurück.

»Nein, das wirst du nicht tun!« Wütend stopfte sie sich die Bluse zurück in die Hose. »Der Pastor muss nicht milde gestimmt werden! Ich bin es, die sauer ist!«

»Jetzt hör schon auf«, sagte Frederik. »Er hat schon meine Schwester getraut. Und er hat unsere Mutter und meinen Bruder beerdigt. Er gehört zur Familie.«

Sie sah ihm an, dass er jetzt leicht gereizt war.

»Wenn du weiterhin damit einverstanden bist, dass wir in zwei Monaten heiraten, dann brauchen wir ihn. Er hat bereits uns zuliebe seine Pläne geändert und uns doch noch einen Termin gegeben, obwohl er sehr viel um die Ohren hat«, gab Frederik zu bedenken. »Da können wir dann ja wohl auch ein kleines bisschen flexibel sein.«

»Das hat überhaupt nichts mit flexibel sein zu tun, Frederik. Es hat damit zu tun, ob unsere Hochzeit in unserem Sinne ausgerichtet wird oder nicht«, erwiderte Camilla und versuchte, ihren Standpunkt zu erläutern. »Und du knickst beim geringsten Widerstand, beim leisesten Anzeichen eines Konflikts einfach ein.«

»Na, das sehe ich aber ein bisschen anders«, entgegnete er ruhig. »Aber wieso sollen wir die ganze Sache umständlicher machen, als sie ist?«

»Umständlich?«, regte sie sich auf. »Was ist denn

bitte daran umständlich, den Bürgermeister zu bitten, uns zu trauen, und nicht den Pastor? Anruf genügt, dann finden wir schon einen Termin. Mir ist jedenfalls am wichtigsten, dass wir beide uns an dem Tag wohlfühlen und dass der Tag genau so wird, wie ich ihn gerne in Erinnerung behalten möchte.«

»Ja, ja«, versuchte er, sie zu beruhigen. »Aber wir rennen jetzt nicht zum Bürgermeister, bloß weil dein Temperament mit dir durchgegangen ist und du unseren Pastor geschasst hast.«

Camilla schossen Tränen der Wut in die Augen. Sie wandte sich ab und ging.

Sie schloss die Tür hinter sich und setzte sich an ihren Schreibtisch. Sie würde nicht nachgeben. Eine Trauung in der Kirche kam für sie einfach nicht infrage. Alles in ihr sträubte sich dagegen. So hatte sie sich das nicht vorgestellt, und der Pastor hätte schließlich von Anfang an sagen können, dass er da so nicht mitmachen wollte. Dann hätte sie sich nach einem anderen Geistlichen umgesehen, es gab schließlich genug davon in Roskilde. Aber im Moment galt ihre Wut in erster Linie Frederik, weil er sie nicht unterstützte.

Sie reckte sich und versuchte, an etwas anderes zu denken. Da fiel ihr auf, dass sie seit ihrem Einzug auf dem Anwesen eigentlich nichts anderes mehr im Kopf gehabt hatte als die Hochzeit. Sie hatte mehrere Anrufe ihres früheren Redaktionschefs bei der *Morgenzeitung* nicht angenommen und sich nicht im Geringsten dafür interessiert, was Terkel Høyer wohl gewollt haben könnte.

Sie stützte das Kinn auf die Hände und blickt starr zum Fenster hinaus. Ein Gefühl der Leere breitete sich in ihr aus. Sie schloss die Augen und stützte die Stirn auf die Hände. Sie war nicht mal richtig bei der Sache gewesen, als Louise ihr von den verschwundenen Zwillingsschwestern erzählt hatte.

Insgesamt hatte sie ihrer Freundin in letzter Zeit kaum zugehört, weil sie so mit sich selbst beschäftigt gewesen war und jemanden gebraucht hatte, der ihr zuhörte.

Sie seufzte tief. Das Einzige, woran sie sich noch erinnern konnte, war, dass die eine Zwillingsschwester seit ihrem Verschwinden von Eliselund und bis zu ihrem Tod letzte Woche irgendwo versteckt und abseits des öffentlichen Systems gelebt haben musste. Aber wie konnte das sein? Und keiner wusste, wo die andere Schwester war.

Sie hörte Frederik von unten rufen, er werde zurück zum Büro fahren. Sie antwortete nicht, obwohl sie genau wusste, dass er da unten stand und wartete, dass sie zur Treppe käme. Doch Camilla versuchte lieber, sich zu erinnern, wie der tote Zwilling hieß. Sie klappte ihren Rechner auf und schrieb »Lisemette/Eliselund« ins Suchfeld. Keine Ergebnisse.

Sie loggte sich bei Infomedia ein und durchsuchte die Archive der Zeitungen, aber auch da war nichts zu finden. Natürlich reichten die elektronischen Artikelarchive noch keine dreißig Jahre zurück, dachte sie, aber sie wollte alles versucht haben, bevor sie Louise anrief.

Camilla bemerkte durchaus, dass ihre Freundin irgendwie anders klang, erkundigte sich aber dennoch als Erstes nach dem Namen der Frau, die Lisemette auf dem Bild erkannt zu haben glaubte.

»Weißt du, wo sie wohnt?«, fragte sie, nachdem sie sich den Namen notiert hatte.

»Ich glaube, in der Nähe von Gørlev. Schlag doch einfach ihre Telefonnummer nach«, antwortete Louise und wollte gar nicht wissen, wieso ihre Freundin überhaupt fragte.

Das sah ihr nun so gar nicht ähnlich, fand Camilla. Louise wurde doch normalerweise immer sofort sauer, wenn sie sich für einen ihrer Fälle zu interessieren begann.

Erst, als Camilla wieder aufgelegt hatte, ging ihr auf, dass ihre Freundin vielleicht traurig war. Aber jetzt kümmerte sie sich erst mal um Agnete Eskildsen und ihre Adresse. Die Story würde ihr bestimmt irgendjemand abkaufen, wenn denn eine Story draus würde.

»Kann Filip zum Essen bleiben?«, rief Markus von unten.

»Nein«, rief Camilla und blieb sitzen.

»Warum nicht?«

»Weil wir beide essen gehen!«

Auf einmal verspürte sie ein riesiges Bedürfnis, mit ihrem Sohn allein zu sein. So wie früher. Außerdem wollte sie nicht da sein, wenn Frederik nach Hause kam.

»Kann Filip nicht mit?«

»Nein!«, wiederholte sie, wohl wissend, dass sie damit bei einem Teenager wie ihm einen größeren Krach riskierte. »Aber er kann morgen mitessen«, schlug sie zur Güte vor.

»Na gut«, brummte es von unten, dann hörte sie, wie er die Tür zuschlug.

Sie stützte abermals kurz den Kopf auf die Hände, dann erhob sie sich, holte ihre Decke und ihr Kopfkissen aus dem gemeinsamen Schlafzimmer und brachte sie in eins der Gästezimmer. Dann kehrte sie in ihr Arbeitszimmer zurück, um Agnete Eskildsen anzurufen und sich mit ihr zu verabreden.

Die Hochzeitspläne konnten sie jetzt mal gernhaben.

AM NÄCHSTEN TAG meldete Louise sich krank. Fast die ganze Nacht waren ihr Bruchstücke von Worten und Bildern aus der Vergangenheit, die sie am liebsten vergessen wollte, durch den Kopf geschwirrt. Als sie wie gerädert aufwachte, sah sie sich nicht in der Lage, Nordstrøm oder Rønholt und schon gar nicht Hanne Munk zu begegnen.

Nachdem Jonas zur Schule gegangen war, legte sie sich wieder hin. Fast den ganzen Tag lag sie untätig im Bett, starrte die weiße Decke an und konzentrierte sich darauf, die Schatten zu verjagen, die sie ins Grübeln brachten und ihr so wehtaten.

Als Jonas nach der Schule nach Hause kam und seine Tasche auf den Boden warf, war sie immer noch nicht aufgestanden. Mucksmäuschenstill lag sie da und wünschte, sie könnte sich unsichtbar machen. Sie hörte, wie ihr Sohn in der Wohnung herumlief und mit Dina redete, obwohl der Hund doch taub war. Sie hörte, wie Jonas die Hundeleine vom Haken im Flur nahm und wie kurz danach die Tür hinter den beiden ins Schloss fiel.

Erst dann stand sie auf und schrieb einen Zettel. Blitzschnell duschte sie, zog sich an und verließ die Wohnung, bevor Jonas zurück war. Mit einem schlechten Gewissen setzte sie sich ins Auto.

Eine Stunde später fuhr sie durch die Hauptstraße in Hvalsø. Kurz vor der Kirche blinkte sie, bog in den

Præstegårdsvej ab und parkte dort. Nachdem sie den Motor ausgeschaltet hatte, saß sie einen Moment ganz still mit geschlossenen Augen da. Dann öffnete sie die Augen wieder und stieg aus.

Sie sah nicht nach rechts und nicht nach links, als sie die Hauptstraße überquerte. Seit sie vor einundzwanzig Jahren von hier weggezogen, nein, geflüchtet war, hatte sie, wenn sie ihre Eltern besuchte, diese Straße gemieden. Damals wie heute saß die Angst tief, jemanden zu treffen, den sie kannte.

Im Laden klingelte es, als sie die Tür hinter sich schloss. Sie blieb stehen, überwältigt von dem schweren, feuchten Blumenduft, der das kleine Ladenlokal vollkommen erfüllte. Aus dem Hinterzimmer hörte sie Stimmen und dann eine Tür.

»Ich komme!«, rief eine helle Stimme, dann erschien die dazugehörige Frau im Laden.

Die beiden standen kurz schweigend da und blickten einander an, bis Louise sich aus der Starre löste, sich bückte und einen fertig gebundenen Strauß aus einem am Boden stehenden Eimer zog.

Vivi war mit Klaus in einer Klasse gewesen. Sie hatte sich zu einer ziemlichen Matrone entwickelt, seit Louise sie zuletzt gesehen hatte, sah sich aber trotzdem immer noch ähnlich. Sie war eins der Mädchen gewesen, die ihre gesamten Jugendjahre hindurch zur Clique um den Großen Thomsen gehört hatten, erinnerte sich Louise und heftete den Blick fest auf die bereits im Gerät steckende Kreditkarte. Sie sprachen kein Wort miteinander. Louise nahm den in hellgrünes Papier gewickelten Strauß und verließ den Laden.

Erst nach einigen Metern blieb sie auf dem Bürgersteig stehen, um die Kreditkarte wieder wegzupacken.

Dann überquerte sie abermals die Hauptstraße und steuerte die Kirche an.

Der Kies auf dem Kirchenvorplatz knirschte unter ihren Füßen. Louise wusste nicht genau, wo Klaus' Grab lag. Sie war bei der Beerdigung ihres Freundes nicht dabei gewesen. Sie hätte die Blicke und das Getuschel der anderen nicht ausgehalten. Sie wusste nur, dass das Grab hinter der Kirche lag. Das hatte ihr jüngerer Bruder ihr erzählt.

Mikkel war dabei gewesen und hatte eine einzelne rote Rose von seiner Schwester abgelegt. Louise hatte sich nie nach den Einzelheiten erkundigt. Sie hatte nicht wissen wollen, wie viele Trauergäste es gewesen oder welche Lieder gesungen worden waren. Sie hatte lediglich gehört, dass Klaus' kleine Schwester am Sarg zusammengebrochen war, nachdem sie eine kleine Ansprache gehalten hatte. Als Mikkel Louise hatte erzählen wollten, worum es in der Ansprache gegangen war, hatte sie ihn gebeten zu schweigen. Klaus' Schwester war im Internat gewesen, als es passiert war, und nach der Beerdigung war sie nicht dorthin zurückgekehrt. Hatte Louise gehört.

Als sie die Kirche erreichte, machten sich wieder Schuldgefühle in ihr breit. Sie hatte so viel daran gearbeitet und gedacht, dass sie die Selbstvorwürfe überwunden habe, aber die Scham über das Gerücht hatte sie nie loswerden können.

»Louise geht mit jedem ins Bett, der sie eine Runde auf seinem Bock mitnimmt.« Diesen Blödsinn hatte ihr Bruder auf dem Sportplatz aufgeschnappt. Erst hatte sie nur gelacht und sich nichts draus gemacht. Sie war damals schon fünf Jahre mit Klaus zusammen, der ebenfalls nur den Kopf schüttelte und das Gerede nicht ernst nahm. Erst, als die Leute begannen, in Louises Gegenwart zu tuscheln – und zwar so laut, dass sie genau hören konnte, worum es ging –, fing es an, sie zu nerven. Aber da hatten schon zu viele von dem Gerücht gehört, und Louise konnte dagegen sagen, was sie wollte. Wenn sie fragte, mit wem sie denn angeblich herumgefahren sein sollte, bekam sie keine Antwort. Und der Einzige, mit dem sie fuhr, war Klaus.

Louise hielt kurz die Luft an, um sich zu sammeln. Der Kiesweg führte schnurgerade zwischen den niedrigen Buchshecken hindurch, die die Gräber links und rechts umsäumten. Irgendwo da hinten lag er.

Sie ging ein paar Schritte weiter, spürte dann aber, wie sich Widerwille und Trauer in ihr rührten und sie blockierten. Selbstschutz. Sie konnte da nicht hingehen. Es waren keine zehn Meter mehr, aber sie konnte nicht.

Auf dem Friedhofsparkplatz warf sie die Blumen in einen Abfalleimer und sah zu, dass sie wegkam. Mit gesenktem Blick eilte sie zum Auto, überwältigt von einem immensen Verlustgefühl. Sie hatte einen doppelten Verlust erlitten: Sie hatte ihre Würde verloren und ihre Liebe.

Auf den letzten Metern zum Auto schnürte sich ihr die Kehle zu. Würde diese Kleinstadt sie denn nie loslassen? Und würde sie es je schaffen, diese Kleinstadt loszulassen?

AGNETE ESKILDSEN NAHM eine Thermoskanne vom Küchentisch und stellte sie vor Camilla hin, dann drehte sie sich zur Kaffeemaschine um und nahm sich einen der Kekse, die auf dem kleinen Teller lagen, der direkt daneben stand.

Als Camilla sie angerufen und um ein Gespräch gebeten hatte, hatte sie sich als freiberufliche Journalistin vorgestellt, die für verschiedene Zeitungen und Zeitschriften schreibe. Die ältere Dame hatte das so hingenommen und nicht weiter nachgefragt.

»Also, wenn ich das richtig verstanden habe, haben Sie früher mal als Pflegekraft in Eliselund gearbeitet? Dem Sanatorium für Geisteskranke in der Nähe von Ringsted?«, leitete Camilla das Gespräch ein. »Und Sie glauben, die Frau mit der Narbe daher zu kennen?«

Agnete Eskildsen nickte und wirkte einen Augenblick so, als würde sie in einem Labyrinth der Erinnerungen verschwinden.

»Ja«, sagte sie dann. »Das war alles so furchtbar traurig. Sie war nämlich eigentlich ein so hübsches Mädchen.«

»Das heißt, die Narbe hat sie sich in Eliselund zugezogen?«, hakte Camilla nach. Ob Frau Eskildsen sich noch erinnern könne, wann das passiert sei.

Die alte Frau nickte.

»Das war 1970«, antwortete sie, ohne zu zögern. »Das weiß ich deshalb, weil ich direkt danach dort gekündigt habe. Und darum weiß ich auch ziemlich genau, dass es im Juli war. Ich habe nämlich die ganze erste Woche, nachdem ich dort aufgehört hatte, Beeren eingemacht.«

Camilla zog überrascht die Augenbrauen hoch. Dass die Frau sich nach so vielen Jahren noch an solche Details erinnern konnte.

»Das letzte Jahr in Eliselund war ich Nachtwache in Abschnitt C. Mein erster Mann war krank geworden, darum übernahm ich viele Nachtschichten. Tagsüber war ich bei ihm, und zum Schluss war mein selbst eingemachtes Obst aus dem Garten das Einzige, das ich in ihn hineinbekommen habe«, erzählte Agnete Eskildsen und fügte leise hinzu, sie sei damals, als sie Nachtschichten geleistet habe, nicht besonders mutig gewesen. »Wir mussten stündlich eine Runde machen, und für mich war das Schlimmste, in den Schlafsaal der Männer zu gehen. Die lagen nämlich beieinander in den Betten, und es herrschte eine ziemliche Unruhe.«

Sie hing wieder ihren Erinnerungen nach.

»Eines Nachts glaubte ich, einer der Männer hätte einen Krampfanfall. Ich kam in den Schlafsaal, und sein Bett wackelte so heftig, dass es von der Wand abgerückt war. Ich war ganz alleine und wusste nicht recht, was ich tun sollte. Aber dann ging ich zu ihm hin und hob die Decke hoch. Da sah ich, dass er onanierte. Ja, wir haben da so einiges mitgemacht.« Sie schüttelte den Kopf.

»Wie alt waren Lisemette damals?«, fragte Camilla.

»Da müssten sie acht gewesen sein.« Frau Eskildsen klang nicht ganz sicher.

»Was fällt Ihnen zu den beiden Schwestern ein? Woran erinnern Sie sich?«

»Die beiden hingen wie die Kletten aneinander«, lautete die prompte Antwort.

Camilla nickte ermunternd.

»Die eine konnte ja etwas mehr als die andere, aber solange sie beide zusammen waren, waren sie glücklich und zufrieden«, erinnerte sich Agnete Eskildsen. Dann setzte sie hinzu: »Es gab mal Schwierigkeiten, als die eine, die Klügere, rüber in die Krankenstation sollte, um wegen irgendwas operiert zu werden. Oder vielleicht hatte sie sich auch nur verletzt, das weiß ich nicht mehr. Jedenfalls hat man die beiden voneinander getrennt, und das ging gründlich schief.«

»Was heißt das?« Camilla zog ihren Notizblock näher an sich heran.

»Die, die allein zurückblieb, fing an, mit dem Kopf gegen die Wand zu schlagen. So feste, dass die Pflegemutter sie in die Krankenstation bringen musste. Man gab ihr Beruhigungsmittel und ein Bett neben ihrer Schwester. Man durfte die beiden niemals voneinander trennen.«

Überrascht sah Camilla sie an.

»Aber das muss doch noch öfter vorgekommen sein, dass die beiden getrennt wurden? Oder sind sie auch gemeinsam auf die Toilette gegangen?«

Agnete Eskildsen lächelte zum ersten Mal, seit sie in ihren Erinnerungen kramte, und schüttelte den Kopf.

»Sie dürfen nicht vergessen, dass es damals große Gemeinschaftstoiletten gab. Vier Kloschüsseln nebeneinander an der Wand, und die beiden saßen natürlich nebeneinander. Wenn ich mich richtig entsinne, waren immer zwölf Mädchen auf einmal auf der Toilette.«

»Alle im selben Raum?«, fragte Camilla ungläubig.

»Alle im selben Raum. Heute wäre das undenkbar«, meinte die alte Dame. »Aber so war das damals.«

Sie lächelte wieder und erzählte, wie problematisch es gewesen sei, als man die Gemeinschaftstoilette mit Trennwänden habe aufteilen wollen in einzelne Kabinen.

»Wir durften die Türen nicht zumachen«, erinnerte sie sich und erklärte, dass Eliselunds Bewohner generell mit Veränderungen nur schwer umgehen konnten.

Camilla versuchte, sich das vorzustellen: einen großen, gekachelten Raum mit mehreren Reihen Toiletten. Sie musste an die Güllerinnen in einem Viehstall denken. Nein, heute wäre das undenkbar.

»Ich wüsste nicht, wann die Mädchen sonst mal voneinander getrennt gewesen wären«, sprach Agnete Eskildsen weiter und schüttelte nachdenklich den Kopf. »Als sie für den Kleinkindabschnitt zu groß wurden, kamen sie in einen der großen Schlafsäle mit fünfzig Betten. Da wurden ihre Betten einfach zusammengeschoben. Normalerweise durfte man das nicht, damals galten strengere Regeln als heute, da wurde auf die Bedürfnisse der Bewohner wenig Rücksicht genommen. Aber die beiden waren ja nun mal auch vergessene Mädchen«, fügte sie hinzu.

»Vergessene Mädchen?«, wiederholte Camilla fragend.

Agnete Eskildsen nickte.

»Sie hatten überhaupt keinen Kontakt nach draußen, nicht mal zu ihrer Familie. So war das damals. Man versteckte alle, die nichts taugten. Angehörige kamen nur ganz selten zu Besuch.« Sie berichtete Camilla, viele Mütter seien deshalb irgendwann nicht mehr gekommen, weil es ihre Männer geärgert habe, dass sie nach jedem Besuch mehrere Tage niedergeschlagen waren.

»Die Kinder?«

»Nein, die Mütter. Die Besuche haben sie immer so verstört, dass ihre Männer ihnen verboten hinzugehen. Darum bekamen ganz viele Kinder nie Besuch, und doch standen die meisten von ihnen immer wieder am Tor und warteten. Das war herzzerreißend.«

»Unglaublich.« Camilla schüttelte den Kopf. »Aber nach dem Unfall, als Lises Verletzung behandelt werden musste, da konnten die beiden doch bestimmt nicht zusammenbleiben?«

Agnete Eskildsens Miene veränderte sich. Camilla meinte, Unbehagen darin zu erkennen. Sie fand es erstaunlich, an wie viele Einzelheiten die ehemalige Nachtschwester sich noch erinnern konnte.

»Doch, auch da blieben sie zusammen.« Die alte Frau nickte gequält. »Und das war auch der Grund dafür, dass man sie nicht ins Krankenhaus brachte – ihre Schwester hätte nicht mitkommen dürfen. Lise blieb in Eliselund und wurde vom dortigen Oberarzt behandelt, obwohl diese Art von Verletzungen nicht zu seinem Fachgebiet gehörten.«

Agnete Eskildsen schwieg einen Augenblick, dann erzählte sie, dass man auf der Krankenstation ein zusätzliches Bett für die Zwillingsschwester in Lises Zimmer gestellt habe.

»Wahrscheinlich fand man damals, dass es für eine Geisteskranke ohnehin nicht wichtig war, wie sie aussah«, fügte sie nach kurzem Schweigen leise hinzu.

»Und der Unfall?«, wollte Camilla wissen. »Was genau ist da passiert?«

»Ach, das war wirklich tragisch«, seufzte Agnete Eskildsen und sah traurig aus dem Fenster. »Unendlich tragisch.«

»Was meinen Sie damit?«

Agnete Eskildsen faltete die Hände auf der Wachstischdecke und spielte an ihren Nägeln herum, bevor sie schließlich anfing zu erzählen.

»Einmal pro Woche war Badetag, und damit das Wasser rechtzeitig dafür warm war, drehten wir immer schon am Vortag unten im Keller die Wasserkessel auf. Aber an dem Tag war das Thermostat kaputt, und damit nahm das Unglück seinen Lauf.«

Sie betrachtete eingehend das Streifenmuster der Wachstischdecke.

»Das Mädchen saß bereits oben in der Wanne, als die Dusche mit dem siedend heißen Wasser aufgedreht wurde. Die Kleine schrie, dass man es im ganzen Gebäude hören konnte.«

Agente Eskildsen schloss die Augen und öffnete sie auch nicht, als sie weitersprach.

»Ich war es. Ich habe den Hahn aufgedreht«, flüsterte sie verzweifelt. »Und ihren Schrei werde ich mein Lebtag nicht vergessen. Manchmal wache ich nachts auf, weil der Schrei in meinem Traum vorkommt. Die Haut in ihrem Gesicht und auf ihrer Schulter hatte sich bereits gelöst, bis wir endlich reagierten, und dann durften wir sie nicht anfassen. Ganz rot lag sie am Boden der Wanne und schrie wie am Spieß, bis der Oberarzt kam und ihr eine Spritze gab.«

Camilla hatte den Stift hingelegt. Schockiert hörte sie weiter zu.

»Wir haben die anderen aus dem Badezimmer gescheucht, das war ja nun wirklich kein schöner Anblick«, fuhr Agnete Eskildsen nach einer kurzen Pause fort. »Die anderen Kinder standen bereits splitternackt Schlange.«

Stille breitete sich aus. Camilla hatte ein klares Bild vor Augen.

»Die Zeit danach war schwer. Damals redete man

nicht viel über solche Zwischenfälle. Anfangs habe ich versucht, die Sache zu vergessen, aber irgendwann vor langer Zeit habe ich mich dann damit abgefunden, dass der Anblick des Mädchens mit der grässlichen Verbrühung im Gesicht mich mein Leben lang begleiten wird.« Agnete Eskildsen flüsterte fast. »Zum Monatsende habe ich gekündigt und seitdem nie wieder als Pflegekraft gearbeitet.«

Camilla ließ das alles eine Weile sacken. Dann nahm sie den Stift wieder zur Hand und fragte: »Sie wissen also nicht, was aus den Schwestern geworden ist?«

Agnete Eskildsen schüttelte den Kopf.

»Keine Ahnung. Aber Sie können sich sicher vorstellen, was das in mir ausgelöst hat, als ich Lises Bild in der Zeitung sah.«

Camilla nickte verständnisvoll.

»Ich habe Lise das letzte Mal gesehen, als ihr kleiner Körper aus der Wanne gehoben wurde. Ich durfte ihr nicht mal einen Krankenbesuch abstatten, dabei hatte ich doch sogar Schokolade für die beiden gekauft.«

Wieder herrschte Schweigen. Dieses Mal war es durchdrungen von so viel Wehmut, dass Camilla das Gefühl hatte, sie sollte jetzt besser gehen und die alte Frau in Ruhe lassen.

Als sie draußen auf dem Hof standen und Camilla bereits ihre Tasche ins Auto geworfen hatte, sagte Agnete Eskildsen: »Ich habe mit Eliselund abgeschlossen. Herr Nørskov, der damalige Leiter der Einrichtung, ist wenige Jahre später pensioniert worden, und ich gebe gerne zu, dass ich ihm anlässlich seiner Verabschiedung keine Blumen geschickt habe. So, wie der mich damals behandelt hat… Dabei konnte ich doch nichts dafür. Der Hausmeister hatte den Boiler nicht ordnungsgemäß gewartet.«

Sie verstummte und dachte nach.

»Danach war es dann eine Frau Parkov, die die Einrichtung bis zu ihrer Schließung leitete. Aber die kenne ich nicht. Zu den Zwillingsschwestern kann ich nur eins mit Gewissheit sagen: Wenn es irgend möglich war, sind sie zusammengeblieben.«

Der letzte Satz hallte auf der Fahrt zurück nach Roskilde unzählige Male in Camillas Kopf wider. Wenn beide Schwestern noch am Leben gewesen waren, als die Totenscheine ausgestellt worden waren, waren sie seither zusammen gewesen. Und wenn Mette noch gelebt hatte, als ihre Schwester letzte Woche den Hang hinuntergestürzt war, wo war sie dann jetzt? Und wie kam sie ohne ihre Schwester zurecht?

Camilla gingen so viele Fragen durch den Kopf, dass sie fast den Überblick verlor. Sie fuhr rechts ran, holte ihr Smartphone aus der Tasche und nahm eine Memo auf, was sie alles recherchieren musste, wenn sie nach Hause kam. Auf einmal fiel ihr auf, dass sie weder Frederik noch ihren Hochzeitsplänen einen einzigen Gedanken geschenkt hatte, seit sie sich an Agnete Eskildsens Küchentisch mit dem gestreiften Wachstuch gesetzt hatte.

DIE SCHREBERGÄRTEN LAGEN so dicht beieinander, dass man fast sehen konnte, was die Nachbarn auf dem Teller hatten, dachte Louise, als sie aufstand, um den Gartentisch abzuräumen. Und doch musste sie gestehen, dass das kleine, schwarze Holzhaus von Grete Millings Freundin beruhigend auf sie wirkte. Sie hatte immer noch ein schlechtes Gewissen, weil sie heute nicht zur Arbeit und Jonas aus dem Weg gegangen war. Der wusste davon zwar nichts, aber trotzdem. Sie war erschüttert, dass die Vergangenheit ihr immer noch so zu schaffen machte.

Sie stellte die Salatschüssel auf den Stapel mit Tellern und trug alles in die kleine Küchenzeile hinterm Wohnzimmer.

Melvin war dabei, ganz altmodisch auf dem Herd Kaffee zu kochen, während die beiden älteren Damen abwuschen. Es war alles ziemlich beengt, aber gleichzeitig so entspannt, dass die Enge nichts ausmachte, fiel Louise auf. Auf einmal genoss sie es, so viele Menschen um sich zu haben. So konnte sie wenigstens die entsetzliche Stille vertreiben, die sich seit ihrer Flucht vom Friedhof in ihr breitgemacht hatte. Im Auto auf dem Weg nach Hause hatte sie sich unendlich leer gefühlt und dafür geschämt, dass sie nicht mal in der Lage gewesen war, die Blumen auf Klaus' Grab zu legen.

»Zucker?« Grete sah sie an.

Louise schüttelte den Kopf und bat lediglich um Milch.

Von ihrem Besuch in Hvalsø hatte sie nichts erwähnt. Als Melvin sie gefragt hatte, ob sie und Jonas mit zum Schrebergarten kommen und dort mit ihnen zu Abend essen wollten, wäre sie am liebsten wieder ins Bett gegangen und hätte sich unter ihrer Decke verkrochen. Aber Jonas hatte gerne mitgewollt, darum hatte sie schließlich nachgegeben. Jonas war schon ein paarmal in dem Garten gewesen und hatte schnell neue Freunde gefunden. Er fühlte sich wohl dort und war gleich nach dem Essen zu den neuen Kumpeln verschwunden.

Die Erwachsenen beschlossen, sich warm einzupacken und noch eine Weile draußen zu sitzen. Melvin reichte Louise eine Wolldecke und schlug sich ein paar Mücken vom Arm.

»Glaubst du, Jonas raucht?«, fragte Louise, als sie wieder am Gartentisch saßen.

Absurderweise hoffte sie, er würde Ja sagen, denn dann hätte sie endlich etwas, das sie von ihren dunklen, um sie selbst kreisenden Gedanken ablenkte.

Melvin schüttelte den Kopf und lächelte sie an.

»Im Moment hat der Junge nur eins im Kopf: seine Musik«, sagte er. »Wenn er rauchen würde, hätte er das neulich mit Markus getan, denn der raucht ja schon lange und nicht zu knapp.«

Verblüfft sah Louise ihn an.

»Wieso hast du mir das nicht erzählt?«

Ihr Nachbar antwortete nicht sofort.

»Ach, weißt du, ich finde, die jungen Leute haben auch ein Recht auf Privatsphäre«, sagte er schließlich. »Immerhin sind die beiden jetzt in dem Alter, wo man kleine Geheimnisse hat.«

»Ja aber, Melvin, das musst du mir doch sagen, wenn du so etwas herausfindest!«, rief Louise aufgebracht. Sie war tatsächlich ein bisschen stinkig auf den netten alten Herrn.

Da sie Jonas und seine Freunde näher kommen hörten, senkte Melvin die Stimme.

»Hattest du denn gar keine Geheimnisse vor deinen Eltern, als du in seinem Alter warst?«, fragte er.

Louise wollte eigentlich gerade den Kopf schütteln, doch dann fiel ihr die Sache mit dem Martini ein, den sie vor größeren Partys in der Hecke versteckt hatten, als sie vierzehn gewesen war. Und mit dreizehn hatte sie wohl auch mal zum Mittsommerfest in der alten Kiesgrube gepafft. Auf einmal stürzten wieder Bilder aus ihrer Jugend in Hvalsø auf sie ein, und Louise stand abrupt auf, um sie abzuwehren.

»Wenn ich dir einen Rat geben darf: Lass dem Jungen ein bisschen Freiraum. Wenn du zu sehr klammerst, zieht er sich nur umso mehr zurück und lebt sein eigenes Leben.«

»Mir ist kalt«, sagte Jonas, nachdem er sich von seinen Freunden verabschiedet und neben Melvin gesetzt hatte.

Louise gab ihm die Wolldecke und stellte fest, dass es bereits halb zehn war. Zeit, nach Hause zu fahren. Sie war immer noch ganz erschüttert von dem, was Melvin ihr über Markus erzählt hatte. Darüber musste sie unbedingt mit Camilla reden, aber am besten erst nach der Hochzeit.

Melvin und Grete versprachen Gretes Freundin, am nächsten Tag wiederzukommen und ihr dabei zu helfen, den Zaun zum Weg hin zu streichen. Das musste, wenn Louise das richtig verstanden hatte, vor dem ersten Juni passieren, sonst riskierte man Ärger mit den anderen Gartenbesitzern. Melvin hatte schon einige Kontakte mit anderen Mitgliedern des Schrebergartenvereins geknüpft und versprochen, hier und da mit anzupacken, wenn wieder ein Arbeitswochenende anstand. Es galt, die Gemeinschaftsareale auf Vordermann zu bringen.

Das Schrebergartenleben hat es ihm ganz schön angetan, dachte Louise, als sie ihrem Nachbarn dabei zusah, wie er aufstand, zu einem der Hochbeete ging und den Finger in die Erde steckte.

»Ich glaub, ich hab Fieber«, murmelte Jonas und fühlte seine Stirn.

Louise sah ihn an. So was Blödes, wenn er jetzt tatsächlich krank würde, nachdem sie einen Tag blaugemacht hatte, weil sie an Weltschmerz litt.

»Wenn du morgen nicht zur Schule kannst, musst du runter zu Melvin gehen«, sagte sie auf dem Weg zum Auto.

Melvin räusperte sich. »Ich wollte mein Haupt eigentlich in Dragør betten.«

Louise lächelte. Es fiel ihm offenbar immer noch schwer, Klartext zu reden, wenn er bei Grete Milling übernachten wollte.

»Wir müssen morgen schon früh wieder im Garten sein«, fügte er rasch hinzu.

»Ich kann schon auf mich selbst aufpassen«, schaltete Jonas sich ein, und Louise dachte, es war ja auch gar nicht sicher, dass er morgen wirklich krank sein würde, vielleicht fröstelte er nur, weil er kurzärmelig rumgelaufen war.

ABER ER WAR KRANK. Mit glasigen Augen und fieberheißer Haut wachte Jonas am nächsten Morgen auf. Louise rief bei Hanne Munk an und sagte Bescheid, dass sie etwas später kommen würde, weil sie ihren Sohn in einen Zug nach Hvalsø zu ihren Eltern setzen musste.

»Dann wird ihn wohl jemand anders zum Zug bringen müssen«, entgegnete Hanne Munk unbeeindruckt. »In zwanzig Minuten fängt das Monatsmeeting an. Wenn Sie gestern hier gewesen wären, wüssten Sie das, da habe ich nämlich die Agenda verteilt.«

Für den nächsten Trumpf sprach sie sogar gleich noch ein bisschen lauter: »Ich habe sie höchstpersönlich auf Ihren Schreibtisch gelegt.«

»Zwanzig Minuten schaffe ich nicht«, gab Louise kurz zurück und verkniff sich jeden Kommentar dazu, dass man es nicht für nötig gehalten hatte, sie über dieses Monatsmeeting zu informieren.

»Das müssen Sie dem Reichspolizeichef schon selber sagen«, erwiderte Hanne Munk bissig.

»Keine Sorge«, zischte Louise und bemühte sich gleichzeitig, ihre Wut zu verbergen. Hanne Munk und der Reichpolizeichef konnten sie mal. Zumindest in diesem Moment.

»Die Besprechung ist bis zwölf Uhr angesetzt, und danach gibt es wie immer Mittagessen. Ich habe für Sie mitbestellt.«

»Dann müssen Sie das Essen für mich eben wieder abbestellen oder Nordstrøm hinschicken«, fauchte Louise und legte auf. Ihr war gründlich die Lust vergangen, zur Arbeit zu erscheinen, und so beschloss sie, Jonas selbst nach Lerbjerg zu ihren Eltern zu fahren. Dann musste der Junge nicht allein mit Fieber im Zug durch die Gegend schaukeln.

Louise hatte sich gerade von ihren Eltern und Jonas verabschiedet, als Kim anrief und ihr erzählte, die KTU habe die Spermaproben von der Leiche der Tagesmutter analysiert und mit dem Archiv abgeglichen.

»Leider kein Treffer«, seufzte er und klang genauso müde, wie er bei ihrer Begegnung neulich im Wald ausgesehen hatte. »Jetzt können wir also nach der berühmten Stecknadel suchen.«

Die Tagesmutter war obduziert worden, und der Rechtsmediziner hatte angemerkt, dass sie sich mit aller Kraft gewehrt haben musste.

»Ihr sind büschelweise Haare ausgerissen worden, und sie hat jede Menge Blutergüsse. Das Ganze sieht so heftig aus, dass ich schon überlegt habe, ob es sich vielleicht um mehrere Täter gehandelt haben könnte.«

»Gab es denn Spermaspuren von mehreren Männern?«, fragte Louise.

»Nein«, räumte Kim ein. »Nur von einem. Aber das kommt mir seltsam vor, wenn ich bedenke, wie gewaltsam er vorgegangen sein muss.«

»Was ist mit der Joggerin? Ist die wieder aufgetaucht?«

Louise hatte weder ferngesehen noch Zeitung gelesen, seit sie Suchtrupp und Hundestaffeln im Wald verlassen hatte. Nicht einmal mit Nordstrøm hatte sie gesprochen, fiel ihr plötzlich ein. Ihr war klar, dass sie ihm eine Erklärung dafür schuldete, dass sie gestern nicht zum Dienst erschienen war.

»Nein.« Kim klang frustriert. »Die Techniker haben auf ihrer Route jeden Stein umgedreht und sind zu dem Ergebnis gekommen, dass sie ungefähr zweihundert Meter vor der Zaubereiche überfallen worden sein muss. Unten in der Senke, wo der Weg eine scharfe Kurve macht«, erklärte er. »Weißt du, wo ich meine?«

»Ja«, murmelte Louise und sah den Weg vor sich, wie er steil abfiel. Da hatten sie immer ganz schön in die Pedale treten müssen, um wieder hinaufzukommen. Irgendjemand musste Kim erzählt haben, dass sie die Stelle »die Senke« nannten, dachte sie.

»Da unten haben sie jedenfalls ihren Mini-iPod gefunden, und auch ein paar Blutspuren, die jetzt natürlich untersucht werden. Der Boden war zerfurcht wie von Füßen, die sich gewehrt haben. Die KTU meint, sie hat vielleicht die Fersen in den Boden gestemmt und ist dann vom Weg weggezerrt worden. Brauchbare Abdrücke von Schuhsohlen gab es aber leider nicht. Das sind die einzigen Hinweise darauf, dass möglicherweise ein Verbrechen stattgefunden hat. Ansonsten hat keiner was gesehen oder gehört.«

»Nicht mal die Leute im Starenhaus?«, fragte Louise. »Das liegt doch ganz in der Nähe.«

Als sie selbst da draußen gelebt hatte, hatte in dem kleinen Häuschen mitten im Wald eine alte Frau gewohnt. Das Häuschen zwischen dem alten Wildwächterhof und dem Schnepfenhaus, in dem Verner Post wohnte. Als sie klein waren, nannten Louise und ihr Bruder es »das Pfefferkuchenhaus«. Sie waren sicher, dass die alte Frau, die nie das Haus verließ, eine Hexe war und die im Wald spielenden Kinder einfing, um sie dann aufzuessen. Später erzählte ihr Vater ihr, dass die alte Frau an Sklerose gelitten habe und sich viele Jahre lang kaum noch habe bewegen können. Deshalb hatte sie sich ihre Lebensmittel vom Supermarkt in Hvalsø liefern lassen. Das war alles gewesen. Keine kinderfressende Hexe, dachte Louise. Jetzt war die Frau schon lange tot, und das Haus komplett renoviert worden.

Im Starenhaus war niemand zu Hause gewesen, als sie mit Nordstrøm die Runde gemacht hatte. Louise war aufgefallen, dass hinter dem Haus eine große Terrasse gebaut worden war, inklusive Außen-Whirlpool, und dass in der Einfahrt ein Motorrad stand. Es war also wieder Leben im Haus.

»Nein«, antwortete Kim. »Die Frau war zwar zu Hause und saß mit einer Tasse Kaffee auf der Terrasse, als ihr Mann so gegen acht das Haus verließ, aber sie hat nichts gehört. Aber zu dem Zeitpunkt war es ja vielleicht auch schon passiert.«

In der Leitung wurde es einen Augenblick still, dann räusperte er sich.

»Mit anderen Worten: Wir haben nichts. Und darum müssen wir so schnell wie möglich herausfinden, ob die Blutspuren vom Opfer oder vom Täter sind, und wenn vom Täter, wer das verdammt noch mal ist! Wir haben gerade eine Pressemitteilung herausgegeben, mit der wir die Bevölkerung um Mithilfe bitten. Wir müssen wissen, wer sich normalerweise im Wald aufhält. Und dann müssen wir herausfinden, wer irgendetwas gesehen hat. Natürlich wird das die Menschen verängstigen, aber ich sehe keine andere Möglichkeit. Der Täter läuft hier irgendwo frei herum, und wir müssen alles tun, um ihn zu fassen – und den Leuten davon abraten, allein in den Wald zu gehen.«

Louise hörte, wie sein anderes Telefon anfing zu

klingeln, und konnte sich gerade noch verabschieden, bevor er auflegte.

Sie rief ihre Mutter an. Natürlich hätte sie genauso gut einfach umdrehen und das kleine Stück bis zum hufeisenförmigen Hof ihrer Eltern zurückfahren können, aber dann hätte sie wieder reingehen müssen, und danach stand ihr gerade gar nicht der Sinn.

»Bitte geh nicht allein in den Wald«, sagte sie, kaum dass ihre Mutter abgenommen hatte. »Ich weiß nicht, wie viel du mitbekommen hast, aber es sieht ganz so aus, als gäbe es jetzt zwei Opfer, und vom Täter fehlt jede Spur.«

»Findest du nicht, dass ihr da ein bisschen überreagiert?«, fragte ihre Mutter munter.

»Nein, finde ich nicht«, entgegnete Louise verärgert. »Die Polizei gibt eine Pressemitteilung heraus, mit der Frauen davor gewarnt werden, alleine in den Wald zu gehen. Ich wollte nur, dass du das weißt«, sagte sie und legte auf. Gleichzeitig fragte sie sich, warum sie so sauer wurde, nur weil ihre Mutter versuchte, sie zu beruhigen.

Sie schloss kurz die Augen und lehnte den Kopf zurück, während sie sich bemühte, sich zu sammeln. Sie musste hier weg. Ihre Vergangenheit war auf einmal wieder so präsent, und sie hatte ihre Gedanken einfach nicht unter Kontrolle, wenn sie genau da war, wo alles passiert war.

Sie hätte nie gedacht, dass ein Fall in Hvalsø so viele unterdrückte Gefühle wieder an die Oberfläche bringen würde. Sie überlegte sehr nüchtern, welche Optionen sie jetzt hatte, um weiterzukommen, und musste etwas niedergeschlagen erkennen, dass ihr nur zwei einfielen.

Entweder musste sie den Fall Nordstrøm überlassen,

oder sie musste wieder Herrin ihrer Gefühle werden. Ersteres wäre eine Bankrotterklärung. Also hatte sie in Wirklichkeit keine Wahl.

Sie erreichte Hvalsø und bog wie üblich im Kreisverkehr rechts ab, um die Hauptstraße zu meiden. Sie fuhr an der Apotheke und dem ehemaligen Sportplatz vorbei, auf dem nun Reihenhäuser standen. Da hatte sie immer Handball gespielt. Sie musste an Morits denken, ihren Trainer. Und an Arvid, der sich damals um den Sportplatz kümmerte und am Kiosk Süßigkeiten verkaufte.

Hier hatte sie gelebt. Die Erinnerungen stürzten auf sie ein, aber das alles war schon so lange her, und sie hatte getan, was sie konnte, um ihre Jugend hinter sich zu lassen. Vielleicht war das ein Fehler gewesen. Vielleicht nahm das alles sie deshalb jetzt so mit. Denn schließlich hatte es ja auch gute Zeiten gegeben. Hier hatte sie den ersten Kuss ausgetauscht, und hier war sie zum ersten Mal beschwipst gewesen, hier hatte sie gefeiert.

Aber all das hatte sie immer zusammen mit Klaus getan.

Sie waren ein Paar gewesen, seit Louise in die neunte Klasse gegangen war. Es fiel ihr nicht schwer, sich sein Gesicht, sein braunes Haar und seine graublauen Augen in Erinnerung zu rufen. Seine graublauen Augen, in denen so viel Wärme lag, obwohl er in seiner Lederjacke immer möglichst cool sein wollte.

Sie waren auf die gleiche Schule in Hvalsø gegangen, er allerdings eine Klasse über ihr. Seit der siebten Klasse war sie heimlich in ihn verliebt gewesen. So sehr, dass sie gar nicht bemerkt hatte, wie die anderen Jungs sie umschwärmten. Als er nach der Zehnten von der Schule abging, um in Roskilde die Schlachterschule zu besuchen, brach es ihr fast das Herz. Sie war sicher, dass er sie ganz schnell vergessen würde.

Aber da hatte sie sich getäuscht.

Klaus war der Erste, mit dem sie geschlafen hatte. Eines Abends nach einem Lagerfeuer draußen beim Avnsee. Gemeinsam radelten sie durch den Wald nach Hause, und am nächsten Morgen lag sie lange mit geschlossenen Augen im Bett und horchte in sich hinein, ob jetzt irgendetwas anders war. Ob sie jetzt erwachsener geworden war oder ihn noch mehr liebte. Wahrscheinlich von beidem ein bisschen.

Erst, als er die Lehrstelle in einem Schlachtbetrieb in Tolløse antrat, fing er an, mit Thomsen und dessen Clique abzuhängen. Klaus war immer noch der Alte, doch Louise waren die anderen nicht geheuer. Sie wusste nie, ob sie etwas ernst meinten oder ob sie schlechte Scherze machten, und das verunsicherte sie. Soweit sie sich erinnern konnte, bewegten sie sich immer ziemlich nah am Abgrund, und hin und wieder schubsten sie einen ihrer Mitläufer so, dass er abstürzte. Klaus machte bei diesen Überlegenheitsspielchen nicht mit, und das war auch gut so, denn sonst hätte Louise sich von ihm getrennt.

Wie hatte die Clique sie wohl gesehen? Sie hatte sich nie wirklich selbst in die Gruppe eingebracht, war nur mit Klaus zusammen zu Partys gegangen und hatte ansonsten viel Zeit entweder auf dem Sportplatz oder in ihrem oder Klaus' Zimmer verbracht. An ihrem achtzehnten Geburtstag hatten sie sich verlobt. Er hatte beim Juwelier auf der Hauptstraße zwei schmale Silberringe gekauft und Louise nach dem Geburtstagsessen mit ihren Eltern damit überrascht.

Nachdem er die Gesellenprüfung bestanden hatte, bot der Schlachter in Tolløse ihm an, ihn zu übernehmen. Eines Abends saßen Louise und Klaus draußen am See und träumten davon, wie es wäre zusammenzuziehen. Wenn sie sich richtig erinnerte, erzählte er ihr schon einen Monat später von dem Bauernhaus im Wäldchen bei Kisserup, das sie günstig mieten könnten. Zuletzt hatte ein alter Mann in dem Haus gewohnt, doch der war jetzt ins Pflegeheim umgezogen.

Das Haus stand also leer, als sie es sich ansahen, und würde erst einmal gründlich geschrubbt und gestrichen werden müssen. Aber Louise war sofort begeistert. Noch am selben Tag unterschrieben sie den Mietvertrag, und später saßen sie unter einem großen, alten Apfelbaum auf der Wiese und schmiedeten Pläne und träumten von der Zukunft. Sie schüttelte den Kopf, als Klaus sagte, die beiden kleinen Zimmer hinter dem Wohnzimmer würden sich prima als Kinderzimmer eignen.

Ihre einzige Sorge damals war, ob Thomsen und seine Clique quasi mit einziehen würden. Es war ja immer so unglaublich praktisch, wenn jemand seine eigene Bleibe hatte, dann musste man nicht auf lästige Eltern Rücksicht nehmen und womöglich die Musik leiser machen. Während sie auf der Wiese unter dem Apfelbaum saßen, sagte sie zu Klaus, dass er sich natürlich gerne weiter mit der Clique treffen könne, dass die Jungs aber auf keinen Fall andauernd bei ihnen in der Wohnung abhängen dürften.

Gedankenverloren bog Louise nach Kisserup ab. Der Klumpen in ihrem Bauch wurde immer größer, während sie an der Kiesgrube vorbeifuhr. Seit Sommer 1990 war sie nicht mehr hier gewesen. Sie stellte fest, dass seither mehr Häuser hinzugekommen waren, und fuhr etwas langsamer. Der Weg zum Wald hinaus ging gleich nach einer Reihe dicht stehender Bäume ab, die das Hinweisschild fast völlig verdeckten.

Das Haus lag am Ende der Straße. Louises Handflächen waren feucht und umklammerten das Lenkrad, als sie rechts ranfuhr und beschloss, das letzte Stück zu Fuß zu gehen. Viele Häuser gab es hier nicht, und ihr früheres Haus lag ein bisschen weiter ab von der Straße. Genau wie damals wurde es von Bäumen abgeschirmt, sodass man es von der Straße gar nicht sehen konnte.

Louise passierte die Reihe hoher Bäume, die das Grundstück gegen das benachbarte Feld abgrenzte. Sie hörte Stimmen. Planschende Kinder, die jedes Mal laut kreischten, wenn jemand mit Wasser spritzte.

In ihr war es ganz kalt, als sie zwischen die Bäume

trat und durch die Zweige hindurch versuchte, etwas zu erkennen.

Das Reetdach des roten Fachwerkhauses war neu gedeckt, und im Garten eine große Terrasse angelegt worden. Überall lag Spielzeug herum, zwei Kinder quietschten begeistert, wenn ihr Vater den Wasserschlauch auf sie richtete.

Louise sank in die Knie und versteckte sich hinter den dicken untersten Ästen der Tannen.

Der Frühstückstisch war noch nicht abgeräumt, unter einem Sonnenschirm saß eine Frau und stillte. Louise vermutete, dass die Familie gerade Elternzeit genoss.

Sie sah, dass die neuen Bewohner einige kleine Sträucher gepflanzt hatten. Und zwar genau dort, wo sie eigentlich einen Apfelbaum hatte pflanzen wollen. Der wäre jetzt schon ganz schön groß, dachte sie.

Sie weinte nicht, während sie da hockte und ihr das Herz brach. Ihre Trauer hatte sich verändert, brachte sie nicht mehr zum Weinen. Ihre Trauer saß jetzt viel tiefer, und Louise erkannte, dass sie ihr einen Teil ihres Lebens gestohlen hatte. Oder zumindest einen Teil des Lebens, von dem sie einst geträumt hatte.

Sie waren an einem Freitag eingezogen, nachdem sie wochenlang sämtliche Zimmer neu gestrichen hatten. Louises Mutter hatte ihnen tatkräftig dabei geholfen, und Klaus hatte für den Umzug einen Lieferwagen von seinem Meister leihen können. Die erste Nacht hatten sie im Wohnzimmer auf dem Boden geschlafen, weil Klaus angefangen hatte, Louises Bluse aufzuknöpfen … Irgendwann mitten in der Nacht hatte er eine Matratze herbeigeschleppt, aber besonders viel Schlaf hatten sie nicht bekommen. Nach Louises Erinnerung hatten sie sich die ganze Nacht geliebt.

Bereits am nächsten Abend wollte sie aber bei Camilla in Roskilde übernachten, weil die Freundinnen zu einem Konzert wollten, für das Klaus sich überhaupt nicht interessierte. Also ließ sie ihn mit den immer noch gefüllten Umzugskartons allein und versprach, Sonntag schon früh wiederzukommen und mit ihm gemeinsam den Rest auszupacken.

Die Mutter mit dem Baby war aufgestanden. Offenbar war es eingeschlafen.

Louise sah zu, wie die Frau das Kleine vorsichtig in den Kinderwagen neben ihrem Stuhl legte und wie sie dann ins Haus ging. Kurz darauf kam sie mit ein paar Handtüchern wieder heraus und warf sie den älteren Kindern zu. Der Vater machte sich daran, den Schlauch aufzurollen. Ein glückliches, lebhaftes Familienleben spielte sich da vor ihren Augen ab, während Louise im Gebüsch saß und an den Tag dachte, an dem ihr Traum von einem solchen Familienleben ohne Vorwarnung geplatzt war.

Mit dem Fahrrad fuhr sie Sonntagmorgen vom Bahnhof in Hvalsø nach Hause. Sie hatte Klaus nicht wecken wollen und deshalb nicht angerufen, um zu sagen, dass sie unterwegs war. Aber sie hatte noch schnell beim Bäcker an der Hauptstraße Brötchen besorgt.

Sein Motorrad war vor dem Haus geparkt, die Wohnzimmerfenster standen offen. Louise vermutete, dass Klaus früh aufgestanden war, um weiter auszupacken.

Die Tür war nicht abgeschlossen, doch darüber wunderte sie sich vor lauter Freude, ihn wiederzusehen, nicht. Sie ging einfach hinein.

Er hing an einem Seil von der Treppe.

Louise schloss die Augen und stand ganz schnell auf, bevor sie das Bild wieder zu deutlich vor sich sah. Sie kämpfte sich durch die Zweige und erreichte taumelnd die Straße.

Dort blieb sie einen Moment regungslos stehen. Zum ersten Mal seit einundzwanzig Jahren hatte sie es zugelassen, sich an jenen Augenblick zu erinnern. Sonst hatte sie die Erinnerung daran immer abgebrochen, ehe sie an diesen Punkt kam. Heute hatte sie sie zugelassen, bis zu dem entsetzlichen Moment. Während sie langsam zum Auto zurückging, horchte sie in sich hinein, um herauszufinden, ob noch mehr in ihr zerbrochen war.

Es war schon nach zwölf, als Louise endlich im Büro erschien. Doch statt ihren Schreibtisch anzusteuern, machte sie sich erst einmal auf den Weg zu Rønholt beziehungsweise zu seiner Vorzimmerdame.

Louise musste dringend mit Hanne Munk reden, denn so konnte es auf gar keinen Fall weitergehen. Sie kannte sich selbst gut genug, um zu wissen, dass sie im Eifer des Gefechts schon mal Dinge sagen konnte, die sie hinterher bereute. Vor allem, weil sie mehr oder weniger auf einem Schleudersitz Platz genommen hatte.

Louise war inzwischen aufgegangen, dass sie einen Fehler begangen hatte, als sie sich von Rønholts Angebot und seinen Schmeicheleien hatte einlullen lassen. Sie zweifelte keine Sekunde an dem, was Nordstrøm ihr erzählt hatte: dass vor ihr schon einigen anderen die Leitung der neuen Sondereinheit angeboten worden war, dass alle anderen aber abgelehnt hatten, weil sie die Sondereinheit für eine Totgeburt hielten.

Und die anderen waren natürlich nicht so blöd gewesen, ihren guten, sicheren Job für eine neue Einheit aufzugeben, der vielleicht nur eine sehr kurze Lebensdauer beschieden war und die offenbar ohnehin nur die Funktion eines Büros haben sollte, dessen Aufgabe darin bestand, ungeklärte Fälle schnellstmöglich zu bearbeiten, abzuschließen und zu archivieren. Sie ärgerte sich maßlos über sich selbst, weil sie sich nicht dahingehend vertraglich abgesichert hatte, dass sie in eine der etablierten Abteilungen zurückkehren könnte, falls die neue Einheit doch wieder geschlossen würde. Aber sie hatte es einfach nicht abwarten können, von Michael Stig wegzukommen, und deshalb leider unüberlegt gehandelt.

»Herein«, flötete es aus dem Vorzimmer, doch als Louise eintrat, verschwand das Lächeln aus Hanne Munks Gesicht. »Ach«, sagte sie gerade noch, doch da zog Louise bereits einen Stuhl heran und packte den Stier bei den Hörnern:

»Sagen Sie mal, Hanne, was ist eigentlich Ihr Problem? Warum behandeln Sie mich so?«

Zunächst saß sie einfach nur da und glotzte Louise an, als hätte sie nicht die leiseste Ahnung, worauf diese anspielte. Dann wedelte sie kurz mit der Hand, wie um einen üblen Geruch zu verscheuchen. Oder vielleicht wollte sie Louise damit auch nur bedeuten zu schweigen. Wortlos nahm sie, was zuoberst in ihrem Briefordner lag, und reichte es Louise.

Die nahm die Plastikhülle entgegen und ließ sie direkt vor sich auf den Tisch fallen, ohne den Blick von Hanne Munk abzuwenden.

»Jetzt hören Sie schon auf.« Louise hatte ihren Kommandoton angeschlagen. »Wir müssen darüber reden. Ich werde ganz bestimmt nicht meinen Dienst hier quittieren, nur weil Ihnen meine Nase nicht passt«, fuhr sie fort und wunderte sich über Hanne Munks Blick.

»Wovon reden Sie?« Die Sekretärin warf ihr rotes Haar zurück und wirkte, als hätte sie wirklich keine Ahnung. »Warum sollten Sie denn Ihren Dienst quittieren?«

»Weil Sie sich mir gegenüber ziemlich unhöflich verhalten und ich den Eindruck habe, dass Sie mich am liebsten wieder loswerden würden. Aber das werden Sie nicht«, betonte Louise. »Und darum müssen wir dafür sorgen, dass unsere Zusammenarbeit irgendwie funktioniert. Dazu gehört unter anderem, dass Sie mich über wichtige Dienstbesprechungen informieren und mich generell in die täglichen Abläufe dieser Abteilung einführen.«

Einen Moment war es still, dann zeigte Hanne Munk auf die Plastikhülle vor Louise auf dem Tisch.

»Da ist eine Telefonnummer für Sie drin. Die Ergebnisse der DNA-Proben von der Frau im Wald sind da. Ich habe versprochen, dass Sie zurückrufen.«

Hanne Munk redete, als hätte Louise nichts gesagt.

Louise betrachtete sie, dann nahm sie seufzend die Papiere von der KTU an sich. An ihrem Postfach war natürlich immer noch kein Name.

»Danke«, sagte sie und erhob sich.

Auf dem Weg zu ihrem Büro überlegte sie, was sie bloß mit Hanne Munk machen sollte. Wahrscheinlich würde sie mit Rønholt reden müssen.

»Hey!«, rief jemand hinter ihr.

Sie drehte sich um und sah Olle. Ihr fiel ein, dass sie sich noch gar nicht bei ihm für die Zeichnung der Küchenratte bedankt hatte.

Olle war ziemlich groß, und sein Haar auf dem Rückzug. Louise schätzte ihn auf über fünfzig, war sich aber nicht ganz sicher, weil seine braunen Augen so strahlten.

»Gefällt es Ihnen?«, fragte er gespannt wie ein Kind, das seinen Eltern ein Bild gemalt hat.

Louise wusste nicht, ob sie irgendwie falsch guckte oder ob es daran lag, dass sie mit einer Antwort zögerte, aber er folgerte blitzschnell, dass sie wohl kein großer Comic-Fan sei.

»Ich kann gerne was anderes zeichnen«, bot er an. »Aber ich fand, so ein kleines Begrüßungsgeschenk sei angebracht.«

»Nein, nein.« Sie winkte ab. Es war ihr unangenehm, dass er etwas von ihrer schlechten Laune abbekam. »Die Küchenratte ist klasse, das war wirklich nett von Ihnen. Ich hatte ja keine Ahnung, dass Sie so gut zeichnen können!«

»Ich habe viele verborgene Talente«, raunte er mit sonorer Stimme und trat lächelnd ganz nah an sie heran.

Louise war so perplex angesichts dieser Flirtattacke, dass sie einfach nur stehen blieb und einfältig lächelte.

»Ein Wort von Ihnen, und ich zeige Ihnen, was ich sonst noch so draufhabe«, schnurrte er weiter, worauf Louise ein paar Schritte zurückwich.

»Olle!«

Nordstrøm kam aus der Besenkammer und stopfte sich nach alter Manier seine Zigarettenschachtel in die Hosentasche.

»Sie gehört mir!«

Louise drehte sich um, erleichtert, dass ihr Retter nicht mit den anderen zu Mittag aß. Dann nickte sie dem großen, hageren Hobbyzeichner zu und flüchtete ins Rattenloch.

»Waren Sie beim Monatsmeeting?«, fragte Louise noch in der Tür über die Schulter hinweg, doch dann verstummte sie, weil ihr ein seltsamer Geruch auffiel. Ihr erster Gedanke war: Ratten.

Nordstrøm hatte ihre Schreibtische auseinandergeschoben und viel Platz dazwischen geschaffen.

»Keine Zeit«, sagte er nur, ohne sie anzusehen. Sein Schreibtisch war komplett unter Papieren begraben, die im Luftzug vom offenen Fenster drohten abzuheben. »Ich habe mir die Informationen zu sämtlichen weißen Toyota High Aces ohne Fenster ausgedruckt und war gerade dabei, die neuesten Modelle auszusortieren, als die KTU anrief und sagte, wir könnten Lise Andersens Sachen holen.«

Louise ging an ihren Platz, stellte ihre Tasche ab und begriff, dass der muffige Geruch von Lises Kleidung kam.

Nordstrøm war dabei, sie auf dem Boden auszubreiten. Das rostrote, kittelähnliche Kleid lag bereits da, jetzt platzierte er ein Paar dunkelblaue Socken daneben.

»Die sind vollkommen im Eimer«, sagte er und hielt die eine, völlig durchlöcherte Socke hoch. »Darum sahen ihre Füße aus, als wäre sie barfuß herumgelaufen.«

Louise nickte.

»Ich dachte, vielleicht würde ihre Kleidung irgendeinen Aufschluss darüber geben, wonach wir suchen sollen. Aber in den Sachen sind keine Etiketten, und wenn Sie mal von hier gucken, können Sie sehen, dass der Stoff ganz blank gewetzt ist. Muss ziemlich alt sein.«

Louise sah nicht zum Kleid, sondern zu ihrem Kollegen, als er ein Unterhemd aus dem Karton der Kriminaltechnik zog. Sie fand Nordstrøm immer noch unmöglich, musste aber Rønholt recht geben, dass ihr neuer Kollege energisch war und gute neue Blickwinkel einbrachte.

»Die Ergebnisse der DNA-Proben liegen vor«, erzählte Louise kurz, während sie im DNA-Labor der KTU anrief.

Als Nordstrøm alle Kleidungsstücke auf dem Boden ausgelegt hatte, holte er die Kamera von seinem Schreibtisch und fotografierte jedes einzelne.

»Wenn überhaupt, dann wird uns wohl höchstens das Kleid irgendwie weiterbringen«, meinte Louise, die gerade durchgestellt wurde.

Nordstrøm hatte mit keiner Silbe kommentiert, dass sie erst so spät erschienen war und sich am Vortrag komplett krankgemeldet hatte. Vielleicht hatte er gar nicht bemerkt, dass sie nicht da gewesen war, dachte sie und erklärte dann dem Mann am Telefon, worum es ging. »Sie hatten mich um Rückruf gebeten.«

»Treffer!«, sagte Louise lautlos zu Nordstrøm, während sie gleichzeitig dem Kollegen von der KTU zuhörte und notierte, dass der Mann, der kurz vor Lises Tod mit ihr Geschlechtsverkehr gehabt hatte, sich bereits im DNA-Register der Polizei befand.

Doch gerade, als sie um die Personenkennnummer des Betreffenden bitten wollte, fügte der Kriminaltechniker hinzu, dass die registrierte Person leider weder mit Namen noch mit Personenkennnummer registriert war. Lediglich seine DNA war registriert, und zwar im Zusammenhang mit einem anderen Fall. Die Identität des Täters war unbekannt.

»Aber es gibt doch sicher ein Aktenzeichen?«, fragte sie und notierte sich die Ziffern- und Buchstabenfolge, die er ihr diktierte.

Sie beendete das Telefongespräch und rief den Vorgang unter dem genannten Aktenzeichen auf. Ihre Finger verharrten über der Tastatur, als sie anfing zu lesen.

»Das gibt's doch gar nicht!«, rief sie, ohne zu Nordstrøm zu sehen, der mit seiner Kamera auf dem Boden lag.

»Was?«

»Dass es derselbe Mann ist! Der Mann, der vermutlich die Tagesmutter umgebracht hat, war derselbe, der mit Lise geschlafen hat. Und als ich mit Kim sprach, klang der, als gehe er davon aus, dass auch die verschwundene Joggerin auf das Konto dieses Mannes gehen könnte.«

Nordstrøm legte die Kamera auf den Boden, rappelte sich auf und stellte sich hinter Louises Stuhl.

»Aber wenn er wirklich der Täter in allen drei Fällen ist – wieso hat er dann Lise nicht misshandelt?«, fragte er. »Es gibt keinerlei Anzeichen dafür, dass auch sie überfallen wurde. Ihre Kleider sind nicht zerrissen, und sie selbst hatte keinerlei Blutergüsse oder Verletzungen im Unterleib.«

Louise schüttelte den Kopf. Sie wusste es auch nicht.

»Vielleicht hat sie nur keinen Widerstand geleistet?«, mutmaßte sie dann.

Nordstrøm bewegte sich wieder auf die Kleidungsstücke zu.

»Glauben Sie wirklich, er hätte in aller Seelenruhe die vielen Haken an ihrem Kittelkleid aufgemacht? Und was ist mit ihrer Unterwäsche? Nichts davon ist zerrissen. Also, ich glaube nicht, dass sie vergewaltigt wurde«, lautete seine Schlussfolgerung.

»Und was glauben Sie dann?«, wollte Louise wissen und ärgerte sich, als er nur die Achseln zuckte und wieder nach der Kamera griff.

»Ich glaube, die beiden kannten sich«, sagte er und sah zu Louise auf. »Und wenn das stimmt, dann weiß er auch, wo Mette ist.«

»WENN WIR WIRKLICH in allen drei Fällen nach demselben Mann suchen, habe ich etwas, das du dir ansehen solltest«, sagte Kim und erklärte, er sei gerade im Zentralarchiv in Roskilde gewesen und habe alte Akten geholt.

Louise hatte ihn angerufen, um ihm die neuesten Erkenntnisse mitzuteilen, und konnte hören, dass er zu Fuß unterwegs war. Er schien irgendwie nicht ganz bei der Sache zu sein – nicht einmal auf die Nachricht von der DNA-Übereinstimmung des Spermas an der Tagesmutter und Lise Andersen reagierte er besonders. Stattdessen berichtete er:

»Vor zwanzig Jahren wurden im Wald ebenfalls mehrere Frauen überfallen. Zwei der Opfer wurden vergewaltigt und ermordet. Nachdem wir gestern früh die Pressemitteilung rausgeschickt hatten, mit der wir die Bevölkerung davor warnen, allein in den Wald zu gehen, hat eine pensionierte Lehrerin aus Hvalsø Kontakt zu uns aufgenommen und uns erzählt, dass das erste Opfer eine ihrer Schülerinnen war.«

Louise starrte Löcher in die Luft. Sie konnte sich einfach nicht vorstellen, dass derselbe Täter bereits vor zwanzig Jahren im Wald sein Unwesen getrieben haben sollte. Sie konnte sich nicht an die beiden Fälle erinnern, aber damals hatte sie ja auch noch mit den Folgen ihrer eigenen, ganz persönlichen Katastrophe gekämpft und war voll und ganz damit beschäftigt gewesen, sich ein neues Leben aufzubauen.

»Der Täter wurde nie gefasst«, fügte Kim hinzu.

»Aber was ist seitdem gewesen?«, wandte Louise ein. »Wenn der Mann tatsächlich damals mehrere Verbrechen begangen hat, dann hat er doch wohl kaum mal eben zwanzig Jahre pausiert, um jetzt wieder loszulegen.«

Das ergab doch keinen Sinn, dachte sie und hörte, wie eine Tür geöffnet wurde. Sie vermutete, dass Kim wieder in seinem Büro angelangt war.

»Selbstverständlich müssen wir prüfen, ob er in diesen zwanzig Jahren mit irgendwelchen anderen Verbrechen in Zusammenhang gebracht werden könnte«, räumte Kim ein. »Aber wenn das der Fall sein sollte, dann hat es sich dabei nicht um die gleiche Art von Serienverbrechen gehandelt wie die damals.«

»Nein, natürlich nicht«, murmelte Louise. »Das wäre den Polizeikreisen ja sicher aufgefallen, und sie hätten nach Zusammenhängen gesucht.«

»Seine DNA wurde seinerzeit sichergestellt, aber man hat nie den dazugehörigen Mann finden können«, erzählte Kim. »Abgesehen davon, war DNA damals noch gar nicht als Beweismaterial anerkannt. Das heißt, selbst wenn man den Täter gefunden hätte, hätte man ihn womöglich nicht verurteilen können. Anderes Beweismaterial gab es nämlich nicht.«

»Und damals wurden die Profile auch noch nicht automatisch registriert«, gab Louise zu bedenken, während sie gleichzeitig versuchte, sich doch an etwas zu erinnern. Irgendetwas musste sie doch über diese Überfälle gehört haben. Wahrscheinlich hatte sie es nur zusammen mit all den anderen Dingen, die sie vergessen wollte, verdrängt.

»Im Moment versuchen die Rechtsmediziner herauszufinden, ob ein Zusammenhang zwischen den alten Fällen und dem Mord an der Tagesmutter besteht. Da bekommen wir noch heute Antwort.«

»Darf ich mal einen Blick in die alten Akten werfen?« Louise dachte, wenn sich ein Zusammenhang mit der Tagesmutter zeigte, gäbe es sicher auch einen mit Lisemette.

»Gerne«, sagte Kim. »Aber dann musst du herkommen. Ich kann sie dir nicht schicken, solange wir sie selbst brauchen.«

»Ja, klar«, sagte sie schnell. »Ich fahre hier los, sobald ich etwas gegessen habe.«

Schlagartig bemerkte Louise, wie hungrig sie war – seit dem Abendessen im Schrebergarten hatte sie nichts mehr gegessen. Gleichzeitig stieg ihr Adrenalinspiegel und heizte ihr mächtig ein.

»Sollen wir nicht einfach ein Sandwich mitnehmen?«, schlug Nordstrøm vor, als sie gemeinsam den Flur hinuntergingen. »Und heute fahre übrigens ich.«

Sie folgte ihm, ohne zu protestieren, zu einem alten, schwarzen Jeep Cherokee. Im Auto stank es nach Zigaretten, der Boden war bedeckt mit leeren Colaflaschen. Während Nordstrøm das Fenster herunterkurbelte und sich eine Kippe anzündete, holte Louise ihr Handy aus der Tasche und rief bei ihren Eltern an, um zu hören, wie es Jonas ging.

»Willst du in Lerbjerg bleiben, oder soll ich Melvin fragen, wann er nach Hause kommt? Ich bin jetzt auf dem Weg nach Holbæk, aber auf dem Rückweg könnte ich vorbeikommen und dich abholen.«

Louise sah Nordstrøm fragend an. Ihr Kollege nickte, stieß dazu so etwas wie ein Grunzen aus und trommelte zu einer aus den Lautsprechern tönenden Nick-Cave-Nummer aufs Lenkrad.

»Ich will am liebsten hierbleiben«, schniefte Jonas und gähnte.

»Gut, dann rufe ich heute Abend noch mal an«, versprach sie und wünschte ihm gute Besserung.

Louise stellte eine Tüte mit einem Huhn-Bacon-Sandwich und ein Schweppes Bitter Lemon auf Kims Schreibtisch.

»Du hast ein gutes Gedächtnis.« Lächelnd trank er einen Schluck, bevor er sie zu einem Büroraum ein Stück den Flur hinunter begleitete. Dort lagen die alten Akten gestapelt.

Der erste Fall war vom Mai 1991. Der Tathergang wurde damals so beschrieben, dass die achtzehnjährige Gymnasiastin Diana Sørensen mit dem Fahrrad durch den Wald fuhr, als sie überfallen wurde. Sie wollte gerade absteigen, um das Fahrrad einen Hang hinaufzuschieben, als der Mann sich auf sie stürzte.

»Er hatte sich hinter einem Baum versteckt, als hätte er dort auf mich gewartet«, lautete die Aussage des Mädchens.

So viele Menschen waren nun auch wieder nicht im Wald, dachte Louise, darum fand sie es unlogisch, dass er tatsächlich dort auf die Schülerin gewartet haben sollte. Bestimmt war er ihr gefolgt, ohne dass sie es bemerkt hatte. Das Mädchen hatte sich bei dem Sturz das rechte Schlüsselbein gebrochen und die Schulter ausgekugelt, stand in dem Bericht. Dann musste der Mann sie ziemlich heftig vom Fahrrad gestoßen haben, dachte Louise.

Diana Sørensen war nicht in der Lage gewesen, eine Personenbeschreibung des Täters abzugeben. Im Polizeibericht stand, dass das Opfer vermutlich zeitweise bewusstlos gewesen war, und in Klammern war angemerkt, dass es zum Tatzeitpunkt noch Jungfrau gewesen war.

Der Mann hatte, soweit das Mädchen sich erinnern konnte, kein Wort gesagt und nur Laute von sich gegeben. Gesehen hatte sie nur einen großen, dunklen Schatten.

»Als wäre die Sonne plötzlich untergegangen – auf einmal war es komplett dunkel«, wurde sie im Bericht zitiert. Nachdem der Täter sie zu Boden geworfen hatte, hatte sie auf dem Bauch gelegen, und er hatte ihre eng sitzende Jeans heruntergerissen.

»Er hat so komisch geatmet«, hatte das Mädchen erzählt, und der verhörende Beamte hatte sie gebeten, zu erklären, was genau sie an der Atmung des Täters seltsam gefunden und weshalb ihr das Angst gemacht habe.

»Er klang wie ein Tier«, las Louise. Diana Sørensen hatte präzisiert, dass die Atmung die ganze Zeit im selben Rhythmus gegangen sei: »Wie ein lautes Gebläse oder ein heiseres Fauchen.«

»Das Mädchen hat den Täter damals als Monster beschrieben, eine Mischung aus Mann und Tier«, sagte Louise und sah zu Nordstrøm, der beim Lesen konzentriert auf einem Zahnstocher herumkaute. »Aber eine richtige Personenbeschreibung konnte sie nicht abgeben.«

Doch ihr Kollege hörte ihr offenbar gar nicht zu. Mit zerfurchter Stirn sah er in eine der alten Akten und ließ den Zeigefinger über die Zeilen gleiten. Genervt schüttelte Louise den Kopf und nahm die nächste Akte zur Hand.

Zwei Wochen später war eine Zweiundzwanzigjährige im selben Teil des Waldes vergewaltigt und ermordet worden. Die Obduktion hatte ergeben, dass sie sich heftig zur Wehr gesetzt haben musste. Unter ihren Fingernägeln hatte man DNA des Täters gefunden. Die junge Frau hatte sich mit Händen und Füßen gewehrt, bis der Täter ihr das Genick gebrochen hatte. Erst dann hatte er sie vergewaltigt.

»Das müssen Sie sich anhören«, unterbrach Nordstrøm Louise in ihrer Lektüre und spuckte den Zahnstocher in den Papierkorb. »Wenn wir wirklich nach ein und demselben Täter suchen, verrät uns das hier etwas über seinen Charakter.«

Widerwillig löste Louise den Blick von der Akte über das erste Todesopfer des Vergewaltigers.

»Gitte Jensen war mit ihrem Hund im Wald unterwegs und hatte ihn verbotenerweise von der Leine gelassen. Auf einmal fing der Hund wie wild an zu kläffen und verschwand im Unterholz. Sie versuchte, den Hund zu sich zurückzupfeifen, und wollte ihm gerade folgen, als sie seltsame Geräusche und am Waldboden knackende Zweige hörte. Vom Hund dagegen hörte sie nichts mehr, und weil sie plötzlich an den Vergewaltiger denken musste, von dem alle redeten, nahm sie die Beine in die Hand und rannte, so schnell sie konnte, bis nach Hause.«

Schweigend las er weiter.

»Und was war mit dem Hund?«, fragte Louise.

»Der wurde gefunden«, antwortete Nordstrøm. »Beziehungsweise das, was von ihm noch übrig war.«

Er las vor:

»›Vermutlich war er bei den Hinterbeinen gepackt und herumgeschleudert worden.‹«

Nordstrøm verzog das Gesicht und steckte sich einen neuen Zahnstocher in den Mund.

»Lesen Sie selbst.« Mit angewiderter Miene schob er die Akte zu Louise hinüber.

Bevor sie zu lesen begann, warf sie einen kurzen Blick auf ihren Kollegen, der gerade einen wichtigen Punkt über den Täter aufgezeigt hatte.

Der Schädel des Hundes war zerschmettert gewesen und sämtliche Halswirbel gebrochen, las sie. Die Polizei hatte in den Rinden der Bäume rund um den Fundort Fellspuren gefunden sowie Gehirnmasse und Blut in einem Radius von mehreren Metern. Das musste heißen, dass der Hund mit fast übermenschlicher Kraft herumgeschleudert worden war, dachte Louise.

»Wie kann überhaupt jemand so einen Riesenköter herumschleudern?«, fragte Nordstrøm, der sich ein wenig erholt hatte.

Louise zuckte die Achseln. Es hatte sich um einen cirka vierzig Kilo schweren Rüden gehandelt.

»Wenn man stark genug ist, kann man das«, sagte sie. »Aber der Hund hat doch sicher um sich gebissen.«

Sie musste an ihren Vater denken, der einmal einen Fuchs aus dem Hühnerstall geholt hatte. Der Fuchs hatte ihn nur deshalb nicht gebissen, weil ihr Vater ihn beim Schwanz gepackt und herumgeschleudert hatte.

Schweigend saßen sie da, bis Louise die Akte wieder über den Tisch schob.

»Der Hund hat ihn angegriffen«, sagte sie.

Nordstrøm nickte.

»Und dann hat er ihn kaltgemacht.«

Louise zog sich der Magen zusammen. Wenn die Zwillinge in irgendeiner Weise mit dem Täter in Kontakt gewesen waren – was hatte er ihnen womöglich angetan?

»Er wurde nie gefasst«, murmelte Louise und legte die Akten nebeneinander auf den Schreibtisch. Diana

Sørensen hatte es nach dem Überfall allein nach Hause geschafft. Laut Einschätzung der Ärzte hatte sie eine Weile bewusstlos im Wald gelegen, und vielleicht hatte der Vergewaltiger sie für tot gehalten, als er verschwunden war. Ganz hinten in der Akte lag eine Karte, auf der die Schülerin markiert hatte, wo sie überfallen worden war.

Louise drehte die Karte ein bisschen hin und her, um sich zu orientieren. Dann entdeckte sie den Avnsee.

»Sie wurde auf der anderen Seite der großen Zaubereiche vergewaltigt«, sagte sie und sah zu Nordstrøm. »Keine zweihundert Meter von der Senke, wo laut Kim die Joggerin überfallen wurde.«

Sie holte die Karte aus der nächsten Akte. Am Ende des Sommers war noch eine Frau vergewaltigt und ermordet worden, wieder ganz in der Nähe der anderen Tatorte.

»Die damaligen Überfälle sind alle im selben Teil des Waldes passiert«, sagte Nordstrøm und zeigte auf die Stelle, an der der Hund gefunden worden war.

»Ja, aber da wohnt doch kein Mensch«, stellte Louise frustriert fest.

»Der Täter muss den Wald ziemlich gut kennen.« Nordstrøm sah sie an. »Er kann offenbar Abkürzungen durchs Unterholz nehmen und dann unvermittelt vor seinem Opfer auftauchen, wenn er es sieht. Wer kennt sich so gut in dem Wald aus?«

Sie wollte protestieren, als er sich eine Zigarette anzündete, zum Fenster ging und es öffnete. Dann zuckte sie nur die Achseln und dachte nach.

»Viele Menschen kennen sich in dem Wald aus«, antwortete sie. Sie kannte ihn selbst wie ihre Westentasche, sowohl zu Fuß als auch mit dem Fahrrad als auch zu Pferd war sie unzählige Male dort gewesen und wusste genau, wie man am schnellsten von A nach B kam. »Reiter, Orientierungsläufer, Waldarbeiter, Pfadfinder …«, listete sie auf.

Als er fertig geraucht und das Fenster wieder geschlossen hatte, sortierten sie die Akten in chronologischer Reihenfolge.

»Der erste Überfall war im Mai«, fasste Nordstrøm zusammen, »der letzte im August. Alle Überfälle fanden samstags und sonntags in den frühen Morgenstunden statt, wenn ich das richtig sehe.«

Louise nickte.

»Gab es ein bestimmtes Muster?«, fragte sie. »Oder sonst eine Regelmäßigkeit? Lassen Sie uns mal sehen.«

Sie fing damit an, die Daten auf einem Block zu notieren.

»Zwischen dem ersten und dem zweiten Überfall lag ein ganzer Monat.«

Nordstrøm lehnte sich vor und betrachtete die nächsten Akten.

»Aber dann kamen zwei weitere mit nur einer Woche dazwischen.«

»Moment mal.« Plötzlich erinnerte Louise sich an etwas. »In dem Sommer damals sind doch noch zwei Frauen verschwunden.«

Ein Jahr, nachdem sie von Hvalsø weggezogen war, war das gewesen. Sie hatte die Suchmeldungen zwischen den vielen alten Vermisstenfällen gesehen, als sie versucht hatten, Lise Andersens Identität zu klären.

»Die eine hieß Lotte Svendsen und ist direkt nach dem Pfingstfest verschwunden.«

Louise setzte sich an den Computer und gab die Jahreszahl ein.

»Tatsache! 18. Mai. Das Wochenende, bevor Diana

Sørensen vergewaltigt wurde. Dann war Diana vielleicht gar nicht das erste Opfer?«

»Und die andere?«, fragte Nordstrøm. »Wann ist die verschwunden?«

»Weiß ich nicht mehr, aber beide Fälle sind im System der Vermisstenstelle registriert.«

Kim klopfte an und kam herein.

»Die Antwort aus der Rechtsmedizin liegt vor«, sagte er und bat sie, mit den alten Akten in sein Büro zu kommen. »Der DNA-Abgleich war positiv. Die alten Proben stimmen mit den neuen überein. Der Täter war schon damals im Wald.«

»WO BIST DU?«, fragte Camilla, als Louise endlich an ihr Handy ging. In der letzten Stunde hatte sie so ziemlich alle zehn Minuten versucht, sie zu erreichen. Natürlich hatte sie sich denken können, dass ihre Freundin das Telefon lautlos gestellt hatte, aber sie kochte vor Wut und war ganz heiser vom Schreien. Sie wusste nicht einmal mehr, was sie alles gesagt hatte. Nur, dass sie die Hochzeit abgeblasen hatte.

»Kann ich ein paar Tage bei dir wohnen?«

Sie hatte bereits eine Reisetasche mit dem Nötigsten gepackt und die Tür hinter sich zugeknallt.

Mitten in diesem lautstarken Streit war Markus von der Schule nach Hause gekommen. Als Camilla Frederik hatte stehen lassen und ins Schlafzimmer gegangen war, um zu packen, hatte sie bei ihrem Sohn hineingesehen und ihn gebeten, seine Schulsachen für die nächste Woche und ein paar Klamotten zu packen.

Aber Markus hatte nicht mitgewollt. Er wollte bei Frederik bleiben, bis sie sich wieder beruhigt hatte, und Camilla hatte nicht die Kraft gehabt, sich auch noch mit ihm zu streiten.

Jetzt hatte sie also ihrem Verlobten und ihrem Sohn den Rücken zugekehrt. Sie überlegte, ob sie damit wohl jenes Kapitel ihres Lebens bereits beendet hatte, das doch gerade erst beginnen sollte.

»Wirklich nur übers Wochenende, bis ich weiß, wie es weitergeht. Die Untermieter in meiner Wohnung haben einen Monat Kündigungsfrist.«

»Klar. Jonas ist bei meinen Eltern, wir haben also sturmfreie Bude«, sagte Louise, und auf einmal war Camilla völlig damit überfordert, noch einmal ganz von vorne anzufangen. Ihr ganzes Leben war nichts als eine Aneinanderreihung von Neuanfängen. Als sie Tobias kennengelernt hatte und schwanger geworden war, hatte sie geglaubt, das würde ewig halten. Doch im Handumdrehen hatte sie alleine dagesessen mit einem Eineinhalbjährigen, und seither war jeder neue Beziehungsversuch gescheitert.

»Wir sind gerade erst in Holbæk losgefahren und müssen erst noch ins Büro. Es dauert also ein bisschen, bis ich nach Hause komme«, hörte sie Louise sagen, während sie sich schneuzte.

»Du brauchst dich nicht zu beeilen. Ich hab doch einen Schlüssel.« Camilla versprach, sich ums Abendessen zu kümmern.

Als ihr Handy kurz darauf abermals klingelte, glaubte Louise, es sei noch einmal ihre Freundin. Aber es war Lisemettes Vater.

»Heute haben wir Lise beigesetzt«, erzählte er. »Es war eine richtig schöne Beerdigung, hatten ja auch Glück mit dem Wetter.«

Das kann man wohl sagen, dachte Louise. An diesem warmen, sonnigen Maitag hatten viele Menschen kurze Hosen und Ärmel getragen.

»Jetzt liegt sie neben ihrer Mutter, und der Pastor hat eine schöne Ansprache gehalten, obwohl er sie doch gar nicht kannte. Und meine Frau und unsere Kinder kannten sie ja auch nicht.«

»Freut mich, dass alles gut verlaufen ist«, sagte Louise.

»Aber jetzt sitzen meine Frau und ich hier und reden über Mette«, sagte er. »Sie wurde immer sehr unruhig, wenn sie unsicher und ängstlich war. Ich muss dauernd daran denken, ob sie jetzt wohl vollkommen sich selbst überlassen und mutterseelenallein irgendwo ist. Darum wollte ich hören, ob es vielleicht etwas Neues gibt?«

Louise lehnte den Kopf gegen die Nackenstütze und dachte nach.

»Nein«, antwortete sie dann wahrheitsgemäß. »Wir sind noch nicht weitergekommen. Im Moment versuchen wir herauszufinden, wo Ihre beiden Töchter sich in all den Jahren aufgehalten haben.«

»Ich habe darüber nachgedacht, ob man vielleicht jemanden finden könnte, der sich an irgendetwas von damals erinnern kann«, fuhr er fort. »Aber ich weiß nicht einmal mehr, wie der Leiter der Einrichtung hieß. Ich weiß nur noch, dass es ein Mann war.«

»Ich verspreche Ihnen, dass Sie es als Erster erfahren, wenn wir auch nur die leiseste Spur haben.«

»Sie glauben also, dass sie noch lebt!«, rief er, und die Hoffnung in seiner Stimme war nicht zu überhören.

Louise verzagte ein wenig beim Gedanken an den zerschmetterten Hund und die Serie von Mordfällen und brachte es nicht über sich, dem alten Mann von dem Ungeheuer zu erzählen, das dort im Wald sein Unwesen trieb.

»Wenn sie noch lebt, dann finden wir sie«, sagte sie schnell und verkniff sich jeden Kommentar dazu, was sie selbst glaubte.

Er dankte ihr so überschwänglich, dass Louise sich dafür schämte, fast schon mehr versprochen zu haben, als sie in Wirklichkeit halten konnte.

Camilla hatte den Tisch mit Hummus, Schinken, Wurst und Käse gedeckt. Es sieht aus, als hätte sie ein ganzes Feinkostgeschäft geplündert, dachte Louise.

»Das Brot ist im Ofen«, sagte Camilla, ließ sich auf einen Küchenstuhl sinken und trank einen großen Schluck Wein.

Louise begrüßte Dina und füllte ihren Fressnapf auf, bevor sie sich ihrer Freundin gegenüber an den Tisch setzte.

Sie hatte Kopfschmerzen. Die Tabletten, die sie genommen hatte, bevor sie nach Hause geradelt war, wirkten noch nicht. Sie nahm ihrer Freundin das Weinglas ab, das sie ihr reichte, und dachte, vielleicht war es effektiver, ihre krausen Gedanken zu Klaus und dem Untier aus dem Wald mit ein bisschen Alkohol wegzuspülen.

»Ich glaube, es ist aus«, sagte Camilla und stellte ihr Glas ab. »Ich glaube nicht, dass Frederik der Typ ist, der sich einen solchen Abgang gefallen lässt.«

»Und was für einen Abgang genau?« Die Eieruhr klingelte, und Louise stand auf, um einen Korb für das fertig gebackene Brot zu holen.

»Ich war so wütend auf ihn, das kannst du dir gar nicht vorstellen!« Camilla erzählte ihr, wie sie in der Küche gesessen und eine Scheibe Brot gegessen hatte, als Frederik plötzlich in der Tür gestanden hatte.

Camilla schnitt eine Grimasse und schnappte sich wieder ihr Glas, dann sah sie ihre Freundin empört an.

»Und weißt du, was er gesagt hat?« Louise schüttelte pflichtschuldig den Kopf. »Er hat gesagt, früher oder später müsse ich einsehen, dass man sich als Gutbürger von Roskilde an bestimmte Gepflogenheiten zu halten habe.«

Louise, die sich gerade von den Leckereien nehmen wollte, legte die Gabel ab und fing an zu lachen.

»Frederik meint, es gebe gewisse Spielregeln, an die ich mich halten müsse, wenn wir weiter da draußen wohnen wollten.«

Camilla schenkte ihnen beiden nach und nahm sich ein Stück Brot.

»Ich weiß genau, wie man sich benimmt«, sagte sie verletzt. »Das eine ist, dass er sauer auf mich ist, weil ich die Handwerker gefeuert habe. Aber die haben sich nicht an unsere Absprache gehalten! Und auch ein Pastor soll sich gefälligst an die Absprachen halten, wenn es um eine Hochzeit geht!«

Sie steckte sich ein Stück Brot in den Mund und kaute wütend.

»Ständig muss ich an irgendwelchen hirnrissigen Veranstaltungen teilnehmen«, regte sie sich weiter auf. »Neulich saß ich bei einer Wohltätigkeitsauktion in die hinterste Ecke gequetscht. Als die Show endlich vorbei war, konnte ich kaum aufstehen, weil meine Beine inzwischen vor Langeweile eingeschlafen waren. Hat aber keiner bemerkt.«

»Vielleicht meint er ja etwas anderes.«, gab Louise zu bedenken. »Vielleicht kann er nur einfach nicht noch mehr Probleme gebrauchen.«

»Probleme?« Camilla sah sie verständnislos an. »Der Mann hat keine Probleme. Die überlässt er ja alle mir!«

»Wenn er es sich hätte aussuchen können – glaubst du nicht, dass es ihm lieber gewesen wäre, du und Markus, ihr wäret zu ihm nach Santa Barbara gezogen?«

Camilla zuckte die Achseln.

»Glaubst du nicht, dass er viel lieber mit euch beiden dort gelebt hätte, statt sich den Arsch aufzureißen für das Familienunternehmen, mit dem er eigentlich nie etwas zu tun haben wollte?«

Louise verstummte, als ihre Freundin den Blick senkte.

»Genug davon«, beschloss Camilla dann und erzählte Louise von ihrem Besuch bei der Pflegekraft, die in Eliselund gearbeitet hatte, als die Zwillinge dort gelebt hatten. »Lises Gesicht ist von kochendem Wasser so entstellt worden. Die Haut wurde weggebrüht. Mag man sich überhaupt nicht vorstellen. Und Agnete Eskildsen hatte den Hahn aufgedreht.«

Louise atmete sehr tief durch.

»Sie hat erzählt, dass die Heimleitung dem Vater weismachte, es habe sich um einen Unfall gehandelt, bei dem die Schwester mit einem Kessel kochendem Wasser herumhantiert habe. Aber das wurde ihm nur erzählt, um den Ruf der Anstalt zu schützen, nicht etwa die Angestellte.«

Das erklärte natürlich, weshalb die Frau auf das Bild in der Zeitung reagiert hatte, dachte Louise.

Camilla nickte und fügte hinzu, Agnete Eskildsen habe ihr außerdem erzählt, die Zwillinge seien absolut unzertrennlich gewesen.

»Ich mag mir gar nicht vorstellen, wo Mette jetzt wohl sein könnte«, brach es aus Camilla hervor. »Oder was aus ihr geworden ist.«

»Hat Frau Eskildsen sich dazu geäußert, wie so etwas ihrer Meinung nach passieren konnte?«

»Nein. Das Einzige, was sie mir noch erzählen konnte, war, dass der Heimleiter irgendwann pensioniert und von einer Frau abgelöst wurde. Aber ansonsten hat sie, wie sie mir zum Schluss noch sagte, Eliselund nach diesem Unfall verlassen und wollte mit der Anstalt nichts mehr zu tun haben.«

Louise stand auf, als das Telefon im Wohnzimmer klingelte. Eigentlich benutzten nur noch ihre Eltern und Melvin ihre Festnetznummer.

»Habt ihr Lust, noch auf eine Tasse Kaffee zu uns in den Schrebergarten zu kommen?«, fragte ihr Nachbar, als er hörte, dass Louise Besuch von Camilla hatte.

»Wir können beide nicht mehr fahren«, gestand Louise, obwohl sie die Vorstellung verlockend fand, in dem kleinen Garten zu sitzen und mal an etwas anderes als diesen Fall zu denken.

»Schade, ich würde dir nämlich gerne etwas zeigen.« Er erzählte, dass ein Schrebergarten zu verkaufen sei, ganz in der Nähe von dem, der Gretes Freundin gehörte. »Im Moment noch unter der Hand, aber in ein paar Tagen wird es offiziell.«

»Na, dann schlag doch zu!«, riet Louise ihm. »Komm, den kaufen wir zusammen!«

Sie sah es bereits vor sich: Wie Melvin sich um den Kräutergarten kümmerte und Kartoffeln ausgrub, während sie in einer Hängematte entspannte und Jonas mit seinen neuen Freunden unterwegs war.

»Ich bin dabei«, insistierte sie, als Melvin meinte, es könne wohl nicht schaden, sich das Ganze mal anzusehen, bevor es offiziell zum Verkauf angeboten werde.

»Eigentlich könnte man genauso gut in einen Schrebergarten ziehen und sich seinen Scheißjob und die nervigen Kollegen klemmen«, sagte Louise, als sie in die Küche zurückkam, wo Camilla bereits den Tisch abgeräumt und noch eine Flasche Wein geöffnet hatte.

»Ich glaube nicht, dass das so optimal wäre«, gab ihre Freundin zu bedenken. »Soweit ich weiß, wird da irgendwann das Wasser abgedreht, und außerdem darf man im Winter gar nicht da wohnen.«

»Keine Ahnung.«

Louise hatte sich keinerlei Gedanken darüber gemacht, welche Verpflichtungen mit der Übernahme eines Schrebergartens verbunden waren, aber sie ging davon aus, dass Melvin sich darum kümmern würde.

»Und was soll das mit dem Scheißjob und den nervigen Kollegen heißen? Bereust du deine Entscheidung, in die neue Sondereinheit zu wechseln?« Camilla riss eine Packung Kräcker zum Käse auf.

Louise schwieg und glotzte vor sich hin. Bereute sie ihre Entscheidung? Ja, vielleicht, ein bisschen. Sie nickte. Sie war immer noch erschüttert darüber, dass Rønholt ihnen in den Rücken gefallen war und fast durchgesetzt hatte, dass der Fall abgeschlossen wurde.

»Wenn er das wirklich durchgezogen hätte, wenn wir den Fall Lisemette wirklich hätten abschließen müssen, dann hätte ich meinen Kram hingeschmissen. Ich kann nicht für jemanden arbeiten, dem es nur darum geht, möglichst viele Aktenzeichen abzuhaken, um eine hohe Aufklärungsrate zu generieren.«

»Und was ist mit deinem Kollegen?« Neugierig sah Camilla sie an.

Louise lachte müde auf.

»Eik Nordstrøm. An unserem ersten gemeinsamen Arbeitstag musste ich ihn aus einer Kneipe im Südhafen abholen. Er raucht Kette, hört Nick Cave und geht immer komplett in Schwarz. Sogar sein Auto ist schwarz.«

»Wäre es für dich nicht besser, mit Lars Jørgensen zusammenzuarbeiten?«

Die zweite Flasche war nun auch leer, und Louise überließ es gerne Camilla, die Küche aufzuräumen, damit sie ins Bett gehen konnte.

»Nein«, antwortete sie zu ihrer eigenen Überraschung, bevor sie zum Zähneputzen ins Bad verschwand. »Er ist total geradeheraus, und das finde ich gut. Er fackelt nicht lange und war klar auf meiner Seite, als Rønholt uns verarschen wollte. Wenn ich mit jemandem nicht zurechtkomme, dann mit dieser blöden Kuh in Rønholts Vorzimmer, Hanne Munk. Aber Nordstrøm ist schwer in Ordnung.«

»SAGEN SIE MAL, SPINNEN SIE?«, blaffte Louise Nordstrøm an, als sie am Montagmorgen nach einem zunächst leicht verkaterten, aber insgesamt ruhigen Wochenende ins Büro kam und zwei der Akten aus dem Zentralarchiv in Roskilde auf seinem Schreibtisch liegen sah.

»Das sind nur die, die wir am Freitag in Holbæk nicht mehr geschafft haben«, verteidigte er sich unschuldig.

»Sie können doch nicht einfach irgendwelche Akten mitnehmen! Das ist Kims Fall!«

Wütend funkelte sie ihn an.

»Wie wollen Sie ihm das, bitte schön, erklären?«

»Jetzt mal immer mit der Ruhe«, brummte Nordstrøm, richtete sich auf und schlug die obere Akte auf. »Ich schicke sie natürlich sofort zurück, wenn wir fertig sind.«

»Sie schicken sie nicht zurück«, fiel Louise ihm ins Wort und zeigte aufs Telefon. »Sie rufen bei Kim an und erklären ihm, dass und warum die Akten auf Ihrem Schreibtisch liegen.«

Im selben Augenblick klingelte Louises Handy. Als sie sah, dass es Melvin war, hätte sie es am liebsten in der Schublade verschwinden lassen. Sie wurde unruhig. Normalerweise rief er sie nie während ihrer Arbeitszeit an.

»Ja«, meldete sie sich knapp und wendete Nordstrøm den Rücken zu. Der hatte sich daran gemacht, die alten Akten auf dem Schreibtisch zu verteilen. Sie zog ihren Stuhl heran und setzte sich, während ihr Nachbar ihr erzählte, dass er soeben dem Verkäufer des Schrebergartens gegenüber offiziell sein Interesse bekundet hatte.

»Besonders groß ist das Häuschen nicht«, räumte er ein und bot großzügig an, die kleine, nach hinten gelegene Kammer zu nehmen, damit sie und Jonas das Schlafzimmer und den Teil des Wohnzimmers haben konnten, der hinter der Küche lag. »Da passt auf jeden Fall noch ein Bett hin.«

Wir drei, auf fünfunddreißig Quadratmetern, dachte Louise und bereute, dass sie sich in ihrer Weinseligkeit auf seine Schnapsidee eingelassen hatte. Sie würde einen Rückzieher machen, aber im Moment war sie damit überfordert. Er klang so glücklich.

»Wir reden heute Abend drüber«, sagte sie schnell und versprach, bei ihm reinzuschauen, wenn sie nach Hause kam.

Dann legte sie auf.

»Ich habe auch die Fälle von den beiden Frauen rausgesucht, die im selben Sommer verschwunden sind. Hören Sie mal, was eine von Lotte Svendsens Freundinnen in ihrer Zeugenaussage zu Protokoll gebracht hat«, meldete Nordstrøm sich zu Wort, als sie das Handy zur Seite legte.

»›Wir haben den ganzen Tag miteinander verbracht. In der Stadt war ja Pfingstfest, da haben sich die meisten von uns bereits morgens zum Frühstück in der Hauptstraße getroffen.‹«

»Geben Sie her, ich lese am liebsten selbst«, forderte sie ihn auf und streckte leicht genervt die Hand nach der alten Akte aus.

»Ein paar von uns sind zwischendurch nach Hause

gefahren, um ein bisschen zu schlafen, bevor wir uns dann abends zum Zeltfest wiedertrafen. Und nach dem Zeltfest sind wir noch zum Avnsee gefahren und haben da weitergefeiert. Ich weiß nicht mehr, ob Lotte auch gebadet hat, aber ich weiß, dass sie früher als die anderen nach Hause wollte. Ole hatte nämlich angefangen, Helle anzugraben, und da wurde Lotte sauer und hat sich ihr Fahrrad geschnappt«, las Louise.

Sie überflog sämtliche Zeugenaussagen und fand, die Aussage von Lotte Svendsens Freundin war mit Abstand die interessanteste. Alle anderen Jugendlichen, die verhört worden waren, hatten gar nicht mitbekommen, dass Lotte Svendsen vor ihnen gegangen war. Niemand hatte sie mehr gesehen, nachdem sie das Fest im Wald verlassen hatte, und erst nach mehreren Tagen hatte ein Waldarbeiter wenige Hundert Meter weiter ihr Fahrrad zwischen den Bäumen gefunden. Es war nicht versteckt, sondern einfach hinterlassen worden, las Louise, und daraus hatte die Polizei geschlossen, dass Lotte selbst das Fahrrad freiwillig abgestellt hatte.

Wenn sie so nah bei den anderen überfallen worden war, konnte es doch eigentlich gar nicht sein, dass niemand sie hatte schreien hören. Die befragten Personen hatten ausgesagt, es sei kein Geheimnis gewesen, dass Lotte Svendsen jahrelang in Thomsen verliebt gewesen sei, ohne dass je etwas aus den beiden geworden wäre. Manche hatten damals erklärt, sie hätten zunächst geglaubt, Lottes Verschwinden habe damit zu tun gehabt.

Auch Thomsen war verhört worden, aber er hatte sogar ausgesagt, überhaupt nicht mitbekommen zu haben, dass sie an dem Abend mit ihm und den anderen am See gewesen sei.

Wichser, dachte Louise. Genau so hatte sie ihn und seine Clique in Erinnerung: arrogant und teilnahmslos.

»Meinen Sie, es würde etwas bringen, wenn wir uns noch mal mit denen unterhielten, die damals mit bei der Waldparty waren?« Fragend sah Nordstrøm sie an.

»Kann schon sein.« Sie nickte. »Aber als Erstes sollten wir uns mal darauf konzentrieren, den Oberarzt und andere ehemalige Mitarbeiter von Eliselund aufzuspüren, finde ich. Vielleicht kommen wir so einer Erklärung für die falschen Totenscheine näher.« Sie erzählte ihm von Camillas Besuch bei Agnete Eskildsen.

»Mir ist gar nicht wohl bei dem Gedanken, dass der Vergewaltiger womöglich irgendwie mit Mette zu tun hat.«

Louise deutete in Richtung des Telefons auf seinem Schreibtisch.

»Sie finden heraus, wer damals in Eliselund angestellt war und wo wir diese Leute heute finden können«, sagte sie. »Und ich fahre nach Holbæk und bringe die zwei Akten zurück, die Sie gestohlen haben.«

»Dafür brauchen Sie doch nicht extra hinzufahren, die können wir doch genauso gut mit der Post schicken«, wandte er ein. »Das haben die doch gar nicht bemerkt, dass die fehlen.«

»Ich will aber nicht riskieren, dass sie in der Post verloren gehen«, sagte sie entschieden. »Ich fahre.«

Sie hatte überhaupt nichts dagegen, vom Rattenloch und von Nordstrøm wegzukommen, der es sich mit dem Telefon auf dem Schoß und den Füßen auf dem Schreibtisch bequem gemacht hatte, während er bereits das Gespräch führte.

»Februar 1980«, wiederholte er gerade.

Louise stand mit den Akten unterm Arm und der Tasche über der Schulter da und musste grinsen. Ihr war sofort klar, wen er da am Apparat haben musste: die Schreckschraube.

»Liebe Frau Johansen, ich möchte lediglich wissen, wer seinerzeit in Eliselund angestellt war«, fuhr er mit tiefer, geduldiger Stimme fort, während er sich mit der freien Hand eine Zigarette aus der Schachtel schüttelte und anzündete. Dass Louise noch in der Tür stand, kümmerte ihn offenbar nicht.

In Holbæk angekommen, gab Louise die Akten im Vorzimmer der Kriminalpolizei ab, sagte dazu, sie müssten schnellstmöglich zu Kim Rasmussen gebracht werden, und verdünnisierte sich dann, bevor sie jemandem begegnete, den sie kannte. Auf dem Weg zurück zum Auto rief Viggo Andersen an und informierte sie, er wolle nun den Arzt suchen, der die Totenscheine ausgestellt hatte.

»Ich werde mich an die Sozial- und Gesundheitsbehörde wenden, die müssen doch wissen, wo er zu finden ist«, ereiferte er sich. Offenbar wollte er seinen Töchtern jetzt endlich die Aufmerksamkeit zuteilwerden lassen, die er ihnen so lange versagt hatte.

»Wir sind bereits damit befasst, die damaligen Verantwortlichen ausfindig zu machen, Herr Andersen. Mir wäre es lieber, wenn wir uns darauf einigten, dass ich mich mit Ihnen in Verbindung setze, wenn wir ein paar Namen haben«, entgegnete Louise. Sie konnte gut verstehen, dass er irgendetwas tun wollte, aber es war wichtig, dass sie und Nordstrøm als Erste mit den betreffenden Personen sprachen. In diesem Sinne schlug sie ihm dann auch vor, sich mit Agnete Eskildsen zu unterhalten.

»Hatten Sie oder Ihre Familie eigentlich zufällig Freunde oder Bekannte in Hvalsø? Könnte es da jemanden geben, der Lisemette als kleine Kinder kannte und wusste, dass die beiden in Eliselund aufwuchsen?«

Viggo Andersen dachte eine Weile nach, kam dann aber zu dem Schluss, dass es in Hvalsø niemanden gab, der die Mädchen gekannt hatte.

»Ich war damals voll auf die Arbeit konzentriert und war darum bemüht, die Mädchen zu versorgen. Da blieb keine Zeit für Freunde und Bekannte«, fügte er hinzu. »Außerdem lebten die Mädchen ja in ihrer eigenen Welt und waren gerade mal drei, als sie ins Heim kamen.«

»Gut, war nur so ein Gedanke«, beeilte Louise sich zu sagen. »Sie hören von mir, wenn wir mit einigen der ehemaligen Angestellten in Eliselund gesprochen haben.«

Als Louise die Autobahnabfahrt Hvalsø erreichte, beschloss sie, bei ihren Eltern vorbeizufahren und zu sehen, ob Jonas nun mit ihr nach Hause wollte, damit er wieder in die Schule gehen konnte. Sie hatte gerade die Unterführung passiert, als sie sich dabei ertappte, wie sie aus alter Gewohnheit den Ortskern umfahren wollte. Kurz entschlossen fuhr sie geradeaus weiter durch die Hauptstraße.

An der Kirche setzte sie den Blinker und bog auf den kleinen Parkplatz. Er war leer. Entschlossen stieg Louise aus und marschierte durch das Tor. Raschen Schrittes ging sie an der Kirche vorbei zum Friedhof. Bis auf einen älteren Herrn, der die Blumen auf einem der Gräber goss, war der Friedhof menschenleer.

Der Duft frisch gemähten Grases wehte von den

Gräbern der unbekannten Toten zu ihr herüber. Louise spürte ein beengendes Gefühl in der Brust, als sie sich, langsamer werdend, den hinteren Reihen näherte und anfing, die Inschriften auf den Grabsteinen zu lesen. Hier waren keine neueren Gräber.

Einundzwanzig Jahre waren vergangen. Klaus wurde am 7. September 1990 begraben, einem Freitag. Louise konnte sich deshalb daran erinnern, weil es genau eine Woche nach ihrem Einzug in das Haus gewesen war. Sie blieb einen Moment stehen und riss sich zusammen, dann beschritt sie den Weg entlang der letzten Grabreihe im Schatten der Friedhofsmauer.

Es war das dritte Grab. Sein Name war in schwarzen Schiefer gemeißelt, darunter ein kleines Herz.

Das Herz hätte von mir sein sollen, dachte Louise traurig und ging in die Hocke.

Sie betrachtete die beiden kleinen Grabvasen mit frischen Blumen darin. Alles war ordentlich und gepflegt, ohne onduliert zu wirken. Ganz in seinem Sinne. Sie betrachtete die Wiesenblumen und die beiden immergrünen Büsche, die sein Grab schön lebendig aussehen ließen.

Irgendjemand scheint regelmäßig hier zu sein, sonst sähe das alles nicht so gepflegt aus, dachte sie und berührte die Blumen in den Vasen. Die Blätter waren noch fest. Den einen Stängel umfassend, hing Louise ihren Gedanken nach und erschrak fürchterlich, als ihr Handy klingelte.

»Noch eine Vergewaltigung«, platzte Kim heraus. »Der Ehemann hat seine Frau gefunden, als er nach Hause kam, und sofort den Notarzt gerufen. Sie ist auf dem Weg nach Roskilde.«

Taumelnd rappelte Louise sich auf.

»Lebt sie?«

»Ja, und auf den ersten Blick sieht es auch nicht so aus, als wäre die gleiche brachiale Gewalt im Spiel gewesen wie bei dem Mord an der Tagesmutter. Ich habe aber noch nicht selbst mit dem Opfer sprechen können.«

»Aber es könnte sich um denselben Täter handeln?«

»Keine Frage«, meinte Kim.

»Was wisst ihr?«

»Wir wissen, dass der Vergewaltiger durch eine offene Terrassentür ins Haus eingedrungen ist, während die Frau im Bad war.«

»Wo genau war das?« Louise begann, leicht zu zittern.

»Von der Postleitzahl her gehört es zu Hvalsø, aber laut ihrem Mann liegt das Haus im Wald«, erklärte er. »Das Haus hat einen Namen, den habe ich mir irgendwo notiert.«

»Das Starenhaus?«, schlug Louise vor. Sie erinnerte sich an die große Terrasse, die sie vom Waldweg aus gesehen hatte.

»Kann gut sein.«

»Was hat das Opfer erzählt?«, fragte sie.

»Noch gar nichts. Im Moment sind alle meine Leute hier in der Gegend im Einsatz. Ich muss erst eine weibliche Beamtin rufen, damit wir zusammen nach Roskilde fahren und die Frau befragen können«, entgegnete er frustriert. Sie wussten beide, dass die Vernehmung am meisten bringen würde, wenn sie von einer Frau durchgeführt wurde.

»Ich kann gerne hinfahren und mit ihr reden«, bot Louise schnell an, bereute es aber im nächsten Augenblick. Das war vielleicht keine so gute Idee. Vielleicht wäre sie gar nicht in der Lage, das Opfer zu befragen, wenn sich zeigen sollte, dass sie die Frau kannte.

»Hast du denn Zeit?« Offenbar wollte er ihr Angebot gerne annehmen. »Erst mal geht es ja nur darum, ob sie eine Täterbeschreibung abgeben kann.«

»Ich rede mit ihr«, beschloss Louise und dachte an Mette. Im Moment mussten sie selbst den winzigsten Hinweis als einen möglichen Schritt zu ihrem Auffinden werten. Sie sagte Kim, dass sie in Hvalsø sei. »Ich bin sowieso schneller als ihr in Roskilde.«

»Danke«, sagte er. »Dann fahre ich zusammen mit den Kriminaltechnikern raus zum Haus. Ich sage in Roskilde Bescheid, dass du auf dem Weg bist.«

Louise setzte sich ins Auto und warf einen Blick auf den Friedhof. War gar nicht so schwer gewesen, wie sie immer befürchtet hatte, dachte sie.

Sie hätte das schon längst tun sollen.

Im Krankenhaus angekommen, wurde Louise in ein Besprechungszimmer gleich neben dem Untersuchungszimmer geführt, in dem die Frau lag. Sie stellte ihre Tasche auf den Boden und legte ihre Jacke ab.

»Wie geht es ihr?«, fragte sie die Krankenschwester, bevor diese wieder verschwand. »Wurde ihr sehr übel mitgespielt?«

Die rothaarige Schwester drehte sich in der Tür um und zuckte die Achseln.

»Sie steht unter Schock. Die Verletzungen sind nur oberflächlich, aber sie ist vergewaltigt worden, und dabei wurde nicht zimperlich mit ihr umgegangen«, antwortete sie. »Als ihr Mann von der Arbeit nach Hause kam, hatte sie sich ins Badezimmer eingeschlossen. Bisher hat sie kaum etwas gesagt, also gehen Sie behutsam mit ihr um.«

Louise nickte. »Ist jemand bei ihr?«

»Ihr Mann ist eben weggefahren, um die gemeinsame Tochter abzuholen und zu den Großeltern zu bringen. Danach wollte er wiederkommen und seine Frau holen. Gehen Sie ruhig hinein«, sagte die Schwester und folgte Louise ins Untersuchungszimmer.

Die Frau saß, zusammengesunken in eine weiße Krankenhausdecke gehüllt, auf einem Stuhl beim Fenster. Wie sie dort verharrte, hatte sie etwas von einem Vogeljungen in noch viel zu großem Federkleid. Sie sah auf, als Louise das Zimmer betrat.

Louise wusste sofort, dass sie dieser Frau noch nie begegnet war. Erleichtert ging sie auf sie zu und reichte ihr die Hand.

»Louise Rick«, stellte sie sich vor und blickte der Frau fest in die Augen, um zu sehen, ob auch sie – wie der Mann im Haus Pferdeweide – auf ihren Namen reagierte.

»Bitten Gamst«, antwortete die Frau leise und reagierte lediglich auf den leichten Luftzug vom Fenster. Sie zog die Decke etwas enger um sich.

Louise schloss das Fenster und fragte die Frau, ob sie irgendetwas brauche. Sie dachte, sie könnte vielleicht Kaffee oder Wasser holen gehen.

»Nein, danke.«

Bitten Gamst schüttelte den Kopf und sah verunsichert zu Louise. Ihr kurzes Haar reichte ihr gerade mal bis über die Ohren, ihre Augenbrauen waren ganz schmal gezupft und auf der rechten Wange sowie rund ums Auge prangte ein roter Abdruck von einem heftigen Schlag.

Um die dreißig, schätzte Louise. Sie hatte vergessen, Kim zu fragen, was er über das Opfer wusste.

»Frau Gamst, mir ist natürlich klar, dass Sie unter Schock stehen und dass Sie da gerade etwas Schreckliches erlebt haben. Aber Ihr Mann hat die Vergewaltigung zur Anzeige gebracht, und darum muss ich Ihnen ein paar Fragen stellen. Sind Sie damit einverstanden?«

Die Frau nickte. Louise setzte sich.

»Fangen wir von vorne an«, sagte sie. »Waren Sie den ganzen Vormittag zu Hause?«

Die Frau nickte abermals, aber dann kam es Louise vor, als nähme sie sich zusammen. Sie räusperte sich.

»Heute und morgen habe ich überstundenfrei. Ich arbeite in der Finanzabteilung der Stadt.«

Letzteres sagte sie, als müsste sie erklären, weshalb sie zwei freie Tage hatte.

»Was haben Sie gemacht?« Louise wollte das Gespräch behutsam auf den Punkt zulenken, an dem es schmerzhaft würde.

»Nichts Besonderes. Aufgeräumt und so. So gegen elf habe ich mich mit einer Tasse Kaffee auf die Terrasse gesetzt, und danach habe ich mich in den Whirlpool gelegt.« Sie sah Louise an, als wartete sie auf ihren Segen.

»Unser Whirlpool steht draußen«, fügte sie hinzu. »Danach bin ich reingegangen, um zu duschen.«

Louise erwähnte nicht, dass sie den Whirlpool bereits vom Waldweg her gesehen hatte.

Bitten Gamst atmete tief durch und schloss die Augen. Als sie sie wieder öffnete, war ihr Blick dunkel und angstvoll. So, als durchlebte sie alles noch einmal.

»Ich hatte ihn überhaupt nicht gesehen«, flüsterte sie. »Ich habe nicht gehört, dass er ins Haus kam.«

Verunsichert sah sie zu Louise.

»Das verstehe ich nicht. Warum habe ich ihn nicht gehört? Warum hat Molly nicht angeschlagen?«

Offenbar dachte sie erst jetzt wieder an den Hund. Dann ballte sie die Hände zu Fäusten und hielt sie sich vor den Mund, als begreife sie etwas.

»Bleiben wir bitte noch einen Moment beim Whirlpool«, sagte Louise und schob den Gedanken an den toten Hund im Wald von sich. »Versuchen Sie sich zu erinnern, ob Sie irgendetwas gesehen oder gehört haben, während Sie da lagen.«

Die Frau schüttelte den Kopf.

»Da war niemand. Molly lag direkt neben dem Pool, das macht sie immer, wenn ich drin bin. Sie findet es klasse, wenn sie ein bisschen mit Wasser bespritzt wird.«

»Hätte irgendjemand Sie beobachten können, ohne dass Sie es bemerkten?«

Bitten Gamst zuckte die Achseln und schüttelte gleichzeitig wieder den Kopf.

»Ich sehe mich immer gründlich um, wenn ich aus dem Whirlpool steige. Wenn ich allein bin, ziehe ich nämlich keinen Badeanzug an, darum sehe ich immer nach, ob jemand auf dem Weg ist. Aber da war niemand.«

Sie verstummte, und Louise sah ihr förmlich an, wie sie den Gang von der Terrasse ins Haus noch einmal im Geiste durchlebte. Dann schüttelte Bitten Gamst ein weiteres Mal den Kopf.

»Nein, da war wirklich niemand. Ganz sicher.«

Sie sank noch mehr in sich zusammen.

Louise fiel auf, dass Frau Gamsts Hände angefangen hatten zu zittern. Sie bemühte sich, sie ruhig zu halten, wandte den Blick ab und sah zum Fenster hinaus. Ihr Schweigen ließ Louise vermuten, dass sie noch nicht alles erzählte hatte.

Bitten Gamst nahm Anlauf, richtete sich auf und knetete ihre zitternden Hände.

»Ich habe deshalb nichts bemerkt, weil ich mit meinen Gedanken woanders war«, erklärte sie dann. »Ich habe mich zurechtgemacht«, gestand sie verzweifelt.

Ihre dunklen Augen hefteten sich vielsagend auf Louise.

»Sie haben jemanden erwartet?«, folgerte Louise.

Frau Gamst nickte.

»Ich ließ die Terrassentür offen stehen, als ich ins Badezimmer ging, um mich abzuduschen. Vielleicht habe ich da doch im Wohnzimmer ein Geräusch gehört. Ich kann mich nicht erinnern.«

Ihre Augen füllten sich mit Tränen.

»Ich wollte ins Schlafzimmer gehen, um meinen Kimono zu holen, und kaum hatte ich die Tür aufgemacht, hat er mir den Mund zugehalten.«

»Waren Sie nackt?«

Frau Gamst nickte und sah zu Boden, als schämte sie sich dafür, das Badezimmer unbekleidet verlassen zu haben.

Sie schloss die Augen und kniff sie zusammen, während sie jetzt stoßweise am ganzen Körper zitterte.

»Ich dachte, er sei mein … Also wollte ich mich umdrehen und ihn küssen«, stieß sie hervor. »Aber er hat mich so festgehalten und mir mit dem Knie die Beine auseinandergedrückt. Er war so stark, ich konnte mich überhaupt nicht rühren. Ich konnte mich überhaupt nicht …«

»Wehren?«, fragte Louise.

Frau Gamst fing an zu weinen.

»Er hat mich vornübergedrückt und ist von hinten in mich eingedrungen«, schniefte sie, als sie wieder einigermaßen reden konnte. »Ich habe ihn überhaupt nicht gesehen, nur gespürt … Es ging alles so schnell.«

Sie schüttelte sich und fasste sich in den Nacken.

»Ich habe nur seine Hose gesehen. Die hat er anbehalten. Hat nur den Reißverschluss aufgemacht«, flüsterte sie und räusperte sich. Sie heftete den Blick fest auf die Wand vor sich, als sie weitersprach.

»Ich habe den Stoff seiner Hose an meinem Hintern gespürt. Und er hat geprustet wie ein Hengst.«

»Wie sah die Hose aus?«, wollte Louise wissen. »Hell oder dunkel?«

»Dunkel.«

»Jeans?«

Sie schüttelte den Kopf.

»Weicher, glatter Stoff, glaube ich.«

»Haben Sie seine Schuhe gesehen?«

»Ich glaube nicht.«

»Denken Sie nach. Gummischuhe oder normale Schuhe?« Louise versuchte, ihr auf die Sprünge zu helfen.

»Auch dunkel, glaube ich. Aber ich bin mir nicht sicher. Vielleicht habe ich sie auch gar nicht gesehen.«

Sie richtete sich auf.

»Er hat mir an die Brüste gefasst«, fiel ihr plötzlich ein. »Als er mich mit einer Hand vornübergebeugt hielt, hat er mir mit der anderen Hand die Brüste geknetet.«

Sie fiel wieder in sich zusammen, zog die Knie an und machte sich ganz klein.

»Haben Sie seinen Arm gesehen?«, fragte Louise.

Frau Gamst schüttelte noch einmal den Kopf.

»Ich hatte das ganz vergessen. Aber jetzt kann ich seine Hände wieder spüren. Sie haben so hart zugepackt. Das hatte nichts mit Lust und Leidenschaft zu tun. Das war nur triebgesteuert.«

Sie schloss die Augen, und Louise ließ sie einen Moment in Ruhe.

»Ich glaube, er hatte ein Hemd an«, murmelte sie dann, ohne die Augen zu öffnen. »Ich habe den Stoff im Gesicht gespürt.«

Dann schwieg sie wieder.

»Das Ganze war derartig primitiv. Der Typ wollte nicht *mich*. Er wollte einfach nur ficken«, flüsterte sie und fing wieder an zu weinen.

Louise versuchte, sich die Sache vorzustellen: Bitten Gamst hatte sich auf den Besuch ihres heimlichen

Liebhabers vorbereitet und war mit ihren Gedanken bei diesem Mann gewesen, als der Vergewaltiger sie von hinten gepackt hatte.

»Können Sie einschätzen, wie groß er war?«, fragte Louise nach einer Weile.

Frau Gamst nickte.

»Jedenfalls größer als mein Mann. Und der ist eins achtundsiebzig.«

»Und der Mann, der Sie besucht, wenn Ihr Mann nicht zu Hause ist – wie groß ist der?«, wollte Louise wissen.

Wieder senkte Frau Gamst den Blick und murmelte etwas, das Louise nicht verstand.

»Wie bitte?«

»Der ist fast eins neunzig«, wiederholte sie etwas deutlicher.

»Und der Vergewaltiger? War der in etwa genauso groß?«

Die Frau schlug die Hände vors Gesicht.

»Ja, genau, er war ungefähr genauso groß. Aber viel sehniger. Seine Finger haben sich mir ins Fleisch gegraben.«

»Gibt es sonst noch irgendetwas, das Ihnen an ihm aufgefallen ist? Haben Sie nicht doch noch etwas gesehen?«

»Das ging alles so schnell. Als er fertig war, schubste er mich so heftig ins Schlafzimmer, dass ich hinfiel, und bis ich mich umgedreht hatte, hatte er schon die Tür zugeschlagen«, erzählte sie. »Ich lag da auf dem Boden und hörte ihn durchs Wohnzimmer gehen. Und ich meine gehen. Er ist nicht gerannt. Er ist in aller Seelenruhe rausspaziert. Ich habe seine Schritte ganz deutlich gehört.«

Sie dachte nach.

»Ich glaube, er hatte Holzschuhe an. Ja, seine Schritte klangen so.«

»Ist er zur Terrassentür hinausgegangen?«, fragte Louise.

Bitten Gamst nickte.

»Haben Sie ihn gesehen, als er das Grundstück verließ? Haben Sie ihn auf dem Waldweg gesehen?«

»Nein.« Sie wurde wieder still und zog die Decke noch enger um sich. »Ich habe nicht aus dem Fenster geguckt. Als ich sicher war, dass er weg war, bin ich ins Badezimmer gerannt und habe mich dort eingeschlossen.«

Tränen liefen ihr übers Gesicht, sie senkte abermals den Blick.

»Ich hatte ihn in mir, auf mir. Es lief mir die Beine herunter. Ich habe das Wasser aufgedreht und mich ewig unter die Dusche gestellt.«

»Und Ihr Liebhaber? Wann kam der?«

Bitten Gamst zuckte die Achseln und schüttelte den Kopf.

»Ich weiß es nicht. Ich weiß nicht, ob er überhaupt da war. Ich habe mich im Badezimmer versteckt und die Dusche laufen lassen, ich habe nichts gehört. Bis René nach Hause kam und an die Tür klopfte. Er hatte sein Handy vergessen und wollte es holen.«

Frau Gamst richtete den Blick aus dem Fenster.

»Heute wäre also so oder so mein Pechtag gewesen. Vielleicht hatte ich so noch Glück im Unglück«, räsonierte sie mehr zu sich selbst.

Louise sah sie fragend an.

Es klopfte an der Tür, dann sah die Krankenschwester herein.

»Ihr Mann ist wieder da«, teilte sie mit.

»Geben Sie uns bitte noch ein paar Minuten. Ich

hole ihn dann, wenn wir fertig sind«, entgegnete Louise.

»Was meinen Sie damit, dass Sie Glück im Unglück hatten?«, fragte sie dann.

Bitten Gamst schüttelte langsam den Kopf.

»Na, wenn mein Mann uns erwischt hätte …«, sagte sie. »Das hätte er mir nie verziehen.«

»Die Rötung auf Ihrer Wange da« – Louise zeigte auf die Stelle bei Frau Gamsts rechtem Auge –, »wo kommt die her?«

Verschreckt sah die Misshandelte Richtung Tür. Louise verstand.

»Er hat mir nicht geglaubt«, flüsterte Frau Gamst, ohne Louise anzusehen. »Er wollte wissen, mit wem ich mich treffe, wenn er nicht zu Hause ist.«

»Er wusste es also?«

Erst schüttelte sie den Kopf, dann relativierte sie:

»Er hatte wohl einen Verdacht. Er ist durchs ganze Haus gerannt, weil er dachte, dass der Typ noch da ist. Erst wollte er mir gar nicht zuhören.«

Sie biss sich in die Fingerknöchel und sah so elend aus, dass sie Louise richtig leidtat.

»Er hat mich geschlagen, damit ich ihm sage, wer es ist. Er wollte wissen, ob er ihn kennt.«

»Und? Kennt er ihn?«

Bitten Gamst nickte und sah zu Boden.

»Erst, als ich ihm erzählte, dass der Mann durchs Wohnzimmer ins Haus eingedrungen war, ist er zur Terrassentür gegangen und hat die Fußspuren gesehen.«

Sie sah auf und erklärte:

»Wenn ich im Whirlpool war und reingehe, wird der Boden im Wohnzimmer natürlich nass. Normalerweise wische ich das auf, aber dazu kam ich heute nicht.

Darum konnte er sehen, dass der Boden schmutzig war. Der Mann hatte mit seinen Schuhen so viel Dreck ins Haus getragen – bis zu dem Teppich, der vor unserem Sofa liegt.«

Sie hielt kurz inne.

»Ein heimlicher Liebhaber hätte wohl kaum so viele Spuren hinterlassen.«

»Der Täter hat also Fußspuren in Ihrem Wohnzimmer hinterlassen?« Louise wollte nicht hoffen, dass Frau Gamsts Mann den Wischmopp geschwungen hatte, bevor die Spurensicherung gekommen war.

Sie nickte.

»Als René das sah, hat er mir endlich geglaubt.«

»Und wer besucht Sie, wenn Ihr Mann nicht zu Hause ist?«

Frau Gamst wandte den Kopf ab und sah aus dem Fenster, während ihr Kiefer sich spannte.

»Ich muss wissen, wie er heißt«, insistierte Louise.

Keine Reaktion. Frau Gamst presste die Lippen zusammen und neigte den Kopf.

Louise ließ ihr Zeit. Schweigend saßen sie da.

Schließlich erhob sich Louise und ging zur Tür.

»Soll ich Ihren Mann hereinschicken?«, fragte sie. »Oder möchten Sie erst noch ein bisschen allein sein?«

»Schicken Sie ihn ruhig rein«, murmelte Bitten Gamst und richtete sich ein wenig auf. Sie bedeckte die nackten Beine mit der weißen Krankenhausdecke.

Louise gab ihr noch eine letzte Chance, etwas zu sagen, dann öffnete sie die Tür.

Frau Gamsts Mann stand direkt vor der Tür, die Hände in den Taschen und ziemlich finster dreinblickend. Eine tiefe Zornesfurche zog sich quer über seine Stirn.

Louise erstarrte in der Tür. Es war lange her, seit sie

René Gamst zuletzt gesehen hatte. Er war ein Klassenkamerad von Klaus und ebenfalls Teil der Clique gewesen. Aber er hatte nicht zu den Schlimmsten gehört. Jedenfalls nicht, wenn Louise sich richtig erinnerte. Hin und wieder hatte er ihr sogar ein bisschen leidgetan, weil sie fand, dass er irgendwie in Thomsens Schatten lebte. Er war zwar immer da gewesen, war aber nie bemerkt worden.

Er tat einen Schritt nach vorn und wollte gerade hineingehen, doch dann verharrte er direkt vor ihr. Unsicher trat Louise einen Schritt zurück.

Zuerst sagte er nichts und sah sie bloß an. Sein Blick war kalt. Trotzdem blieb Louise stehen und erwiderte ihn.

»Wenn ich das Schwein vor euch finde, knall ich es ab!«, sagte er und ging dann hinein zu seiner Frau. Er sank vor ihrem Stuhl auf die Knie, zog sie an sich und wiegte sie sanft.

Erschüttert eilte Louise auf den Flur, um der Krankenschwester mitzuteilen, dass die Befragung beendet und René Gamst nun bei seiner Frau war.

CAMILLA HATTE IN JONAS' ZIMMER geschlafen, weil dieser bei Louises Eltern geblieben war. Sie hatte gar nicht gehört, dass Louise aus dem Haus gegangen war. Es war schon nach zehn, als sie aufstand und erst mal mit Dina Gassi ging. Danach setzte sie sich in Louises Küche und starrte Löcher in die Luft. Was hatte sie bloß getan?

War der Streit wirklich nötig gewesen? Warum musste partout alles nur nach ihrer Nase gehen? Sie ärgerte sich, dass sie vor lauter Wut die Handwerker gefeuert hatte, bevor sie das Projekt abgeschlossen hatten, und dass sie aus lauter Sturheit den Pastor abgewiesen hatte.

Camilla kam zu dem Schluss, dass sie sich entschuldigen musste. Nicht beim Pastor, ganz sicher nicht, und auch nicht bei den Handwerkern. Aber bei Frederik.

Als sie eine Stunde später Richtung Roskilde abbog, war ihre Wut verpufft und sie einigermaßen schockiert darüber, dass sie so weit gegangen war, alles abzublasen.

Sie näherte sich Boserup, und als sie das glänzende Ziegeldach des Anwesens sehen konnte, verlangsamte sie die Fahrt. Auf einmal fiel es ihr doch wieder schwer. Sie hatte nicht bei Frederik angerufen und ihm gesagt, dass sie auf dem Heimweg war – und jetzt wusste sie nicht, wie sie die Sache anpacken sollte. Sie hatten sich ja vorher noch nie gestritten. Jedenfalls nicht mit Anschreien und Türenknallen und so.

Camilla fuhr rechts ran und blickte die von alten, knorrigen Bäumen gesäumte Einfahrt hinunter. Sie konnte nicht hineinfahren. Ihre Hand weigerte sich, das Lenkrad zu drehen.

Erst, als sie durch Osted gefahren war, fiel Camilla auf, dass es vielleicht nicht so geschickt war, ohne Anmeldung in Eliselund aufzukreuzen, aber sie wollte es trotzdem versuchen. Als Beyoncé aus dem Radio klang, drehte sie kräftig auf und fing an mitzusingen. Sie merkte, wie sie das entspannte.

Während sie weiter Richtung Eliselund fuhr, hatte sie endlich wieder das Gefühl, etwas Richtiges und Gutes zu tun. Vielleicht wusste sie nicht, wie man sich als Teil der Oberklasse benahm, aber die Journalistin in ihr wusste, wie man an eine gute Story herankam und wie man Leute zum Reden brachte.

Zwanzig Minuten später hielt sie auf dem Parkplatz zwischen den großen weißen Gebäuden, wo auch ein Behindertenbus stand. Zwei Frauen sahen dabei zu, wie der Fahrer einen großen Jungen im Rollstuhl über den Lift in den Bus beförderte und anschnallte. Einige der anderen Plätze im Bus waren bereits besetzt, offenbar war der Junge der Letzte, der noch mitsollte.

Camilla wartete im Auto, bis der Bus abfuhr. Die beiden Frauen winkten ihm nach, und erst, als der Bus weg war, kam die ältere der beiden, eine grauhaarige Dame, zu ihrem Auto und erkundigte sich, ob sie Sofie abholen wolle.

»Nein«, antwortete Camilla verwirrt, sammelte sich dann aber schnell und fragte, ob die Einrichtung für heute zumache.

»Ja, so langsam.« Die Dame nickte. »Die Letzten werden innerhalb der nächsten halben Stunde geholt, und dann müssen wir noch aufräumen und so. Aber wenn Sie hier jemanden anmelden wollen, dann sind Sie hier an der falschen Adresse. Da müssten Sie schon zur Sozialverwaltung im Rathaus.«

»Nein, nein«, winkte Camilla schnell ab und legte dann einfach los: »Ich habe ein ganz privates Anliegen. Vorgestern habe ich mit einer Frau namens Agnete Eskildsen gesprochen, die mal hier gearbeitet hat. Es war ihre Idee, hierherzukommen und zu fragen, ob Sie mir vielleicht helfen können, meine Mutter zu finden. Aber wahrscheinlich haben Sie gar keine Zeit... Oder?«

»Ach, Zeit haben wir genug«, antwortete die Dame und bat sie, ihr zu folgen.

Die andere Frau, die mit im Hof war, drehte sich in der Tür um.

»Sollen wir nicht mal langsam zumachen?«, fragte sie etwas bockig.

»Ist schon gut, Lillian«, entgegnete die grauhaarige Dame nachsichtig. »Ich schließe dann ab. Du kannst nach Hause fahren.«

Sie legte einladend die Hand auf Camillas Schulter und führte sie durch den großen Eingangsbereich.

»Manche haben es halt besonders eilig«, murmelte sie und ging dann die letzten Schritte zum Büro voraus, um Camilla die Tür aufzuhalten. »Sie kennen also Agnete?«

Sie lächelte und schüttelte leicht den Kopf.

»Die Welt ist doch wirklich klein. Agnete und ich kennen uns von der Ausbildung zur Ergotherapeutin. Für sie war es die zweite Ausbildung, aber obwohl sie bestimmt zehn, fünfzehn Jahre älter ist als ich, kamen wir richtig gut miteinander aus.«

Camilla lächelte bloß.

»Lebt ihr Mann denn noch?«, erkundigte sich die Dame.

Camilla schüttelte den Kopf. Sie hoffte, dass nun nicht zu viele Fragen kämen, die womöglich die Flüchtigkeit ihrer Bekanntschaft mit Agnete Eskildsen entlarven würden.

»Ach, entschuldigen Sie bitte«, sagte die Dame unvermittelt, »ich habe mich ja gar nicht vorgestellt. Lone Friis.« Sie reichte Camilla die Hand.

»Lind«, murmelte Camilla nur und drückte die ausgestreckte Hand.

»Es war Agnetes Vorschlag gewesen, mich hier zu bewerben, als die Tagesstätte eröffnet wurde. Sie selbst wollte nicht wieder nach Eliselund, obwohl sich ja vieles geändert hat, seit sie hier Pflegekraft war. Ich verstehe nicht, was sie eigentlich gegen Eliselund hat.«

Sie lachte warm und herzlich.

»Stellen Sie sich vor, ich arbeite jetzt schon seit der Eröffnung hier. Ich habe meiner alten Freundin viel zu verdanken.«

Sie bedeutete Camilla, sich auf den Stuhl auf der anderen Seite des Schreibtischs zu setzen.

»Wie kann ich Ihnen helfen?«, fragte sie.

»Ich habe erfahren, dass meine Mutter die Leiterin dieser Einrichtung war, bevor sie geschlossen wurde«, log Camilla, ohne rot zu werden, und behauptete, ihre Eltern hätten sich scheiden lassen, als sie noch klein war. »Ich bin in Birmingham bei meinem Vater aufgewachsen, aber der ist letztes Jahr gestorben, und jetzt bin ich mit meinem Mann und unserem Sohn nach Dänemark zurückgekehrt.«

»Das klingt ja fast so, als würden Sie Ihre ganz eigene, private Folge von *Vermisst* drehen«, meinte Lone Friis, nachdem auch sie sich gesetzt hatte. »Hach, ist das aufregend! Ich hoffe, ich kann Ihnen helfen. Wie heißt Ihre Mutter denn?«

Camilla hätte es wissen müssen. Natürlich wollte ihr Gegenüber einen Namen hören. Ihr wurde kurz heiß und kalt, und in ihrem Kopf herrschte gähnende Leere, während sie fieberhaft versuchte, sich daran zu erinnern, was Agnete Eskildsen über die Heimleiterin erzählt hatte.

»Nach der Scheidung von meinem Vater hat sie wieder ihren Mädchennamen angenommen«, erklärte sie, um Zeit zu gewinnen, und zermarterte sich weiter das Hirn auf der Suche nach einem Vornamen. Aber entweder hatte die frühere Pflegekraft keinen gesagt, oder sie, Camilla, hatte nicht richtig zugehört.

Geduldig lächelnd saß Lone Friis da, während das Schweigen immer peinlicher wurde.

»Sie heißt Parkov«, sagte Camilla dann und war ziemlich erleichtert darüber, dass ihr Gehirn wieder arbeitete. »Oder zumindest hieß sie damals so«, brabbelte sie vor sich hin und hoffte, Lone Friis möge es nicht allzu seltsam vorkommen, dass sie nur den Nachnamen ihrer Mutter wusste.

»Bodil Parkov ist Ihre Mutter?« Die Dame wirkte überrascht. Camillas Zögern schien ihr gar nicht aufgefallen zu sein. Sie neigte den Kopf zur Seite und betrachtete forschend das Gesicht ihres Gastes, als suchte sie nach Ähnlichkeiten. Dann richtete sie sich etwas auf. »Also, nicht, dass ich sie persönlich gekannt hätte, aber in diesen Kreisen hat sie natürlich einen Namen. Sie war die erste weibliche Leiterin der Anstalt.«

»Und sie war hier, bis die Anstalt geschlossen wurde?«, fragte Camilla.

Lone Friis zögerte.

»Na ja. Fast.« Sie sagte das auf eine Weise, die Camilla vermuten ließ, dass womöglich gegen Ende ihrer Dienstzeit irgendetwas vorgefallen war, das ihr Dienstverhältnis früher beendet hatte als das der übrigen Angestellten. »Vor zwei Wochen erst haben wir drüber geredet, was seither wohl aus ihr geworden ist. Das muss doch rauszufinden sein.«

»Und warum haben Sie über sie geredet?«, hakte Camilla neugierig nach. Mit Louises Versuch, Lisemettes Vater zu finden, konnte es ja nichts zu tun gehabt haben, dachte sie, denn das war ja erst wenige Tage her.

»Die Einrichtung am Andersvænge sucht zum Herbst einen neuen Leiter, und irgendjemand meinte, ob die Stelle nicht was für Bodil Parkov wäre. Aber ich glaube ja, dass sie schon längst in Rente ist.«

Es klopfte kurz, dann kam Lillian mit einer hellen Sommerwindjacke über dem Arm und einem Fahrradhelm in der Hand herein.

»Ich habe die hinteren Räume abgeschlossen und das Obst für morgen abbestellt«, informierte sie ihre Kollegin, während Camilla stur vor sich hinsah.

»Gut, dann kümmere ich mich um den Rest«, entgegnete Lone Friis. »Ich muss dir was Kurioses erzählen«, sagte sie dann und winkte Lillian herein.

»Das ist Lillian Johansen – Lillian, das ist Frau … Lind? Sie ist Bodil Parkovs Tochter. Sie ist hier, um ein bisschen über die Zeit zu hören, in der Frau Parkov die Heimleitung innehatte.«

Camilla umklammerte die Stuhllehne und zwang sich, Lillian lächelnd anzusehen.

Sie wollte gerade etwas sagen, doch Lillian kam ihr zuvor.

»Die Parkov hat keine Kinder«, stellte sie richtig. »Darum war sie ja auch praktisch immer hier bei der Arbeit und meinte, uns andere ebenfalls rund um die Uhr verpflichten zu können«, schnarrte sie und blieb in der Tür stehen.

»Ach, stimmt ja!«, rief Lone Friis. »Du warst damals ja auch schon hier! Das hatte ich ganz vergessen.«

Sie ignorierte, dass ihre Kollegin es ganz offenkundig missbilligte, dass sie mit einer Fremden sprach.

Camilla sank ein wenig in sich zusammen und sah ihre Lügengeschichte bereits wie ein Kartenhaus in sich zusammenfallen.

»Was kannst du Frau Lind über ihre Mutter erzählen? Die beiden haben sich aus den Augen verloren.«

Lillian Johansen neigte den Kopf und betrachtete Camilla.

»Ich weiß nicht, wer Sie sind und was Sie hier ausgraben wollen. Aber eins kann ich Ihnen sagen, und dazu stehe ich, egal, wer mich fragt: Es wäre vielen Menschen deutlich besser ergangen, wenn Bodil Parkov nie einen Fuß in diese Einrichtung gesetzt hätte.«

Im Hof hupte es, gleich darauf waren vom Flur her eilige Schritte zu hören. Lillian drehte sich um und ging, und Camilla trocknete sich die schweißnassen Handflächen an ihrem Rock. Ihr war klar, dass sie sich mit ihrer Lügengeschichte auf immer dünnerem Eis bewegte. Sie musste das Gespräch beenden, bevor sie einbrach.

Lone Friis erhob sich, um die letzten Kinder zu verabschieden, und Camilla sprang schnell auf und griff nach ihrer Tasche. Doch bevor sie hinaustreten konnte, blockierte Lillian Johansen plötzlich die Tür.

»Verschwinden Sie«, zischte sie. »Wir haben für Schnüffler wie Sie nichts übrig.«

»Sie kannten Lise und Mette?«, fragte Camilla und beschloss, nicht länger an der Geschichte von ihrer verschwundenen Mutter festzuhalten. »Sie waren damals schon hier, Frau Johansen. Was ist an dem Tag passiert, an dem die beiden starben?«

Lillian wandte ihr den Rücken zu und ging hinaus in den Hof, wo drei Kinder gerade ihre Taschen in den Kofferraum eines Autos warfen.

»Wer hat die Totenscheine ausgestellt?«, rief Camilla ihr hinterher.

»Ich weiß von nichts«, gab Frau Johansen abweisend zur Antwort. Sie schob ihr Fahrrad an, musste dann aber stehen bleiben, als das Auto mit den Kindern losfuhr.

Camilla holte sie ein und packte sie beim Arm.

»Erzählen Sie mir, was passiert ist. Sie haben doch bestimmt darüber geredet.«

»Warum fragen Sie nicht Bodil Parkov? Sie war am nächsten dran, sie muss wissen, was passiert ist.«

Lillian Johansen befreite sich und schwang sich aufs Fahrrad.

»Machen Sie sich nichts aus Lillian«, sagte Lone Friis, als sie quer über den Hof auf Camilla zukam. »Sie kann nicht so gut mit Fremden. Letzte Woche hat sie mich wie Luft behandelt, weil ich der Polizei erlaubt habe, ins Archiv zu gehen. Sie begreift den Unterschied zwischen persönlichen Informationen und gesundem Menschenverstand nicht ganz.«

Camilla setzte ein Lächeln auf, obwohl sie darauf brannte zu verschwinden. Offenbar hatte Lone Friis die Szene mit Lillian Johansen nicht mitbekommen. Sie war damit befasst gewesen, die Kinder zu verabschieden, dachte Camilla und ging los Richtung Auto.

»Sie haben mir sehr geholfen, danke!«, log sie und öffnete die Fahrertür.

»Na ja, so sehr wohl kaum«, bedauerte Lone Friis. »War Ihr Großvater nicht Grossist und ziemlich wohlhabend? Das hat jedenfalls einer von den Kollegen gesagt, als wir neulich über Frau Parkov sprachen. Wirklich bemerkenswert, dass Ihre Mutter schon so früh von zu Hause weg und in Stellung geschickt wurde, statt sie die Schule beenden zu lassen. Wo ihre Familie doch so wohlhabend war. Aber vielleicht war das auch nur Tratsch«, entschuldigte sie sich. »Alles andere können Sie sich ja im *Wer ist wer?* anlesen. Als wir neulich wegen der neuen Stelle im Andersvænge von Ihrer Mutter sprachen, hat sie jemand da nachgeschlagen, um herauszufinden, wie alt sie eigentlich ist.«

»Sie steht im *Wer ist wer?*«, fragte Camilla, nachdem sie sich bereits ins Auto gesetzt und das Fenster heruntergelassen hatte.

Lone Friis nickte.

»Und Lillian hat in Wirklichkeit ja recht!«, brach es aus ihr hervor. »Frau Tønnesen hat auch erwähnt, dass die Parkov nie eigene Kinder hatte.«

Camilla ließ den Motor an. Gleichzeitig trat Lone Friis einen Schritt nach vorn und sah sie durch das offene Autofenster verwirrt an.

Camilla lächelte steif und fuhr das Fenster wieder hoch.

»Wie war doch gleich Ihr Name?«, rief Lone Friis, als Camilla den Rückwärtsgang einlegte.

Ihr Herz raste, und der Wagen wirbelte ziemlich viel Staub auf, als sie etwas zu eilig vom Hof fuhr und Eliselund hinter ihr in einer graubraunen Wolke verschwand.

CAMILLA NAHM DEN FUSS etwas vom Gas, während sie auf dem Weg über die sich durch die Landschaft schlängelnde Landstraße immer wieder in den Rückspiegel sah. Hätte sie das Lenkrad nicht fest umklammert, hätten ihre Hände vor lauter Adrenalin gezittert, und ihr Herz schlug ihr so heftig bis zum Hals, dass sie durch den Mund atmete. Sie konzentrierte sich auf die Straße und versuchte, ganz tief, bis in den Bauch hinein einzuatmen, statt unkontrolliert zu japsen.

Sie hatten ihre Lügengeschichte durchschaut, dachte sie. Aber was hatte sie auch erwartet?

Als sie bemerkte, dass ihr bereits die Finger schmerzten von der Umklammerung, löste sie den Griff. Im selben Augenblick klingelte ihr Handy. Aber weil sie ein kleines Stück weiter Lillian Johansen ihr Fahrrad den Hügel hinaufschieben und dabei telefonieren sah, ignorierte sie das Klingeln, bis es aufhörte.

Camilla beobachtete, wie Frau Johansen sich umdrehte und ein Stück zur Seite ging, als sie das Auto sah. Schweiß lief Camilla den Rücken hinunter, und sie fragte sich, was zum Teufel sie eigentlich hier machte. Um eine tolle Story für die Zeitung ging es ihr schließlich nicht. Dann hätte sie bestimmt nicht solche Lügen erzählt, dachte sie und hielt an, als die Erzieherin sich ein Stückchen weiter mit ihrem Fahrrad quer auf die Straße stellte. Sie war nur nach Eliselund gefahren, um ihre eigene Neugier zu befriedigen. Und natürlich, um den Mist zu vergessen, den sie zu Hause gebaut hatte.

Plötzlich drückte ihr Fuß wieder auf das Gaspedal. Zuerst sachte, doch dann – und ohne dass ihr Gehirn etwas zu melden hatte – immer mehr. Während der Wagen beschleunigte, drückte Camillas Hand fest auf die Hupe. Steinchen spritzten auf, und als Lillian Johansen begriff, dass der Wagen nicht vorhatte zu bremsen, sprang sie zur Seite. Sie ruderte mit den Armen, um auf sich aufmerksam zu machen, doch Camilla heftete den Blick auf die Schlaglöcher und bretterte vorbei, ohne sie anzusehen. Aus dem Augenwinkel nahm sie lediglich die helle Windjacke wahr, und im selben Moment fing ihr Handy wieder an zu klingeln. Kurz darauf ging eine SMS ein.

Am Ende der Allee warf Camilla noch einen Blick in den Rückspiegel, dann blinkte sie und wollte abbiegen. Lillian Johansen war nirgends zu sehen, sie war noch nicht über den letzten Hügel gekommen. Camilla wartete eine ganze Reihe von Autos ab, während ihr Herz hämmerte und ihr der Pony an der schweißnassen Stirn klebte. Im Außenspiegel hielt sie Ausschau nach dem Fahrradhelm.

Ihr Handy klingelte abermals. Lone Friis hatte sie verdammt schnell ausfindig gemacht, dachte Camilla und bog endlich ab, als in der endlos scheinenden Autokolonne doch mal eine Lücke war. Die meisten hatten jetzt Feierabend. Lone Friis hatte bestimmt bei Agnete Eskildsen angerufen, um ihre alte Freundin zu fragen, was sie über Camilla wusste – und ob ihre Bekanntschaft womöglich nur erfunden war.

Camilla atmete tief durch und ärgerte sich, weil sie nicht mit offenen Karten gespielt hatte. Wieder ging eine SMS auf ihrem Handy ein. Camilla wunderte sich über die Hartnäckigkeit der freundlichen grauhaarigen Dame.

Ohne jede Vorwarnung fuhr sie auf den Grünstreifen, der Straße und Radweg voneinander trennte, und kassierte dafür ein wütendes Hupen. Sie schaltete den Motor ab und kramte das Telefon aus der Tasche.

Vier unbeantwortete Anrufe und zwei SMS. Alles von Frederik.

»Komm, so schnell du kannst, zum Hotel Prindsen«, lautete die erste SMS, und die zweite: »Melde dich an der Rezeption, wenn du da bist.«

Camilla starrte auf ihr Handy und las beide SMS noch einmal. Dann schloss sie die Augen.

Alles wäre ihr lieber gewesen als diese Nachrichten von Frederik – selbst hysterische Schimpfanrufe von Eliselund.

Hotel Prindsen, dachte sie und merkte, wie die Wirkung des Adrenalins schlagartig nachließ und sie ganz schlapp wurde. Nicht zu Hause.

»Melde dich, wenn du da bist.«

Sie schnaubte, setzte den Blinker und fädelte sich wieder in den Verkehr ein. Als hätte er sie zu einer Dienstbesprechung eingeladen. Aber vielleicht war es genau das. Seit sie das gemeinsame Zuhause verlassen hatte, war Funkstille gewesen, und darum wollte er sie jetzt an einem neutralen Ort in der Stadt treffen.

Ihr wurde schwer ums Herz, und sie verfluchte nicht zum ersten Mal ihr überbordendes Temperament. Tränen stiegen ihr in die Augen und verschleierten ihr die Sicht. Sie blinzelte sie weg. Als ihr Handy wieder klingelte, ging sie dran, ohne aufs Display zu sehen.

»Ja?«, sagte sie und räusperte sich, da ihre Stimme zu brechen drohte.

»Guten Tag, hier ist Lone Friis. Wir haben gerade in Eliselund miteinander gesprochen.«

»Ja«, sagte Camilla noch einmal. »Stimmt. Und Sie

wissen sicher inzwischen, dass Bodil Parkov nicht meine Mutter ist. Ich habe Ihnen einen Bären aufgebunden, weil ich herausfinden wollte, wer die Anstalt leitete, als sie geschlossen wurde«, plapperte sie los. »Ich will sie finden, weil ich wissen möchte, wie jemand einen Totenschein für jemanden ausstellen konnte, der nicht tot war. Und warum …«

Sie verstummte. Ihr Blick wanderte zur Reitschule kurz vor Osted. Da hatte eine ihrer Freundinnen mal ein Pferd gehabt.

»Ich wollte eigentlich nur sagen, dass Sie Ihre Jacke hier vergessen haben.«

Camilla hörte gar nicht richtig zu. Sie hatte ihre Lüge gestanden, und sie hatte null Komma nichts davon gehabt zu lügen. Lone Friis war sicher sauer, und das zu Recht.

Jetzt war es die ältere Dame, die sich räusperte.

»Und als die Anstalt geschlossen wurde, war nicht Ihre Mutter … war nicht Bodil Parkov die Leiterin gewesen. Ich habe das gerade mal nachgesehen. Bodil Parkov hatte im Februar des Jahres, in dem Eliselund geschlossen wurde, gekündigt, aber zu dem Zeitpunkt hatte die Stellvertreterin bereits die tägliche Leitung übernommen.«

Camilla horchte auf und war mit einem Mal wieder ganz da. Sie suchte nach einer geeigneten Stelle, an der sie rechts ranfahren konnte. Sie setzte rechtzeitig den Blinker und hielt an einer Bushaltebucht.

»Ich habe die alten Protokolle herausgesucht. Die brauchen wir ja nicht mehr, aber sie liegen immer noch im ehemaligen Heimleiterbüro. Ich bin neugierig geworden, als Sie so plötzlich abgehauen sind. Ich habe gehört, was Sie zu Lillian gesagt haben, und dann habe ich eins und eins zusammengezählt. Die Polizei ist ja schließlich auch schon hier gewesen und hat sich nach denselben Mädchen erkundigt.«

»Und was stand da?«, unterbrach Camilla sie und starrte leeren Blickes auf das Armaturenbrett.

»Da steht, dass die Schwestern an Lungenentzündung gestorben sind. Die letzten drei Tage vor ihrem Tod lagen sie auf der Krankenstation unter der Aufsicht desselben Oberarztes, der später auch die Totenscheine ausgestellt hat.«

»Und wie hieß der?«

»Hmm.«

Lone Friis schien zu lesen.

»Ernst Holsted.«

»Und keiner hat aufgemuckt?«, fragte Camilla aufgebracht. »Wie kann das denn sein, dass die beiden so kurz hintereinander gestorben sind?«

»Vielleicht ist der Oberarzt seinen Verpflichtungen nicht nachgekommen. Hier steht etwas, das darauf hindeutet, dass er nicht so oft nach den beiden Patientinnen gesehen hat, wie es angezeigt gewesen wäre, wenn man bedenkt, welch dramatischen Verlauf die Erkrankung für die Mädchen genommen hat.«

»Aber die Mädchen sind ja nicht gestorben«, insistierte Camilla und dachte: Zumindest das eine nicht. »Wie kann es dann sein, dass Totenscheine ausgestellt wurden?«

»Ich finde das auch äußerst merkwürdig«, sagte Lone Friis. »Vielleicht hat man hier in Eliselund beschlossen, der Sache nicht weiter nachzugehen, weil jemand sich vor einer Anzeige oder gar einer Klage wegen Pfuschs schützen wollte. Vielleicht kann der damalige Oberarzt Ihnen das erklären.«

»Ich werde mir auf jeden Fall mal anhören, was er dazu zu sagen hat«, verkündete Camilla und fragte aus reiner Neugier, wie Lone Friis eigentlich an ihre Nummer herangekommen war.

»Das war nicht weiter schwierig. In Ihrer Jackentasche steckten ein paar Visitenkarten«, erklärte sie und bat Camilla, niemandem zu sagen, dass sie ihre Informationen aus den alten Unterlagen hatte.

»Versprochen«, sagte Camilla und nahm dankend Lone Friis' Angebot an, ihr die Jacke per Post nach Hause zu schicken.

Sie wollte gerade das Handy wieder weglegen, als Markus anrief.

»Hallo, mein Schatz!«, meldete sie sich.

»Kannst du mich bei August abholen? Ich hab keinen Bock, zu Fuß zu gehen, und Frederik geht nicht ans Telefon.«

»Bist du denn nicht bei deinem Vater?«

»Nee, hatte keine Lust. Bin nach der Schule mit zu August gegangen.«

Weder begrüßte er sie, noch fragte er nach, wo sie übers Wochenende gewesen war. Er rief einfach an und erwartete, dass sie sofort sprang, und das kam bei Camilla gar nicht gut an.

»Vergiss es. Du bist alt genug, um die drei Kilometer zu Fuß nach Hause zu gehen«, antwortete sie knapp und legte auf.

Früher hatte Markus feste Aufgaben und Pflichten gehabt – ihrer Meinung nach war das nötig, um einem Kind und Jugendlichen ein gewisses Verantwortungsgefühl beizubringen. Aber draußen auf dem Landsitz wurde ihm alles auf einem Silbertablett serviert. Ihr vielleicht auch, dachte sie, während sie durch Osted fuhr. Vielleicht verlor sie genau deshalb die Kontrolle … und den Überblick.

Irgendetwas in ihr war in der letzten Zeit verschwunden. Etwas, das ihr früher wichtig gewesen war. Und während Seelands längste Ortschaft an ihr vorbeizog, ging ihr auf, dass sie wieder zu sich selbst finden musste. Die Kontrolle zu verlieren tat ihr gar nicht gut. Sie musste für etwas brennen, sonst ging sie ein wie eine Primel.

Wahrscheinlich war es ihr genau deshalb in Eliselund alles zu viel geworden. Offenbar brauchte sie eine wirklich interessante Story, um sich selbst aushalten zu können.

Sie war noch zehn Kilometer von Roskilde entfernt, als sie ihren alten Redaktionschef bei der *Morgenzeitung*, Terkel Høyer, anrief, um zu fragen, warum er versucht hatte, sie zu erreichen. Er ging schon nach dem zweiten Klingeln dran – anscheinend hatte er ihre Nummer immer noch gespeichert.

»Hallo, Lind! Na, was ist? Langweilst du dich in der feinen Gesellschaft?«

»Nööö«, sagte sie zunächst, aber dann räumte sie es ein: »Ja, doch. Ein bisschen. Mir fehlt das Schreiben. Du hattest angerufen?«

»Ach so, ja, aber das war eigentlich nur, um dich dran zu erinnern, dass du deine Schlüsselkarte noch nicht abgegeben hast.«

»Ich muss dringend wieder arbeiten«, sagte Camilla. »Also sag einfach Bescheid, wenn du was brauchst. Muss gar nicht fest angestellt sein, ich arbeite auch gerne frei.«

»Ja, an Geld fehlt es dir ja jetzt sicher nicht«, zog er sie auf und schlug dabei einen spitzen Ton an, den sie noch nicht an ihm kannte. Vielleicht war es ein Fehler gewesen, ihn anzurufen. Jedenfalls würde sie ihm bestimmt nicht sagen, dass sie das Geld bald mehr denn je brauchen würde, wenn sie sich und Markus als Freiberuflerin ernähren musste.

»Ruf einfach an, falls du mich brauchst«, sagte sie und wollte bereits den Rückzug antreten. »Und ich melde mich, falls ich irgendwelche Ideen habe, die euch interessieren könnten.«

»Gut, so machen wir's.« Høyer klang zufrieden. So hatte er jedenfalls nicht zu viel versprochen. Camilla wusste genau, was dieser Satz aus seinem Mund bedeutete. Tausendmal hatte sie ihn gehört, wenn irgendwelche freiberuflichen Journalisten angerufen hatten, um mit einer Story unterzukommen. »So machen wir's«, das war sein Standardspruch, wenn er »Nein danke« meinte.

Sie legte auf und bereute, ihn angerufen zu haben. Da sah sie im Außenspiegel die blauen Blinklichter. Solange sie telefoniert hatte, war ihr der Streifenwagen hinter ihr gar nicht aufgefallen. Jetzt setzte er zum Überholen an, und ein Polizist signalisierte ihr mit einer Kelle, rechts ranzufahren.

»Scheiße!«, rief sie, blinkte und warf das Handy auf den Beifahrersitz.

»Ja, das wird ein ziemlich teures Telefonat«, begrüßte der Beamte sie, nachdem sie das Fenster heruntergelassen hatte.

»Ja.« Camilla nickte und suchte ihren Führerschein.

»Denn Sie wissen ja, dass man so während der Fahrt nicht telefonieren darf.«

»Ja«, knurrte Camilla und reichte ihm den Führerschein.

Er reckte den Hals. »Wie ich sehe, haben Sie sogar eine Freisprechanlage installiert. Wenn Sie die benutzt hätten, müsste ich Ihnen jetzt keine Strafe aufbrummen.«

Camilla wandte sich ihm zu.

»Mein Tag kann nicht mehr schlimmer werden, also nur zu, ist mir scheißegal«, zischte sie.

»Mannomann«, murmelte er. »Aber es wäre ja schön, wenn Sie aus diesem Strafzettel etwas lernen würden. Es ist nämlich gefährlich, beim Fahren zu telefonieren. Man konzentriert sich nicht genügend auf den Verkehr.«

Camilla biss sich auf die Zunge, bevor sie in ihrer Hitzigkeit etwas Falsches sagte. Sie riss sich enorm zusammen, rang sich ein Lächeln ab und hoffte, es möge nicht ganz so verkrampft aussehen, wie es sich anfühlte.

»Selbstverständlich.« Sie nickte. »Selbstverständlich werde ich daraus lernen. Ich nehme das sehr ernst.«

Was sie auf jeden Fall lernen wollte, war, ihre Launen besser zu kontrollieren, dachte sie und nahm lammfromm den Strafzettel entgegen.

»Einen schönen Tag noch«, sagte sie, als der Beamte zu seinem Kollegen im Streifenwagen zurückkehren wollte.

»Gleichfalls.« Er nickte und lächelte etwas schief. »Klingt ja ganz so, als könnte Ihrer nur besser werden.«

Sie blieb stehen, bis der Streifenwagen weggefahren war.

Damit hatte der Polizist wohl nicht ganz recht, denn nun lag noch das Treffen mit Frederik im Hotel vor ihr.

LOUISE HATTE SICH AM Krankenhauskiosk ein Sandwich und eine Sprite gekauft. Als sie gegessen und getrunken hatte, stand sie von der Bank auf. Sie hatte überlegt, noch einmal auf die Station zurückzugehen und noch einen Versuch zu unternehmen, Bitten Gamst den Namen ihres Liebhabers zu entlocken, aber ihr war auch klar, dass das nicht funktionieren würde, solange ihr Mann da war. Deshalb beschloss sie, damit zu warten, bis Frau Gamst wieder zu Hause war, und ging dann doch zum Auto.

Sie war gerade vom Krankenhausparkplatz gerollt, als Nordstrøm anrief und ihr erzählte, er habe die Liste der ehemaligen Mitarbeiter in Eliselund durchgearbeitet und sich mit einer wichtigen Person zu einem Gespräch verabredet.

»Mit Birte Holsted, der Witwe des Oberarztes, der damals die Totenscheine unterschrieben hat«, erläuterte er. »Um sieben Uhr in Solrød. Ich dachte, Sie wollten vielleicht mit?«

Louise warf einen Blick auf die Uhr. In einer Stunde.

»Ich bin in Roskilde und wollte gerade hier weg.«

»Wir können uns ja da treffen«, schlug er vor. »Ich kann aber auch alleine mit Frau Holsted reden.«

»Ich komme«, beeilte Louise sich zu sagen. Es überraschte sie, dass Nordstrøm überhaupt noch im Büro war. Sie hatte ihn angerufen, als sie aus Hvalsø weggefahren war, um der Holbæker Polizei mit der Vernehmung von Bitten Gamst zu assistieren, und da hatte er, gelinde gesagt, so geklungen, als hätte er keinen Bock mehr, weiter ehemalige Angestellte von Eliselund ausfindig zu machen. Aber ihr passte das gut, so hatte sie eine prima Ausrede, ihr Gespräch mit Melvin zu verschieben. Sie freute sich nicht gerade darauf, ihn zu enttäuschen, indem sie in Sachen Schrebergartenerwerb einen Rückzieher machte.

Nordstrøm stand auf dem Bürgersteig vor einem gelben Einfamilienhaus, als sie, vom Solrøder Bahnhof kommend, die Straße durch das Wohngebiet herunterrollte. Er trat seine Kippe aus und ging ihr voraus in die Einfahrt, wo eine ältere Dame mit ziemlich abweisender Miene und Gehstock sie erwartete.

»Gehen wir ins Wohnzimmer«, sagte sie und erklärte, sie habe gerade eine neue Hüfte bekommen, daher der Stock.

Die große Terrassentür zum Wohnzimmer stand offen, die Abendsonne warf einen Lichtteppich auf den Fußboden. Louise hatte ausnahmsweise mal gehofft, es würden Kaffeetassen auf dem Tisch stehen, doch es sah nicht danach aus, dass die Witwe des ehemaligen Oberarztes ihnen überhaupt irgendetwas anbieten wollte.

Sie zeigte auch nicht auf das gemütliche Sofa, als sie die beiden bat, sich zu setzen.

»Bitte«, sagte sie und nickte stattdessen zu den Stühlen mit hoher Rückenlehne am Esstisch. Sie selbst nahm am Kopfende des Tisches Platz.

»Ich verstehe überhaupt nicht, weshalb Sie nach all den Jahren auf einmal über Ernst reden wollen. Er ist schon so lange tot, in der Zeit haben sogar unsere Enkel schon wieder Kinder bekommen.«

»Ich kann das gut verstehen, dass Sie das wundert«,

sagte Nordstrøm und zog die Lederjacke aus, bevor er sich auf dem unbequemen Stuhl niederließ. »Aber wie ich bereits am Telefon sagte, geht es uns viel mehr um Eliselund als um Ihren verstorbenen Mann.«

Louise beobachtete ihn. Seine tiefe, ruhige Stimme wirkte vertrauenerweckend, dachte sie, als er die Hände auf dem Tisch faltete und die Witwe entwaffnend anlächelte.

»Im Zusammenhang mit einer alten Vermisstensache versuchen wir gerade, einige der Personen zu finden, die vor der Schließung der Anstalt dort angestellt waren«, fuhr er unbeirrt fort, obwohl ihm die abweisende Haltung der Witwe nicht entgangen sein konnte. »Und Ihr Mann hat zu der Zeit ja auch noch dort gearbeitet.«

»Mein Mann hat sich dort das Leben genommen«, korrigierte die Witwe ihn.

»Was wollen Sie damit sagen?«, mischte Louise sich ein.

Birte Holsted sah langsam zu ihr hinüber.

»Er hat Selbstmord begangen«, sagte sie nur. »Er hat unser Leben zerstört.«

Ihr Mund war verkniffen, ihr Blick hing in der Luft.

»Wann war das?«

Louise rutschte auf die vordere Stuhlkante.

Die Witwe griff nach ihrem Gehstock, als dieser von der Stuhllehne zu rutschen drohte.

»Am 16. März 1980«, sagte sie tonlos und legte den Stock auf den Boden. »Ich hatte das schon lange gewusst, dass da irgendwas im Busch war. Er hatte sich immer mehr von uns zurückgezogen, wirkte immer bedrückter und verschlossener. Aber erst nach seinem Tod habe ich dann von der Sache gehört.«

»Von welcher Sache?«, fragte Louise.

»Man hatte ein Disziplinarverfahren gegen ihn eingeleitet. Wegen des Verdachts auf grobe Fahrlässigkeit. Aber dann wurde dem doch nicht mehr richtig nachgegangen.« Sie reckte sich und sah sie an. »Mein Mann war ein schwacher Mensch. Er konnte keine Grenzen setzen.«

»Können Sie uns das etwas genauer erklären, bitte?«, meldete sich Nordstrøm geduldig zu Wort.

»Die damalige Leiterin der Anstalt hat ihm einen Fehler nachweisen können«, erzählte sie, »und damit hatte sie ihn in der Hand. Zum Schluss wurde der Druck einfach zu groß. Und obwohl es damals wirklich schwer war, muss ich sagen, dass es so wohl tatsächlich das Beste war.«

»Dass er starb?«, fragte Louise, und die Witwe nickte. »Was war denn passiert?«

»Man hat behauptet, es sei jemand an Lungenentzündung gestorben, weil mein Mann ihn nicht rechtzeitig behandelt habe.«

»War dieser Jemand eine junge Frau?«, fragte Louise.

Die Witwe sah sie an und schüttelte den Kopf.

»Nein, bloß ein kleiner, geisteskranker Junge«, antwortete sie, als zählte das gar nicht richtig. »Erst nach dem Tod meines Mannes erfuhr ich dann, dass gegen ihn noch eine andere Anzeige vorlag, und zwar eine deutlich ernstere, die zu seiner Entlassung und einer Gefängnisstrafe geführt hätte, wenn er es nicht selbst verhindert hätte.«

»Worum ging es da?«, hakte Nordstrøm schnell nach.

Die Witwe stieß einen Seufzer aus.

»Wenn Sie wissen wollen, was sich damals in Eliselund zugetragen hat, sollten Sie mal eine gewisse

Bodil Parkov fragen, die war damals die Anstaltsleiterin. Wenn irgendjemand etwas weiß, dann sie.«

In dem Blick, mit dem sie Louise bedachte, lagen viele Jahre Bitterkeit.

»Kurz vor seinem Tod hat Ihr Mann Totenscheine für zwei siebzehnjährige Zwillingsschwestern ausgestellt. Wissen Sie etwas darüber?«

Louise hätte nicht ihre Hand dafür ins Feuer legen wollen, aber sie meinte, eine Regung auf der runzligen Stirn wahrzunehmen, bevor die alte Frau die Lippen zusammenpresste und den Kopf schüttelte.

»Eine der Schwestern ist gerade beerdigt worden«, sagte Louise. »Sie war damals nicht gestorben, und jetzt müssen wir herausfinden, ob ihre Schwester vielleicht auch noch lebt. Und wie die beiden von Eliselund verschwunden sind.«

»Das kann ich Ihnen nicht beantworten«, sagte Birte Holsted und sank ein wenig in sich zusammen. »Ich weiß nichts von irgendwelchen Zwillingen.«

Sie sah auf einmal müde aus, und dieses Mal wirkte ihre Antwort glaubwürdig.

»Könnten Sie uns vielleicht mit den Namen der anderen Angestellten helfen, die zeitgleich mit Ihrem Mann in Eliselund waren?«, fragte Nordstrøm und ignorierte, dass Louise aufgestanden war.

»Ich kannte keinen von denen«, antwortete die Witwe leise. »Zu Hause hat mein Mann nie über die Verrückten oder die Kollegen gesprochen…« Sie bückte sich nach ihrem Stock und schickte sich an, sie hinauszubegleiten. Dann fügte sie hinzu: »…und dafür waren wir ihm eigentlich auch dankbar.«

»Wir finden selbst hinaus, danke«, sagte Louise schnell, als Nordstrøm sich erhob und der alten Dame für das Gespräch dankte.

Kaum auf der Straße, stöhnte Nordstrøm: »Puh, jetzt brauche ich aber dringend ein Bier. Was für ein Leben. Glauben Sie, sie hat die letzten dreißig Jahre da drin gesessen und ihre Verbitterung kultiviert?«

Louise zuckte die Achseln und steuerte das Auto an.

»Ich glaube nicht, dass die beiden eine besonders glückliche Ehe geführt haben«, sagte sie. »Wo haben Sie geparkt?«

Als Louise ihm anbot, ihn bei seinem Auto abzusetzen, nahm er dankend an.

»Na, wie sieht's aus? Trinken Sie ein Bierchen mit mir?«, fragte er, als sie vor Ullas Bar hielten. »Ich lade Sie auch ein.«

»Menschen sind gestorben, weil er seine Arbeit nicht ordentlich gemacht hat«, sagte Louise, nachdem Ulla zwei Bier vor ihnen auf den Tisch gestellt hatte.

Die Kneipe war total verqualmt, und gleich hinter ihrem Tisch spielten vier Männer Billard. Louise lehnte sich zu Nordstrøm und versuchte, die Jukebox zu übertönen.

»Aber Vernachlässigung kann man das ja wohl kaum nennen, wenn jemand seinen eigenen Totenschein überlebt.« Sie schüttelte den Kopf. »Was zum Kuckuck hat er davon gehabt, Lisemette für tot zu erklären? Und was meinte Frau Holsted damit, dass die Anstaltsleiterin den Oberarzt in der Hand hatte?«

Nordstrøm kippte einen Schnaps hinunter und hob das leere Glas so hoch, dass Ulla es sehen konnte.

»Ich finde es auch ziemlich bezeichnend, dass er sich in Eliselund das Leben nahm«, sagte er und legte seine Zigaretten auf den Tisch. »Was dagegen, wenn ich rauche?«

Louise lachte und schüttelte den Kopf.

»Hier drinnen rauchen doch eh alle.«

Sie sah sich um.

»Im Büro haben Sie mich das noch nie gefragt!«

»Er hat sich in Eliselund das Leben genommen, damit alle sehen konnten, dass er aus seinen Fehlern die Konsequenzen zog«, sagte Nordstrøm.

»Und warum war ihm das wichtig?«

Louise richtete den Blick auf die Tischplatte, als ein dunkelhaariger Mann mit dickem Bauch und Lederweste sich auf ihren Stuhl stützte und sie fragte, ob sie tanzen wolle.

»Verpiss dich, Jønne«, sagte Nordstrøm und scheuchte den Mann weg.

Es waren nur acht, neun Gäste in der Bar. Abgesehen von den vieren, die Billard spielten, hingen alle am Tresen herum, wo Ulla höchstpersönlich mit ihren gut gepolsterten Armen Hof hielt. Ihr Blick wanderte regelmäßig zu Louise und Nordstrøm.

»Weil irgendetwas vorbei war«, überlegte er laut weiter. »Er zog die Konsequenz aus etwas, das geschehen war.«

»Mit Lisemette?«

Dann sagte sie Ja zu einem letzten Bier.

LOUISE TAT ALLES WEH, als das Telefon sie weckte. Nachdem ein Taxi sie gegen elf zu Hause in Frederiksberg abgeladen hatte, hatte sie sich aufs Sofa gelegt und war dort sofort fest eingeschlafen. Dem einen letzten Bier waren ein paar weitere gefolgt. Sie hatte herausgefunden, dass Eik Nordstrøm deshalb immer Schwarz trug, weil ihn Klamotten nicht die Bohne interessierten und er es so am einfachsten fand – alles passte zusammen, und er konnte gleich im Dutzend einkaufen. Diese Auskunft hatte sie ein Bier gekostet, aber dafür hatte er dann wiederum eins ausgegeben, als er erzählt hatte, dass er jeden Morgen bei jedem Wetter von der Mole im Südhafen ins Wasser sprang. Louise hatte versucht, ein wenig über sein Privatleben herauszufinden, aber da hatte er dichtgemacht, und sie hatte es ihm nachgetan, als er mehr über ihren früheren Freund und Thomsen hatte wissen wollen. Aber zum Du waren sie trotzdem übergegangen.

Das Telefon klingelte immer noch, und Louise fluchte, als der Hund – glücklich darüber, dass sie sich endlich regte – ihr seine feuchte Schnauze ins Gesicht drückte.

»Ich heirate«, trällerte Camilla, als Louise endlich abnahm.

»Hmmm«, brummte sie und schob Dina weg. »Hast du den Pastor besänftigen können?«

»Ach was, so'n Quatsch!«, lachte Camilla. »Ich

heirate heute. Um halb zwölf. Im Rathaus. Frederik hat alles vorbereitet.«

Louise setzte sich auf.

»Das schaffe ich nicht«, war ihr spontaner Kommentar. Sie ging davon aus, dass ihre Freundin nun von ihr erwartete, mit Blumen und Sekt bereitzustehen.

»Du sollst auch gar nicht dabei sein. Wir feiern unsere Hochzeit ganz alleine mit einer Flasche Champagner im Bett.«

Camilla lachte wieder.

»Bist du betrunken?«, fragte Louise verwirrt und stand auf. »Wo bist du?«

»Im Hotel Prindsen. Frederik hat die Suite gemietet und hatte auf dem gesamten Fußboden rote Rosenblätter verteilt, bevor ich kam.«

»Heute früh?« Louise sah auf die Uhr, plötzlich besorgt, dass sie womöglich verschlafen hatte. Aber es war erst 7 Uhr 4.

»Nein, wir sind schon seit gestern hier.«

»Schön, zu hören, dass ihr euch wieder vertragen habt.« Louise gähnte und setzte sich auf einen Stuhl. »Und was ist mit Markus? Wo ist der?«

»Der weiß noch nichts. Ich hab gestern Nachmittag zum letzten Mal mit ihm gesprochen. Da war ich auf dem Rückweg von Eliselund.«

Camilla schnaubte.

»Da hat er angerufen, weil er keinen Bock hatte, von seinem Kumpel aus zu Fuß nach Hause zu gehen. Wir haben uns später drauf geeinigt, dass er dort übernachtet. Wir holen ihn nach der Trauung ab.«

Louise richtete sich auf.

»Du warst gestern in Eliselund?« Sie konnte Frederiks Stimme im Hintergrund hören und eine Tür. »Was wolltest du da?«

»Die Leiterin damals, als die Totenscheine ausgestellt wurden, hieß Parkov.«

»Weiß ich«, fiel Louise ihr gereizt ins Wort.

»Als sie von Eliselund weg war, hat sie in Avnstrup in einem Pflegeheim oder so gearbeitet, bis auch das geschlossen wurde. Sie wohnt wohl schon ewig da irgendwo im Wald«, sprach Camilla unbeirrt weiter. »Eigentlich wollte ich ja selbst mit ihr reden, aber jetzt ist mir nun mal was dazwischen gekommen, was mir ein *kleiiiiines* bisschen wichtiger ist«, lachte sie und fügte hinzu, Frederik und sie hätten sich darauf verständigt, dass sie nach der Hochzeit wieder anfange zu arbeiten. »Ich drehe ja offenbar komplett am Rad, wenn ich mich nicht um irgendeine interessante Story kümmern kann.«

»Moment mal eben«, unterbrach Louise den Redefluss ihrer Freundin. Im Hintergrund klirrte nun Geschirr. »Woher weißt du, dass sie in einem Wald bei Avnstrup wohnt?«

»Weil ich sie erst im *Wer ist wer?* und dann im Telefonbuch nachgeschlagen habe. Sie wohnt im Bukkeskovvej.«

»Redest du von Bodil im alten Wildwächterhaus?«

»Was weiß denn ich, in was für einem Haus sie wohnt!«

Louise versuchte, ihre Gedanken zu ordnen.

»Sie war Leiterin von Eliselund, als die Zwillinge starben«, wiederholte Camilla. »Hat dann aber kurz darauf dort den Dienst quittiert. Und Lillian Johansen, die immer noch in der Tagesstätte arbeitet, war damals auch schon dort angestellt.«

»Das gibt es doch gar nicht!« Louise sprang auf.

Dass Bodil Parkov die tote Lise auf dem Foto nicht erkannt hatte, war eine Sache. Aber sie musste doch auf jeden Fall etwas darüber wissen, wie die Zwillinge von Eliselund weggekommen waren.

»Wir müssen zu Bodil«, sagte Louise, als sie etwas außer Atem ins Büro kam. Dina war ihr beim Gassigehen im Frederiksberg Have abgehauen. Louise hatte nämlich geglaubt, die Hündin würde ihr Geschäft schneller verrichten, wenn sie sie nicht an die Leine nahm. Doch dann war Dina nicht zu ihrem Frauchen zurückgekehrt. Erst, als Louise den hellen Labrador eine Viertelstunde später zusammen mit einem schokoladenbraunen Artgenossen auf einer Wiese hatte herumtollen sehen, war es ihr gelungen, die Hundedame wieder einzufangen.

Sie nahm die Sonnenbrille vom Kopf, wo sie im frisch gewaschenen Haar gesessen hatte, und sah Eik an, dass er eine nähere Erklärung von ihr erwartete.

»Und mit Lillian Johansen müssen wir auch reden. Die arbeitet immer noch in Eliselund.« Sie erzählte Eik von Camillas Besuch in der Tagesstätte.

»Danke für den netten Abend gestern«, sagte Eik heiser, und eigentlich bemerkte Louise ihn erst jetzt so richtig.

»Mannomann!«, rief sie. »Was ist denn mit dir passiert?«

Er hatte dunkle Ringe unter den verquollenen Augen und eine große Schramme an der linken Schläfe.

»Ich hab's leider nicht so früh nach Hause geschafft wie du«, sagte er und strich sich über die Schramme. »Und heute Morgen, als ich an der Mole ins Wasser sprang, habe ich den Abstand zur Kaimauer falsch eingeschätzt.«

»Du siehst aus, wie durch den Fleischwolf gedreht. Was ist mit dem Auto?«

Er schnitt eine Grimasse.

»Steht noch am Südhafen.«

»Verdammt noch mal!«, schimpfte Louise.

»Aber mein Wagen steht hier, dann nehmen wir den«, schlug er vor, fügte aber gleich hinzu, dass er erst noch in der Kantine etwas zu essen holen müsse. »Willst du auch etwas?«

Louise hatte überhaupt nicht gefrühstückt, darum nickte sie, als er sich erhob. Wenigstens stinkt er nicht nach Kneipe, dachte sie, als er an ihr vorbeiging.

Während er in der Kantine war, marschierte Louise zu Rønholt, um ihn darüber zu informieren, dass sie nach Hvalsø fahren würden.

»Toll sehen Sie aus«, sagte Hanne Munk und zeigte auf Louises offene Haare. Verwirrt blieb Louise kurz in der Tür stehen, dann bedeutete die Sekretärin ihr mit einem Nicken, dass sie einfach hineingehen könne.

»Das müssen Sie sich ansehen«, platzte Rønholt heraus, kaum dass er Louise sah. Er winkte sie zu seiner Fensterbank und zeigte auf eine große, gelb-braune Blüte.

»Wir fahren nach Hvalsø«, sagte sie und bewegte sich schon wieder rückwärts Richtung Tür.

»Das ist ein Frauenschuh«, sagte er fast schon zärtlich. »Europas größte und seltenste Orchidee. Blüht nur zwei Wochen lang. Ist die nicht schön?«

Für Orchideen hatte Louise sich noch nie interessiert, aber sie nickte trotzdem und fand sie auch wirklich hübsch.

»Übrigens hat Holbæk angerufen. Die waren sehr zufrieden mit Ihrer Vernehmung des Vergewaltigungsopfers.«

»Danke«, sagte Louise, die Hand auf der Türklinke. »Freut mich. Die haben ja auch genug um die Ohren mit dem Mord im Wald und der Joggerin, die immer noch verschwunden ist.«

»Hörte sich eigentlich fast so an, als würden die Sie mit Kusshand nehmen, falls diese neue Einheit die Probezeit nicht überlebt.« Er ließ das dicke grüne Orchideenblatt los.

»Diese neue Einheit wird die Probezeit selbstverständlich überleben«, merkte sie spitz an. »Und ich werde auf gar keinen Fall in Holbæk arbeiten.«

Mit einem unguten Gefühl im Bauch blieb sie im Flur stehen. Rønholt fing verdammt früh an, Zweifel an der Existenzberechtigung der neuen Einheit zu äußern, dachte sie. Sie sah Eik mit zwei halben Litern fettarmer Milch und ein paar belegten Brötchen auf einem Pappteller auf sie zukommen.

»Die essen wir unterwegs, oder?«, fragte er.

Louise nahm sich zusammen und folgte ihm ins Büro. Gleichzeitig ging ihr durch den Kopf, dass er vielleicht deshalb nicht so verkatert war wie sie, weil er besser in Übung war.

»Jeps«, sagte sie und schnappte sich ihre Tasche. »Auf geht's.«

LEICHT VORNÜBERGEBEUGT STAND Jørgen im Hof und rechte den Kies, als Louise und Eik vor dem weißen Tor parkten. Er hielt mitten in der Bewegung inne und sah abwartend zu ihnen hinüber, die Schirmmütze bis zu den Ohren heruntergezogen. Er wischte sich die Hände an den blauen Arbeitshosen ab, richtete sich auf und stützte sich mit verschränkten Armen auf dem Rechen ab. Er beobachtete sie sehr genau, als sie aus dem Auto ausstiegen.

Er kam nicht auf sie zu, um ihnen das Tor aufzumachen, und reagierte auch nicht, als Louise die Klinke herunterdrückte.

»Hallo, Jørgen. Ist Bodil zu Hause?«, fragte sie, bevor sie das Tor öffnete.

»Bodil«, sagte er und zeigte zum Haus.

Er ließ den Rechen fallen und schlenderte Richtung Haustür. Louise blieb stehen, sobald sie den Hof betreten hatte. Eik hielt sich immer noch beim Auto auf und wartete darauf, hereingebeten zu werden.

Kurz darauf kam Jørgen mit einem breiten Grinsen im Gesicht und Bodil an der Hand wieder heraus, als hätte er soeben seine Lieblingspuppe geholt.

»Kommt ihr wegen des Autos?«, war Bodils erste Frage nach der Begrüßung. »Jørgen hat es gestern wieder gesehen. Es kam aus dem Wald herausgefahren.«

Sie nickte Richtung Avnsee und zur Straße zum Starenhaus.

»Sie meinen den weißen Toyota?«, fragte Eik und kam auf sie zu, während Jørgen neugierig hinausging, um den schwarzen Jeep Cherokee zu inspizieren.

»Ja, genau. Wir haben darüber gesprochen, dass wir euch wohl am besten anrufen und es euch erzählen«, fuhr sie fort.

»Wann habt ihr ihn gesehen?« Louise dachte an die Vergewaltigung, die vormittags stattgefunden hatte.

»So gegen fünf, sechs Uhr, glaube ich. Wir wollten gerade essen. Jørgen hatte solchen Hunger, darum waren wir etwas früher dran als sonst.«

Bodils Mann war einmal ganz ums Auto herumgegangen und bewunderte nun die mächtige Stoßstange.

»Autos sind sein Ein und Alles.« Bodil lächelte.

Alles war so friedlich um sie herum, das reine Idyll. Die Zweige der großen Kastanie wiegten sich im Wind, und eigentlich hatte Louise keine große Lust, das Thema anzuschneiden, das sie mit Bodil besprechen wollten.

»Ich will nicht hoffen, dass der Schlüssel steckt?«, fragte Bodil nervös. »Also, nicht dass er Auto fahren könnte – aber er weiß manchmal selbst nicht, was er kann und was nicht.«

»Ich habe den Schlüssel hier«, beruhigte Eik sie und winkte mit dem Schlüsselbund. Dann ließ er ihn wieder in der Tasche seiner schwarzen Jeans verschwinden.

»Es gibt da etwas, das wir gerne mit dir besprechen würden, Bodil«, sagte Louise dann. »Können wir hineingehen?«

Sie hatte Bilder von Lise in der Schultertasche. Über den Baumwipfeln zogen sich die Wolken zusammen, und es kam ein frischer Wind auf. Womöglich würde es bald regnen. Louise sah auf die Uhr. In eineinhalb Stunden heiratete Camilla im Roskilder Rathaus.

Bodil zeigte zum Haus und bat sie, schon einmal vorzugehen, während sie selbst zum Stallgebäude ging, um ein Fenster zu schließen.

Louise folgte Eik, der ihr die Tür aufhielt. Er hatte wieder etwas mehr Farbe im Gesicht, sah aber trotzdem ziemlich müde aus. In gewisser Weise war das ihre Schuld, dachte sie und huschte an ihm vorbei. Mit kleinen Kindern sollte man nun mal besser nicht in einen Süßigkeitenladen gehen.

Auf dem Couchtisch standen diverse Stapel handbemalter Teller. Louise betrachtete die feinen Blumenmotive, während Eik im Flur unter den auf Hochglanz polierten Messing-Jagdhörnern stehen blieb. Louises Blick wanderte zu seinem Rücken, zu den breiten Schultern unter dem schwarzen T-Shirt und den schmalen Hüften in der formlosen Hose.

»Jørgen sammelt die«, erzählte Bodil, als sie ins Wohnzimmer kam. »Er bringt mir die Blumen, die ihm gefallen, und ich bemale dann einen Teller damit. Aber wir wollen keine doppelt haben, darum haben wir gestern hier gesessen und sind alle durchgegangen, die wir bisher haben.«

Sie lächelte und fragte, ob sie ihnen Kaffee anbieten könne.

»Nein danke«, beeilte sich Eik vom Flur aus zu sagen. Louise vermutete, er wollte den Besuch so schnell wie möglich hinter sich bringen.

»Gerne, danke«, sagte Louise und kassierte dafür einen Blick und ein Kopfschütteln von ihm. Dann zeigte er auf die Jagdhörner über sich und fragte Bodil, woher sie stammten.

»Mein Vater war Jäger«, antwortete sie. »Er hatte

oben bei Jægerspris eine große Jagdhütte, und soweit ich mich erinnere, haben wir ihn zu Hause die ganze Jagdsaison über nicht zu Gesicht bekommen. Stimmt wahrscheinlich nicht ganz, er war nur einfach fast nie zu Hause, weil er so viel arbeitete. Aber er war immer bester Laune, wenn er mit seinen Büchsen aus dem Haus ging«, erzählte sie und lächelte wehmütig.

Sie bat sie, ihr in die Küche zu folgen, und holte zwei Tassen aus dem Schrank.

»Hätten Sie lieber eine Tasse Tee?«, fragte sie Eik und zeigte auf eine Packung schwarzen Tee in Beuteln.

Er hob abwehrend die Hände und lehnte höflich ab.

»Ihr wolltet über etwas Bestimmtes mit mir reden?«, fragte Bodil über die Schulter, während sie Wasser aufsetzte und Nescafé sowie ein paar Löffel hervorholte.

Louise holte die Bilder von Lise aus der Tasche.

»Als wir letztes Mal hier waren, haben wir dich gefragt, ob du diese Frau kennst.«

Louise reichte ihr ein Bild.

Bodil nahm es, ging damit zum Fenster und betrachtete es eingehend. Dann kam sie zurück und legte es auf den Tisch.

»Ich kann mich nicht erinnern, sie schon mal gesehen zu haben«, sagte sie und holte den Wasserkocher. »Milch?«

Louise schüttelte den Kopf.

»Ich habe gehört, dass du mal in Eliselund gearbeitet hast. Dass du die alte Anstalt bis kurz vor ihrer Schließung geleitet hast«, erklärte Louise und beobachtete, wie Bodil überrascht die Augenbrauen hochzog und nickte.

»Stimmt«, sagte sie. »Ich war von 1973 bis 1980 dort angestellt.«

»Lise Andersen und ihre Schwester Mette sind in der Anstalt groß geworden. Sie haben genau zu der Zeit dort gewohnt, in der Sie die Leitung innehatten«, versuchte Eik ihr auf die Sprünge zu helfen. Er zog einen Stuhl unter dem Tisch hervor, damit die ältere Dame sich setzen konnte.

»Ach, die Zwillinge.« Bodil nickte und nahm sich noch einmal das Foto vor.

Sie saß eine Weile da, betrachtete Lises Gesicht und sagte kein Wort. Dann sah sie Louise an und zögerte kurz, bevor sie etwas sagte.

»An die Zwillingsschwestern kann ich mich gut erinnern. Damals hatten alle Bewohner Nummern. Die beiden waren Nummer 51 und 52. Aber sie sind ja beide gestorben.«

»Warst du an dem Tag, an dem sie starben, in Eliselund?«, fragte Louise.

Bodil sah starr vor sich hin, dann schüttelte sie ganz langsam den Kopf.

»Sie starben einen Tag, bevor ich von Eliselund wegging«, fing sie an zu erzählen. »Das ist alles schon so lange her, dass ich mich kaum noch daran erinnern kann. Aber ich glaube, die Mädchen waren zwei Tage vorher auf die Krankenstation gekommen. Da hatten sie beide schon ein paar Tage mit hohem Fieber im Bett gelegen.«

»Und was ist an dem Tag passiert, an dem sie starben?«, wollte Louise wissen.

Bodil sah zur Tür, als Jørgen vom Flur aus rief.

»Entschuldigung«, sagte sie, stand auf und ging zu ihm hinaus.

Kurz darauf kam sie mit zwei gelben Rosen wieder, die sie Louise reichte. »Die hat er für dich gepflückt.«

Louise bedankte sich, legte die Blumen auf den

Tisch und fragte Bodil, was genau an jenem Tag passiert sei, als Lisemette von der Krankenstation verschwand.

»Ich war dabei, meine Sachen zu packen«, erzählte sie zögerlich, als müsste sie die Erinnerung aus der hintersten Ecke ihres Gedächtnisses hervorkramen. Sie habe damals eine kleine Dienstwohnung im Hauptgebäude bewohnt und alles einpacken müssen, bevor der Umzugsunternehmer am nächsten Tag gekommen sei, um alles zu holen. »Als ich am nächsten Tag wegfuhr, war halbmast geflaggt. Vermutlich sind die Mädchen im Laufe des Abends oder der Nacht gestorben. Ich kann mich nicht erinnern.«

»Damals gab es in Eliselund einen Oberarzt«, forschte Louise weiter. »Dieser Mann hat auch die Totenscheine ausgestellt. Was weißt du über ihn?«

»Er lebt nicht mehr.«

»Das wissen wir. Ich finde, es klingt schon sehr unwahrscheinlich, dass zwei Schwestern im Abstand von nur einer Minute gestorben sein sollen. Du warst damals dort. Wie konnte das passieren?«

Bodil faltete die Hände vor sich auf dem Tisch und betrachtete sie, bevor sie den Blick auf Louise richtete.

»Leider hatte es mit dem Oberarzt schon mehrere unglückliche Zwischenfälle gegeben.« Sie räusperte sich. »Ich kann dir nicht sagen, ob die eine vielleicht in Wirklichkeit deutlich vor der anderen gestorben ist und der Oberarzt den Papierkram dann erst später in einem Aufwasch erledigt hat.«

Bodil saß einen Moment da, als überlegte sie, wie viel sie noch sagen sollte.

»Damals sind mehrere Fehler passiert. Heute würde man das Ärztepfusch nennen und die Verantwortlichen der Ärztekammer melden, aber…« Sie seufzte schwer.

»Damals war das öffentliche Interesse an Irrenanstalten nicht zu vergleichen mit heute. Und schon gar nicht, wenn die Patienten keine Angehörigen hatten. Behandlungsfehler konnten also sehr leicht mit einem Totenschein vertuscht werden.«

»Ja, aber Lise ist ja gar nicht gestorben!«, stellte Louise frustriert fest.

»Der Oberarzt hat sich erhängt, und er wird seine Gründe gehabt haben«, sagte Bodil und drückte ihr Bedauern aus, nicht auf Louises Fragen antworten zu können.

Mit einem Gefühl der Beklemmung trank Louise ihren Nescafé aus und wollte gerade aufstehen, als Eik Bodil fragte, ob sie sich immer selbst um Jørgen gekümmert habe.

Sie nickte kurz.

»Das ist glücklicherweise möglich gewesen.«

Louise erhob sich, und Eik verstand ihren Wink. Bodil begleitete sie in den Hof. Als sie den Wagen erreichten, saß Jørgen hinterm Steuer und guckte so konzentriert, als würde er fahren.

»Wir müssen herausfinden, was am 27. Februar 1980 in Eliselund passiert ist«, insistierte Louise, als sie mit Bodil allein war. »Wir müssen den anderen Zwilling finden. Kannst du dich noch an irgendwelche Mitarbeiter von damals erinnern?«

»Das ist dreißig Jahre her«, sagte Bodil. »Und ich habe ein sehr schlechtes Namensgedächtnis.«

»Was ist mit Lillian? Kennst du die?«

»Lillian …«, wiederholte Bodil und dachte nach. »Wir hatten damals ein paar Auszubildende. Vielleicht war sie eine von denen?«

Sie schüttelte sich ein wenig, dann sah sie entschuldigend lächelnd wieder zu Louise.

»Meine letzten Wochen und Monate in Eliselund waren nicht die besten«, gestand sie. »Ich hatte damals nicht viel Kontakt zu meinen Mitarbeitern. Die fanden mich zu streng und waren zum Beispiel dagegen, dass wir die Bewohner, die nicht selbst essen konnten, fixierten, damit wir sie in Ruhe füttern konnten. Damals haben wir ihre Brote in kleine Stücke geschnitten und in einem tiefen Teller mit Tee übergossen, das ergab einen ganz guten Brei. Aber wenn die Bewohner zu sehr zappelten, gab es eine große Sauerei.«

Sie schüttelte den Kopf.

»Manche Mitarbeiter haben sich auch darüber beklagt, dass das Personal besseres Essen bekam als die Bewohner, aber darum habe ich mich nicht gekümmert. Immerhin bekamen sie Leberwurst, Salami und eingelegten Hering.«

»Aber das wurde hoffentlich nicht alles gleichzeitig mit dem Tee verrührt«, rutschte es Louise heraus.

Bodil sah sie verständnislos an. Dann nickte sie.

»Doch, natürlich. Sie brauchten ja sowohl Fisch als auch Fleisch, und das haben sie bekommen. Aber während meiner letzten Monate kam es immer häufiger zu Konflikten zwischen dem Personal und mir, und darum beschloss ich zu kündigen.«

Bodil nahm Jørgens Hand, als er aus dem Jeep stieg, und als Louise vom Hof fuhr, sah sie im Außenspiegel, wie die beiden Hand in Hand zum Haus zurückgingen.

Ganz so unkompliziert ist es sicher nicht immer gewesen, dachte Louise.

EIK HATTE GERADE DAS FENSTER heruntergekurbelt und sich eine Zigarette angezündet, als Kim anrief. Louise fuhr rechts ran und hielt in der Einfahrt des alten Sägewerks.

»Ich muss dich um einen Gefallen bitten«, sagte er. »Wir kriegen Bitten Gamst einfach nicht dazu, uns den Namen ihres Liebhabers zu verraten, aber wir müssen unbedingt mit ihm reden. Vielleicht hat er den Vergewaltiger ja gesehen, als er zu Frau Gamst rausfuhr.«

»Und du willst, dass ich es noch mal versuche?«, fragte Louise.

»Außerdem müssen wir aus ihrem Mann herauskitzeln, ob er weiß, wer diesen weißen Lieferwagen fährt«, fuhr er fort und erzählte, zwei seiner Leute hätten René Gamst am Morgen mit einem scharfen Jagdgewehr im Wald aufgegriffen.

»Er hat natürlich abgestritten, auf der Suche nach dem Vergewaltiger zu sein, aber ich will einfach nicht, dass er da draußen so herumstreift. Und ich bin mir ziemlich sicher, dass er und seine Frau irgendjemanden decken, der sich öfter im Wald aufhält.«

»Was hat die Spurensicherung ergeben?«

»Gleich bei der Tür waren ein paar richtig schöne Schuhabdrücke. Und ansonsten sind wir gerade dabei, zu analysieren, welche Fingerabdrücke zu den Personen gehören, die im Haus aus und ein gehen, damit wir diese ausschließen können.«

»Aber ihr schließt sie doch nicht einfach so aus?«, wunderte Louise sich.

»Nein, natürlich nicht«, beruhigte Kim sie und erzählte, es sehe nicht so aus, als hätten die Gamsts ein besonders reges Sozialleben. »Eigentlich haben sie nur mit Bitten Gamsts Mutter und zwei befreundeten Paaren Umgang.«

Außer ihnen sei im letzten Monat niemand bei den Gamsts zu Besuch gewesen.

»Na ja, und der Liebhaber natürlich«, sagte Louise und versprach zu tun, was sie konnte, um dem Ehepaar Gamst doch noch den einen oder anderen Namen zu entlocken.

»Tadaaaaaah!«, jubelte Camilla ihr ins Ohr, als sie kurz darauf anrief. »Du darfst mich jetzt Frau Sachs-Smith nennen.«

»Herzlichen Glückwunsch!«, rief Louise und hielt das Telefon etwas weiter vom Ohr weg.

»Ich rufe dich nachher noch mal an. Wir sind gerade auf dem Weg zu einer Frau, die gestern vergewaltigt wurde. Ich melde mich, sobald ich mit der Vernehmung fertig bin. Genießt einander! Gratuliere euch beiden!«

»Wir können doch auf dem Rückweg kurz bei ihnen vorbeischauen und mit ihnen anstoßen«, schlug Eik vor und schien das tatsächlich ernst zu meinen.

Louise schüttelte den Kopf.

»Ich glaube, die wollen am liebsten allein sein. Ich habe den Eindruck, die beiden sind sich mehr als genug«, sagte sie.

»Außerdem wollte ich fragen, ob wir, wenn wir fertig sind, bei meinen Eltern vorbeifahren und Jonas abholen könnten?«

Louise hatte viel über ihre Begegnung mit René Gamst im Krankenhaus nachgedacht. Komisch, dass er sie nicht wiedererkannt hatte. Aber vielleicht dämmerte ihm jetzt, wo er Zeit zum Nachdenken gehabt hatte, doch etwas. Ganz gleich, was jetzt kommen würde – sie hatte beschlossen, sich davon nicht aus der Ruhe bringen zu lassen. Aber je näher sie dem Starenhaus kamen, desto mehr zog sich doch wieder etwas in ihrer Brust zusammen.

Sie lenkte Eiks Schlachtschiff von einem Auto die schmale Einfahrt hinunter, blieb vor dem reetgedeckten Haus stehen und zog die Handbremse.

»Funktioniert die?«, fragte sie besorgt, als der Wagen ein wenig vorwärts rollte.

»Nicht hundert Prozent, aber ausreichend.« Eik nickte und spuckte beim Aussteigen seinen Kaugummi ins Gras.

Sämtliche Fenster und Türen des Hauses waren geschlossen. Es war totenstill. Außer dem Auto in der Einfahrt deutete nichts darauf hin, dass jemand zu Hause war. Sie folgten dem unebenen Steinweg zur Tür in der Giebelwand des alten Waldarbeiterhauses. An der langen Seite des Hauses reihten sich Sprossenfenster aneinander, und Stockrosen standen dicht wie ein Zaun direkt beim weiß gekalkten Fachwerk. Einige von ihnen stießen an die untere Kante des Reetdachs und neigten ihre Köpfe wie Schwäne.

Louise klopfte an eine niedrige Stalltür, die vermutlich noch die Originaltür war. Der Durchgang war so niedrig, dass selbst sie mit ihren eins fünfundsiebzig sich den Kopf stoßen würde, wenn sie hindurchging.

Am anderen Ende lag die Terrasse mit dem Whirlpool. Dort war der Garten nicht einsehbar, eine dichte

Buchenhecke trennte den Garten vom Wald. Die Kollegen von der KTU hatten keinerlei Spuren hinterlassen, bis auf ein kleines Stück rot-weißes Band unter der Holzterrasse, mit dem sie den Bereich rund um die Terrassentür abgesperrt hatten.

Louise hörte die Schritte erst, als die Tür bereits aufging, und sie trat unwillkürlich einen Schritt zurück, als sie Bitten Gamst sah. Die zierliche Frau hatte ein ausgewachsenes Veilchen, ihr Auge war komplett zugeschwollen. Sie trug einen weißen Bademantel, ihr Haar war zerzaust und auf der einen Seite platt, als hätte sie darauf gelegen, als es noch nass war.

»Sind Sie allein?«, fragte Louise. Eik hielt sich im Hintergrund.

Frau Gamst schüttelte leicht den Kopf.

»Kommen Sie rein.«

»Wie geht es Ihnen?«, fragte Louise und ließ die Tür für Eik offen, während sie selbst Bitten Gamst ins Wohnzimmer folgte. Der Schiffsplankenboden passte überhaupt nicht zum Stil des alten Forsthauses. Das Ehepaar Gamst hatte sich für einen maritimen Einrichtungsstil mit Möbeln in Blau- und Grüntönen und entsprechenden Bildern an der Wand entschieden. An einem Ende des Wohnzimmers war ein Aquarium in die Wand eingelassen, das sich bis zur Terrassentür hinter der Sitzgruppe erstreckte. Konsequenter Stil, dachte Louise, aber mitten im Wald doch ein bisschen fehl am Platz. Hier gab es weit und breit kein Meer und keinen Hafen. Das einzige Gewässer in der Nähe war der Avnsee.

»Geht so.« Bitten Gamsts Stimme klang wie die eines kleinen Mädchens. Louise hatte schon mehrfach die Erfahrung gemacht, dass aus den Stimmen vergewaltigter Frauen die Würde verschwand.

»Wo ist Ihr Mann?«

Louise folgte Bitten Gamsts Blick in den Garten.

»Er setzt ein Kreuz auf das Grab unseres Hundes.«

Ihre Augen liefen fast über vor Tränen, als sie sich auf das breite Sofa sinken ließ.

»Unsere Tochter hat drauf bestanden.«

Kim hatte Louise erzählt, dass sie den Hund im Garten neben dem Geräteschuppen gefunden hatten – mit gebrochenem Genick und zermatschtem Oberkörper. Es sei kein schöner Anblick gewesen, hatte Kim hinzugefügt.

»Meine Tochter und ich haben sie gar nicht mehr gesehen und konnten uns darum nicht richtig von ihr verabschieden«, schniefte Bitten Gamst. »Mein Mann hat sie heute Morgen begraben. Und jetzt setzt er eben noch ein Kreuz aufs Grab.«

Louise lehnte sich nach vorne, um ihr möglichst nah zu kommen.

»Hat er Sie wieder geschlagen?«

Sie betrachtete das blaue Auge. Natürlich nahmen Schwellungen oft über Tage zu, aber Louise war sich ziemlich sicher, dass Bitten Gamst seit gestern neue Verletzungen im Gesicht hatte.

Und doch schüttelte sie den Kopf. Sie ballte die Hände zu Fäusten und biss sich auf die Lippe.

»Wenn er es nicht war – wer dann?«, setzte Louise sie unter Druck. »Ich kann doch sehen, dass Sie geschlagen wurden, seit ich Sie gestern im Krankenhaus befragt habe.«

Bitten Gamst wandte nur wortlos das Gesicht ab.

»Verdammt noch mal!« Louise schlug nun einen anderen Ton an. »Frau Gamst, Sie müssen uns erzählen, was hier los ist. Mit wem haben Sie eine Affäre? Wir werden es sowieso herausfinden. Aber Sie würden uns und sich selbst eine Menge Ärger ersparen, wenn Sie es uns einfach sagten.«

Eine Träne kullerte Bitten Gamst über die Wange. Sie faltete die Hände vor dem Mund und biss sich in die Knöchel.

»Vielleicht müssen wir es Ihrem Mann ja gar nicht sagen«, bot Louise dann an, obwohl sie so etwas überhaupt nicht versprechen durfte.

»Er weiß es schon«, flüsterte Bitten Gamst, lehnte sich nach vorn und schielte kurz zu Louise, ohne den Kopf zu drehen. »Als wir vom Krankenhaus zurückkamen, stand Ole plötzlich in der Tür. Er hatte die Streifenwagen gesehen und wollte wissen, was am Vormittag passiert sei und ob ich jemandem von ihm erzählt hätte.«

Sie wischte sich die Tränen aus dem Gesicht.

»Ole Thomsen?«, flüsterte Louise, obwohl sie allein im Wohnzimmer waren. »Sie haben auf Ole Thomsen gewartet?«

Bitten Gamst zuckte kurz, dann nickte sie.

»Und Ihr Mann weiß das?«

»Jetzt schon. Ihm war nämlich nicht ganz klar, wie Ole wissen konnte, dass ich frei hatte. Die beiden standen da, und mir ist so schnell keine Lüge eingefallen, da habe ich einfach die Wahrheit gesagt.«

Sie senkte den Kopf, bis ihr Kinn die Brust berührte.

»Und was hat Ihr Mann gesagt?«

Bitten Gamst entwich ein kurzes, grunzendes Lachen, als sie sich wieder aufrichtete.

»Was glauben Sie?« Ihr Ton war sarkastisch. Kopfschüttelnd sah sie Louise an. »Nichts hat er gesagt, gar nichts. Hat sich nicht getraut. Das war mir klar gewesen. Niemand widersetzt sich Thomsen. Und wer es doch tut, ist plötzlich entweder seinen Job oder seine eigene Firma los. Oder vielleicht wird plötzlich sein Auto geklaut, oder das Haus brennt ab. Natürlich kann man Thomsen selbst nie etwas nachweisen. Von daher ist es dumm, ihm zu widersprechen, wenn er gerne etwas haben möchte.«

»Und er wollte Sie«, stellte Louise voller Mitgefühl fest.

Bitten Gamst nickte.

»Genau genommen, hatte ich gar keine andere Wahl, seit mein Mann angefangen hat, für ihn zu arbeiten.«

»Im Wald?«

»Nein, als Fahrer. Im Wald ist Ole nur in seiner Freizeit. Er hat drei Lastwagen, mit denen verdient er sein Geld. Zwei fahren Kies von der Grube – das macht René. Der dritte fährt mit Waren, das macht Thomsens Cousin, der Neue im Haus Pferdeweide.«

Louise holte tief Luft. Das erklärte das Verhalten des Mannes neulich.

»Und als Sie dann mit ihm allein waren?«, fragte Louise.

»Zuerst war er wütend, aber ich glaube, das war er vor allem, weil er verletzt war. Hatte wohl geglaubt, sein Freund hätte genügend Respekt vor ihm, um die Finger von seiner Frau zu lassen. Und jetzt rennt er draußen im Wald rum auf der Jagd nach dem Vergewaltiger. Vielleicht vor allem, um sich selbst zu beweisen, dass er nicht zulässt, dass andere Männer seine Frau anfassen.«

Irgendwie überraschte das Louise nicht.

Sie konnte sich lebhaft vorstellen, wie Thomsen hier hereinspazierte und sich die Frau seines Freundes nahm. Sie sah es deutlich vor sich, wie er in seinen Waldarbeiterklamotten hier auftauchte und den alten Land Cruiser zwischen den Bäumen versteckte, um sich hintenrum ins Haus zu stehlen und direkt zwischen Bitten Gamsts Beinen zu landen. Louise schüttelte sich.

Doch dann ging ihr durch den Kopf, dass Ole Thomsen sich wahrscheinlich gar nicht so viele Umstände machte, das Auto zu verstecken, wenn er zum Schäferstündchen hier einkehrte. Jede Wette, dass er den Wagen für alle sichtbar in der Einfahrt parkte.

Louise konnte gut verstehen, dass René Gamst die Nerven verloren hatte.

»Haben Sie ihn gefunden?«, fragte dieser im selben Moment von der Tür her. Er war zusammen mit Eik aus dem Garten gekommen. Der hatte ein kleines Mädchen an der Hand, das ihn zu einem Zimmer hinter der Küche zerrte.

René Gamst musste dringend mal zum Friseur, stellte Louise fest und setzte sich vom Sofa auf den Sessel, damit er sich neben seine Frau setzen konnte. René legte Bitten einen Arm um die Schulter und zog sie an sich.

»Finden Sie heraus, wer in mein Haus eingedrungen ist und meine Frau vergewaltigt hat.«

Auf einmal tat er Louise richtig leid. Von allen Seiten hatte er Kränkungen erfahren. Sein Freund hatte seine Frau gevögelt, und ein Fremder war in sein Haus eingedrungen und hatte dasselbe getan. Man hatte ihn seiner Ehre und seiner Männlichkeit beraubt. Das, was bei Louise Mitgefühl auslöste, war, dass er dazu stand.

»Ich verspreche Ihnen, dass wir die Sache aufklären werden.« Sie meinte das vollkommen ernst.

»Sagen Sie das nicht, wenn Sie nicht selbst daran glauben«, brach es wütend aus ihm hervor.

Louise lehnte sich leicht nach vorn.

»Wir finden ihn«, sagte sie mit Nachdruck.

»Wenn Sie ihn nicht finden, finde ich ihn!«

»Jetzt hör schon auf, René«, bat ihn seine Frau.

Louise sah ihm an, dass ihm eine böse Bemerkung auf der Zunge lag. Er schluckte sie hinunter und presste die Lippen aufeinander.

Louise lehnte sich im Sessel zurück.

»Haben Sie in letzter Zeit einen weißen Lieferwagen entweder hier im Wald oder oben auf dem Parkplatz beim Stokkebovej gesehen?«

Bitten Gamst schüttelte schnell den Kopf, während René Louises Blick auswich. Er wollte etwas sagen und ließ es dann doch wieder.

»Sie haben ihn gesehen«, folgerte Louise. »Wer ist der Fahrer?«

Er verzog das Gesicht, zog schniefend Luft ein, faltete die Hände und schwieg.

Aus dem Augenwinkel sah Louise, dass Frau Gamst sich aufrichtete und die Luft anhielt.

Louise holte eines der Fotos von Lise Andersen hervor und legte es auf den Tisch.

»Was wissen Sie über diese Frau?«

Die beiden betrachteten das Bild und schüttelten den Kopf.

Eik war aus dem Kinderzimmer wiedergekommen und hatte sich in den zweiten Sessel gesetzt.

»Na los. Jetzt sagen Sie schon, wer der Fahrer des weißen Lieferwagens ist«, drängte Louise.

Doch dieses Mal reagierte René Gamst nicht. Bitten Gamst atmete zwar wieder, saß ansonsten aber mucksmäuschenstill da.

Auf einmal wurde Louise so wütend, dass sie vom Sessel aufsprang. Sie packte René Gamst bei den Schultern und schüttelte ihn.

»Jetzt hören Sie mal! Warum zum Teufel sollte ich auch nur einen Finger krumm machen, um herauszufinden, wer in Ihr Haus eingedrungen ist, wenn Sie nicht mal bereit sind, uns dabei zu helfen?«, rief sie.

Erschrocken zog Bitten Gamst sich an das eine Sofaende zurück.

Louise schüttelte ihn noch einmal.

»Mehrere Frauen sind verschwunden, eine wurde ermordet, Ihre eigene Frau wurde vergewaltigt. Jetzt sagen Sie endlich, wer der Fahrer des Lieferwagens ist!«

Sie ließ ihn los und ging, Blickkontakt mit Eik vermeidend, zurück zu ihrem Sessel.

»Wenn wir ausschließen können, dass der Fahrer etwas mit den aktuellen Fällen zu tun hat, können wir auch das Auto vergessen und verschwenden keine kostbare Zeit damit, es zu suchen«, erklärte sie etwas ruhiger.

»Ole«, sagte René Gamst.

»Ole Thomsen?«, fragte sie verdutzt nach. »Ich dachte, der fährt einen alten Land Cruiser?«

»Nicht, wenn er Fleisch verkauft.«

»Halt die Klappe, René!«, rief seine Frau wütend und trat ihn.

Louise ignorierte sie und wandte den Blick nicht von René Gamst ab.

»Fleisch?«, fragte Louise.

Er senkte den Blick.

»Jetzt erzählen Sie mir bitte, was Sie über dieses Auto wissen«, forderte sie ihn auf. »Es wurde mehrfach im Wald gesehen und steht möglicherweise in Zusammenhang mit den Überfällen der letzten Tage. Zuletzt wurde es gestern gesehen, als es aus dem Wald herausfuhr.«

»Ja, weil er im Wald unterwegs war, als ich meine Frau aus dem Krankenhaus holte«, gestand René Gamst endlich. »Es hat ja nur so vor Polizei gewimmelt, und darum kam er zu uns, um zu fragen, ob wir wüssten, was los sei.«

»Sei jetzt still, René«, flüsterte Bitten Gamst, ohne ihren Mann anzusehen.

»Weiter«, befahl Louise. »Was hat es mit dem Fleisch auf sich?«

»Nichts weiter. Ein-, zweimal die Woche stellt er sich mit dem Wagen auf den Parkplatz und verkauft Fleisch.«

Louise schüttelte den Kopf. Sie verstand nicht, worum es ging.

»Verdammt noch mal!«, brauste René Gamst auf und ruderte mit den Armen. »Was nicht über den Schlachtertresen geht, verschwindet durch die Hintertür.«

»Und wird unter der Hand schwarz verkauft«, fügte Eik hinzu, und René Gamst nickte.

»Schlachter Frandsen?«, riet Louise.

Lars Frandsen hatte auch zur Clique gehört und die Schlachterei von seinem Vater übernommen.

»Jetzt hör schon auf, René!«, flehte seine Frau ihn an. »Wir dürfen doch nichts sagen. Du weißt doch, was sonst passiert. Außerdem haben wir es nie mit eigenen Augen gesehen.«

Letzteres war garantiert gelogen, dachte Louise. Jede Wette, dass sie selbst Abnehmer des billigen Fleischs waren.

Renés Blick huschte hin und her.

»Das war ein Fehler«, stammelte er dann. »Meine Frau hat recht. Ich weiß gar nichts.«

»Aber Sie wissen, dass Thomsen der Fahrer des Lieferwagens ist?«

Plötzlich brach ihm der Schweiß aus, und in seinem Blick stand Angst.

»Bitte verraten Sie ihm nicht, was ich gesagt habe«, flehte er. »Das hätte ich nicht tun dürfen.«

Bitten Gamst rollte sich immer mehr zusammen und schüttelte beständig den Kopf.

Louise zuckte die Achseln. Traurig, wie sehr die beiden in der bereits zu Schulzeiten angelegten Hierarchie gefangen waren. Louise kapierte einfach nicht, wie so etwas sich bis ins Erwachsenenleben ziehen konnte. Diese Menschen musste doch mehr als nur normale Freundschaft verbinden, dachte sie und stand auf.

Das Ehepaar Gamst blieb sitzen und sah ihnen nach, nachdem Louise und Eik ihnen versichert hatten, sie würden allein hinausfinden.

»Wow!«, rief Eik anerkennend auf dem Weg zum Auto. »Du bist ja richtig sexy, wenn du wütend wirst!«

»Klappe«, schnarrte sie und setzte sich in den Wagen. Das Ehepaar Gamst hatte panische Angst davor, dass herauskommen könnte, dass die Information über die Schwarzgeldgeschäfte von Ole Thomsen und Schlachter Frandsen von ihm stammte.

Sie fuhren den Waldweg Richtung Lerbjerg, als Louise sagte, sie wolle Kim anrufen und ihm raten, Thomsen etwas genauer unter die Lupe zu nehmen.

»Ist doch klar, dass niemand was von dem Lieferwagen wissen will. Er dominiert sie irgendwie alle, und niemand wagt, etwas zu sagen, das ihn provozieren könnte. Ich habe das nie kapiert, wie er sich eine solche Vormachtstellung aufbauen konnte. Mir kommt es vor, als hätte er gegen jeden Einzelnen etwas in der Hand, und deshalb müssen alle kuschen.«

Sie schüttelte den Kopf und holte ihr Handy aus der Tasche.

»Könnte er der Täter sein?«, fragte Eik, als sie die letzte Kreuzung vor Lerbjerg hinter sich brachten. »Er war 1991 auch schon in der Gegend.«

»Aber dann müsste er auch Frau Gamst vergewaltigt haben, obwohl sie ihn doch erwartete.« Louise überlegte und nickte dann. »Unmöglich wäre es nicht. In mancher Hinsicht scheint er ja verdammt primitiv zu sein.«

Louise landete zunächst in der Telefonzentrale und dann bei Kim. Sie bereute kurz, ihn nicht auf seinem Handy angerufen zu haben. Die Nummer hatte sie immer noch unter ihren Favoriten gespeichert.

»Kim Rasmussen«, meldete er sich und klang ziemlich gehetzt.

»Der Fahrer des weißen Lieferwagens ist Ole Thomsen«, sagte sie ohne Umschweife. »Und Bitten Gamsts Liebhaber ist er auch. Doppeltreffer. Der Wagen gehört vermutlich Schlachter Frandsen.« Sie berichtete Kim von dem illegalen Fleischhandel.

»Wir haben bereits mit dem Schlachter gesprochen. Der Wagen ist tatsächlich seiner, aber er streitet ab, damit im Wald gewesen zu sein. Er behauptet, es handele sich um einen Firmenwagen.«

Louise seufzte. Nie um eine gute Ausrede verlegen, dachte sie.

»Ole Thomsen fährt mit dem Ding herum. Also müsst ihr mit ihm sprechen – und ihn zusammen mit Frandsen für die Sache mit dem Fleisch drankriegen.«

Sie hielten im Hof ihrer Eltern. Eik stieg aus, während sie noch im Wagen sitzen blieb und das Telefonat beendete.

»Wir haben ihn bereits auf dem Kieker«, sagte Kim.

»Sieht ganz so aus, als hätte er im Umkreis von fünfzig Kilometern so ziemlich alles gevögelt, was nicht bei drei auf den Bäumen war. Jedenfalls haben diverse Frauen ihm für die in Rede stehenden Zeitpunkte Alibis gegeben. Aber auf diese Aussagen gebe ich nichts.«

LOUISE WINKTE, ALS JONAS in der Küchentür erschien. Sie hatte es nicht geschafft, ihn anzurufen und ihm zu sagen, dass sie ihn abholen werde.

»Hallo!«, rief sie und lächelte, als ihr Sohn herauskam und Eik begrüßte. Was für ein lieber Kerl er doch war. Sie hatte ihn vermisst. Louise ging auf ihn zu und nahm ihn in den Arm.

»Na? Willst du mit mir nach Hause?«, fragte sie und begrüßte dann ihren Vater, der aus dem Garten ums Haus gekommen war.

»Ihr müsst eben mit reinkommen und euch anhören, womit sich der Junge im Bett die Zeit vertrieben hat«, sagte der alte Herr und winkte sie mit sich, nachdem er und Eik sich einander vorgestellt und die Hand gegeben hatten. »Unglaublich, was die jungen Leute mit ihren Computern alles machen können.«

»Ich glaube, das werden wir uns ein andermal anhören müssen«, sagte Louise in dem Versuch, ihren Vater zu bremsen und lächelte Eik entschuldigend an. »Wir müssen zurück nach Kopenhagen.«

Der alte Herr drehte sich um und sah sie streng an.

»Das dauert nur zwei Minuten. Selbstverständlich hast du Zeit, dir anzuhören, was dein Sohn so alles kann. Er hat richtig Talent.«

Jonas zuckte verlegen die Achseln.

»Ist doch gar nichts Besonderes«, flüsterte er. »Aber Opa meint jetzt, ich bin ein Musikgenie.«

»So sind Großeltern nun mal«, sagte Eik und marschierte gut gelaunt hinter Louises Vater her. Im Wohnzimmer ging er sofort auf Louises Mutter zu, stellte sich vor und nahm ihr Kaffeeangebot, ohne zu zögern, an.

Louise blieb in der Tür stehen. Das alte Fachwerkhaus war einst entkernt und innen vollkommen neu gestaltet worden. Die Wände waren mit gräulichem Holz verkleidet, und der Fußboden war gefliest. Wohnzimmer und Küche bildeten einen großen Raum, in dem auf Wunsch von Louises Mutter immer noch der alte Holzherd stand, obwohl sie natürlich auf einem neueren, gasbetriebenen Modell kochte.

Die alte Dame holte selbst getöpferte Tassen aus dem Schrank, und ehe Louise es sich versah, war Eik auch schon auf dem Weg hinaus in den Teil des alten Hofes, den sich ihre Mutter als Töpferwerkstatt eingerichtet hatte. Bevor sich die Tür hinter den beiden schloss, hörte Louise noch, wie Eik sich interessiert danach erkundigte, was ihre Mutter denn so alles töpfere.

»Von mir aus können wir fahren«, sagte Jonas, der bereits seine Sachen aus dem Gästezimmer geholt hatte.

»Nein, nein«, beeilte Louise sich zu sagen. »Ich möchte gerne hören, was du gemacht hast.«

Sie rechnete zwar nicht damit, einen großen Unterschied zu dem zu hören, was sonst durch seine Zimmertür drang, aber sie wollte gerne zeigen, dass sie sich für ihn und seine Hobbys interessierte.

Er stellte seinen Laptop auf den Esstisch und fragte, ob sie bereit sei.

Louise nickte und setzte sich, als er die Musik einschaltete.

Im selben Moment kamen Eik und Louises Mutter

durch die Hintertür in die Küche, Eik mit einer kleinen grünen Vase in der Hand, die sie ihm offenbar geschenkt hatte.

Er stellte die Vase ab und lauschte der Musik. Dann nickte er anerkennend.

»Das ist gut«, sagte er und schloss die Augen, als würde er die Töne ganz bewusst genießen. »Klingt ein bisschen wie Nick Cave. Und doch wieder nicht. Irgendwie moderner. Von wem ist das?«

»Na, von meinem Enkel.« Louises Vater platzte fast vor Stolz. »Das ist seine Musik.«

Eik zog die buschigen Augenbrauen hoch und guckte ziemlich verständnislos drein.

»Jonas macht Musik«, erklärte Louise. »Einige seiner Stücke sind auf YouTube und werden ständig angeklickt.«

Jonas nickte zaghaft.

»Wie nennst du dich doch gleich?«, wollte Louises Vater wissen.

»Joe H«, antwortete der Junge bescheiden. »Und das Stück heißt *Back to normal.*«

»Das ist kurz für Jonas Holm«, trumpfte Louises Vater breit grinsend auf.

»Alter Schwede«, kommentierte Eik beeindruckt.

»Eins seiner Stücke gehört zu den meistgespielten auf YouTube«, fuhr der stolze Opa fort.

Jonas' Lächeln wurde etwas selbstsicherer.

»Wie bitte?« Louise trat überrascht einen Schritt zurück.

»Ich hab dir doch gesagt, dass der Junge gut ist!«, triumphierte ihr Vater.

»Hast du etwa gedacht, ich hätte das nur zum Spaß gesagt, dass ich beim Roskilde-Festival spielen will?«, fragte Jonas seine Mutter.

»Ja, ehrlich gesagt, schon«, gestand sie und bat ihn, ihr das Stück noch einmal vorzuspielen.

»Ich hab ihm gesagt, wir sollten mal mit Kjær reden«, brummte Louises Vater. Kjær war ihr langjähriger Anwalt. »Diese ganzen Rechtegeschichten und so müssen von jemandem gehandhabt werden, der sich damit auskennt.«

»Ja, ja, Opa«, lachte Jonas. »Immer mit der Ruhe.«

Jonas nannte Louises Eltern noch nicht lange Oma und Opa. Sie hatten nie darüber geredet, ob er das tun solle oder nicht. Eines Tages war es Louise plötzlich aufgefallen, und in ihren Ohren klang es ganz natürlich.

»Na, dann komm, mein Superstar«, sagte sie und gab ihm einen Klaps. »Wir fahren zurück in die Großstadt.«

»WO BIST DU?«, fragte Camilla, als Louise zusammen mit Jonas auf den Beifahrersitz des großen Geländewagens gequetscht saß. Eik hatte steif und fest behauptet, sein Restalkohol sei inzwischen abgebaut, und sich hinters Steuer gesetzt.

»Auf dem Weg nach Hause von Hvalsø. Wie geht es euch?«

»Wollt ihr mit uns zu Abend essen?«, fragte Camilla. »Markus war, gelinde gesagt, etwas enttäuscht, dass wir ohne ihn geheiratet haben, und jetzt besteht er darauf, dass wir zumindest schick essen gehen und euch dazu bitten.«

Jonas hielt Louise sein Handy vor die Nase.

»SMS von Markus«, sagten seine Lippen, während sein Finger aufs Handy zeigte. »Er fragt, ob ich kommen kann.«

»Wann denn?« Louise wurde das gerade ein bisschen zu viel.

»Na, jetzt!« Camilla lachte schrill. »Wir trinken Champagner und schlemmen mal so richtig. Frederik hat im Rathauskeller dänische Hummer für uns bestellt.«

Louise seufzte. Natürlich wollte sie den großen Tag ihrer Freundin gerne mit ihr feiern.

»Wir sind nicht mit meinem Wagen unterwegs«, sagte sie. »Jonas und ich sitzen mit Eik in seinem Auto.«

»Na, dann bringt Eik doch einfach mit«, sprudelte

es aus Camilla heraus. »Dann haben wir auch eine gerade Anzahl Gäste am Tisch.«

»Vielleicht hat er ja schon was anderes vor?«, murmelte Louise, doch dann sah sie, wie Jonas ihren Fahrer bereits in die Einladung einweihte.

»Wir müssen aber erst noch schnell nach Hause, uns umziehen«, wandte Louise ein, als Jonas und Eik deutlich gemacht hatten, dass sie nichts gegen ein spontanes Hochzeitsabendessen hatten.

»So ein Quatsch, kommt einfach, wie ihr seid. Das wird ganz locker, Louise, wie ich es immer haben wollte. Wir bekommen einen etwas abseits gelegenen Tisch draußen, die Leute vom Restaurant schmücken ein bisschen, das war's. Am besten geht ihr vom Stendertorvet aus rein.«

Louise kannte das Restaurant im Keller unter dem alten Rathaus ganz gut. Sie war nur nicht recht in Stimmung für ein rauschendes Fest. Eigentlich hätten sie ja noch mit Lillian Johansen in Eliselund reden sollen, aber das musste wohl bis morgen warten.

Louise schloss kurz die Augen und konzentrierte sich darauf, die Dämonen zu identifizieren, die sie gerade wieder einholten. Trauer war es nicht, und auch keine Schuldgefühle, die hatte sie hinter sich. Vorläufig jedenfalls, dachte sie. Nein, ihre Unruhe rührte von Thomsen her. So war das schon immer gewesen. Früher war sie ihm einfach aus dem Weg gegangen, aber im Moment tauchte er quasi an jeder Straßenecke auf und bescherte ihr ein mulmiges Gefühl.

Ein ähnliches Gefühl der Unsicherheit hatte sie in René Gamsts Blick gesehen. Aus Bitten war sie nicht richtig schlau geworden. In ihrem erloschenen Blick hatte Louise nichts erkennen können. Louise zweifelte nicht an der Echtheit ihres Wutanfalls, als ihr Mann sich in Sachen weißer Lieferwagen verplappert hatte. Aber ob Frau Gamst wütend geworden war, weil ihr Mann Thomsen angeschwärzt hatte, oder weil sie panische Angst bekommen hatte, hatte Louise nicht so schnell entscheiden können.

»Was sollen wir ihnen mitbringen?«, fragte Eik, als sie sich Roskilde näherten.

Louise zuckte die Achseln. Blumen schienen ihr nicht das Richtige zu sein, nachdem ihre Freundin ihr von dem mit Rosenblättern bedeckten Boden des Hotelzimmers erzählt hatte. Und an Champagner fehlte es sicher auch nicht.

Sie schüttelte den Kopf. Sie hatte keine Ahnung und spürte, dass ihr vor Müdigkeit langsam kalt wurde.

»Jetzt weiß ich was!«, rief sie dann plötzlich aus, als sie bereits fast am Marktplatz waren. Sie sah ihren Sohn an. »Wir müssen irgendwo hin, wo es Internet gibt. Vielleicht in dem Café da. Und dann laden wir ein Lied auf deinen Computer runter.«

Sie erklärte Eik, er könne auf dem Stendertorvet parken.

»Camilla hat immer gesagt, dass sie nur heiraten werde, wenn Big Fat Snake auf ihrer Hochzeit spiele. Was wir brauchen, ist *Bonsoir Madame.*«

»Ja«, murmelte Jonas. »Dann müssen wir rüber ins Café, das Lied habe ich nicht.«

Sie sah, wie Eiks Mundwinkel amüsiert zuckten. Offenbar glich sein Musikgeschmack mehr Jonas' als ihrem.

Auf dem Bürgersteig waren kleine Fackeln aufgestellt, und der Eingang zum Außenbereich des Restaurants war mit Blumen geschmückt. Louise blieb stehen und sog den Duft der weißen Lilien ein.

»Wie viele sind eingeladen?« Eik zupfte an seinem T-Shirt herum, aber ansonsten schien es ihn nicht weiter zu stören, nicht gerade in Festkleidung zu einem Hochzeitsessen zu erscheinen. Während Jonas und Louise die Musik runtergeladen hatten, war er schnell am Kiosk gewesen und hatte sich noch eine Schachtel Zigaretten geholt.

»Ich dachte eigentlich, nur wir.« Louise war verunsichert und ärgerte sich, am Morgen nicht etwas Präsentableres angezogen zu haben.

Mit den Fingern fuhr sie sich durch das lange Haar und schüttelte es.

»Darf ich?« Eik bot ihr seinen Arm an. Louise zögerte, dann hakte sie sich unter. Jonas ging ihnen voran durch die Tür in der alten Backsteinmauer.

Louise blieb überrascht stehen, als sie den mit Kopfsteinen gepflasterten Hof betraten. Rechts hinten hatte man ein helles Sonnensegel über zwei zusammengeschobene Tische gespannt. Die Tische waren mit weißem Tuch und hohen Kerzenleuchtern gedeckt, und überall standen Fackeln, die die kleine geschlossene Gesellschaft von den anderen Tischen abschirmten. Außer ihnen waren noch keine Gäste da, aber auf einigen der anderen Tische standen kleine »Reserviert«-Schilder.

»Sieht nicht so aus, als wenn außer uns noch jemand kommen würde«, stellte Jonas fest. Dann betrachtete er die in jeder Ecke des Hofes montierten Lautsprecher. »Ich geh mal eben rein und regel das mit der Musik.«

»Mannomann«, murmelte Louise beeindruckt. Sie fand es seltsam, so bei Eik untergehakt dazustehen und auf die Gastgeber zu warten.

Da erklangen Hufe auf dem Asphalt, und eine Pferdekutsche bog um die Ecke. Als Jonas wieder herauskam, nickte er kurz zum Zeichen dafür, dass alles bereit war. Louise spürte Eiks Hand auf ihrem Rücken, als die Kutsche mit den schnaubenden Pferden vor ihnen hielt und Camilla ihnen mit Blumen im Haar und einem Strauß in der Hand glücklich strahlend zuwinkte.

Markus erwies sich als Kavalier. Blitzschnell sprang er vom Kutschbock und öffnete seiner Mutter und Frederik den Schlag.

»Herzlichen Glückwunsch!«, riefen sie im Chor.

Louise hatte die beiden gelben Rosen mitgebracht, die sie von Jørgen bekommen hatte, und reichte sie nun den Frischvermählten. Jonas hatte eine Lilie aus dem Blumenschmuck gemopst und gab sie Camilla. Sie bedankte sich mit einem Kuss.

»Well, I've heard that you're married now. And I've heard that you don't fool around«, erklang Anders Blichfeldts Stimme in dem Moment aus den Lautsprechern, in dem Frederik und Camilla den Bereich unter dem Sonnensegel betraten. Zwei Kellner tauchten wie aus dem Nichts auf und servierten Champagner.

»Bonsoir Madame. I know who you are, Madame. You used to be a Mademoiselle, I know you too well …«

Louise musste lachen, als ihre Freundin die High Heels auszog, barfuß anfing zu tanzen und dabei lauthals mitsang. Eik zog Louise mit sich und begann, sie herumzuwirbeln. Da gab Louise die inneren Widerstände auf und vergaß Bitten Gamst und Thomsen.

»Ist das eine private Party?«, fragte ein jüngeres Paar, das etwas verunsichert die vier einsamen Tänzer betrachtete.

»Nein, nein, kommt ruhig dazu!«, rief Camilla, und Frederik bat die Kellner, noch mehr Gläser zu holen.

Als das Lied fertig war, setzten sie sich alle an den mit Kerzen erleuchteten Tisch.

»Ich möchte auf meine wunderschöne Frau anstoßen«, verkündete Frederik. Er sah zu Jonas und Markus und prostete Louise und Eik zu. »Danke, dass ihr alles stehen und liegen gelassen habt, um heute Abend mit uns zu feiern. Mir ist aufgegangen, dass ich jetzt, wo Camilla ein Teil meines Lebens ist, wohl ein bisschen mehr Gas geben muss«, sagte er und bedachte seine Angetraute mit einem zärtlichen Blick. »Und genau das habe ich heute getan.«

»Wir haben einen so unschlagbar schönen Tag gehabt«, erzählte Camilla, als sie alle miteinander angestoßen hatten. Sie prostete auch dem jungen Paar zu, das sich so weit wie irgend möglich von der Hochzeitsgesellschaft weg an einen Tisch gesetzt hatte. »Wir haben Markus von der Schule abgeholt und dann einen Segeltörn auf dem Fjord gemacht.«

»Ihr habt euch so megapeinlich aufgeführt, Mann«, meldete ihr Sohn sich zu Wort. »Mit den Klamotten und Blumen im Haar in der Schule aufzutauchen, echt… Ich möchte nicht wissen, was meine Freunde jetzt denken.«

Camilla zuckte die Achseln.

»Vielleicht denken sie ja, wie schön es für dich ist, eine so glückliche Mutter zu haben?« Und an Louise gewandt, fragte sie: »Und was habt ihr so gemacht?«

»Wir waren bei Bodil Parkov und ihrem Mann«, erzählte Eik im Plauderton und bat nach all dem Champagner um ein Fassbier.

Louise stellte ihren Fuß auf seinen und drückte feste zu. Überrascht sah er sie an. Er kannte Camilla nicht, und Louise hatte versäumt, ihn zu instruieren, über welche Dinge man in Gegenwart ihrer Freundin besser nicht redete. Louise hatte Jahre gebraucht, klare Grenzen zu ziehen zwischen dem, was besprochen werden konnte, und dem, was nicht besprochen werden konnte, wenn sie sich privat sahen.

»Ja, wir waren wirklich den ganzen Tag auf Achse«, schaltete Louise sich schnellstens ein. »Aber so konnten wir immerhin auch Jonas abholen, das passte sehr gut.«

Sie wollte von Jonas' eigenem Musikstück erzählen, doch Camilla schnitt ihr das Wort ab.

»Ihrem Mann?«, staunte sie. »Bodil Parkov ist doch gar nicht verheiratet!«

Verwirrt sah Louise sie an.

»Doch, natürlich ist sie das«, entgegnete sie gereizt. »Sie ist mit Jørgen verheiratet, solange ich denken kann.«

Camilla legte das Besteck ab und lehnte sich leicht nach vorn.

»Die Bodil Parkov, die bis März 1980 Eliselund geleitet hat, war nicht verheiratet. Sonst hätte sie den Job nämlich gar nicht bekommen. Eine der Bedingungen für die Stelle der Heimleitung war, dass man ledig war und die Dienstwohnung in der Anstalt bewohnte.«

»Na, dann hat sie ihrem Arbeitgeber ja wohl etwas verheimlicht!«, schaltete Eik sich ein und lehnte sich weit zu Louise hinüber, als der Kellner ihm sein Bier brachte und das leere Sektglas mitnahm. »Vielleicht gar nicht so verwunderlich, wenn man bedenkt, was für einen Typen sie da an der Backe hat.«

»Na, na, na«, rief Louise ihn leicht verärgert zur Räson.

»Bodil Parkov war eine alte Jungfer«, behauptete Camilla. »Die Leute in Eliselund haben mir gesagt, sie hätte ihr ganzes Leben der Arbeit mit Geisteskranken gewidmet, weil es in ihrer Familie auch welche gab.«

»Ja«, sagte Louise. »Ihr Mann hat mal einen Arbeitsunfall gehabt und davon einen Gehirnschaden.«

»Im *Wer ist wer?* steht, sie ist nicht verheiratet«, insistierte Camilla, klatschte dann aber freudig in die Hände und drückte Frederik einen dicken Kuss auf den Mund, als die beiden Kellner die Hummer brachten. »Übrigens habe ich die Eliselund-Story an die *Roskilde Tidende* verkaufen können«, erwähnte sie beiläufig, als der Hummer auf dem Tisch stand. »Klang so, als wollten sie mich gerne als feste Freie beschäftigen.«

»Du fängst also wieder an, als Journalistin zu arbeiten?« Louise lehnte sich zu Eik hinüber, um dem Kellner Platz zu machen, der eine Glasschale mit einer Zitronenscheibe neben ihrem Teller abstellte.

»Denen fehlen Leute in der Kriminalredaktion.« Camilla lächelte und brach dann dem Hummer eine Schere ab. »Haben gerade allen Angestellten gekündigt und wollen jetzt nur noch Freiberufler beschäftigen, um Geld zu sparen.«

Louise hörte gar nicht richtig zu. Plötzlich lag Eiks Hand auf ihrem Rücken. Sein Daumen strich an ihrer Wirbelsäule entlang, und Louise fiel auf, dass ihr Fuß immer noch auf seinem stand. Sie schlang ihr Bein um sein Fußgelenk und lehnte sich immer noch ihm zu, obwohl der Kellner längst wieder weg war.

»Eik«, murmelte sie am nächsten Morgen, als sie mit der Wange auf seiner nackten Brust aufwachte. »Das ist doch kein normaler Name. Nach wem bist du benannt?«

Er hatte den Arm um sie gelegt, seine Finger spielten

mit ihrem langen Haar. Nach dem Hochzeitsessen war die Gesellschaft zu Frederik und Camilla gefahren. In ihrer Sektlaune hatte Louise Jonas erlaubt, am nächsten Tag die Schule zu schwänzen – schließlich war er die letzten Tage ja ohnehin krank gewesen –, und sie hatten beschlossen, auf dem Anwesen zu übernachten.

Jonas schlief in Markus' Zimmer, und Eik war einfach Louise gefolgt, als diese eins der Gästezimmer hatte herrichten wollen.

»Es gab mal einen Musiker namens Eik Skaløe. Schon mal gehört?« Er schob die Decke ein Stück weg. Es war warm im Zimmer, obwohl Louise mitten in der Nacht aufgestanden war und das Fenster geöffnet hatte. »Wenn ich irgendwas von irgendjemandem habe, dann wohl einen Rest seiner Seele.«

»Der ist einfach verschwunden, oder?« Louise stützte sich auf die Ellbogen. »War noch ziemlich jung und Frontsänger bei Steppeulvene.«

Eik öffnete die Augen und sah zu ihr auf.

»Er war fünfundzwanzig, als er irgendwo zwischen Indien und Pakistan Selbstmord beging.«

»Und ist das der Teil seiner Seele, den du abbekommen hast? Den Teil, der weg will?« Sie strich mit der Hand über seine Brust.

»Hmm. Ich hab schon oft gedacht, dass das eigentlich eine Erleichterung wäre, aber ich hab nie den Mut gehabt, und das heißt dann ja wohl, dass ich es letztlich doch nicht will.«

Er zog sie an sich.

»Und wovon willst du weg?«

Louise sah ihn weiter an, obwohl er das Gesicht abgewandt hatte und zur Morgensonne und dem diesigblauen Himmel hinaussah.

Er brummte nur.

»Wovon willst du weg?«, wiederholte sie.

Mit einem Blick, in dem Schmerz lag, wandte er sich ihr wieder zu und lachte trocken auf.

»Von mir selbst. Ganz banal. Du weißt schon, Herzschmerz und so. Wird nie heilen.«

Bei diesen letzten Worten schloss er abermals die Augen.

»Ich hatte mal eine Freundin, die von einem Boot im Mittelmeer verschwunden ist. Das Boot trieb vor einem kleinen Hafen, und die beiden anderen, die mit im Boot gewesen waren, wurden einen Tag später an Land gespült. Aber meine Freundin ist nie wieder aufgetaucht.«

»Also ist sie ertrunken?«

Er antwortete nicht sofort, sondern holte erst mal tief Luft.

»Ich weiß es nicht. Als man das Boot untersuchte, fand man die Sachen der beiden anderen, aber von ihren Sachen war nichts an Bord.«

»Glaubst du, sie ist abgehauen?«, flüsterte Louise.

Er zuckte die Achseln.

»Ich weiß es nicht, und ich werde es wohl auch nie wissen.«

Eine unangenehme Stille kehrte ein.

»Ich war mit den dreien nach Rom gesegelt, aber da haben wir uns dann gestritten, und ich habe mich abgesetzt. Hab mich irgendwo besoffen. Als ich zurückkam, hatten sie schon wieder abgelegt. Ich bin noch ein paar Tage in Italien geblieben und dann nach Hause getrampt. Erst, als ich wieder in Dänemark war, hörte ich, was passiert war.«

Er griff nach seinen Zigaretten, die zusammen mit seinen Schlüsseln und dem Kleingeld aus seiner Hosentasche auf dem Nachttisch lagen.

Der Rauch stieg spiralförmig auf und zog dann zum offenen Fenster.

Louise schloss die Augen. Sie dachte an ihre eigenen Dämonen. Und auf einmal fühlte sie sich nicht mehr so einsam, weil jemand neben ihr lag, der mit einem ganz ähnlichen Schmerz kämpfte.

Sie wollte gerade aufstehen, als er die Zigarette in einem Glas Wasser löschte und Louise mit einem Raunen an sich heranzog.

»OHA!«, RIEF HANNE MUNK, als sie ins Büro kamen. »Ihr strahlt rot!«

Rønholts Sekretärin goss gerade die Pflanzen in den Flurfenstern.

»Rot ist die Aura der Erotik.«

Hanne Munk legte den Kopf schräg und betrachtete Eik und Louise, als umgäbe diese eine große Sprechblase, in der stand, was die beiden die letzte Nacht getrieben hatten.

»Und der Leidenschaft.«

Jonas war in Roskilde geblieben. Eik hatte Louise in Frederiksberg abgesetzt und war selbst zum Südhafen gefahren. Eine Stunde später hatte er sie frisch geduscht und umgezogen abgeholt, und sie waren gemeinsam zum Büro gefahren. Louise wusste nicht, was genau Hanne Munk sehen konnte – vielleicht war ihr Kinn von den vielen Küssen gerötet. Verlegen senkte sie den Blick, während Eik lachte, als hätte er nicht das Geringste dagegen, entlarvt zu werden.

»Du und deine Glaskugeln und dein ganzer spiritueller Quatsch, Hanne!«

»Das hat überhaupt nichts mit Spiritualität zu tun«, wehrte sie sich. »Hier geht es um Ausstrahlung und Energie. Und ihr strahlt gerade rot, und ich weiß, was das bedeutet.«

Louise schaltete ihren Computer ein und musste lächeln. Es würde ihr nicht leichtfallen, sich auf die Arbeit zu konzentrieren, jetzt, da sie wusste, dass ihr

Kollege keine Unterhosen trug. Er hatte es sich auf seinen Reisen durch Asien und Indien angewöhnt. Außerdem weigerte er sich, SMS zu schreiben.

Eigentlich ärgerte sie sich nicht über sich selbst, sie fand nur die Vorstellung, den ganzen Tag mit ihm zu verbringen, ein bisschen schwierig. Sie lernte es wohl nie. Mit Kim war es genau das Gleiche gewesen. Sie waren zusammen im Bett gelandet – und am nächsten Tag war der gemeinsame Dienst irgendwie seltsam gewesen.

Aber mit wem sollte sie denn sonst Sex haben, wenn nicht mit einem Kollegen? Anderen Männern begegnete sie ja gar nicht.

»Soll ich dir was aus der Kantine mitbringen?«, fragte Eik von der Tür.

Abwesend schüttelte Louise den Kopf, den Blick fest auf den Bildschirm gerichtet. Sie las die ersten Zeilen gleich noch einmal.

Als er wiederkam und sich ihr gegenüber an seinen Schreibtisch setzte, hatte sie sich bereits ins Personenregister eingeloggt und Bodil Parkov, Bukkeskovvej in Hvalsø gefunden. Louise notierte sich die Namen der verstorbenen Eltern und ging noch einmal die restlichen persönlichen Daten durch.

»Camilla hat recht«, sagte sie dann. »Bodil Parkov ist nicht verheiratet.«

Eik nahm die Füße vom Tisch, kam zu ihr herüber und stellte sich direkt hinter sie. Mit dem Finger strich er ihr so über den Rücken, dass sie die Schulterblätter zusammendrückte.

»Jørgen ist ihr Bruder.« Louise sah zu Eik auf.

»Aha. Und warum erzählt sie dann überall, er sei ihr Mann?« Eik schlürfte an seiner Tasse. »Blutschande?«

Er sah sie an.

Louise zuckte die Achseln und dachte zurück. Vielleicht hatte sie da als Kind etwas missverstanden? Doch dann schüttelte sie den Kopf. Bodil hatte immer von Jørgen als ihrem Mann gesprochen.

»Das ergibt doch überhaupt keinen Sinn«, stöhnte sie und sah nachdenklich aus dem Fenster. »Was hat sie davon, allen zu erzählen, sie seien verheiratet?«

Sie hatte nicht die leiseste Ahnung.

»Andersrum würde ich es schon eher verstehen«, sagte sie dann. »Wenn sie, um an irgendwelche Sozialleistungen heranzukommen, behaupten würde, ihr Mann sei ihr Bruder.«

Fragend sah sie Eik an. Als der nicht reagierte, fügte sie hinzu:

»Soll es ja geben. Dann bekommt man zum Beispiel mehr Kindergeld und Wohngeld.«

Sie stützte das Kinn in die Hände. Irgendwie war sie müde. Vermutlich hatte sie zu viel Champagner getrunken und zu wenig geschlafen.

»Die beiden wohnen zur Miete, aber ich glaube kaum, dass sie Wohngeld bekommt«, überlegte sie laut weiter.

»Ja, aber irgendjemanden wollen sie doch bescheißen«, meinte Eik. »Warum sonst sollte sie in der Angelegenheit lügen?«

Louise nickte.

»Ja, warum?«, wiederholte sie matt.

»Was weißt du über die beiden?« Er schenkte sich aus der weißen Thermoskanne, die er mitgebracht hatte, nach.

»Nichts«, gestand Louise. Sie dachte noch einmal nach. »Nur, dass sie schon viele Jahre da draußen wohnen. Sie kümmern sich um ihre eigenen Angelegenheiten und gehören einfach irgendwie dazu.«

Louise seufzte auf und versuchte, den Geruch von gebratenen Zwiebeln zu ignorieren, damit ihr nicht schlecht wurde. Der Dunst der Küche im Stockwerk unter ihnen schien wirklich durch sämtlich Ritzen zu dringen. Mit feinen Schweißperlen auf der Stirn erhob sie sich, um das Fenster zu öffnen. Als sie bemerkte, dass das Abluftrohr der Dunstabzugshaube sich genau darunter befand, schloss sie es schnell wieder.

»Bin gleich wieder da«, entschuldigte sie sich. Sie musste sich dringend das Gesicht mit etwas kaltem Wasser waschen, sonst würde ihr noch schlechter. Sie wollte gerade die Toilettentür abschließen, als Eik auftauchte und sich hineindrängte.

Sie schnappte nach Luft, als er sie gegen die Wand drückte und küsste. Louise spürte das Gewicht seines Körpers, als er sich gegen sie lehnte, und sie wehrte sich nicht, als seine Finger den Knopf ihrer Jeans suchten und öffneten. Ungeschickt schob er sie über ihre Hüfte. Jemand drückte die Klinke herunter und rüttelte an der verschlossenen Tür.

Louise bestand darauf, dass Eik als Erster die Toilette verließ. Als er weg war, wusch sie sich mit der Industrieseife aus dem Spender neben dem Waschbecken. Sie versuchte, das lange Haar mit den Fingern zu kämmen, gab es dann aber auf und flocht sich stattdessen einen losen Zopf, ohne ein Haargummi zur Hand zu haben. Als sie glaubte, alle Spuren beseitigt zu haben, öffnete sie die Tür und lief geradewegs Olle in die Arme, der geduldig darauf gewartet hatte, dass die Toilette frei würde.

Einen Moment standen sie voreinander und glotzten sich an. Fieberhaft überlegte Louise, was sie sagen sollte. Sie sah ihm an, dass er bereits dort gestanden hatte, als Eik die Toilette verlassen hatte, und widerstand dem dringenden Bedürfnis, die Beine in die Hand zu nehmen und zu verschwinden. Stattdessen richtete sie sich noch ein paar Zentimeter auf und ging erhobenen Hauptes zurück zum Rattenloch.

»Gib mir doch mal bitte die Personenkennnummer des Bruders«, sagte Eik, als sie wieder an ihrem Platz saß.

Er tat, als wäre nichts gewesen. Unglaublich. Entweder hatte er reichlich Erfahrung mit Quickies auf der Toilette der Dienststelle, oder die fleischliche Lust war für ihn genauso natürlich wie der Verzicht auf Unterhosen.

»Dann überprüfe ich ihn mal eben im Strafregister.«

Louise war etwas mulmig dabei, Jørgen und Bodil so zu durchleuchten, nur weil Bodil in grauer Vorzeit einmal zufällig mit den Zwillingen zu tun gehabt hatte. Außerdem sollte sie sich mal wieder bei Viggo Andersen melden, ging ihr durch den Kopf. Aber was sollte sie ihm sagen? Sie hatten ja keine neuen Erkenntnisse.

Louise schlug die Personenkennnummer nach und las sie vor. Eik tippte.

Louise sah ihn an. Sie betrachtete seine markanten Wangenknochen und das kantige Kinn. Als ihr ganz warm wurde, senkte sie schnell den Blick.

»Nichts.« Eik schüttelte den Kopf. »Abgesehen davon, dass hier steht, es liege eine uralte Anzeige gegen ihn vor. Aber das ist schon so lange her, dass wir ins Reichsarchiv müssen, wenn wir wissen wollen, worum es da ging.«

»Okay, das mache ich«, sagte sie.

»Meinst du, das bringt was?«, wandte er ein, nahm mit seinem schwarzen Kaffee zwei Aspirin ein und erhob sich. Auf dem Weg zum Papierkorb blieb er stehen und kraulte Louise im Nacken. »Wäre es nicht sinnvoller, mit der etwas kratzbürstigen Lillian Johansen zu sprechen?«

Louise versuchte, sich nichts anmerken zu lassen, und tippte Bodil Parkovs Personenkennnummer ins System des Strafregisters. Sie wusste nicht, wonach sie suchte, aber irgendetwas musste sie tun, als seine warmen Finger begannen, sie zu elektrisieren.

»Du glaubst, die Parkov weiß, was mit den Zwillingen passiert ist«, riet er und sah über ihre Schulter auf den Bildschirm, der verriet, dass die Suche keine Ergebnisse erbracht hatte.

Louise zuckte die Achseln.

»Ich weiß nicht, was ich glauben soll«, entgegnete sie ehrlich.

Eik zog seine Hand nicht schnell genug zurück, als es an die Tür klopfte. Hanne Munk bemerkte die intime Berührung, als sie hereinkam und ihnen erzählte, dass sie ein Namensschild an Louises Postfach angebracht und die Tagesordnung für die nächste Leiterbesprechung hineingelegt hatte.

»Danke, Hanne«, sagte Louise verlegen und stand auf.

Mit einem Mal bekam sie Beklemmungen. Die Wände des Büros schienen immer weiter auf sie zuzurücken.

»Machst du einen Termin mit Frau Johansen?«, bat sie Eik. »Ich bin in einer Stunde zurück.«

Louise schnappte sich ihre Jacke. Sie musste dringend an die frische Luft, musste weg von dem, was sie da angefangen hatten. Als sie hinausging, wich sie seinem Blick aus und schämte sich, dass sie sich so davonstahl.

Mit an die Wand gelehntem Kopf döste sie im Vorzimmer des Reichsarchivs und wartete auf die Rückkehr des jungen Archivars. Sie hatte keine Ahnung, ob er zwei oder zwanzig Minuten weggewesen war, als sie seine rüttelnde Hand auf ihrer Schulter spürte und zusammenzuckte.

»Nicht zu finden«, bedauerte er. »Weder zu ihm noch zu Bodil Parkov. Nur diese alte Anzeige, die der Nachbar dann aber doch wieder zurückgezogen hat.«

»Darf ich mal sehen?« Louise richtete sich auf.

»Viel steht da nicht. Die Anzeige ist von 1958 und wurde nie weiter verfolgt.«

»Steht da der Name des Nachbarn, der ihn angezeigt hat?« Louise streckte die Hand aus.

Sie zog ein Blatt Papier aus dem vergilbten Umschlag. Ihr Versuch, den alten Polizeibericht zu lesen, mündete in die Erkenntnis, dass sie wohl bald ernsthaft die Anschaffung einer Lesebrille erwägen sollte.

Sie stand auf und ging zum Fenster, aber es war genauso, wie der Archivar gesagt hatte: Fünf Tage nachdem Nachbar Rosen die Familie Parkov angezeigt hatte, war die Anzeige wieder zurückgezogen, darum nicht weiter verfolgt und anschließend archiviert worden.

Louise suchte in ihrer Tasche nach einem Block und fluchte, weil sie in der Hektik offenbar keinen eingesteckt hatte.

Eik saß in jeder einzelnen Zelle ihres Körpers. Ihre Haut glühte, wenn sie an ihn dachte, und sie sehnte sich nach dem Dunkel der Nacht und seinem warmen Atem.

Louise ging zurück zum Platz des Archivars, der gerade einen Saft trank und einen Apfel verzehrte. »Darf ich das kopieren?«

Er nickte in Richtung einer offenen Tür gleich neben ihr.

»Steht da drin«, sagte er, ohne sich zu rühren. Während er sein zweites Frühstück verspeiste, herrschte hier wohl höfliche Selbstbedienung.

Sie wollte gerade die Kopien in die Tasche stecken, als Eik anrief.

»Ich habe eine alte Krankenakte zu Jørgen Parkov ausfindig gemacht«, erzählte er. »Wir brauchen einen richterlichen Beschluss, um sie ausgehändigt zu bekommen, aber eine mündliche Zusammenfassung habe ich eben schon gehört. Sieh zu, dass du herkommst.«

»SEXUELLE ABNORMITÄT«, las Eik aus seinen Notizen vor, als Louise wieder im Büro war. »Infolge der Schäden an seinen Frontallappen ist Jørgen Parkov nicht in der Lage, seine natürlichen Triebe zu steuern.«

Er sah sie ernst an. Kein Funke von Erotik und Flirt mehr in seinem Blick.

»Hunger, sexuelle Begierde«, nannte er als Beispiele. »Was der Körper so braucht.«

Sprachlos hörte Louise ihm zu und setzte sich.

»Der Bericht umfasst einen Zeitraum von vier Jahren, in dem er in einer Irrenanstalt untergebracht war«, fuhr er fort.

»Wie alt war er da?«, wollte Louise wissen.

Eik sah sie ernst an.

»Er war vierzehn, als er in die Anstalt kam.«

»Und was ist mit dem Arbeitsunfall? Gab es den dann gar nicht?«, fragte Louise verwirrt.

»Anscheinend nicht«, antwortete Eik. »Während seiner Zeit in der Anstalt hat er sich an den anderen Jungs vergriffen. Laut Zusammenfassung des Oberarztes wollte die Mutter des Jungen, Gerda Parkov, nicht wahrhaben, wie schlimm es um ihren Sohn stand. In den Jahren, in denen Jørgen in der Isolationsanstalt für Männer untergebracht war, bekam er Medikamente, die seine Triebe dämpften und den Ärzten ermöglichten, ihn unter Kontrolle zu halten. Damals war der übliche Behandlungsverlauf eigentlich, dann auch noch eine Kastration vorzunehmen.«

»Die bei ihm aber nicht vorgenommen wurde?«, vermutete Louise.

Eik schüttelte den Kopf.

»Die Behandlung wurde abgebrochen, weil die Mutter dagegen war, ihren Sohn zwangskastrieren zu lassen.«

»Und die Medikamente?«

Er zuckte die Achseln.

»Von welchem Zeitraum sprechen wir hier genau?«

»Er kam 1958 in die Anstalt«, sagte Eik. »Da war er noch ein Teenager. Entlassen wurde er 1962.«

»Ja, und dann? Was war dann?« Louise ging durch den Kopf, dass die Anzeige des Nachbarn aus demselben Jahr stammte.

Die beiden saßen einen Moment da und ließen die neuen Informationen sacken. Dann wandte Louise sich erschüttert ihrem Computer zu, um zu versuchen, etwas über die ehemaligen Nachbarn der Familie Parkov herauszufinden.

Edith Rosen wohnte in einem Sommerhaus in Horneby im Norden Seelands. Louises Recherche hatte ergeben, dass sie das einzige noch lebende Mitglied ihrer Familie war, die früher mal in Rungsted gelebt hatte. Die Rosens hatten im Haus neben dem des Grossisten Parkov gewohnt. In der Personendatenbank konnte Louise sehen, dass die Familie 1962 dort weggezogen war. In dem Jahr, in dem Jørgen aus der Anstalt entlassen worden war.

Edith Rosens Eltern waren längst tot. Edith war ihr einziges Kind gewesen, und Louise hatte gerade ausgerechnet, dass sie siebenundsechzig sein musste.

»Ich fahre nach Horneby und spreche mit der ehemaligen Nachbarin«, sagte sie zu Eik. »Kannst du mit einer Charmeoffensive in der Zwischenzeit versuchen, noch mal mit dieser Lillian Johansen zu sprechen?«

Er lächelte sie an.

»Mit meinen Charmeoffensiven schaffe ich alles.«

Von draußen sah das Sommerhaus aus wie eine dunkle Zigarrenkiste mit kleinen Fenstern. Es lag auf einem großen naturbelassenen Grundstück direkt neben einem offenen Feld, auf dem ein paar Isländer versuchten, sich mit Huftritten die Fliegen vom Leib zu halten.

Als Louise durch das Tor ging, entdeckte sie ganz hinten im Garten eine blau gekleidete Gestalt.

»Hallo!«, rief sie und marschierte über den Gartenpfad aufs Haus zu. Sie musste noch ein paarmal rufen, bis die Dame sich umdrehte und zögerlich mit einem Korb in der Hand auf sie zukam.

Auf dem Weg hierher hatte Louise kurz bei McDrive angehalten. Eine Cola und zwei Cheeseburger hatten das Übelkeitsgefühl vertrieben, und langsam fand sie zu ihrem inneren Gleichgewicht zurück.

»Louise Rick«, stellte sie sich vor, reichte der Dame die Hand und erklärte ihr, woher sie kam. Gleich darauf entschuldigte sie sich dafür, die Hausherrin offenbar bei der Gartenarbeit zu stören.

Edith Rosen trug ihr fast weißes Haar in einem Pferdeschwanz, der ihr schlaff über den Rücken ihres weiten Kleides hing.

»Ich habe gar keinen Besuch erwartet.« Sie strich sich mit einem entschuldigenden Blick über das alte, mit Erd- und Grasflecken übersäte Kleid.

»Das macht gar nichts«, beeilte Louise sich zu sagen. »Ich hätte vorher anrufen sollen.« Sie wusste genau, dass ein Gespräch ganz andere Informationen generierte, wenn die Leute darauf vorbereitet waren. »Sie haben als Kind mit Ihren Eltern mal in Rungsted gewohnt, ist das richtig?«

Edith Rosen nickte unsicher. Ihr war anzusehen, dass sie keine Ahnung hatte, worauf die Polizistin hinauswollte.

»Ja«, sagte sie langsam. »Ich bin da geboren.«

»Können Sie sich an die Familie Parkov erinnern? Ihre Nachbarn?«

»Ja, ich erinnere mich an sie.«

»Es gab da mal einen Zwischenfall mit dem Sohn der Familie Parkov, Jørgen. Ihr Vater hat ihn daraufhin angezeigt«, fuhr Louise fort und verstummte, als sie sah, dass Edith Rosen kreidebleich wurde.

»Können wir reingehen?«, fragte die ältere Dame. »Ich muss mich setzen.«

Louise stützte sie auf dem Weg zur Tür. Eine Katze schlich sich heraus, als sie eine kleine Küche mit Blümchentapete und Wäsche im Spülbecken betraten.

»Hat er sich an Ihnen vergriffen?«, fragte Louise ohne Umschweife, als sie sich gesetzt hatten.

Die Augen der Frau schimmerten, als sie kurz nickte. Dann sah sie weg, kaum dass Louise sie gebeten hatte, ihr von dem Zwischenfall zu erzählen.

»Das war kein Zwischenfall«, sagte sie schließlich und schaffte es, Louise wieder anzusehen. »Das war ein einziger Albtraum.«

Edith Rosens Stimme wurde brüchig, ihre Schultern fingen an zu beben. Ihr Weinen klang wie das Jammern eines kleinen Kindes. Die langen, traurigen Klagetöne ließen es Louise kalt den Rücken hinunterlaufen. Sie zog den Stuhl näher an den Tisch heran und legte eine Hand auf die der älteren Dame.

»Schsch…« In dem Versuch, sie zu trösten, ließ Louise ihre Hand liegen. So saßen sie eine Weile, bis Edith Rosen sich räusperte und aufsah.

»Würden Sie mir bitte erzählen, was damals passiert ist? Ich muss das wissen.«

Sie sah Edith Rosen an, dass sie Anlauf nahm, doch dann brach sie wieder jammernd zusammen. Das Wehklagen ging Louise durch Mark und Bein, und sie war erschüttert, dass jemand auf ein Ereignis, das über fünfzig Jahre zurücklag, so heftig reagieren konnte. Wieder versuchte sie, die Frau zu beruhigen. Vermutlich hatte diese das Geschehen nie ganz verwunden. Dennoch hatte ihr Vater die Anzeige zurückgezogen.

Louise stand auf, nahm ein Glas aus dem Schrank, ließ Wasser aus dem Hahn hineinlaufen und stellte es auf den Tisch.

»Trinken Sie«, forderte sie Edith Rosen auf.

Es pfiff in den Lungen der alten Dame, und Louise bekam kurz Angst, dass sie vielleicht keine Luft mehr oder sogar einen Herzanfall bekommen würde. Doch dann richtete sich Edith Rosen auf, umfasste die Tischkante, als müsste sie sich irgendwo festhalten, wischte sich mit dem Ärmel des Kleides über das Gesicht und trank ein wenig Wasser.

»Ich wusste, dass es eines Tages herauskommen würde«, flüsterte sie und sah Louise verzweifelt an. »So was verfolgt einen das ganze Leben.«

»Was ist passiert?«, fragte Louise, doch sie sah Edith Rosen an, dass sie ihr nicht zuhörte.

»Was wohl aus Bodil geworden ist?«, murmelte sie.

»Bodil und Jørgen wohnen zusammen zwischen Roskilde und Holbæk in einem alten Wildwächterhaus.«

»Nein! Das kann nicht sein!«, brach es aus Edith Rosen hervor. Sie klang richtig wütend.

Louise nickte. Die heftige Reaktion überraschte sie. Sie versuchte, die Mimik der alten Dame zu deuten, jetzt, wo wieder Leben in ihren Blick gekommen war.

»Und warum sollte das nicht sein können?«, erkundigte sie sich ganz ruhig.

»Das würde Bodil niemals tun«, lautete die entschiedene Antwort. »Nie.«

Sie sahen einander an.

»Das heißt, er lebt noch«, stellte Edith Rosen dann fest. Sie faltete die Hände auf dem Tisch und wurde mit einem Mal ganz traurig.

»Die arme Bodil. Noch so ein kaputtes Leben.«

Ihre Stimme schwoll an und ab, als würde sie aus den dichten Nebeln der Vergangenheit hervorgezogen. Louise fröstelte.

»Und die beiden wohnen wirklich zusammen?« Edith Rosen konnte es offenbar nicht fassen.

Louise nickte.

»Jetzt werde ich Ihnen mal erzählen, was die größte Gemeinheit auf der Welt ist«, flüsterte Edith Rosen und sah an Louise vorbei. »Die größte Gemeinheit auf der Welt ist, wenn das Schicksal das Verhältnis zwischen zwei Menschen zerstört und sie hinterher dazu zwingt, zusammen zu leben. Das ist das Gemeinste, was es gibt.«

»Wenn ich auch nur ansatzweise verstehen können soll, was Sie da sagen, müssen Sie mir bitte erzählen, was damals passiert ist«, erklärte Louise nüchtern.

»Und er lebt wirklich noch?« Edith Rosen sah Louise direkt in die Augen.

Louise wiederholte geduldig, dass sowohl Bodil als auch Jørgen noch lebten.

»Nein«, fiel Edith Rosen ihr erregt ins Wort. »Die Bodil, die ich kannte, lebt nicht mehr.«

»Nun erzählen Sie schon«, bat Louise. Langsam bezweifelte sie, ob die ältere Dame überhaupt noch ganz richtig im Oberstübchen war.

Edith Rosen verflocht ihre Finger, löste sie wieder voneinander, knetete mit der einen Hand die andere und versuchte sich zu sammeln.

»Als Bodil neun war«, hob Edith Rosen endlich an und sah sehr konzentriert ins Leere. »Als Bodil neun war und ihr Bruder fünf, holte Bodil ihn auf dem Rückweg von der Schule immer vom Kindergarten ab.«

Ihre Stimme klang nun etwas ruhiger, während ihre Hände immer noch in Bewegung waren.

»Ich war im selben Kindergarten, und manchmal nahm sie mich mit, wenn meine Mutter beim Friseur war oder einkaufen. Wir mussten zwei Wohnstraßen überqueren. Insgesamt war der Weg nicht weit, aber eines Tages lief Jørgen ihr weg. Er liebte Autos – damals gab es ja noch nicht so viele – und hatte eins entdeckt, das er sich genauer ansehen wollte, bevor es wieder weg war.«

Sie verstummte, und Louise ließ sie gewähren.

»Er lief los, über die Straße, und Bodil war nicht schnell genug. Da bog ein zweites Auto um die Ecke und erfasste ihn.«

»Ach? Es war also ein Verkehrsunfall?«, wunderte Louise sich, doch sie sah Edith Rosen an, dass diese nicht verstand, was sie meinte.

»Es war so schrecklich«, flüsterte Edith Rosen. »Und wir Kinder, wir konnten nicht verstehen, wie das sein konnte, dass ein Junge, den wir kannten, mit einem Krankenwagen abgeholt werden musste und als ein völlig anderer Mensch aus dem Krankenhaus zurückkommen konnte.«

Sie schüttelte den Kopf.

»Er hat überhaupt nicht geblutet, darum dachten wir, dass es nicht so schlimm war«, erklärte sie. »Er ist einfach nur umgefallen, als das Auto ihn erwischte, aber er wurde nicht überfahren.«

»Dann muss das Auto ihn ziemlich unglücklich erwischt haben«, sagte Louise, die wusste, dass nicht viel dazugehörte, dass die Frontallappen einen Schaden erlitten.

Edith Rosen stand auf, ging zum Kühlschrank, holte eine Flasche mit Patentverschluss heraus und bot Louise ein Glas selbst gemachten Holunderblütensaft an. Louise hatte den Eindruck, dass sich die ältere Dame langsam wieder fasste, und nahm das Angebot an.

»Ich kann nicht ganz genau sagen, wann der Albtraum begann«, räumte Edith Rosen ein, als sie wieder saß.

»Jørgen war damals wohl so vierzehn, und Bodil entsprechend achtzehn. Aber eines Tages war sie plötzlich weg. Ging von der Schule ab, obwohl sie immer nur Einser mit Sternchen bekommen hatte. Damals wurde gesagt, die Mutter wüsste genau, was los war, und dass sie zu Bodil gesagt haben soll, sie sollte froh sein, dass nicht sie von dem Auto angefahren worden war. Soweit ich weiß, hat ein Lehrer dafür gesorgt, dass die Kommune eingeschaltet wurde, die ihr dann eine Anstellung bei einem Oberarzt bei Birkerød beschaffte. Aber zu dem Zeitpunkt war Jørgen auch schon bei mir gewesen, und darum wusste ich genau, wovor der Klassenlehrer sie gerettet hat.«

Sie presste die Lippen aufeinander. Ihr Mund wurde

ganz schmal und zuckte. Doch sie schaffte es, nicht zu weinen.

»Ich habe mich nicht getraut, was zu sagen«, flüsterte sie. »Aber dann haben meine Eltern es mitbekommen und sind zu Herrn Parkov gegangen. Mein Vater war auch bei der Polizei und hat verlangt, dass der Junge weggeschickt wird, wenn die Eltern ihn nicht kontrollieren konnten.«

»Aber später hat er die Anzeige dann zurückgezogen?«

Edith Rosen nickte.

»Ja, das war Teil der Vereinbarung, die mein Vater mit Herrn Parkov einging. Dass er die Anzeige zurückziehen würde, wenn Jørgen weggeschickt würde.«

»Und Bodil? Kam die dann wieder nach Hause?«

»Ich habe sie nie wieder gesehen. Ich weiß nicht einmal, ob sie ihren Vater noch mal gesehen hat. Der ist nämlich vier Jahre später gestorben, und dann hat seine Frau Jørgen sofort wieder nach Hause geholt.«

Edith Rosens Kinn zitterte.

»Schon einen Tag nachdem er wieder da war, ging es wieder von vorne los«, stammelte sie und hatte Schwierigkeiten, den Kopf aufrecht zu halten.

»Und dann sind Sie umgezogen?«, kam Louise ihr zu Hilfe.

Edith Rosen nickte.

»Und dann sind wir umgezogen.«

Louises Handy klingelte. Als sie dranging, sah sie, dass sie bereits seit zwei Stunden in Edith Rosens Küche saß.

»Lillian Johansen sitzt hier in unserem Büro und brennt darauf, uns zu erzählen, was damals in Eliselund passiert ist. Hat sich nämlich rausgestellt, dass sie gerade Schicht hatte, als die Zwillinge verschwanden.«

»Warum hast du sie mit in die Dienststelle genommen?«, fragte Louise leise. Sie konnte hören, dass Eik hinaus auf den Flur ging.

»Weil ich sie festnehmen und ihr damit drohen musste, sie wegen vorsätzlicher Behinderung einer Amtshandlung zu belangen.«

»Verdammt noch mal, Eik!«, regte Louise sich auf. »Dann kann sie uns hinterher vielleicht mit einer Schadensersatzklage drankriegen!«

Sie seufzte und lächelte Edith Rosen entschuldigend an.

»Ich schließe das hier eben ab, dann komme ich«, versprach sie ihrem Kollegen.

Ungeduldig trommelte Louise auf ihr Lenkrad, während sie auf der Autobahn bei Hørsholm im Stau stand. Sie verfluchte den Berufsverkehr am Nachmittag und hatte auf einmal das Gefühl, dass der Rückweg von Horneby unendlich lang war. Außerdem hatte sie ein schlechtes Gewissen wegen Edith Rosen. Sie hatte sich für das Gespräch bedankt und sich dafür entschuldigt, dass sie die Wunden der Vergangenheit wieder aufgerissen hatte – aber dann hatte sie sie auch mit genau diesen offenen, vermutlich nie ganz heilenden Wunden sich selbst überlassen.

Nach allem, was Edith Rosen ihr erzählt hatte, neigte Louise dazu, sich der Meinung der ehemaligen Nachbarin anzuschließen: Bodil Parkov lebte wohl kaum freiwillig mit ihrem Bruder zusammen. Beim Nachdenken darüber, was die Geschwister lebenslang aneinander band, fiel Louise eigentlich nur eins ein: Schuldgefühle. Es könnte sein, dass Bodil Parkov sich schuldig fühlte, weil sie damals auf dem Weg vom Kindergarten nach Hause nicht gut genug auf ihren kleinen Bruder aufgepasst hatte.

Louise rief Melvin an. Sie konnte die Verkehrssituation genauso gut dazu nutzen, endlich das Gespräch mit ihm zu führen, das sie nun schon viel zu lange vor sich herschob.

»Der Kaufvertrag ist unter Dach und Fach«, verkündete ihr Nachbar von unten und klang so zufrieden, dass Louise ihre Einwände im Hals stecken blieben.

»Du hast ihn also gekauft?«, fragte sie stattdessen.

»Nein, WIR haben ihn gekauft«, korrigierte er sie und erklärte, es fehle nur noch ihre Unterschrift. »Liegt alles hier bei mir. Ich habe Jonas versprochen, dass wir heute Abend hinfahren und uns unser neues Reich ansehen. Er ist gerade aus Roskilde nach Hause gekommen.«

Louise atmete tief durch. Sie hatte sich den Schrebergarten noch kein einziges Mal angesehen. Aber es war ihre eigene Schuld, dass sie nicht rechtzeitig einen Rückzieher gemacht hatte.

»Die ganze Elektrik ist neu, und das Badezimmer auch«, berichtete Melvin glücklich. Nur die Küche und das Wohnzimmer müssten wohl mal gestrichen werden, meinte er. »Aber die Entscheidung überlasse ich dir.«

Seine Begeisterung brachte Louise zum Lächeln.

»Und der Garten ist einfach phantastisch«, fuhr er beglückt fort. »Beerensträucher, Kartoffeln und Kräuter.«

»Aber doch wohl hoffentlich auch ein kleines Stück Rasen?«, hakte Louise nach, die sich auf einmal fragte, wo da noch Platz für ihre Sonnenliege sein sollte.

»Massenweise Rasen«, beruhigte er sie. »Und die Himmelsrichtung ist auch perfekt, wir haben den ganzen Tag Sonne, bis in den Abend.«

»Na, dann bin ich ja mal gespannt.« Louise ließ sich von seiner Freude anstecken und dachte bei sich, was denn nun so verkehrt daran sei, dass sie einen Schrebergarten hat. Der Verkehr begann endlich wieder zu fließen, und Louise versprach Melvin, zu unterschreiben, sobald sie zu Hause war.

»Aber du und Jonas, ihr könnt ruhig schon ohne mich zum Garten fahren. Bei mir wird es heute sicher etwas später.«

Als sie das Rattenloch betrat, saß Lillian Johansen auf einem Stuhl auf der anderen Seite des Tisches und strahlte alles andere als Mitteilungslust gegenüber der Polizei aus. Eik saß mit gefalteten Händen am Schreibtisch.

Louise sah ihnen an, dass sie auf sie gewartet hatten, darum legte sie schnell ihre Jacke ab und begrüßte die Frau, die bei ihrem ersten Anruf in Eliselund so abweisend gewesen war.

»Frau Johansen hat im letzten Jahr, das die Zwillinge in Eliselund verbrachten, dort gearbeitet, und sie hat mir gerade erzählt, dass sie sich um die beiden gekümmert hat, als sie im Februar 1980 mit Lungenentzündung auf der Krankenstation lagen.«

Eik wandte den Blick der störrischen Frau zu.

»Würden Sie bitte wiederholen, was am letzten Abend passierte?«

Er hatte die Jalousien so eingestellt, dass nur ein schmaler Streifen Tageslicht hereinfiel. Vor Lillian Johansen standen eine volle Tasse Kaffee und ein volles Glas Wasser. Offenbar hatte sie beides nicht angerührt.

Die kräftig gebaute Frau verschränkte die Arme vor der Brust und unterstrich damit ihren Widerwillen.

»Sie haben nichts falsch gemacht. Was hätten Sie denn tun sollen?«, versuchte Eik, ihr zu helfen. »Sie waren damals doch noch in der Ausbildung.«

Sie sagte immer noch nichts. Saß einfach nur stumm da und starrte vor sich hin.

Sie warteten noch eine Weile, ob sie vielleicht doch reden würde, aber dann war Eiks Geduld am Ende.

»Also, bevor du kamst, hat Frau Johansen mir erzählt, dass sie sich damals gewundert hatte, wieso die Mädchen in dem Teil der Krankenstation untergebracht wurden, der völlig isoliert im Keller lag. Keine von beiden wirkte nämlich besonders krank. Keinerlei Symptome einer Lungenentzündung, kein Fieber. Als sie das Bodil Parkov gegenüber äußerte, wurde sie des Kellers verwiesen und musste den Toilettendienst im Männerflügel übernehmen – das hieß, sie musste den am schwersten Behinderten aufs Klo helfen.«

Lillian Johansen richtete den Blick auf den Tisch und schwieg weiter.

»In der Nacht, in der die Zwillinge angeblich starben, wurde die Krankenstation im Keller abgeschlossen. Außer Bodil Parkov und dem Oberarzt hatte keiner mehr Zugang, und das heißt, dass die beiden höchstpersönlich an dem Abend Dienst schoben. Am nächsten Morgen war halbmast geflaggt, und seither hat niemand mehr die Zwillinge gesehen. Es hat auch niemand gesehen, dass und wie sie von Eliselund wegkamen.«

»Eik«, unterbrach Louise ihn. »Ich finde, wir sollten jetzt Frau Johansen weitererzählen lassen.«

Er verstummte und sah sie verärgert an. Dann nickte er Lillian Johansen auffordernd zu, doch sie schwieg weiter, und Eik und Louise warteten wieder eine ganze Weile. Eik hob mehrmals dazu an, das Schweigen zu beenden, doch Louise verhinderte das mit scharfen Blicken.

Neun Minuten lang saßen sie so da. Schweigend. Louise pulte an ihren Fingernägeln herum und blickte hin und wieder kurz zu Lillian, bis sie sah, dass Tränen über die vollen Wangen der Pflegekraft liefen. Sie warf einen kurzen Blick auf Eik, der sich mit hinter dem Kopf gefalteten Händen zurücklehnte und aussah, als würde er dösen.

»Am Anfang wusste ich nicht, was da unten passierte, wenn abgeschlossen wurde«, begann Lillian Johansen tonlos zu erzählen. »Und ich weiß auch nicht, wie lange die anderen schon davon wussten. Jedenfalls machten alle einen großen Bogen um die Krankenstation im Keller, wenn die Gittertür davor verriegelt war.«

Louise lehnte sich nach vorn, und Eik nahm sich seinen Block.

Offenbar hatte er doch nicht geschlafen, dachte sie.

»Eines Abends war ich da unten, um die Krankenakte eines Bewohners zu holen, der am nächsten Tag ins Reichskrankenhaus nach Kopenhagen gebracht werden sollte.«

»Und das war, während die Zwillinge angeblich mit Lungenentzündung im Keller lagen?« Louise traute sich kaum, die Zeugin zu unterbrechen, brauchte aber Klarheit.

»Nein.« Lillian Johansen ballte die Hände. »Das war lange vorher.«

Einen Moment lang sah es aus, als würde sie wieder verstummen, doch dann sah sie auf und sprach fast schon wütend weiter.

»Da kamen sie mit ihm den Gang entlang«, erzählte sie. »Die Parkov und der Oberarzt. Kamen aus dem Duschraum mit ihm, und er war ganz nackt. Sie hatten ihn zwischen sich und brachten ihn in das hinterste Krankenzimmer, das wir das ›Epidemiezimmer‹ nannten.«

Lillian Johansen war offenkundig nicht wohl in ihrer Haut. Sie wandte den Blick ab und nahm dann richtiggehend Anlauf, um weiterzureden.

»Solange ich da war, ist das Zimmer nie genutzt worden. Es hat immer leer gestanden und war für Notfälle gedacht. Ich war völlig perplex, weil ich den Mann noch nie gesehen hatte, obwohl ich doch in der Männerabteilung arbeitete.«

»Und wer war der Mann?« Eik schob sich ein Streichholz zwischen die Zähne.

»Damals wusste ich das nicht, aber später erfuhr ich dann, dass das der Bruder von der Parkov war. Den hatte sie da unten untergebracht, und der Oberarzt war zuständig für seine Behandlung. Am Anfang wurde ein wenig getuschelt, aber niemand traute sich, laut etwas zu sagen. Und dann haben wir uns dran gewöhnt. Wir haben ihn nie zu Gesicht bekommen. Er hat da unten zu essen bekommen und hatte nichts mit den anderen Bewohnern zu tun. Aber wir konnten ihn hören.«

Sie schloss die Augen und verzog das Gesicht. Die Erinnerung an damals stieg in ihr auf und ließ sie gequält den Oberkörper hin- und herwiegen.

»Sie ließen ihn zu den kranken Mädchen. Zu denen, die auf der Krankenstation lagen«, flüsterte sie.

Sie holte tief Luft.

»Wenn man abends Dienst im Krankenflügel hatte, konnte man schon mal die Geräusche hören. Aber wir haben nichts gesagt. Wir trauten uns nicht. Auch die älteren Angestellten nicht. Es war etwas, worüber man nicht redete.«

Sie richtete sich auf.

»Und so hätte es einfach weiterlaufen sollen«, meinte sie.

»Warum?« Eik wirkte nicht, als wäre er mit Lillian Johansen einer Meinung. Auf seiner Stirn zeichnete sich eine wütende Falte ab.

Lillian Johansen wandte sich ihm zu.

»Weil wir alle Schuld hatten. Bodil Parkov leitete das Heim mit eiserner Hand, aber sie wusste, was vor sich ging, und sie hätte eingreifen müssen. Aber so wurden wir alle mitschuldig an den Übergriffen, die da im Keller stattfanden. Und nach so vielen Jahren soll man niemanden mehr öffentlich beschuldigen.«

»Sie haben weggesehen, allesamt.« Wütend spuckte Eik sein Streichholz aus. »Vielleicht, weil Sie wussten, dass die geistig zurückgebliebenen Mädchen es ohnehin niemandem erzählen würden. Oder war es, weil sie keine Angehörigen hatten, die sich für sie hätten stark machen können?«

»Ruhe jetzt!«, fuhr Louise ihn an und überlegte ernsthaft, ihn rauszuwerfen.

»Das alles ist über dreißig Jahre her!«, verteidigte sich Lillian Johansen. »Damals war alles anders. Es wurden Vorwürfe gegen die Parkov erhoben, aber der Oberarzt stellte sich auf ihre Seite und bestritt, dass es jemals zu solchen Übergriffen gekommen sei. Und letztendlich verschwand der Bruder von der Parkov dann ja auch wieder.«

»Wann war das?«, wollte Louise wissen.

»Kurz vor der Sache mit den Zwillingen. Vielleicht eine oder zwei Wochen vorher.«

»Soll das heißen, Bodil Parkovs Bruder wohnte in Eliselund, bis sie selbst kündigte und dort auszog?«

Lillian Johansen nickte.

»Und die Zwillinge verschwanden am selben Tag, an dem Bodil Parkov den Hut nahm?«, schaltete Eik sich ein, der bereits aufgestanden war.

Lillian Johansen saß regungslos da und sah ihm dabei zu, wie er sich die Lederjacke überzog und die Autoschlüssel schnappte.

»Vielleicht hätten wir der Sache genauer nachgehen sollen, als der Oberarzt sich das Leben nahm. Aber er war es ja gewesen, der die Verantwortung für die Krankenstation hatte, und so starb die ganze Angelegenheit eben mit ihm.«

»Und keiner hat sich dafür interessiert, was aus Lise und Mette geworden war«, stellte Louise fest und griff nach ihrer Jacke, um Eik zu folgen.

»Die vergessenen Mädchen waren ja sowieso von Anfang an ganz allein, was sollten wir also tun?«, murmelte Lillian Johansen.

Louise drehte sich in der Tür um und herrschte die Pflegekraft wütend an:

»Sie irren sich, Frau Johansen! Diese beiden Mädchen waren nicht sowieso von Anfang an ganz allein und vergessen. Man hat ihren Vater dazu angehalten, seine Töchter zu vergessen. Man hat ihren Vater gebeten, sie nicht mehr zu besuchen. Und so war es vermutlich mit sehr vielen der Kinder und Erwachsenen, die keinen Kontakt zu ihren Angehörigen hatten. Sie waren allein und sich selbst überlassen, weil sie anders waren und weil sie irgendwohin abgeschoben worden waren, wo alle nur damit befasst waren, es sich selbst mit der Betreuung dieser Menschen so leicht wie möglich zu machen! Dabei hätten gerade sie sich dieser Menschen annehmen sollen. Gerade *weil* diese Menschen sonst niemanden hatten!«

Louise war kurz davor zu explodieren, machte auf dem Absatz kehrt und verließ das Büro.

LOUISE BEMERKTE DIESES MAL weder das Sägewerk noch die anderen Häuser, als Eik über den Bukkeskovvej bretterte, dass die kleinen Steine aufflogen. Sie hatte den Blick fest auf die hohen Kastanien beim alten Wildwächterhaus gerichtet.

Sie hatte während der Fahrt bei Kim angerufen, ihm kurz von der Vernehmung von Lillian Johansen erzählt und die Informationen zusammengefasst, die sie über Jørgen Parkov, seine Familie und den ganzen Hintergrund erhalten hatten.

»Damals, als es schon einmal eine Reihe von Vergewaltigungen und Morden gab, hat er auch schon hier gewohnt.«

Ihre Denkrichtung war klar, aber auf eine von Kims Fragen hatte sie keine Antwort.

»Und was ist mit den zwanzig Jahren dazwischen? Ist doch ziemlich unwahrscheinlich, dass er so lange Pause gemacht und dann wieder angefangen hat.«

Als sie beim Wildwächterhaus vorfuhren, stand nicht nur das Tor im Zaun weit offen, sondern auch die Haustür.

»Da stimmt was nicht«, sagte Louise, als sie Jørgens Rechen mitten im Hof liegen sah.

Sie riss sich das Headset vom Kopf und eilte, Bodil rufend, zum Haus. Es war erschreckend still überall, nur ein Vogel war zu hören, der vom Reetdach aufflog.

Louises Herz hämmerte, als sie die Hand auf die Dienstwaffe legte und langsam den Flur betrat.

Im Wohnzimmer war niemand zu sehen, und auch im Haus war es totenstill. Sie nickte Eik zu und bedeutete ihm, ins Wohnzimmer zu gehen, während sie selbst zur Küche weiterging.

Leer. Auf dem Tisch standen zwei benutzte Teller und ein Glas mit Milchrest. Auf der Tischdecke lagen Krümel, und die Butter war auch noch nicht weggeräumt.

Louise ging langsam weiter zu dem Zimmer hinter der Küche. Vorsichtig legte sie die Hand auf die Klinke, drückte diese herunter und öffnete die Tür.

Das Zimmer lag im Schatten eines großen Baumes im Garten. Es war kühl und duftete leicht nach Parfum, als Louise Bodil Parkovs Schlafzimmer betrat.

In der Ecke zwischen den beiden dem Garten zugewandten Fenstern saß Bodil Parkov in einem Schaukelstuhl. Mit einer großen Strickarbeit auf dem Schoß und einem schwarzen Kopfhörer über den Ohren saß sie da und schaukelte.

Louise bemerkte, wie angespannt sie atmete, und ließ die Dienstwaffe los. Sie betrachtete die alte Dame, die sich vollkommen auf ihre Strickarbeit konzentrierte. Louise sprach sie ein paarmal an, dann ging sie ein paar Schritte weiter ins Zimmer und stellte sich vor den Schaukelstuhl.

Bodil zuckte zusammen. Sie sah auf und nahm den Kopfhörer ab. Louise konnte die klassische Musik hören, die aus dem Kopfhörer klang. Bodil Parkov sagte nichts, sah nur traurig zu Louise auf und ließ die Hände in den Schoß sinken.

Louise ging vor ihr in die Hocke.

»Wo ist Jørgen?«, fragte sie.

Die Frau presste die Lippen aufeinander und schüttelte den Kopf.

»Bodil.« Louise verschärfte ihren Ton ein wenig. »Ich muss dringend mit ihm sprechen, und ich glaube, es ist das Beste, wenn du dabei bist.«

Bodils Kinn bebte, ihre Lippen begannen zu zittern.

»Er ist nicht zu Hause«, sagte sie kaum hörbar.

Louise legte eine Hand auf die Armlehne des Schaukelstuhls und hielt ihn an.

»Wo ist er?«

»Im Wald. Ich habe ihm gesagt, dass er die Frau zurückbringen muss.«

»Welche Frau?« Louise richtete sich auf.

»Die, die er neulich mitgebracht hat.«

»Und wer ist das?«

»Die aus dem Wald, nach der alle suchen.« Bodil sah Louise nicht an.

»Die Joggerin? Er hat sie hier gehabt?«

»Ja. Drüben in seinem Zimmer.«

Louise stürzte aus dem Schlafzimmer durch die Küche ins Wohnzimmer. Sie bemerkte, dass Bodil ihr bis zu dem kurzen Flur folgte, der zum hinteren Teil des Hauses führte. Eine massive Eichentür trennte Jørgens Wohnbereich vom Rest des Hauses. Louise betrachtete einen Moment den schweren Riegel ganz oben an der Tür. Er war offen.

Das erste Zimmer war Jørgens Schlafzimmer. Es war größer als Bodils, und die eine Wand verschwand hinter Regalbrettern, auf denen fein säuberlich unzählige Autominiaturen aufgereiht standen. Keine Spielzeugautos, sondern richtige Sammlerobjekte.

Louise ging schnell weiter zu dem kleineren Zimmer dahinter, blieb aber unvermittelt in der Tür stehen, als sie den Gestank bemerkte. Beide Fenster standen offen, und doch meldete sich ihr Brechreiz. In der dunklen Kammer stand nichts außer einem Bett, und auf dem Bett lag ein zerwühltes, mit Urin und Stuhl besudeltes Laken.

Einen Augenblick stand sie wie gelähmt da und versuchte, den Anblick sacken zu lassen. Dann ging sie zum Bett und hob ein Seil vom Boden auf. Das eine Ende war am Kopfende des Bettes festgebunden.

»Hat er sie ans Bett gefesselt?«, fragte sie, ohne sich umzudrehen.

»Jørgen war schon immer ein Meister, was Knoten angeht«, antwortete Bodil. Auch sie ging zum Bett und machte sich daran, das Laken zusammenzulegen. »Der Geruch geht wohl nie ganz raus, oder?«

Louise bückte sich und sah unters Bett. Dort lagen noch mehr Seile und Seilstücke, sonst aber nichts.

»Mein Gott«, flüsterte sie und richtete sich auf. Durch die offenen Fenster hörte sie Eiks schnelle Schritte auf dem Kies des Hofplatzes. Sekunden später stand er in der Tür.

»Kommst du mal bitte? Da ist was, das du dir ansehen musst.«

LOUISE EILTE EIK HINTERHER zum Stallgebäude, das im rechten Winkel zum Haupthaus lag. Die schwarze, zweigeteilte Stalltür stand offen, sodass Louise vom Hofplatz aus die Gitter einer Pferdebox sehen konnte.

Eik packte sie am Arm und legte einen Finger auf die Lippen. Gemeinsam betraten sie den kühlen, dunklen Stall. Das einzige Licht drang durch zwei halbmondförmige, zum Hofplatz gewandte Stallfenster.

»Sie liegt da drin«, flüsterte er.

Er hielt Louise immer noch am Arm, als sie zu den beiden benachbarten Pferdeboxen gingen. Die Boxentüren waren mit handgemalten Schildern dekoriert. Auf beiden stand »Lisemette«.

Louise sah in die Box, auf die Eik zeigte, und japste.

Die Box war etwa zwei mal drei Meter groß, schätzte sie, und die Frau lag auf einem Feldbett, das an der Trennwand zur nächsten Box stand.

Stumm standen sie da und betrachteten sie. Sie lag völlig reglos mit geschlossenen Augen, neben sich auf dem Kissen eine Puppe mit blonden Haaren. Sie konnten nur das Gesicht der Frau sehen, das ganz geschwollen und blutig war. Neben der Pritsche stand ein Nachttisch mit einer Rose in einem schmalen Wasserglas, vor der Stallmauer eine alte Standuhr und ein niedriger Tisch mit einem bestickten Untersetzer. An der Wand hingen zwei Teller mit Blumendarstellungen und ein wuchtiges Gemälde in einem Goldrahmen. Louise vermutete, dass die Einrichtung aus der alten Grossistenvilla in Rungsted stammte.

Vorsichtig schob Louise den Riegel der Boxentür zur Seite. Langsam öffnete sie die Tür und beobachtete, ob die Frau reagierte, doch im Bett rührte sich nichts.

Wortlos schlich sie sich zur Pritsche und betrachtete die geschlossenen Augen und die Verletzungen im Gesicht der Frau, während Eik im Stallgang stehen blieb.

»Sie dürfen sie nicht wecken.« Bodil stand mit in die Seiten gestützten Armen in der offenen Stalltür.

»Würden Sie uns das hier bitte erklären?« Eik drehte sich zu ihr um.

»Das sind Jørgens Mädchen. Die wohnen hier.«

Man konnte nicht behaupten, dass Bodil versuchte, irgendetwas zu verheimlichen, ging es Louise durch den Kopf. Fast hatte sie den Eindruck, die ehemalige Heimleiterin wüsste jetzt, dass alles aus war, und wartete ab, was passieren würde.

»Ich musste sie mit Jørgens Medikamenten ruhigstellen, damit sie sich nicht noch mehr selbst verletzt.«

»Haben die beiden etwa seit 1980 hier draußen im Stall gewohnt?«, fragte Louise entsetzt und verließ leise die Box.

»Ja«, lautete die knappe Antwort.

Louise hatte bereits das Handy in der Hand und ging hinaus auf den Hofplatz, um Viggo Andersen anzurufen. Sie überließ es Eik, Kim zu informieren.

»Wir haben Ihre Tochter gefunden«, teilte sie Viggo Andersen mit und fügte schnell hinzu: »Sie lebt, aber mehr kann ich jetzt noch nicht sagen. Ich schlage vor, dass Sie herkommen.«

Sie gab ihm die Adresse und erklärte, der Hof liege direkt am Waldrand.

»Bukkeskovvej«, wiederholte sie und schätzte, dass er in fünfzehn bis zwanzig Minuten da sein würde. So wenige Kilometer hatten sie in all den Jahren getrennt.

»Sie haben also die Zwillinge offiziell sterben lassen, damit Ihr Bruder jemanden zum Vögeln hatte, nachdem sich das in Eliselund nicht mehr machen ließ?« Eiks Stimme bebte vor Zorn. »Und damit Sie nicht selbst herhalten mussten?«

Erstaunt sah Bodil Parkov ihn an.

»Aber wir haben doch immer gut für sie gesorgt. Hier bei uns haben sie es viel besser gehabt als in Eliselund«, behauptete sie. Eiks Zorn schien an ihr abzuprallen.

»Hat Ihr Bruder die Tagesmutter im Wald vergewaltigt und ermordet?«, fragte Eik weiter und trennte den Filter von einer Zigarette ab, bevor er sie anzündete.

Jetzt reagierte sie. Bodils Blick wurde unruhig, sie wollte sich zurückziehen, doch Eik packte sie am Arm.

»Warum hat er die Joggerin mit hierhergebracht?«, wollte Louise wissen und näherte sich den beiden. »Mette war doch noch hier.«

»Mette hat er nie angerührt, sie ist doch bloß ein Kind. Er war immer nur bei der anderen«, erklärte Bodil, als wäre das alles ganz natürlich. Sie erzählte, es sei genauso gewesen wie damals, vor einigen Jahren, als Lise irgendwas mit dem Unterleib gehabt und ständig geblutet habe. »In dem Sommer hatte ich zum Glück Wochenend-Nachtdienste im St.-Hans-Krankenhaus, also kam ich an Antibiotika ran.«

»War das 1991?«, fragte Louise, und Bodil nickte.

»Ich hatte ihm verboten, in den Wald zu gehen, aber er war schon weg, bevor ich von meiner Schicht nach Hause kam.«

»Und da hat er die Frauen vergewaltigt, die ihm über den Weg liefen«, sagte Louise.

Bodils Blick wurde wieder unruhig, dann sah sie ganz weg.

»Wieso ist Mette so schlimm zugerichtet?« Eik nickte Richtung Pferdebox. »Was haben Sie mit ihr gemacht?«

»Sie wurde total unmöglich, als ihre Schwester verschwand.« Bodil sah die beiden wieder an. »Wenn man nicht auf sie aufpasst, schlägt sie den Kopf gegen die Wand, isst nichts und trinkt nichts. Das ist normal bei solchen, wenn sie jemanden vermissen.«

»Wie ist ihre Schwester verschwunden?«

»Jørgen muss vergessen haben, die Stalltür zuzumachen. Normalerweise achte ich da immer sehr drauf, weil die beiden ja nicht gewöhnt sind, draußen zu sein. Aber wenn er hier draußen den Hof recht, macht er manchmal die Stalltür auf.«

Louise warf einen Blick in die leere Box. Die Bettdecke lag ordentlich auf der schmalen Pritsche. Auf dem weißen Bettbezug lagen zwei gelbe Rosen, offenbar vom selben Busch wie die, die Jørgen Louise bei ihrem letzten Besuch gegeben hatte.

Die Box war genau wie Mettes mit einzelnen antiken Möbelstücken und Gegenständen aus Bodil und Jørgen Parkovs Elternhaus eingerichtet. Ein krasser Gegensatz zur nackten Stallmauer und den maroden Brettern der Pferdeboxen, aber ganz sicher gut gemeint, dachte Louise. Am Ende des Stallgangs stand ein alter Sattelbock, dahinter hing Pferdegeschirr, das sich bestimmt schon hier befunden hatte, als Bodil und ihr Bruder das Anwesen übernommen hatten.

Louise ging noch einmal zu Mette, die immer noch regungslos im Bett lag, und hockte sich neben die

Pritsche. Sie hatte die gleichen langen, dunklen Haare wie ihre Schwester. Ihr Alter war ihr nicht anzusehen, ihre Züge waren genauso fein wie die ihrer Schwester, soweit Louise das angesichts der Schwellungen und Hämatome beurteilen konnte.

Louise überprüfte Mettes Puls, der sehr schwach war. Als sie sich wieder aufrichten wollte, riss Mette plötzlich den Kopf von einer Seite zur anderen, als würden unsichtbare Kräfte von allen Seiten an ihr zerren. Ihre Augen waren immer noch geschlossen, aber ihr gesamter Körper stand unter Anspannung.

Ein Auto fuhr auf den Hof. Louise hatte gehört, wie Eik den Notarzt und die Holbæker Polizei angerufen hatte, ging aber davon aus, dass Lisemettes Vater noch vor allen anderen da sein würde. Sie ging hinaus, um ihn zu begrüßen.

Viggo Andersen war so überstürzt zu Hause aufgebrochen, dass er sogar noch seine Pantoffeln anhatte.

»Ihre Tochter ist hier drin.« Louise brachte ihn zum Stall. »Ich muss Sie leider darauf vorbereiten, dass sie sich nicht unbeträchtlich selbst verletzt hat.«

Ohne eine einzige Frage zu stellen, folgte er ihr. In Louises Deckung näherte er sich der Boxentür.

»Sie schläft, aber ich glaube, sie wacht jetzt langsam auf.«

Kaum hatte Louise das gesagt, hörten sie unruhige Geräusche vom Bett her. Mette warf wieder den Kopf von einer Seite zur anderen und schlug sich an der Bretterwand zur Nachbarbox. Ihre Arme unter der Decke zuckten, und sie gab eine ganze Reihe von Jammerlauten von sich, als der Kopf wieder zur Ruhe kam und sich das lange Haar über ihr Gesicht legte.

»Der Notarzt ist verständigt und unterwegs«, sagte

Louise leise und trat zur Seite, als Viggo Andersen fragte, ob er die Box betreten dürfe.

Sein Blick war so unendlich zärtlich, als er sich umständlich neben seiner unruhigen Tochter auf den Boden kniete und die Hand auf ihre Schulter legte. Leise begann er zu singen:

»Ein Lerchennest, das weiß ich, es liegt im Sonnenlicht, auf weiten, grünen Fluren, doch wo, das sag ich nicht!«

Sanft strich er mit dem Daumen über den Stoff des gelblichen Nachthemds seiner Tochter. Ihr Brustkorb hob sich, dann rammte sie den Kopf wieder gegen die Bretterstallwand.

»Papa und Mama Lerche und viele Kinderlein, die singen und die pfeifen, so froh klingt's durch den Hain.«

Von dort, wo Louise stand, sah es aus, als würde sich Mettes Atmung beruhigen, aber sie wollte auf keinen Fall näher rangehen und den Versuch des Vaters, seine Tochter zu beruhigen, vereiteln.

»Die Alten fliegen lustig und kreisen um das Nest, und wenn dann heim sie kommen, dann gibt's ein großes Fest.«

Es sah aus, als würde der Schlaf sich wieder Mettes bemächtigen. Ihr angespannter Körper sank tiefer in die Matratze, und ihre Wange legte sich ruhend aufs Kissen.

Der Vater sah bewegt lächelnd zu Louise auf und erzählte, dieses Lied habe er seinen Töchtern immer als Gutenachtlied vorgesungen.

»Sie haben sie gefunden«, sagte er und ließ dann den Blick von Louise zu seiner Tochter wandern. Seine Hand lag immer noch auf ihrer Schulter, als er leise anfing zu weinen. Er sah zur Standuhr und dann zu dem kleinen Tisch. »Jemand hat sich um sie gekümmert.«

Louise biss sich auf die Zunge. Es war wohl nicht der richtige Zeitpunkt, um dem Vater zu erklären, was seine beiden Töchter die letzten einunddreißig Jahre durchgemacht hatten. Und für einen Unwissenden waren die Pferdeboxen des alten Wildwächterhauses wahrscheinlich eine ganz gute Alternative zum Tod. Viggo Andersen hatte die zweite, ganz ähnlich eingerichtete Box noch nicht bemerkt, und Louise beschloss, noch etwas zu warten, bis sie ihm mehr erzählte. Er würde schon noch früh genug erfahren, was seinen beiden Töchtern widerfahren war, nachdem man sie für tot erklärt hatte.

»Der Rettungswagen ist da«, vermeldete Eik von der Stalltür.

Louise hörte Schritte auf dem Kies, und wie die hinteren Wagentüren geöffnet wurden. Kurz darauf betrat einer der Sanitäter den Stall.

»Sie liegt hier.« Louise zeigte in die Box.

Der junge Mann riss Augen und Mund auf, doch Louise konnte durch kräftiges Kopfschütteln und einen Finger auf den Lippen jegliche Äußerung von ihm verhindern.

Jetzt hörte Louise noch mehr Autos auf den Hof fahren. Sie machte Platz, als die Trage auf den unebenen Betonboden des Stallgangs gehoben wurde und bedeutete Viggo Andersen mit einem Kopfnicken, es ihr nachzutun.

»Ist sie bei Bewusstsein gewesen, seit Sie hier sind?«, fragte der junge Sanitäter, als Louise wieder hereinkam.

»Sie steht unter Medikamenteneinfluss«, erklärte Louise. »Aber wenn sie aufwacht, kann sie ziemlich unruhig werden, und …«

»Meine Tochter ist schwer geistig behindert«, schaltete Viggo Andersen sich ein. »Als Kind hat sie immer sehr heftig auf unbekannte Situationen reagiert, oder wenn sie Angst bekam. Ich möchte gerne mitfahren, wenn das geht?«

Der junge Mann breitete eine Decke aus, sein älterer Kollege nickte.

»Selbstverständlich«, sagte er. »Sie können hinten neben ihr sitzen.«

Die beiden Männer rollten die Trage neben die Pritsche und hoben Mette vorsichtig darauf. Sie war dünn, fast schon mager, konnte Louise sehen, als ihre nackten Beine zum Vorschein kamen. Wie Patienten, die lange im Krankenhaus gewesen waren, hatte sie praktisch keine Muskulatur.

Als sie die Trage aus der Box schieben wollten, wurde Mette wieder unruhig. Der Laut, der aus ihrer Kehle drang, klang wie ein wütendes Knurren. Erschrocken sah der junge Sanitäter Viggo Andersen an, der seiner Tochter sofort eine Hand auf den Arm legte.

Louise stand ganz dicht neben ihr, als Mette die Augen aufschlug und anfing zu schreien. Ihr angstvoller Blick raste durch den Raum, sie ballte die Hände vor der Brust.

Ihr Vater murmelte beruhigend auf sie ein, aber sie schlug nach seiner Hand und warf den Kopf zur Seite, ohne auch nur einen Augenblick aufzuhören zu schreien.

»Achtung, wir schieben sie jetzt rein«, sagte der ältere Sanitäter, als sie den Rettungswagen erreicht hatten, und bat Viggo Andersen zurückzutreten.

»Ich schnalle sie fest«, sagte der junge Sanitäter und sprang in den Wagen.

Mette schlug um sich und gab wütende, abwehrende Geräusche von sich. Mit zwei langen Sicherheitsgurten wurde sie an der Trage fixiert.

»Was hat sie bekommen und wie viel?«, fragte der ältere Sanitäter Louise.

»Ich weiß es nicht.«

Louise sah in den Wagen. Viggo Andersen hatte sich auf den Sitz neben der Trage gesetzt. Mettes Wildheit schien ihn nicht weiter zu beeindrucken. Nicht eine Sekunde wandte er den Blick vom Gesicht seiner Tochter ab. Er begann wieder zu singen.

Louise entfernte sich ein paar Schritte, lehnte sich an die Fachwerkhausmauer und beobachtete das Ende von einunddreißig Jahren Gefangenschaft. Hinter Viggo Andersen wurde ein Tropf vorbereitet. Der junge Sanitäter versuchte, Mette eine Sauerstoffmaske auf Nase und Mund zu platzieren. Die hinteren Türen wurden zugeschlagen, und kurz darauf rollte der Rettungswagen vom Hof.

Louise sah sich nach Eik um und entdeckte Kim. Er stand in der Nähe des weißen Staketenzauns und briefte die Gruppe von Beamten. Louise hatte kurz Blickkontakt mit Eik, bevor er zu Kim und den Beamten ging und ihnen erzählte, was er und Louise über Jørgen Parkov wussten.

»Frau Parkov hat uns bestätigt, dass er bis vor wenigen Stunden die Joggerin hier gefangen gehalten hat. Dann ist er mit ihr in den Wald gegangen. Die Frau war am Leben, als sie das Anwesen verließen, ist aber wahrscheinlich ziemlich mitgenommen.«

»Wir haben bereits sämtliche Anwohner vor Jørgen Parkov gewarnt und gebeten, sich bei uns zu melden, falls sie die junge Frau sehen sollten«, ergriff Kim wieder das Wort. »Wir müssen davon ausgehen, dass auch René Gamst im Wald herumläuft – und zwar mit einer scharfen Schusswaffe. Also bitte: Egal, wem ihr begegnet, macht sofort deutlich, wer ihr seid«, ordnete er an.

LOUISE BLIEB EINEN AUGENBLICK stehen und sah ihnen nach, bis sie im Wald verschwunden waren. Dann ging sie langsam auf das Wohnhaus zu. Sie hatte gesehen, wie eine Beamtin Bodil dort hineingeführt hatte, und wusste, dass ihr das schwerste Verhör ihres Lebens bevorstand.

Auf der Schwelle hielt sie inne und schloss kurz die Augen. Wie oft war sie als Kind an diesem Haus vorbeigefahren? Wie oft hatte sie hier im Garten gesessen und Saft getrunken? Und das alles, während Lise und Mette im Stall gewesen waren. Louise versuchte, den Gedanken abzuschütteln, aber ihr war, als hätte sich ein Stück ihrer eigenen Wirklichkeit vor ihren Augen in Luft aufgelöst.

Dann ging sie hinein und schloss die Tür hinter sich. Sie waren im Wohnzimmer. Die Beamtin saß in einem Sessel, Bodil auf dem Sofa.

Louise zog einen Stuhl für sich heran und sah das Diktafon der Beamtin aus Holbæk auf dem Couchtisch liegen. Sie hatte keine Ahnung, wie sie das Gespräch eröffnen sollte, und war der Kollegin dankbar, dass diese Bodil zunächst über ihre Rechte aufklärte, während sie selbst sich setzte.

»Machen Sie weiter?«, fragte die Beamtin an Louise gewandt.

»Ja.« Louise nickte und sah zu Bodil, die sie abwartend musterte.

»Du wirst mir jetzt einiges über deine Vergangenheit erzählen müssen, Bodil, wenn ich irgendwie verstehen soll, was ich heute hier erlebt habe«, fing sie an. »Ich habe mit eurer ehemaligen Nachbarin, Edith Rosen, gesprochen, und die hat mir von dem Unfall erzählt, den dein Bruder als Kind hatte.«

»Von dem Unfall, den er hatte, weil ich nicht richtig aufgepasst habe«, stellte Bodil richtig, ohne zu blinzeln.

»Meine Mutter hatte ganz recht. Wenn ich besser aufgepasst hätte, wäre das nicht passiert.«

»Frau Rosen hat auch erzählt, was 1958 vorgefallen ist. Wussten deine Eltern, was dein Bruder damals mit dir machte?«

Bodil nickte. Ihr Blick verdunkelte sich. Aber es dauerte eine Weile, bis sie anfing zu sprechen.

»Nach dem ersten Mal habe ich so geweint, da bin ich zu meiner Mutter gerannt. Mein Vater war nicht zu Hause. Ich hatte Angst und versuchte, Jørgen abzuwehren, aber das ging nicht. Und meine Mutter sagte nur, ich solle froh sein, dass ich ein normales Leben hätte. Und dass ich meinem Vater gefälligst nichts davon erzählen solle, weil es schließlich meine Schuld sei, dass Jørgen jetzt so war.«

»Soll das heißen, von da an hast du deinen Körper zur Verfügung gestellt, um die Triebe zu befriedigen, die dein Bruder aufgrund des Unfalls nicht steuern konnte?«

»Wir haben nie darüber geredet. Ich wusste ja, dass er nichts dafür konnte. Er war so, weil er am Kopf verletzt worden war. Nicht, weil er mir etwas Böses wollte.«

»Und dein Vater?«, fragte Louise. »Hat der das nie erfahren?«

»Doch. Aber erst später.«

»Deine Mutter hat ihm nichts erzählt?«

Bodil schüttelte den Kopf.

»Mein Vater hat mir nie die Schuld an dem Unfall gegeben, und als er mitkriegte, was vor sich ging, hat er zusammen mit einem meiner Lehrer dafür gesorgt, dass ich bei einem Oberarzt in Stellung kam. Meinen Vater habe ich hin und wieder gesehen. Nach Hause konnte ich aber nicht, auch nicht, nachdem die Nachbarn Jørgen angezeigt hatten. Meine Mutter hat sich einfach nicht damit abfinden können, dass er in ein Heim abgeschoben wurde.«

Sie hielt kurz inne und starrte die gegenüberliegende Wand an.

»Als mein Vater starb, hat sie Jørgen wieder nach Hause geholt. Ich habe oft gedacht, dass es in den Jahren danach für sie auch nicht leicht gewesen sein kann.«

Im folgenden Schweigen wirkte das Ticken der Wanduhr wie Paukenschläge.

»Als unsere Mutter krank wurde und im Sterben lag, bat sie mich per Brief, zu kommen«, sprach Bodil leise weiter. »Sie verlangte mir das Versprechen ab, dass ich mich um Jørgen kümmern würde, wenn sie nicht mehr da war, und dass ich ihn niemals in ein Heim geben würde. Sie sagte, wenn ich ihr das nicht versprechen würde, sei ich nicht mehr ihre Tochter. Das alles wäre gar nicht nötig gewesen, weil ich immer gewusst habe, dass ich mich eines Tages um Jørgen würde kümmern müssen. Ich war darauf vorbereitet. Ich hatte die Leitung von Eliselund inne und mit dem Oberarzt bereits abgesprochen, dass Jørgen, wenn es so weit war, heimlich im Keller wohnen konnte.«

»Wir haben mit Lillian Johansen gesprochen. Sie hat uns erzählt, dass dein Bruder mit deinem Segen seine Triebe an den Mädchen von Eliselund befriedigen durfte«, sagte Louise. »Sie konnte uns aber nicht erklären, wie du die Zwillinge aus der Anstalt herausbekommen hast.«

Verständnislos sah Bodil Parkov sie an.

»Na, wir haben sie gefahren«, erwiderte sie lapidar. »Dr. Holsted hatte ja ein Auto. Das haben wir immer benutzt, wenn wir mal zusammen wegfuhren.«

»Wenn ihr mal zusammen wegfuhrt?«, hakte Louise nach. »Hattest du mit Dr. Holsted ein Verhältnis?«

Bodil nickte und faltete die Hände im Schoß.

»So kann man es wohl nennen. Wir haben uns gegenseitig geholfen. Er mir mit meinem Bruder, und ich ... na ja, ich war für ihn da. Aber ich habe das Verhältnis beendet, als wir mit Jørgens Mädchen hierhergezogen sind. Da wurde Ernst richtig wütend und warf mir vor, ich würde ihn im Stich lassen.«

»Hat er sich aufgrund der Trennung das Leben genommen?«

»Das glaube ich nicht. Er war noch nie sonderlich selbstständig gewesen. Und dann ist ihm wohl klar geworden, dass er Schwierigkeiten bekommen würde, wenn bei der Schließung von Eliselund seine Papiere durchgegangen würden.«

Louise war sprachlos angesichts der Leichtfertigkeit, mit der Bodil den Oberarzt geopfert hatte.

»Hattest du denn keine Angst, dass er dein Geheimnis verraten würde?«

»Nein. Wieso denn? War ja nicht mein Name, der auf den Totenscheinen stand. Außerdem wusste er genauso gut wie ich«, fuhr sie fort, »dass die Mädchen es hier draußen viel besser haben würden. Als Eliselund geschlossen wurde, wurden die Bewohner auf andere Einrichtungen verteilt. Keiner weiß, wie das für die beiden geworden wäre, vielleicht hätten sie gar nicht zusammenbleiben dürfen.«

Sie schwieg kurz, dann sprach sie in demselben neutralen Tonfall weiter.

»Hier bei uns haben sie sich immer sicher fühlen können, hier hatten sie konstante Bedingungen. Das ist das Beste für solche Menschen. Und wenn Jørgen seine mentalen und körperlichen Bedürfnisse gestillt bekommt, ist er die Gutmütigkeit in Person. Dann ist er so, wie du ihn schon immer kennst.«

Louise machte den Mund auf, um etwas zu sagen, doch Bodil kam ihr zuvor.

»Mette ist immer das kleine Mädchen geblieben, und mein Bruder hat sich wunderbar um sie gekümmert. Wenn er mit ihrer Schwester fertig war, hat er sich immer zu Mette gesetzt und ihr die Haare gekämmt. Er war immer unendlich vorsichtig, um ihr auf keinen Fall wehzutun. Die drei kamen prima miteinander aus.«

»Und Mette hat er nie angerührt?«, fragte Louise.

Bodil schüttelte den Kopf.

»Sie ist keine Frau. Sie spricht ihn nicht auf die Weise an.«

»Und als Lise plötzlich weg war?«

»Er hat sie einfach nicht so gesehen. Er würde sich auch nie an Kindern vergreifen.«

»Aber an seiner Schwester?« Louise überprüfte mit einem Blick auf das Diktafon, ob das Lämpchen noch leuchtete. Die Beamtin sah aus dem Fenster. War schwer zu sagen, ob sie dem Gespräch überhaupt folgte.

Bodil senkte den Kopf, ohne zu antworten.

»Hast du deshalb nicht eingegriffen, als er mit der Joggerin nach Hause kam?«, drängte Louise weiter. »Damit du deine Ruhe hattest?«

Es dauerte eine Weile, bis Bodil endlich nickte. So heftig die Abscheu auch war, die Louise für sie empfand – es mischte sich jetzt auch Mitleid dazu. Durch den Autounfall vor so vielen Jahren war nicht nur Jørgens Leben zerstört worden, sondern auch Bodils. Ihr war eine Verantwortung aufgebürdet worden, für die sie noch viel zu klein gewesen war, und ihre Mutter hatte alles dafür getan, dass Bodil ihre Schuld niemals vergaß. Sie hatte nie eine Chance gehabt, ein normales Leben mit normalen Gefühlen zu führen.

»Und damals, als dein Bruder bei eurer Mutter lebte?«, fragte Louise dann.

»Da hat Mutter alle seine Bedürfnisse gedeckt«, sagte sie nüchtern. »Sie wollte nicht riskieren, dass er draußen aktiv wurde. Und sie vermochte, seine weichen Seiten zu wecken. Das mit den Blumen, das war zum Beispiel etwas, was die beiden zusammen machten. Pflückten Blumen im Garten und genossen dann einfach ihren Anblick. Das lenkte ihn ab. Da dachte er nicht so viel an das andere. Und so ist es auch, wenn wir Teller bemalen.«

Louise musste an die zwei gelben Rosen denken, die Jørgen für sie geschnitten hatte und die als Dekoration auf Camillas Hochzeitstafel gelandet waren. Jetzt wünschte sie, sie hätte sie weggeschmissen.

»Haben Lise und Mette nie versucht, von hier wegzukommen?«

Erstaunt sah Bodil sie an.

»Nein. Wieso sollten sie?«

»Weil eigentlich niemand gerne in einem Stall wohnt.«

»Ja, aber hier drinnen konnten sie ja schlecht wohnen«, erklärte sie. »Nach dem Abendessen schließe ich die Tür zu seinem Bereich ja immer ab. Abends wird er nämlich immer besonders unruhig, da sollte man besser nicht in seiner Nähe sein.«

Louise wusste sehr wohl, dass Schäden an den Frontallappen auch gesteigerte Aggressivität auslösen konnten, aber sie hatte keine Ahnung, wie stark Jørgen Parkov davon betroffen war.

»Aber wir verbrachten ja die Tage miteinander«, fuhr Bodil fort. »Und ich habe nie den Eindruck gehabt, dass Jørgens Mädchen nicht gerne hier wohnen. Im Winter stellen wir elektrische Heizgeräte in den Stall, damit es nicht zu kalt wird. Jørgen will ja auch nicht frieren, wenn er rübergeht.«

»Ist er einfach zu den Pferdeboxen rübergegangen, wenn es ihn überkam?« Bodil hatte Louise mit ihrer Darstellung des Alltags provoziert.

»Das war das Praktischste. Wenn es ihn überkam, musste es einfach nur schnell gehen.«

Bodil schwieg einen Moment, dann fügte sie hinzu: »Außerdem wollte ich das im Haus nicht haben.«

»Aber die Joggerin war doch in seinem Zimmer?«

»Ja, aber nur, weil er so wütend wurde, als ich sagte, sie müsse hinaus in den Stall. Der Stall gehörte ihm und seinen Mädchen, da hatte die aus dem Wald nichts zu suchen.«

Bodil wirkte traurig.

»Seit die eine letzte Woche verschwunden ist, geht es Jørgen gar nicht gut. Ich war im Wald und habe nach ihr gesucht, aber dann habe ich ja gehört, dass eine tote Frau gefunden worden war, und da dachte ich mir schon, dass sie das wohl ist. Jørgen habe ich davon nichts gesagt, obwohl er ständig fragte, wann sie wieder nach Hause kommt. Ich weiß nicht, ob er jemals wieder richtig zur Ruhe kommen wird. Was passiert denn jetzt?«

Louise wusste nicht, was sie antworten sollte. Sie war erschüttert. Zum einen darüber, wie gefühlskalt Bodil über die Zwillinge sprach – als handelte es sich um Vieh. Und zum anderen darüber, dass sie allen Ernstes meinte, sie und ihr Bruder hätten Lise und Mette ein gutes Leben ermöglicht.

»Warum hast du uns immer allen erzählt, Jørgen sei dein Mann?«, fragte Louise weiter.

Bodil lachte kurz und richtete sich auf.

»Wenn Geschwister in unserem Alter zusammenleben, gibt es schnell Gerede, ich wollte einfach vermeiden, dass zu viele Fragen gestellt wurden. Darum habe ich mir die Geschichte mit dem Arbeitsunfall ausgedacht. Solche Geschichten wecken Mitleid bei den Leuten, weil das ja jedem passieren könnte.«

Auf einmal konnte Louise es nicht mehr ertragen. Sie würden Bodil ohnehin noch einmal verhören müssen, also konnte sie jetzt genauso gut Schluss machen.

»Gibt es noch etwas, das du sagen möchtest?«, fragte sie.

Bodil schüttelte den Kopf.

»Dann liegen da natürlich noch die beiden im Garten«, fügte sie dann doch noch hinzu. »Die solltet ihr wohl auch besser mitnehmen.«

»Wie bitte?«

»Na ja, ich wusste doch nicht, wohin mit ihnen. Wenn ich etwas gesagt hätte, hätte Jørgen doch nicht mehr hier wohnen dürfen.«

»Von wem sprechen Sie?«, meldete sich die Beamtin verwirrt zu Wort.

»Er war wohl ein bisschen zu grob mit ihnen«, räumte Bodil ein, ohne auf die Frage zu antworten. »Aber Sie müssen mir glauben, dass er kein böser Mensch ist. Das ist er nie gewesen. Er ist nur so unglaublich stark, darum ist es besser, sich nicht zu wehren, wenn es ihn überkommt.«

Ihr Blick wurde leer, und sie schwieg.

»Vermutlich handelt es sich um Lotte Svendsen aus Hvalsø und eine junge Frau aus Espergærde«, informierte Louise die Beamtin. »Die beiden sind in dem Sommer verschwunden, in dem es auch eine Serie von Vergewaltigungen und Morden im Wald gab. Ihre Leichen wurden nie gefunden.«

Sie folgten Bodil zur Terrassentür, die in den Garten führte.

»Ich weiß nicht mehr ganz genau, wo.« Sie sah sich um, als sie auf dem weitläufigen Rasen standen. »Irgendwo hier hinten, wo wir den Kräutergarten haben.«

Sie zeigte ihnen das Stück Garten direkt am Waldrand, wo ein Nutzgarten angelegt war.

»Hier haben Sie sie vergraben?«, fragte die Beamtin bestürzt.

»Ja. Jørgen hat gegraben. So was kann er gut.«

»Wir setzen die Hunde auf den Garten an, wenn sie aus dem Wald zurückkommen«, beschloss Louise und bedeutete mit einem Nicken, dass sie wieder ins Haus gehen konnten. »Haben Sie die Personalien von Herrn und Frau Parkov aufgenommen?«, fragte sie die Holbæker Beamtin, die bald für den Fall zuständig sein würde.

Die Kollegin schüttelte den Kopf.

»Das machen wir jetzt.«

Louise selbst hatte keine Lust, mit ins Haus zu gehen. Sie musste dringend Abstand gewinnen zu der Geschichte, die sie gerade gehört hatte, und ging deshalb ums Haus herum zum Hofplatz, wo sie auf die anderen warten wollte. Jegliches Interesse daran, dieses historische Anwesen mal zu übernehmen, war verschwunden.

Louise dachte an die junge, schwangere Joggerin, die eingesperrt und an ein Bett gefesselt gewesen war, während sie selbst in der Küche gesessen und Kaffee getrunken hatte. Sie verspürte die naive Hoffnung, dass Jørgen ihr nichts angetan hatte, wusste aber auch, dass die körperlichen Verletzungen nichts waren im Vergleich zu den seelischen, die sie wie ein Albtraum den Rest ihres Lebens begleiten würden. Genau so war es Edith Rosen ergangen.

Louise fragte sich, was wohl mit dem Kind war, und ging nochmal in den Stall, um einen letzten Blick auf die Pferdeboxen zu werfen.

Auch im kühlen Stall war es ganz still geworden. Das einzige Geräusch war das Ticken der Standuhr, deren Zeiger sich unbeirrt fortbewegten. Louise betrachtete das Bett, betrat die Box und zog eine Kommodenschublade auf. Fein säuberlich zusammengelegt, befanden sich zwei Kittel darin. Kittel, wie Lise einen angehabt hatte. Daneben ein paar Strümpfe und Unterhosen. Das war alles.

Louise hatte die Schublade gerade wieder geschlossen, als sie Schritte auf dem Kies hörte. Sie verließ die Box und schob die Gittertür zu. Als sie sich umdrehte, stand er in der offenen Stalltür.

ER SCHWITZTE. Sein dünnes Haar klebte an der Stirn, das Holzfällerhemd hing aus der Hose. Einen Augenblick stand er wie versteinert da und starrte durch das Gitter in die leere Box, dann richtete er den Blick auf Louise. Seine Augen blitzten auf, als er eine Hand nach ihr ausstreckte.

»Jørgen«, sagte sie, den Rücken zur Box.

Sie schaffte es gerade, einen Schritt zur Seite zu treten, da spürte sie auch schon seine Hände in ihrem Gesicht. Er betatschte ihre Wangen. Sie presste den Arm gegen den Körper, sodass sie das Pistolenhalfter spüren konnte, reagierte aber nicht schnell genug, als er sie blitzschnell packte und fest an sich drückte.

»Hör auf, Jørgen. Lass mich los«, sagte sie mit bestimmter, wütender Stimme und versuchte sich loszureißen. Er packte sie noch fester und drückte ihr fast die Luft ab. Als sie abermals versuchte freizukommen, wendete er so viel Kraft an, dass ihr ein paar Rippen brachen und sie einen stechenden Schmerz in der linken Lunge spürte.

Louise japste, als er sie den Stallgang hinunterschob, den einen Arm weiter fest um sie gelegt. Trotzdem wehrte sie sich, als er ihr den Pullover über den Kopf zog und so grob am Pistolenhalfter zerrte, dass sich ihr die Lederriemen in die Haut schnitten.

Nicht wehren, dachte sie auf einmal. Das hatte Bodil gesagt. Besser nicht wehren.

Sie nahm ein Geräusch weiter vorne im Stall wahr.

Schritte auf dem Betonboden. Sie wollte sich umsehen, taumelte aber gegen die Wand, als Jørgen ihre Hemdbluse zerfetzte. Mit einer einzigen Bewegung zerriss er auch ihren BH und begrabschte grob ihre Brüste.

Seine Hände waren rau. Sein Gesicht konnte sie nicht sehen. Louise schloss die Augen. Sie konnte seinen schweren Atem in ihrem Nacken und an ihrer Wange spüren, als er sie mit einem Stück ihrer zerfetzten Bluse knebelte.

Mit seinem ganzen Gewicht drückte er sie vornüber, bis sie sich über den Sattelbock beugte. Alte, staubige Erntesäcke kratzten sie im Gesicht, als er mit beiden Händen den Bund ihrer Jeans packte. Ein kräftiger Ruck, der Knopf sprang ab, und er zog ihr die Hose über die Hüfte.

Die Schritte hinter ihnen näherten sich. Louise hob den Kopf. Sie konnte die Stalltür sehen und den im Zwielicht liegenden Stallgang. Erst erkannte sie nur die Umrisse eines Menschen hinter Jørgens breitem Körper, aber als dieser Mensch sich noch mehr näherte, entpuppte er sich als René Gamst mit seinem Jagdgewehr.

Louise empfand Erleichterung, als sich ihre Blicke begegneten, doch dann wanderte René Gamsts Blick zu ihrem nackten Unterleib, und Louise bemerkte die Beule in seiner Hose.

Jørgen stand direkt hinter ihr. Sie spürte den Stoff seiner Hose an ihrem Hintern. In ihrer Brust brannte ein Schmerz; wenn sie atmete, pfiff es. Seine Atmung ging stoßweise, als sie ihn den Reißverschluss seiner Hose öffnen hörte. Louise schloss die Augen und wandte den Kopf von der Stalltür ab. Da fiel der erste Schuss, und Jørgens Körper zuckte. Eine Sekunde später fiel noch ein Schuss.

Jørgens Oberkörper fiel auf Louise, seine Venen pumpten das Blut aus den Schusswunden, und Louise spürte die Wärme, die sich über ihrem nackten Oberkörper verteilte.

Als sich sein Griff um sie lockerte, umfasste sie das Ende des Sattelbocks und versuchte, sich unter seinem Gewicht herauszuziehen. Sie schnappte nach Luft, als Blut von seinem Kopf auf ihrer Schulter landete.

Sie taumelte auf den Stallgang und zog sich die Jeans hoch, während Jørgen mit leblos herunterhängenden Armen über dem Bock hing. Louise riss sich den Knebel aus dem Mund, atmete kurz und stoßweise.

René stand immer noch da und hielt das Gewehr in beiden Händen.

»Sie hätten mich treffen können«, flüsterte Louise und bedeckte ihre nackte Brust mit dem, was von ihrer Bluse übrig geblieben war.

»Das Risiko bin ich eingegangen.«

Im Licht des Stallfensters sah Louise Staub tanzen. Sie hörte Jørgens Blut auf den Stallboden tropfen.

»Warum haben Sie nicht sofort geschossen?«

Sie wagte nicht, ihn bei dieser Frage anzusehen.

»Warum sollte ich? Es hat dir doch gefallen«, höhnte er. »Das hätte Klaus mal sehen sollen, wie wenig du dich gewehrt hast.«

»Wichser«, stieß Louise hervor. Hatte er sie also doch wiedererkannt. »Lass Klaus aus dem Spiel. Kein Wunder, dass er nichts mehr mit euch zu tun haben wollte.«

»Du Schlampe!«, schnaubte er. »Du hast doch keine Ahnung. Hattest du noch nie. Schon damals nicht.«

»Was meinst du damit?« Louise richtete sich auf, der Schmerz von den gebrochenen Rippen durchfuhr ihren Brustkorb.

»Thomsen hatte recht. Du glaubst einem wirklich jeden Scheiß.«

Bevor er reagieren konnte, trat ihm Louise das Gewehr aus der Hand und verdrehte ihm so heftig den Arm, dass er sich vornüberbeugte.

René Gamst stöhnte vor Schmerzen.

»Dann erzähl mir jetzt gefälligst, was damals passiert ist!«, rief sie und zog noch einmal an seinem Arm.

»Dein Freund war ein elender Schlappschwanz«, keuchte er. »Du glaubst doch nicht im Ernst, dass er wirklich den Mumm hatte, sich selbst den Strick um den Hals zu legen!«

Louise wurde schwarz vor Augen. Im Polizeigriff schob sie René Gamst den Stallgang entlang, dann zwang sie ihn auf den Boden, um ihn mit zwei Kabelbindern zu fesseln, die sich in ihrem Pistolenhalfter befanden.

Er schrie auf, als sie den ersten um seine Handgelenke zuzog. Mit dem zweiten befestigte sie ihn an einem Gitterstab der Pferdebox. Dann verließ sie den Stall, ohne sich umzusehen. Im selben Moment öffnete sich die Haustür, und die Beamtin stürzte heraus.

»Haben Sie die Schüsse gehört?«, rief sie. »Das muss ganz in der Nähe gewesen sein. Ich habe gerade bei Kim angerufen, sie kommen …«

Sie verstummte mitten im Satz, als sie wahrnahm, wie Louise aussah.

»Was …?«, fragte sie schockiert und ging auf Louise zu.

Louise wehrte sie mit einer Handbewegung ab und sank auf dem Kies in sich zusammen. Notdürftig wickelte sie den Pullover um ihren nackten Oberkörper und lehnte sich gegen den geteerten Haussockel, dann schloss sie die Augen.

Sie hörte René im Stall schreien, dann sich nähernde, schnelle Schritte. Neben ihr blieb jemand stehen, doch sie öffnete die Augen nicht, und dann hörte sie, wie die Schritte sich Richtung Stall wieder entfernten. Kurz darauf kamen die Schritte zurück, und jemand sank neben ihr auf die Knie. Als er sie mit Namen ansprach, erkannte sie, dass es Kim war.

»Ich glaube, ich habe mir ein paar Rippen gebrochen«, sagte sie leise und schlug die Augen auf.

Weitere Kollegen kamen angerannt. Louise hörte heraus, dass man die Joggerin nicht weit entfernt gefunden hatte. Sie lebte, war aber ziemlich mitgenommen. Von dem ungeborenen Kind sprach niemand. Dann mehr Schritte und mehr Stimmen, doch Louise konnte nicht mehr folgen. Offenbar wurden Rettungswagen gerufen, jemand legte ihr eine Decke um die Schultern.

Eik schnappte nach Luft, als er etwas außer Atem den Hofplatz erreichte. Mit einem Ausruf des Entsetzens kam er zu ihr, setzte sich neben sie in den Kies und berührte vorsichtig ihr blutbesudeltes Gesicht.

Eik saß immer noch neben ihr, als zwei Rettungswagen in den Hof rollten. Sie nahm den Geruch seiner Lederjacke wahr und seinen Atem, brachte es aber nicht über sich, ihn anzusehen.

Jemand reichte ihr eine Hand, um ihr aufzuhelfen. Unter Schmerzen kam sie auf die Beine. Eik fragte sie, ob er mitfahren solle, doch Louise schüttelte den Kopf.

»Wenn man zusammen wegfährt, fährt man auch zusammen wieder nach Hause«, versuchte er es noch mal.

»Heute nicht«, murmelte sie und zog sich die Decke

fester um die Schultern, als sie dem Sanitäter zum Rettungswagen folgte.

Gleich neben dem Stall wurde René Gamst gerade auf den Rücksitz eines Streifenwagens verfrachtet. Louise sah schnell weg, aber nicht schnell genug. Sein höhnischer Blick und das Zucken um seinen Mund entgingen ihr nicht.

Sie nickte, als der Fahrer des Rettungswagens sie fragte, ob sie lieber liegen wolle. Er erkundigte sich nach ihrem Zustand, wo sie Schmerzen habe – doch da hatte Louise bereits das Gesicht abgewandt und die Augen geschlossen.

Sie hörte, wie der Streifenwagen mit René abfuhr, bevor die Türen des Rettungswagens geschlossen wurden. Da spürte sie wieder seinen Blick auf ihrem nackten Körper, kurz bevor er geschossen hatte. Sie hatte gedacht, er wolle ihr helfen. Aber in der Clique half man sich nur untereinander.

Die Ausrüstung des Rettungswagens klirrte bei jedem Schlagloch, das er zwischen sich und den alten Wildwächterhof brachte.

Die vergessenen Mädchen ist eine fiktive Geschichte. Tatsächliche Verhältnisse habe ich großzügig so verändert, dass sie in meine Geschichte passten.

Teile der Geschichte sind rund um wahre Begebenheiten in den ehemaligen dänischen Anstalten für Geisteskranke aufgebaut, aber das meiste habe ich mir ausgedacht. Auch die Figuren des Romans haben nichts mit real existierenden Personen zu tun.

In die Geografie in der Gegend um Hvalsø, wo ich selbst aufgewachsen bin, habe ich ebenfalls eingegriffen. Die meisten genannten Orte gibt es tatsächlich, nur nicht dort, wo ich sie in diesem Buch angesiedelt habe. Und Eliselund entspringt meiner Phantasie.

Vielen Dank allen, die so offen und entgegenkommend waren und sich die Zeit genommen haben, mir bei der Recherche zu diesem Buch zu helfen. Mein besonderer Dank gilt Charlotte, Steen Holger, Tom, Lotte und Christine.

Sara Blædel